Le vétéran

Frederick Forsyth

Le vétéran

et autres récits

Traduit de l'anglais
par Marina Boraso

Albin Michel

Titre original :

THE VETERAN

Traduction française :

22, rue Huyghens, 75014 Paris

www.albin-michel.fr

ISBN 2-226-13191-4

À Sandy, qui par miracle me supporte encore

Le vétéran

Premier jour : mardi

C'est le propriétaire de la petite épicerie de quartier qui fut témoin de la scène. C'est du moins ce qu'il raconta. Il se trouvait à l'intérieur de sa boutique, mais devant la vitrine, en train d'améliorer la disposition de ses marchandises. Levant les yeux, il avait vu l'homme de l'autre côté de la rue. L'individu était parfaitement banal, et le commerçant aurait détourné le regard s'il n'avait pas boité. Il affirma ultérieurement qu'il n'y avait personne d'autre dans la rue.

C'était une journée très chaude, étouffante et orageuse, et des nuages gris pesaient dans le ciel. L'endroit qu'on avait baptisé Paradise Way dans un élan d'enthousiasme délirant était aussi triste et miteux que d'habitude : un centre commercial situé au cœur d'une des cités sinistrées, tapissées de graffitis et accablées par la criminalité, qui défigurent le paysage entre Leyton, Edmonton, Dalston et Tottenham.

Quand la municipalité l'avait inaugurée en grande pompe trente ans auparavant, Meadowdene Grove avait été saluée comme un nouveau type de cité HLM pour familles modestes. Le nom aurait dû suffire à éveiller les soupçons. Il ne s'agissait nullement d'une prairie, il n'y avait pas trace de dunes, et les bocages avaient disparu depuis le Moyen Âge. C'était en réalité un goulag de béton, commandité par un conseil municipal qui pavoisait l'hôtel de ville du drapeau rouge de l'Internationale communiste, et conçu par des architectes qui préféraient pour leur usage personnel la campagne et ses cottages enfouis sous le chèvrefeuille.

Il ne lui fallut pas plus de temps pour se dégrader qu'à un coureur du Tour de France pour descendre les Pyrénées. En 1996, le réseau serré d'allées, de passages souterrains et de petites rues qui reliaient les sinistres immeubles était couvert de crasse et poisseux d'urine. La cité ne s'animait qu'à la nuit tombée, quand ses bandes de jeunes – des chômeurs qui avaient toutes les chances de le rester – arpentaient leur territoire pour se procurer de la dope auprès des dealers du coin.

Les retraités de la classe ouvrière, farouchement attachés à leur respectabilité, essayant de se raccrocher aux anciennes valeurs morales, aux rassurantes certitudes d'antan, se claquemuraient derrière leurs portes, effrayés par la meute de loups qui rôdait à l'extérieur. Entre les immeubles – sept étages chacun, accessibles par un passage en plein air aboutissant à un escalier crasseux – subsistaient quelques vestiges de pelouse. Des voitures à l'abandon, rouillées et désossées, gisaient non loin des allées qui sillonnaient les placettes destinées à la détente des riverains, et d'où partaient d'étroites ruelles menant vers Paradise Way.

Le petit commerce fleurissait autrefois dans le grand centre commercial, mais la plupart des boutiques avait fini par fermer. La lutte contre le chapardage, le vol à l'étalage, le vandalisme, les vitrines cassées et les insultes racistes avait découragé les propriétaires. Plus de la moitié des magasins étaient condamnés par des planches en contre-plaqué ou par des rideaux de fer couverts de tags, et ceux qui restaient ouverts tentaient de se protéger par des grilles métalliques.

Au coin de la rue, Mr Veejay Patel tenait bon. À l'âge de dix ans, il avait quitté l'Ouganda avec ses parents, chassé par les abus de pouvoir d'Idi Amin Dada. L'Angleterre les avait accueillis et il lui en était reconnaissant. Il aimait toujours son pays d'adoption, respectait ses lois et tâchait de se conduire en bon citoyen, dérouté par l'incessant relâchement des mœurs caractéristique des années quatre-vingt-dix. Il est certaines zones de ce que la police métropolitaine appelle les quartiers nord-est où un étranger aurait tort de s'aventurer. Et l'homme boiteux était justement un étranger.

Il n'était qu'à quinze mètres du coin de la rue lorsque deux hommes surgirent d'une allée bétonnée entre deux boutiques condamnées et se campèrent devant lui. Pétrifié, Mr Patel observa la scène. Les deux individus ne se ressemblaient guère, mais ils étaient tous les deux menaçants. Il connaissait bien ce genre de personnages. L'un des deux était un costaud au crâne rasé, avec un visage porcin. Même à trente mètres de distance, Mr Patel distinguait l'anneau qui brillait à son oreille gauche. Il portait un jean trop ample et un T-shirt sale. Son gros ventre de buveur de bière retombait par-dessus sa large ceinture en cuir. Il se planta bien droit devant l'étranger, qui fut forcé de s'arrêter. Plus mince, son compagnon était vêtu d'un pantalon de treillis délavé et d'un blouson gris à fermeture Éclair. De longs cheveux gras et raides lui descendaient sur les oreilles. Il se glissa derrière l'inconnu et attendit. Le costaud brandit son poing droit sous le nez de sa future victime. Mr Patel aperçut l'éclat bref du métal sur son poing. Il n'entendit rien de leur échange verbal, mais il vit remuer les lèvres du costaud qui s'adressait à l'inconnu. La victime était censée remettre simplement son portefeuille, sa montre, et les autres objets de valeur qu'elle portait sur elle. Avec un peu de chance, les assaillants prendraient la fuite en s'emparant du butin et elle s'en tirerait sans dommage.

C'était sans doute de la folie de réagir comme il le fit. Ses adversaires avaient sur lui l'avantage du nombre et de la force physique. Ses cheveux gris suggéraient qu'il n'était plus tout jeune, et sa claudication ne lui permettait sûrement qu'une mobilité réduite. Pourtant il se rebiffa. Mr Patel vit sa main s'élever sur le côté avec une rapidité extrême. Au prix d'un léger déhanchement, il fit pivoter ses épaules pour accroître la puissance de son coup. Il frappa le costaud en plein dans le nez. Un cri de douleur perçant mit fin à ce qui était jusqu'alors une pantomime. Mr Patel l'entendit à travers sa vitrine. Lorsque le malabar recula en titubant, portant les mains à son visage, Mr Patel vit le sang briller entre ses doigts. Lors de sa déposition, le commerçant dut s'interrompre pour remettre un peu d'ordre et de clarté dans la suite des événements. Attaquant par-derrière, Cheveux-Filasse assena un violent coup de poing dans les reins du vieil homme et lui décocha un coup de pied à l'arrière de son genou valide. La victime s'effondra sur le trottoir.

Dans la cité de Meadowdene Grove, on porte deux modèles de chaussures : des tennis – pour pouvoir courir – ou des bottes – pour donner des coup de pied. Les deux agresseurs étaient chaussés de bottes. Couché sur le trottoir, le vieil homme s'était recroquevillé en position fœtale pour protéger ses organes vitaux, mais deux paires de bottes s'acharnèrent sur lui, et le costaud, tenant toujours son nez d'une main, s'attaqua à la tête. Le commerçant estima qu'il fallut vingt coups de pied, peut-être plus, pour que la victime cesse de s'agiter sur le trottoir. Cheveux-Filasse se pencha sur lui, ouvrit sa veste et fouilla dans la poche intérieure. Mr Patel vit la main ressortir, un portefeuille entre le pouce et l'index. Les deux hommes s'engouffrèrent alors dans le passage bétonné par où ils étaient venus et disparurent dans le dédale d'allées qui sillonnaient la cité. Avant de partir, le costaud remonta son T-shirt pour éponger le sang qui ruisselait de son nez.

L'épicier les regarda s'éloigner puis se rua sur son téléphone, derrière le comptoir. Il composa le 999 et fournit son nom et son adresse à l'opératrice : elle ne pouvait, dit-elle, alerter les urgences sans savoir qui téléphonait. Une fois réglées les formalités, il demanda qu'on envoie la police et une ambulance. Il retourna ensuite derrière la vitrine.

L'homme gisait toujours sur le trottoir d'en face, complètement inerte. Personne ne lui porta secours. Dans un coin comme celui-là, nul n'a envie de se mouiller. Mr Patel aurait bien traversé la rue pour apporter un peu d'aide, mais il ne connaissait rien aux premiers secours. Il avait peur de faire une erreur en déplaçant le blessé, peur pour sa boutique, peur que les voyous ne reviennent. Il préféra donc attendre.

La voiture de police arriva en premier, en moins de quatre minutes. Par le plus grand des hasards, les deux officiers se trouvaient à moins d'un kilomètre sur Upper High Road quand ils avaient reçu l'appel. Ils connaissaient tous les deux la cité et l'emplacement de Paradise Way. En effet ils étaient de service pendant les émeutes raciales du printemps. Tandis que le véhicule stoppait dans un grincement de freins et que la sirène cessait de hurler, un des officiers bondit du siège passager pour se précipiter vers le corps étendu par terre. Son coéquipier resta dans la voiture et s'assura par radio qu'une ambulance était bien en chemin. Mr Patel les vit regarder vers sa boutique pour vérifier l'adresse de l'auteur de l'appel, mais aucun des deux ne traversa pour venir lui parler. Cela ne pressait pas. Les policiers détournèrent la tête lorsque l'ambulance apparut au coin de la rue, gyrophare allumé et toutes sirènes hurlantes. Quelques curieux s'étaient rassemblés le long de Paradise Way, mais ils restaient à l'écart. La police essaya plus tard de recueillir quelques témoignages, mais ce fut peine perdue. Si les gens de Meadowdene Grove voulaient bien profiter du spectacle, pas question en revanche d'aider les flics. Deux auxiliaires médicaux descendirent de l'ambulance, tous les deux compétents et expérimentés. Pour eux comme pour la police, la procédure était la procédure et il fallait la suivre à la lettre.

— Ça a tout l'air d'une agression à coups de pied, déclara l'officier agenouillé près du corps. Ça risque d'être grave.

Les auxiliaires hochèrent la tête et se mirent au travail. Comme il n'y avait pas d'hémorragie à stopper, le plus urgent était de stabiliser la nuque. Les victimes d'accidents et d'agressions courent le risque d'être achevées en un rien de temps si les vertèbres cervicales endommagées sont l'objet, en plus, d'une mauvaise manipulation. Les deux ambulanciers se hâtèrent de placer une minerve pour empêcher le cou de ballotter.

Étape suivante : étendre la victime sur une planche dorsale pour immobiliser le dos et la nuque. Ce qu'ils firent, à même le trottoir. Le corps fut alors déposé sur un brancard et hissé dans l'ambulance. Les auxiliaires alliaient rapidité et efficacité. Après avoir buté plusieurs fois contre le trottoir, le véhicule était prêt à partir.

— Il faut que je vous accompagne, fit le policier resté sur le trottoir. Il fera peut-être une déclaration.

Les spécialistes des services d'urgence savent très bien qui fait quoi et pour quelle raison. Ça permet de gagner du temps. Un des auxiliaires fit oui de la tête. C'était lui le responsable et l'ambulance était son territoire, mais la police aussi avait une mission à remplir. Il n'ignorait pas qu'il faudrait un miracle pour que le blessé articule un seul mot, et il se contenta de marmonner :

— Ne gênez pas le passage. C'est un cas sérieux.

Le policier grimpa à l'arrière et s'installa tout près de la cloison de la cabine du conducteur. Le chauffeur claqua les portières et bondit sur son siège. Son coéquipier était penché sur le brancard. Deux secondes plus tard, l'ambulance fonçait à toute allure sur Paradise Way, devant l'attroupement des badauds. Les hurlements stridents de sa sirène libérèrent la voie tandis qu'elle obliquait pour rejoindre High Road et ses embouteillages. Le policier se cramponna et observa le professionnel au travail. Priorité numéro un : dégager les voies respiratoires. Du sang et des mucosités encombrant la trachée peuvent étouffer un patient et provoquer la mort aussi sûrement qu'une balle. À l'aide d'une pompe aspirante, l'auxiliaire retira quelques mucosités – celles qu'on peut trouver dans la gorge d'un fumeur – mais presque pas de sang. L'air circulait, le souffle était court mais suffisait à maintenir le blessé en vie. Pour plus de sécurité, l'auxiliaire posa un masque à oxygène sur le visage tuméfié. Les progrès rapides de l'œdème l'inquiétaient. Ce symptôme ne lui était que trop familier.

Il prit ensuite le pouls. Régulier mais déjà trop rapide : peut-être un signe supplémentaire de lésions cérébrales. L'échelle de Glasgow, la *Glasgow Coma Scale*, mesure les réflexes humains sur une échelle de quinze degrés. Un individu parfaitement éveillé et en pleine possession de ses moyens obtient un résultat de quinze sur quinze. Le test démontra que le blessé n'était qu'à onze et qu'il ne cessait de décliner. Trois correspond à un coma dépassé, et en dessous c'est la mort.

— Royal London ! cria-t-il pour couvrir le bruit de la sirène. Urgences neurologiques.

Le conducteur hocha la tête et brûla un feu pour traverser un carrefour important. Voitures et camions s'écartèrent afin de lui livrer passage, et il prit la direction de Whitechapel. Le Royal London Hospital sur Whitechapel Road disposait d'un service de neurochirurgie très au point. L'hôpital le plus proche n'en avait pas, et si une intervention s'avérait nécessaire, les quelques minutes de trajet supplémentaires se justifieraient pleinement.

Le conducteur contacta le standard de l'hôpital pour signaler sa position exacte sur South Tottenham et l'heure approximative de son arrivée. Il demandait qu'une équipe du service des urgences soit sur le pied de guerre à ce moment-là. L'auxiliaire médical qui était monté à l'arrière avait vu juste. Les graves lésions cérébrales, surtout après une agression violente, se manifestent souvent par un gonflement des tissus sous-cutanés de la face et de la tête. Le visage méconnaissable se transforme rapidement en une énorme gargouille boursouflée. Celui du blessé avait commencé à enfler sur le trottoir. Lorsque l'ambulance s'engagea sur le parking des urgences du Royal London Hospital, il ressemblait à un ballon de football. Les portières s'ouvrirent brusquement et la civière fut remise entre les mains de l'équipe d'urgentistes : trois médecins sous la houlette du spécialiste, le professeur Carl Bateman – un anesthésiste, deux internes, plus trois infirmières. Ils enveloppèrent la civière et emportèrent le patient – toujours allongé sur la planche dorsale – sur un des chariots de l'hôpital.

— Je dois récupérer ma planche ! s'écria l'ambulancier.

Mais personne ne l'entendit. Le policier s'extirpa du véhicule.

— Où est-ce que je dois aller ? demanda-t-il.

— Là-dedans, répondit l'auxiliaire. Mais ne gênez pas le passage.

L'officier hocha docilement la tête et franchit les portes battantes au pas de course, espérant toujours obtenir une déposition. La seule personne qui s'adressa à lui fut l'infirmière en chef.

— Asseyez-vous ici. Et ne gênez pas le passage.

Une demi-heure plus tard, Paradise Way était en effervescence. Un inspecteur en uniforme du commissariat de Dover Street, appelé dans le quartier le « poste de Dover », avait pris la direction des opérations. La rue dans laquelle avait eu lieu l'agression avait été bouclée par un cordon de sécurité. Une douzaine d'officiers de police quadrillaient le secteur, avec une attention particulière pour les boutiques du centre commercial et les six étages d'appartements qui s'élevaient au-dessus. Les logements situés face au lieu de l'agression leur semblaient particulièrement intéressants : quelqu'un avait pu assister à la scène derrière sa fenêtre. La tâche se révéla ardue. Les réactions allaient des excuses sincères aux insultes pures et simples, en passant par les dénégations butées. Ils continuèrent néanmoins à faire du porte-à-porte.

L'inspecteur s'était empressé d'appeler un de ses collègues de la police judiciaire, inspecteur lui aussi. Manifestement, l'affaire requérait l'intervention de policiers gradés. Au poste de Dover, le commissaire divisionnaire Alan Parfitt avait arraché l'inspecteur principal Jack Burns à la délicieuse tasse de thé qu'il sirotait à la cantine pour lui demander de couvrir l'agression de Paradise Way. Il eut beau alléguer qu'il enquêtait déjà sur une série de vols de voitures et sur un chauffard qui avait pris la fuite après un accident, et qu'il devait en plus se présenter au tribunal le lendemain matin, ça ne servit à rien. Manque de personnel : voilà ce qu'on lui répondit. Saleté de mois d'août, marmonna-t-il en partant.

Burns et son collègue l'inspecteur adjoint Luke Skinner arrivèrent à peu près en même temps que l'équipe du POLSA. La tâche de cette dernière est spécialement ingrate. Revêtus de combinaisons de sécurité et de gants de protection, les policiers sont chargés de fouiller les scènes de crimes et de récolter des indices. Vu que ceux-ci ne se manifestent pas forcément comme tels, ils ont l'habitude de ramasser tout ce qui se présente et de le fourrer dans des sacs en plastique pour l'examiner ultérieurement. Ce travail très salissant amène les policiers à se faufiler à quatre pattes dans des endroits bien peu ragoûtants. La cité de Meadowdene Grove, par exemple.

— Il manque un portefeuille, Jack, fit l'OPJ en tenue qui venait d'interroger Mr Patel. L'un des deux assaillants a saigné du nez. Quand il a pris la fuite, il tenait son T-shirt plaqué contre sa figure. Du sang a pu se répandre par terre.

Burns hocha la tête. Tandis que l'équipe du POLSA inspectait à quatre pattes les allées nauséabondes entre les immeubles en béton et que les policiers en uniforme essayaient de recueillir de nouveaux témoignages, Jack Burns pénétra dans la boutique de Mr Patel.

— Je suis l'inspecteur Burns, dit-il en présentant sa carte. Et voici l'inspecteur Skinner. Si j'ai bien compris, c'est vous qui avez appelé le 999.

L'attitude de Mr Patel étonna Jack Burns, qui travaillait depuis trois ans dans la police métropolitaine, rattaché depuis le début au poste de Dover. Accoutumé à la population de son Devon natal, qui aidait toujours la police de son mieux, il avait eu un choc en arrivant dans les quartiers nord-est. Mr Patel lui rappelait le Devon. Il avait vraiment envie de coopérer. Il s'exprimait en termes clairs, concis et précis. Dans la longue déposition recueillie par l'inspecteur Skinner, il relata en détail ce qu'il avait vu et fournit un signalement exact des deux agresseurs. Jack Burns se prit de sympathie pour lui. Si seulement des témoins comme Veejay Patel d'Edmonton se présentaient dans toutes les affaires... La nuit tombait sur Meadowdene Grove lorsqu'il signa la déposition notée à la main par l'inspecteur Skinner.

— Si vous voulez bien, monsieur, lui dit Burns avant de partir, j'aimerais que vous passiez au poste pour regarder quelques photos. Vous reconnaîtrez peut-être ces deux individus. Ça nous ferait gagner un temps fou de savoir qui nous recherchons exactement.

Mr Patel se confondit en excuses.

— Pas ce soir, si ça ne vous dérange pas. Je suis tout seul au magasin et je ferme à dix heures. Mais mon frère revient demain. Vous comprenez, c'est le mois d'août, il a pris des congés... Je pourrai m'échapper dans la matinée.

Burns réfléchissait. À dix heures et demie, on l'attendait au tribunal pour une mise en détention provisoire. Il devrait confier l'affaire à Skinner.

— Onze heures, ça vous va ? Vous connaissez le commissariat de Dover Street ? Demandez-moi à l'accueil.

— C'est rare de trouver des gens comme lui, observa Skinner tandis qu'ils regagnaient leur véhicule en face de la boutique.

— Il me plaît bien, répondit Burns. Quand on aura identifié ces salopards, je crois qu'on arrivera à un résultat.

Pendant le trajet de retour vers Dover Street, l'inspecteur Burns apprit par radio dans quel hôpital on avait transporté le blessé, et le nom du policier qui était resté sur place. Cinq minutes plus tard, il entra en contact avec lui.

— Je veux que vous me rapportiez au poste toutes ses affaires dans un sac en plastique, demanda-t-il au jeune officier. Et que vous vérifiiez son identité. On ne sait toujours pas qui c'est. Quand vous aurez tout ça, appelez le poste et quelqu'un viendra vous relever.

Le professeur Bateman se moquait éperdument du nom et de l'adresse de l'homme couché sur le chariot. Il ne voulait même pas savoir qui l'avait mis dans cet état. Son seul souci, c'était de le maintenir en vie. Le chariot avait été directement transporté du parking à la salle de réanimation, où l'équipe des urgences s'attela à la tâche. Carl Bateman ne doutait pas que le patient souffrait de multiples blessures, mais les consignes étaient claires. D'abord celles qui mettaient la vie en danger ; les autres pouvaient attendre. Il appliqua donc les procédures d'urgence en quatre étapes.

Priorité numéro un, les voies respiratoires. L'auxiliaire s'était bien débrouillé. L'air circulait, malgré un léger sifflement. La nuque était immobilisée.

Deuxième étape, la respiration. Le professeur fit découper la veste et la chemise et ausculta la cage thoracique de face et de dos avec un stéthoscope. Il découvrit deux côtes fêlées. Comme les phalanges contusionnées et les dents cassées, elles ne présentaient pas un grand danger et pouvaient attendre. En dépit de ses côtes abîmées, le patient avait toujours un souffle régulier. Inutile de se lancer dans une opération orthopédique délicate si un malade décide d'arrêter de respirer.

Le pouls lui donnait de l'inquiétude. Il était monté au-dessus de cent, quand la moyenne était de quatre-vingts pulsations. Trop rapide. Ça dénotait probablement un traumatisme interne.

Étape numéro trois : la circulation. En moins d'une minute, le professeur Bateman fit poser deux cathéters. L'un des deux servit à prélever vingt millilitres de sang destinés au laboratoire d'analyses. On lui fit ensuite une injection dans chaque bras pendant que l'auscultation se poursuivait.

Et pour terminer : les réflexes du cerveau. Rien d'encourageant de ce côté-là. La tête n'avait plus grand-chose d'humain et le patient, tombé à six sur l'échelle de Glasgow, déclinait de manière alarmante. On était en présence de graves lésions cérébrales. Une fois de plus, Carl Bateman remercia l'auxiliaire inconnu qui avait sacrifié quelques minutes pour conduire le blessé aux urgences neurologiques du Royal London.

Il appela l'équipe du scanner pour les prévenir qu'il amenait son patient dans cinq minutes. Le professeur avertit ensuite son collègue Paul Willis, chef du service de neurochirurgie.

— Je crois que j'ai affaire à un hématome cérébral important. Il est à cinq sur l'échelle de Glasgow et il n'arrête pas de baisser.

— Amenez-le-moi dès qu'il sera passé au scanner.

Au moment où il s'était fait molester, l'inconnu portait des chaussures et des chaussettes, des sous-vêtements, une chemise ouverte à l'encolure, un pantalon ceinturé, une veste et un imperméable léger. Les vêtements qui se trouvaient au-dessous de la taille ne posaient pas de problème : il avait suffi de les retirer. Pour éviter de faire bouger la tête et la nuque, on découpa la chemise, la veste et l'imperméable. Le tout fut alors consigné dans un sac en plastique avec le contenu des poches, puis remis à l'officier ravi qui patientait à l'extérieur. Quelqu'un vint rapidement le relever et il put apporter ses trophées à un Jack Burns très impatient.

Le scanner confirma les pires craintes de Carl Bateman. Le patient souffrait bien d'une hémorragie qui s'épanchait à l'intérieur de la boîte crânienne. Le sang exerçait sur le cerveau une pression assez forte pour provoquer la mort ou des séquelles irréversibles. À huit heures et quart, le blessé subit une intervention. Guidé par les clichés qui lui indiquaient exactement où s'exerçait la pression, le docteur Willis réussit à atteindre l'hématome avec une seule incision. Il pratiqua trois minuscules orifices dans le crâne, qu'il relia avec la scie chirurgicale pour former un triangle parfait. L'opération classique. Le fragment triangulaire retiré, il résorba l'hématome et ligatura les vaisseaux qui laissaient s'écouler le sang dans la boîte crânienne. Une fois vidées les poches de sang, la pression faiblit et le cerveau put retrouver sa place normale à l'intérieur du crâne. L'esquille fut remise à sa place et le cuir chevelu recousu. D'épais bandages maintiendraient le tout en attendant la cicatrisation naturelle.

Malgré les dégâts, le docteur Willis espérait être intervenu à temps. Drôle de mécanique que le corps humain. Des piqûres de guêpe peuvent lui être fatales, mais il est capable aussi de résister aux plus grands traumatismes. Lorsqu'un hématome est résorbé et que le cerveau reprend sa place, un patient peut recouvrer la conscience et la lucidité en l'espace de quelques jours. On ne pourrait pas se prononcer avant vingt-quatre heures, le temps que se dissipent les effets de l'anesthésie. S'il n'y avait aucun progrès au bout de deux jours, il y aurait lieu de s'inquiéter. Mr Willis se lava les mains et changea de vêtements pour rentrer chez lui à St John's Wood.

— Et merde ! fit Jack Burns en examinant les vêtements et les objets personnels : un paquet de cigarettes à moitié vide, quelques allumettes, de la menue monnaie, un mouchoir sale et une seule clé attachée à un ruban, qui devait ouvrir la porte d'un appartement.

Ils se trouvaient dans la poche du pantalon. Par contre, rien dans la veste. Le reste se cachait sûrement dans le portefeuille.

— Un homme propre sur lui, fit remarquer Skinner qui venait d'étudier les vêtements. Des souliers bon marché et ressemelés, mais il a fait l'effort de les cirer. Le pantalon est usé et bas de gamme, pourtant il a fait un pli sur chaque jambe au fer à repasser. Même chose pour la chemise : élimée au col et aux poignets, mais bien repassée. Même s'il ne roule pas sur l'or, il essaie de sauver les apparences.

— J'espérais trouver une carte de crédit ou une enveloppe à son adresse dans une poche du pantalon, dit Jack Burns, toujours occupé à remplir les tonnes de paperasses qu'on exige des policiers d'aujourd'hui. Pour le moment, je suis obligé de le classer parmi les individus non identifiés.

Les Américains les appellent John Doe, mais la police métropolitaine les range dans la catégorie « individus non identifiés ». Lorsque les deux inspecteurs eurent réglé toutes les formalités, il faisait encore assez chaud mais l'obscurité était complète. Ils avaient un peu de temps pour boire une bière vite fait avant de rentrer chez eux.

À deux kilomètres de là, l'homme propre sur lui était couché sur le dos dans le service de soins intensifs du Royal London Hospital. Il avait le souffle court mais régulier et le pouls toujours trop rapide. L'infirmière de nuit venait le lui prendre de temps en temps.

Jack Burns avala une lampée de bière.

— Bon sang, qui peut-il bien être ? maugréa-t-il sans s'adresser à quelqu'un en particulier.

— Vous en faites pas, patron, on ne va pas tarder à le savoir.

Luke Skinner était loin de la vérité.

Deuxième jour : mercredi

L'inspecteur Burns eut une journée éprouvante et mouvementée. Elle lui apporta deux victoires, deux déceptions et une foule de questions sans réponse. Bien sûr, c'était la norme. Rares sont les affaires où un inspecteur se voit apporter la solution sur un plateau d'argent.

Son premier succès concernait Mr Patel. Le commerçant se présenta au poste à onze heures tapantes, toujours aussi décidé à collaborer.

— Je voudrais vous montrer quelques photos, lui dit Burns lorsqu'ils furent installés devant une espèce d'écran de télé.

Au début de sa carrière, les photographies de l'Identité judiciaire, connue dans la profession sous le nom de « sommier », étaient classées dans un ou plusieurs gros albums, protégées par des pochettes en plastique. Burns préférait l'ancienne méthode, car elle permettait au témoin de feuilleter l'album et de revenir en arrière jusqu'à ce qu'il ait fait son choix. Les photos étaient maintenant sur fichier informatisé, et les visages apparaissaient sur un écran.

Il commença par une série de cent photos comprenant quelques cas difficiles connus de la police des quartiers nord-est. La liste n'était pas exhaustive, loin de là, mais Burns avait sélectionné les délinquants familiers du poste de Dover. Pour un inspecteur de police, Mr Patel était le témoin idéal. Au numéro 28, il déclara :

— C'est celui-là.

Ils avaient devant les yeux une face de brute chez qui la bêtise le disputait à la méchanceté. Musclé, le crâne rasé, un anneau à l'oreille.

— Vous en êtes sûr ? Vous ne le connaissiez pas avant ? Il n'est jamais venu dans votre boutique ?

— Non, pas celui-là. Mais c'est lui qui a pris un coup de poing dans le nez.

La photo portait le nom de Mark Price, avec un numéro d'identification. Au 77, Mr Patel reconnut le deuxième, le type au teint blême et aux cheveux raides qui lui retombaient sur les oreilles. Harry Cornish. Il était absolument certain de ce qu'il avançait et n'avait hésité qu'une fraction de seconde avant de se prononcer. Burns éteignit l'écran. L'Identité judiciaire lui fournirait le dossier complet de chaque individu.

— Dès que j'aurai retrouvé et arrêté ces deux hommes, je vous demanderai d'assister à une séance d'identification.

Le commerçant hocha la tête. Il était d'accord. Quand il fut parti, Luke Skinner déclara :

— Bon Dieu, patron, j'aimerais bien qu'ils soient tous comme lui !

En attendant que la base de données de l'Identité judiciaire lui communique le dossier complet des deux bonshommes, Jack Burns passa la tête à la porte du bureau de la police judiciaire. Celui qu'il voulait voir était penché sur sa table de travail. Encore des paperasses à remplir.

— Charlie, vous auriez une minute ?

Charlie Coulter était inspecteur adjoint, mais il était un peu plus âgé que Burns et travaillait sur le terrain au poste de Dover depuis une quinzaine d'années. Personne ne connaissait mieux que lui les voyous du quartier.

— Ces deux-là ? fit-il d'un air dégoûté. Vous avez tiré les bons numéros, Jack. Ils ont un casier long comme le bras. Ils sont pas du coin. Ça doit faire trois ans qu'ils se sont installés. Spécialistes des coups minables, qui ne demandent pas beaucoup d'intelligence. Vols à l'arraché, agressions, vols à l'étalage, rixes, hooliganisme. Plus quelques voies de fait plus sérieuses. Ils ont fait tous les deux de la taule.

— Cette fois il s'agit de coups et blessures. Hier ils ont tabassé un vieil homme à coups de pied, et il est dans le coma. Vous connaissez leur adresse ?

— Là, je ne peux pas vous dire. La dernière fois que j'en ai entendu parler, ils logeaient dans un squat pas loin de High Road.

— Pas dans la cité ?

— Je crois pas. Normalement, ce n'est pas leur secteur. Ils ont dû y passer par hasard.

— Ils font partie d'une bande ?

— Non, ils font cavalier seul. Ils traînent juste tous les deux.

— Homos ?

— Pas que je sache. Probable que non. Cornish s'est déjà fait épingler pour attentat à la pudeur. Sur une femme. Mais ça n'a pas eu de suites. La fille s'est rétractée. Price a dû faire de l'intimidation.

— Des toxicos, alors ?

— Pas à ma connaissance. Plutôt des alcoolos. Leur spécialité, c'est les bagarres dans les pubs.

Le téléphone se mit à sonner et Burns laissa son collègue travailler. Les dossiers de l'Identité judiciaire lui parvinrent avec l'adresse des deux délinquants. Burns alla voir Alan Parfitt, son supérieur hiérarchique, pour lui demander une autorisation. À deux heures de l'après-midi, un juge de paix avait signé un mandat de perquisition pour l'adresse en question, et deux officiers étaient allés chercher leurs armes de service à l'arsenal. Burns, Skinner et six autres policiers – dont un muni d'un bélier – complétaient l'équipe de dix.

L'intervention eut lieu à trois heures. L'immeuble vétuste et lépreux devait être rasé dès que le promoteur aurait acheté l'ensemble du bloc. En attendant, il avait été condamné et on avait coupé l'eau et l'électricité. Après avoir frappé pour la forme à la porte écaillée, les policiers défoncèrent la serrure à coups de bélier et se ruèrent dans l'escalier. Les deux malfaiteurs occupaient deux pièces au premier étage. Si l'endroit n'avait jamais été bien reluisant, il avait tout maintenant d'un dépotoir sordide. Les deux hommes étaient absents. Les officiers armés rangèrent leur revolver et la perquisition put commencer.

Les policiers chargés de la fouille ne cherchaient pas quelque chose en particulier : un portefeuille et son contenu, des vêtements, des bottes... Ils ne s'embarrassèrent pas de précautions. Le squat qu'ils avaient trouvé en arrivant était déjà répugnant, et il n'avait vraiment rien d'un nid douillet lorsqu'ils repartirent. Cependant, ils n'emportèrent qu'un seul et unique trophée : un T-shirt sale maculé de sang sur le devant, qu'ils trouvèrent roulé derrière un canapé miteux. Il fut aussitôt fourré dans un sac en plastique et étiqueté. Tous les autres vêtements subirent le même sort. Si le laboratoire de la police scientifique pouvait y découvrir des fibres provenant des habits de la victime, il établirait un lien entre les délinquants et les circonstances de l'agression tout en apportant la preuve d'un contact physique avec le vieil homme. Pendant la fouille, Burns et Skinner écumèrent la rue. La plupart des voisins connaissaient les deux hommes de vue et ne les appréciaient guère. En effet, ils faisaient régulièrement du tapage quand ils rentraient saouls au petit matin. Personne n'avait la moindre idée de l'endroit où ils se trouvaient par cet après-midi du mois d'août.

De retour au commissariat, Burns bondit sur son téléphone. Il lança un avis de recherche contre les deux individus, appela brièvement Carl Bateman – le médecin des urgences du Royal London –, à qui il n'avait qu'une seule question à poser. Il contacta enfin les urgences de trois autres hôpitaux. Il tapa dans le mille avec un interne de l'hôpital de St Anne's Road.

— Je vous tiens ! s'écria Burns en reposant le combiné.

L'instinct du chasseur anime tout policier qui se respecte. Il connaît bien la délicieuse poussée d'adrénaline qui accompagne l'accumulation des preuves. Il se tourna vers l'inspecteur Skinner :

— Allez voir un certain docteur Melrose aux urgences de St Anne's, et faites-lui signer une déposition complète. Emportez une photo de Mark Price pour l'identification. Je veux aussi une copie du registre des admissions d'hier après-midi. Ramenez-moi tout ça quand vous aurez fini.

— Il y a du nouveau ? demanda Skinner en voyant ce changement d'humeur.

— Un type répondant au signalement de Price a échoué hier à St Anne's avec un nez abîmé. Le docteur Melrose a découvert une double fracture. Quand on le retrouvera, ce sera avec un pif redressé et couvert d'un gros pansement. Melrose pourra l'identifier formellement.

— Ça s'est passé quand, patron ?

— Devinez. Hier après-midi à cinq heures.

— Trois heures après le coup de poing de Paradise Way. Ça devrait nous mener quelque part.

— Ouais, mon vieux, j'en suis bien persuadé. Maintenant partez là-bas.

En l'absence de Skinner, Burns prit un appel de l'inspecteur qui dirigeait l'équipe du POLSA. Il n'annonçait que des nouvelles décevantes. La veille, ses hommes avaient passé la cité au peigne fin jusqu'à la tombée de la nuit. Ils avaient rampé à quatre pattes dans tous les coins et recoins, examiné de fond en comble les passages et les allées, sans oublier les carrés de gazon pelé et les caniveaux poisseux. Enfin, ils avaient emporté et vidé les cinq containers à ordures qu'ils avaient trouvés. Ils leur avaient livré le ramassis de préservatifs usagés, de seringues souillées et de papiers gras qu'on rencontre habituellement dans ce genre d'endroit. Aucune trace de sang ni du portefeuille.

Cornish avait dû fourrer le portefeuille volé dans une de ses poches pour pouvoir compter son butin à loisir. Il avait sûrement dépensé l'argent liquide et balancé le reste quelque part, en dehors de la cité. Et il habitait à huit cents mètres de distance. Ça faisait une sacrée surface, et beaucoup trop de poubelles, d'allées et de bennes à gravats. Il pouvait être n'importe où, ce portefeuille. Par un coup de veine extraordinaire, il se trouvait peut-être encore dans une de ses poches. Après tout, ni lui ni Price n'avaient inventé la poudre.

En tenant son T-shirt contre son nez cassé, Price avait dû empêcher le sang de couler sur le trottoir jusqu'à ce qu'il se soit éloigné du quartier. Quoi qu'il en soit, un témoignage de premier choix et une trace du nez cassé à St Anne's trois heures à peine après la bagarre, c'était un résultat honorable pour la journée.

L'appel suivant provenait de Carl Bateman. Lui aussi apportait une petite déconvenue, mais rien de catastrophique. Quant au dernier coup de fil, il fut tout simplement fabuleux. Personne ne connaissait autant de balances dans le secteur que l'inspecteur Coulter. Une voix lui avait chuchoté au téléphone que Price et Cornish étaient en train de jouer au billard dans une salle de Dalston. Luke Skinner entra dans le hall comme Jack Burns descendait les escaliers. Il rapportait la déposition complète du docteur Melrose, une identification formelle et une copie du registre des admissions, dans lequel Price figurait sous son vrai nom. Burns lui demanda de mettre les pièces à conviction en lieu sûr et de le rejoindre dans la voiture.

Les deux malfaiteurs disputaient toujours leur partie de billard quand la police débarqua. Burns mena rondement l'affaire. Il était venu avec des renforts : un fourgon de police et six officiers en tenue qui surveillaient toutes les issues. Les autres joueurs se bornèrent à regarder la scène avec l'intense curiosité que réservent les gens qui n'ont pas d'ennuis à ceux qui en ont. Price foudroya Burns du regard. Ses yeux porcins surmontaient l'énorme pansement qui lui couvrait le nez.

— Mark Price, je vous arrête pour coups et blessures sur un individu non identifié de sexe masculin, hier après-midi vers deux heures, sur Paradise Way à Edmonton. Vous n'êtes pas obligé de vous exprimer, mais tout élément dissimulé pendant l'interrogatoire et dévoilé devant la cour risque de nuire à votre défense. Tout ce que vous direz pourra être retenu contre vous.

Price jeta un coup d'œil paniqué à Cornish, qui passait manifestement pour le cerveau de l'équipe. Cornish secoua discrètement la tête.

— Va te faire foutre, salopard, se contenta de dire Price.

Les policiers le retournèrent pour lui passer les menottes et le firent sortir de la salle. Deux minutes plus tard, Cornish lui emboîtait le pas. On les poussa dans le fourgon avec les six officiers, et la petite troupe s'achemina vers le poste de Dover.

La procédure, encore et toujours la procédure. Pendant le trajet du retour, Burns convoqua en urgence un expert médical. Il ne voulait surtout pas qu'on puisse plus tard imputer le nez cassé à de quelconques brutalités policières. Il souhaitait par ailleurs faire subir un examen sanguin à Price pour comparer le prélèvement aux taches retrouvées sur le T-shirt. Si on découvrait sur le vêtement des traces du sang de la victime, l'affaire était dans le sac. Alors qu'il attendait un échantillon sanguin du blessé, il médita les informations décevantes que le professeur Bateman lui avait fournies sur le poing droit de la victime.

La nuit promettait d'être longue. L'arrestation avait eu lieu à sept heures et quart. Ça lui laissait vingt-quatre heures avant que le commissaire divisionnaire lui accorde douze heures de plus, ou que les juges de paix allongent la garde à vue de vingt-quatre heures. Ayant participé à l'interpellation, il devrait remplir un rapport supplémentaire, signé devant témoin. En outre, l'expert médical était censé certifier sur l'honneur que les deux hommes étaient bien en état d'être interrogés. Pour parvenir à de quelconques conclusions, il aurait besoin de tous leurs vêtements et du contenu de leurs poches, ainsi que du résultat des analyses de sang.

L'œil de lynx de Luke Skinner s'était déjà assuré que les deux hommes n'avaient rien laissé tomber de leurs poches avant d'entrer dans le fourgon de police. Mais rien n'avait pu empêcher Cornish de signaler aux officiers qu'il voulait un avocat, le plus vite possible. Ç'avaient été ses premiers mots. Le message ne s'adressait pas aux policiers, mais à son abruti de complice. Price reçut le message cinq sur cinq.

Les formalités prirent plus d'une heure. Le crépuscule tombait. L'expert partit en laissant un document attestant que les deux prévenus étaient en état de subir un interrogatoire, et que le nez de Price était cassé au moment de l'arrestation. Les deux malfaiteurs furent enfermés dans des cellules séparées, vêtus de l'uniforme fourni par la police. On leur avait donné une tasse de thé et on leur apporterait plus tard un repas chaud de la cantine. Le règlement et rien que le règlement... Burns coula un regard dans la cellule de Price.

— Je veux un avocat, dit celui-ci. Je dirai rien de plus.

Cornish réagit de la même manière. Il se borna à sourire en réclamant un avocat.

L'avoué commis d'office était Mr Lou Slade. Dérangé pendant son dîner, il insista néanmoins pour rencontrer ses clients avant de rentrer chez lui. Il arriva au poste peu avant neuf heures et eut un entretien privé avec chacun des suspects dans la salle d'audition.

— Vous pouvez procéder aux interrogatoires en ma présence si vous le souhaitez, inspecteur, annonça-t-il en ressortant. Mais je vous préviens que mes clients n'ont aucune déclaration à faire. Ils déclinent toute responsabilité dans cette affaire et nient s'être trouvés sur les lieux à l'heure dite.

Avocat chevronné, il avait déjà traité des affaires similaires. Il s'était fait une idée de ses clients et ne croyait pas un mot de ce qu'ils affirmaient, il avait pourtant une mission à accomplir.

— Comme vous voudrez, répondit Burns. Mais les présomptions sont déjà très lourdes et les preuves ne cessent de s'accumuler. S'ils passaient aux aveux, il se peut même que je croie que la victime s'est cognée sur le trottoir en tombant ! Vu leurs casiers, je dirais qu'ils vont écoper de deux ans à Pentonville.

Dans le quartier, la prison était surnommée « la Ville ».

Même s'il n'en disait rien, Burns savait que le blessé portait une vingtaine de marques de coups de pied. Et Slade savait qu'il savait.

— C'est de l'intox, Mr Burns, et ça ne marche pas avec moi. Ils sont bien décidés à nier. En vertu des règles de transparence, j'exige d'être mis au courant de toute nouvelle information.

— Chaque chose en son temps, Mr Slade. De mon côté, j'aurai bientôt besoin d'un solide alibi. Mais vous connaissez le règlement aussi bien que moi.

— Jusqu'à quand avez-vous le droit de les garder ici ?

— Sept heures et quart demain soir. Douze heures de plus ne suffiront sans doute pas. Je vais sûrement solliciter une prolongation de garde à vue auprès du tribunal de première instance. Demain vers cinq heures, à la dernière audience.

— Je ne m'y opposerai pas.

Il savait que les atermoiements ne menaient à rien. Il avait affaire à deux délinquants, et ils venaient pratiquement de tuer un homme. Le tribunal n'hésiterait pas une seconde à prolonger la garde à vue.

— Je présume que vous tenez à mener les interrogatoires, même si mes clients ne veulent rien dire.

— J'ai bien peur que oui.

— Bon, je propose qu'on rentre chacun chez soi et qu'on se retrouve demain matin à neuf heures.

Une fois le rendez-vous fixé, Slade rentra chez lui. Price et Cornish furent bouclés pour la nuit. Quant à Jack Burns, il lui restait un dernier coup de fil à passer. Il demanda au standard du Royal London qu'on le mette en contact avec l'infirmière de nuit du service des soins intensifs. Il y avait une toute petite chance pour que le blessé soit revenu à lui.

Le docteur Willis aussi travaillait tard. Il venait d'opérer un jeune motard qui semblait avoir tenté un record de vitesse en descente dans une rue d'Archway Hill. Le neurochirurgien avait fait tout son possible, mais en son for intérieur, il n'estimait qu'à cinquante pour cent les chances qu'avait le blessé de passer la semaine. Il apprit que Burns avait appelé lorsque l'infirmière eut raccroché. Vingt-quatre heures s'étaient écoulées depuis l'anesthésie. Maintenant que ses effets s'étaient dissipés, il espérait quelques signes de progrès. Avant de rentrer chez lui, il passa voir le vieil homme boiteux. Aucune évolution. Les moniteurs indiquaient un rythme cardiaque régulier, mais la tension artérielle trop élevée témoignait de lésions cérébrales. Sur l'échelle de Glasgow, le patient plafonnait toujours à trois sur quinze : coma dépassé.

— Je laisse passer trente-six heures de plus, dit-il à l'infirmière. Je comptais m'absenter ce week-end, mais je passerai samedi matin. Sauf en cas d'amélioration considérable. Pourriez-vous laisser un message pour qu'on m'informe d'un éventuel progrès, ici ou à mon domicile ? S'il n'y a aucun changement d'ici samedi matin neuf heures, je veux qu'on lui refasse un scanner. Réservez-le pour moi, je vous prie.

La deuxième journée touchait à sa fin. Price et Cornish ronflaient comme des bœufs dans leurs cellules de Dover Street, gavés de friture. Reliée à trois moniteurs, la victime gisait sur le dos sous une veilleuse bleue, perdue dans un monde intérieur inaccessible.

Écartant momentanément ses malades de son esprit, le docteur Willis regarda un vieux western spaghetti avec Clint Eastwood dans son élégante demeure de St John's Wood Terrace. L'inspecteur Skinner arriva juste à l'heure à son rendez-vous avec une charmante étudiante en art dramatique, rencontrée un mois plus tôt au bar du foyer lors d'un concerto de Beethoven. C'était typiquement le genre de sujet – Beethoven, pas les filles – qu'il n'abordait jamais avec ses collègues à la cantine. Jack Burns, pour sa part, rentra dans une maison vide à Camden Town, où il mangea sur le pouce des haricots en boîte et des toasts. Il regrettait que Jenny et les garçons soient partis en vacances à Salcombe, dans son Devon natal, où il aurait bien aimé les rejoindre. Saleté de mois d'août.

Troisième jour : jeudi

Les interrogatoires de Price et de Cornish ne menèrent à rien. La faute n'en incombait pas à Jack Burns qui possédait l'expérience et les compétences requises. Il commença par Price, sachant que c'était le moins malin des deux. Avec Lou Slade assis près de son client, il fut obligé de garder une certaine retenue.

— Écoute bien, Mark, on t'a pris la main dans le sac. On a un témoin, et il a tout vu. Tout, je te dis. Du début à la fin. Et il est décidé à témoigner.

Il attendit la réaction. Rien.

— Mon client refuse toute déclaration, murmura Slade.

— Alors comme ça, Mark, il t'a cogné en plein dans le nez. Il t'a explosé le blair. Pas étonnant que t'aies vu rouge. Bon sang, pourquoi un vieux type comme lui a fait un truc pareil ?

Price aurait pu marmonner quelque chose comme « Chais pas », ou « Quel vieux taré ». Ça aurait suffi à convaincre un jury. Une réponse comme ça revenait à avouer s'être trouvé sur les lieux de l'agression. Et dans ces conditions, finis les alibis. Price le fusilla du regard mais il garda le silence.

— Et puis il y a ton sang, Mark. Le sang qui dégoulinait de ton nez cassé. On a des échantillons, mon vieux.

Il se garda de préciser que le sang provenait du T-shirt, et pas du trottoir, mais ce n'était pas un vrai mensonge. Price lança un regard paniqué à Cornish, qui semblait lui aussi passablement inquiet. L'avoué se disait que si les tests ADN identifiaient le sang retrouvé près de la victime comme étant celui de Price, la partie était perdue pour la défense. Mais il pouvait encore changer son fusil d'épaule, le cas échéant. En vertu des règles de transparence, il se tiendrait au courant de toutes les avancées de Burns, bien avant un éventuel procès. Il se contenta de secouer la tête, et Price se mura dans son silence. Pendant une heure, Burns s'efforça autant qu'il put de tirer quelque chose de chaque prévenu, puis il laissa tomber.

— Je vais demander une prolongation de garde à vue, dit-il à Slade lorsque Price et Cornish furent retournés en cellule. Quatre heures cet après-midi ?

Slade hocha la tête. Il y assisterait, mais ne prendrait pratiquement pas la parole. Ça ne serait d'aucune utilité.

— Et j'organise aussi deux séances d'identification, demain matin à St Anne's Road. Si j'obtiens des résultats probants, je procéderai à une inculpation formelle et je les ferai placer en détention provisoire.

Slade opina du chef et s'en alla.

Dans la voiture qui le ramenait à son bureau, l'avoué commis d'office se disait que tout ça ne risquait pas d'arranger les affaires de ses clients. Burns faisait du bon travail : complet, minutieux, sans erreurs stupides que la défense aurait pu exploiter. En outre, il était intimement convaincu de la culpabilité des deux lascars. Il avait vu leurs casiers, et le tribunal en prendrait connaissance en fin d'après-midi. Quel que soit le témoin mystère, s'il était honnête et campait sur ses positions, Price et Cornish resteraient à l'ombre pendant un moment.

Dans le temps, les séances d'identification avaient lieu dans les commissariats. Aujourd'hui elles se tiennent dans des locaux prévus à cet effet, dispersés dans toute la ville. Le plus proche du poste de Dover se trouvait sur St Anne's Road, sur le même trottoir que l'hôpital où Price s'était fait soigner par le docteur Melrose.

Ce nouveau système était plus efficace. Chaque local était équipé d'estrades, d'éclairages et de miroirs sans tain ultramodernes. Grâce au miroir, on pouvait procéder à l'identification sans que le témoin soit réduit au silence par le regard menaçant d'un quelconque « dur ». Des volontaires – un panel d'hommes et de femmes de taille et d'apparence diverses – se tenaient à la disposition de la police. Moyennant quinze livres, ces volontaires se présentaient, défilaient et repartaient. Burns demanda deux séances pour le lendemain onze heures et fournit une description détaillée des deux détenus.

Les relations avec les médias furent confiées à Luke Skinner, car Burns leur vouait une haine féroce. Quoi qu'il en soit, l'inspecteur Skinner s'en débrouillait mieux. C'était en effet un spécimen plutôt rare que ce policier sorti des *public schools*. Si ses bonnes manières faisaient rire à la cantine, elles se révélaient parfois très utiles. Toutes les investigations de la presse étaient filtrées par Scotland Yard, où un bureau s'occupait exclusivement des affaires publiques. La presse réclamait une déclaration succincte. Cette histoire ne suscitait pas un grand intérêt. Pourtant, le mystère relatif à l'identité de la victime venait s'ajouter à l'affaire de coups et blessures. Le problème de Skinner était le suivant : il ne pouvait pas fournir un signalement précis de la victime, et encore moins un portrait de celle-ci, puisque son visage boursouflé et couvert de bandages ne risquait pas d'être reproduit. Il se contenterait donc de lancer un appel concernant une personne ne s'étant pas présentée à son travail ou à son domicile depuis le jeudi, entre Tottenham et Edmonton. Un individu affligé d'une claudication prononcée, dans les cinquante, cinquante-cinq ans, cheveux courts et grisonnants, taille et corpulence moyennes.

Pour la presse, le mois d'août est une période creuse. Les médias évoqueraient peut-être l'affaire, mais de manière superficielle. Il y avait néanmoins un journal susceptible de la couvrir dans les détails, et Skinner connaissait quelqu'un à la rédaction. Il déjeuna avec un reporter de l'*Edmonton and Tottenham Express*, un canard local qui s'intéressait à la zone du poste de Dover. Le journaliste prit des notes en promettant de faire son possible.

Si les tribunaux de la justice civile s'accordent de longues vacances d'été, les rouages de la justice pénale ne cessent jamais de fonctionner. Plus de quatre-vingt-dix pour cent des violations de la loi relèvent du tribunal de première instance, et la machine judiciaire ne connaît pas d'interruption au cours de l'année. La majeure partie des affaires de routine sont prises en charge par des juges non professionnels qui travaillent bénévolement. Ils traitent la masse des délits mineurs : infractions au code de la route, mandats d'arrestation ou de perquisition, licences autorisant à vendre de l'alcool, menus larcins, rixes... Ce sont eux aussi qui accordent les prolongations de garde à vue ou les mises en détention provisoire. Si l'on soumet au tribunal de première instance une affaire plus sérieuse, la coutume actuelle veut qu'un juge professionnel appointé, diplômé en droit et rémunéré, siège seul au tribunal.

Cet après-midi-là dans la salle d'audience numéro 3 du tribunal de Highbury Corner, Mr Henry Spellar, directeur d'école à la retraite, présidait une cour formée de trois juges non professionnels. Il ne fallut que quelques minutes pour régler une affaire aussi simple. Price et Cornish furent aussitôt reconduits au commissariat de Dover Street. Burns fit son rapport à Alan Parfitt, le commissaire divisionnaire.

— Comment ça se passe, Jack ? lui demanda le chef de la police judiciaire de Dover Street.

— C'est très frustrant, patron. Au début, tout a marché comme sur des roulettes, avec un témoin idéal qui a vu toute la scène. De la première à la dernière minute. Un commerçant respectable qui travaille de l'autre côté de la rue. Un bon citoyen, qui a identifié les coupables sans une hésitation et qui veut bien témoigner. Il me manque le portefeuille volé à la victime. Plus les résultats du labo pour établir un lien entre les prévenus et les circonstances de l'agression. Par contre, j'ai le nez cassé de Price et une trace des soins médicaux à St Anne's trois heures plus tard. Ça cadre impeccable avec le récit du témoin oculaire.

— Dans ce cas, qu'est-ce qui vous retient ?

— J'ai besoin du portefeuille pour établir un lien avec les deux malfaiteurs. Je voudrais aussi que le labo se presse un peu, et pouvoir identifier la victime. Il est toujours classé parmi les individus non identifiés.

— Vous allez les inculper ?

— Si Mr Patel les reconnaît demain matin, je le ferai. Il ne faut surtout pas les relâcher, c'est évident qu'ils sont coupables.

Alan Parfitt opina.

— Entendu, Jack. Je vais demander au labo de faire fissa. Tenez-moi au courant, ainsi que le ministère public.

La nuit tomba une fois de plus sur le Royal London Hospital, mais le patient des soins intensifs ne pouvait pas le voir. Quarante-huit heures s'étaient écoulées depuis l'opération. Les effets de l'anesthésie s'étaient dissipés depuis longtemps, pourtant il n'avait pas encore ouvert les yeux. Il était toujours dans son monde à lui.

Quatrième jour : vendredi

Le dernier numéro du journal local consacrait un long article à l'affaire. Elle venait juste après la une, en première page. Le reporter l'abordait ainsi : « Le mystère du vieux monsieur boiteux. Qui est-il ? La police s'interroge. » L'article comprenait un récit de l'agression et une allusion à deux personnes du quartier « collaborant au travail de la police ». Il s'agit d'une de ces expressions rebattues comparables aux bulletins de santé qui qualifient de stationnaire l'état de malades en phase terminale. Tout le monde sait pertinemment qu'elles signifient le contraire.

Le journaliste donnait le signalement le plus détaillé possible de la victime – taille, carrure, cheveux gris, plus la claudication qui le caractérisait – et terminait par cette question en grosses lettres majuscules : L'AVEZ-VOUS DÉJÀ RENCONTRÉ ? L'inspecteur Skinner emporta un numéro à la cantine pour le lire pendant le petit déjeuner. Il était satisfait de la couverture. Un bref entrefilet signalait la prolongation de la garde à vue et la demande de vingt-quatre heures supplémentaires.

À onze heures, un fourgon cellulaire transporta Price et Cornish à St Anne's Road pour la séance d'identification. Burns et Skinner arrivèrent juste après avec Mr Patel. Deux séances étaient prévues ; chaque suspect apparut avec huit autres individus correspondant à son type physique. Vu l'état de Price, les huit autres portaient aussi un pansement sur le nez.

Mr Patel ne marqua pas une seconde d'hésitation. Vingt minutes plus tard, il avait formellement identifié les deux hommes et se déclarait prêt à confirmer devant un tribunal ce qu'il avait dit lors de sa déposition. Burns était content. Aucun des deux délinquants n'avait vu Mr Patel, et ils ne faisaient pas partie d'une bande. Avec un peu de chance, le témoin ne subirait pas de pressions.

Les policiers le raccompagnèrent à sa boutique. Les volontaires repartirent avec leur argent tandis qu'on ramenait Price et Cornish dans leurs cellules, où Burns comptait procéder dès son retour à une inculpation officielle.

Il était en chemin pour le faire lorsque le policier en faction les interpella dans le hall, Skinner et lui.

— Jack, il y a eu un appel pour vous. (Il consulta son bloc-notes.) Une certaine Miss Armitage, fleuriste.

Burns était perplexe. Il n'avait pas commandé de bouquet. D'un autre côté, Jenny devait rentrer dans une semaine. Quelques fleurs apporteraient peut-être une touche de romantisme bienvenue. Finalement, l'idée n'était pas mauvaise.

— Ça concerne un monsieur qui boite, précisa le policier.

Burns prit l'adresse et remonta en voiture avec Skinner.

Les sœurs Armitage, des jumelles d'un âge respectable,

tenaient une petite boutique de fleurs sur Upper High Road. La moitié de leurs marchandises étaient exposées à l'intérieur, l'autre moitié sur le trottoir. Ces fleurs-ci s'efforçaient de survivre à l'épais nuage de gaz d'échappement que laissaient dans leur sillage les mastodontes qui fonçaient vers Highbury au sud ou vers les zones industrielles du Nord.

— Il pourrait s'agir du même homme, fit Miss Verity Armitage. Les descriptions ont l'air de concorder. Vous avez dit jeudi matin, c'est bien ça ?

L'inspecteur Burns lui confirma que la date du jeudi matin pouvait correspondre.

— Il m'a acheté un bouquet. Pas très cher, en fait, c'était le meilleur marché de la boutique. Une demi-douzaine de marguerites. Vu son apparence, il n'avait pas l'air bien fortuné, le pauvre diable. Et le journal dit qu'il a été blessé ?

— Très grièvement, madame. Il ne peut pas s'exprimer, il est dans le coma. Comment a-t-il payé ?

— Oh, en espèces.

— Avec des pièces qu'il a prises dans la poche de son pantalon ?

— Non, il a sorti un billet de cinq livres. De son portefeuille. Je me souviens qu'il l'a laissé tomber et que je le lui ai ramassé. À cause de sa jambe.

— Quel genre de portefeuille ?

— Bon marché. En plastique noir. Ensuite je le lui ai rendu.

— Vous avez vu où il le rangeait ?

— Dans sa poche. Celle de sa veste, la poche intérieure.

— Ça vous ennuierait de me montrer un bouquet de marguerites ?

Ils déjeunèrent à la cantine du commissariat. Désappointé, Burns était d'humeur maussade. Une carte de crédit aurait laissé des traces : un nom, plus une adresse et un numéro de compte fournis par la banque. Mais du liquide...

— Qu'est-ce qu'on peut faire avec un bouquet par un après-midi du mois d'août ? demanda-t-il à Skinner.

— L'apporter à sa petite amie ? L'offrir à sa maman ?

Repoussant leur assiette, les deux hommes penchèrent leur front plissé sur leur tasse de thé.

— Inspecteur ?

Une voix timide s'était élevée à l'autre bout de la grande table. C'était une nouvelle recrue, une jeune femme à peine sortie de l'école de police. Jack regarda dans sa direction.

— Oui ?

— C'est juste une hypothèse. Vous parlez du monsieur boiteux ?

— Exact. Et j'aurais bien besoin d'une idée. Quelle est la vôtre ?

Elle rougit violemment. Il est rare en effet que des jeunes officiers interrompent un inspecteur.

— Si cet homme marchait dans la rue à l'endroit que vous dites, il se dirigeait sans doute vers High Road à cinq cents mètres de là. Et vers l'arrêt de bus. Mais cinq cents mètres en arrière, on trouve le cimetière.

Burns reposa sa tasse.

— Qu'est-ce que vous faites en ce moment ? demanda-t-il à la jeune femme.

— Je suis en train de classer des dossiers.

— Ça peut attendre. On va jeter un coup d'œil au cimetière. Venez avec moi.

Comme d'habitude, c'est Skinner qui prit le volant. Originaire du quartier, le jeune officier les guidait. C'était un vaste cimetière, avec des centaines de tombes disposées en rangées. Il dépendait de la municipalité, qui ne se souciait guère de l'entretenir. Ils commencèrent à un bout, et chacun passa une rangée en revue. Il leur fallut pratiquement une heure. Ce fut la jeune femme qui trouva. Elles étaient fanées, évidemment, mais c'étaient bel et bien des marguerites, en train de dépérir dans un bocal d'eau croupie. La pierre tombale indiquait qu'elle recouvrait la dépouille mortelle d'une dénommée Mavis June Hall. Les dates de naissance et de mort étaient gravées, ainsi que les lettres RIP. Elle était décédée vingt ans auparavant, à l'âge de soixante-dix ans.

— Regardez la date de naissance, patron. Août 1906. Son anniversaire tombait jeudi dernier.

— Mais qui pouvait-elle bien être par rapport à notre boiteux ?

— Peut-être sa maman ?

— Ça se peut. Dans ce cas il s'appelle Hall.

En rentrant, ils passèrent par le magasin de fleurs, où Miss Verity Armitage affirma que les marguerites provenaient très certainement de sa boutique. Au commissariat, Skinner contacta le Bureau des personnes disparues et leur donna le nom de Hall. Il y en avait trois, mais c'étaient deux femmes et un enfant.

— Quelqu'un devait pourtant connaître ce bonhomme. Pourquoi ne signalent-ils pas sa disparition ? fulmina Burns.

C'était parti pour une succession de déceptions. Le charmant et brillant jeune officier retourna à ses dossiers. Burns et Skinner se rendirent dans les cellules des prévenus pour les inculper formellement de coups et blessures sur la personne d'un adulte non identifié. À quatre heures moins le quart, ils partirent pour Highbury Corner, où le directeur du greffe s'était arrangé pour leur aménager un créneau de dernière minute lors de l'ultime audience. Cette fois, les deux malfaiteurs ne seraient pas rapatriés dans leurs cellules de Dover Street. Burns avait la ferme intention de les faire incarcérer dans une véritable prison pour une semaine de détention provisoire. Ce serait probablement à Pentonville.

Au tribunal, les choses ne se passèrent pas comme la fois précédente. Ils se trouvaient dans la salle d'audience numéro un, où le banc des accusés, au lieu d'être placé dans un angle, est situé en plein milieu, face à la cour. On avait fait appel à un juge appointé : Mr Jonathan Stein, juriste confirmé et expérimenté. Price et Cornish arrivèrent encore en fourgon de police, mais un second fourgon aux couleurs des Prisons de Sa Majesté les attendait dehors pour les transférer à Pentonville. Assis à sa table, Mr Lou Slade faisait face à la cour, mais ce serait un jeune avocat qui communiquerait les conclusions du ministère public.

Dans le temps, la police se chargeait d'amener devant le tribunal de première instance les affaires criminelles qu'elle avait instruites. Bon nombre de vieux routiers regrettaient les anciennes méthodes. Depuis bien longtemps, les affaires relèvent de la juridiction d'une structure unifiée – le CPS (Crown Prosecution Service) ou ministère public –, de la première comparution au procès, si procès il y a. Une de ses tâches consiste à évaluer si une affaire instruite par la police a un minimum de chances d'aboutir à une condamnation par le juge et les jurés. S'il estime que non, les poursuites sont abandonnées. De nombreux policiers, contrariés de voir classer une affaire sur laquelle ils ont travaillé dur, et qui impliquait de dangereux malfaiteurs, en sont venus à surnommer le CPS « Compagnie de protection des suspects ». Les relations entre la police et le ministère public ne sont pas toujours faciles.

Le CPS souffre de manque de moyens, de surcharge de travail et de sous-rémunération des fonctionnaires. Conséquence logique, les débutants l'utilisent souvent comme un tremplin avant d'ouvrir leur propre cabinet et de passer aux choses sérieuses.

Aussi jolie qu'intelligente, Miss Prabani Sundaran était la fierté de ses parents, originaires du Sri Lanka. C'était là sa première affaire importante. Normalement, ça ne devait pas poser de problème. La demande de mise en détention provisoire ne serait sans doute qu'une formalité. Mr Stein ne risquait pas d'accorder une libération sous caution à Price et Cornish. Il avait sous les yeux deux casiers judiciaires absolument effroyables. Dans la mesure où les détentions provisoires ne durent qu'une semaine, il y aurait plusieurs prolongations avant que la défense soit choisie, engagée, et prête à plaider. L'étape suivante serait la mise en accusation : la partie civile fournirait un dossier dûment instruit et le juge déférerait les malfaiteurs devant un tribunal de la Couronne avec juge et jury populaire. À ce moment-là, Miss Sundaran assisterait un avocat de la Couronne chevronné, engagé par le ministère public en vue d'une condamnation. Pour l'instant, il lui suffisait de suivre la procédure. Le règlement et rien que le règlement... Elle se leva sur un signe de tête de Stein et lut ses notes pour présenter brièvement les chefs d'inculpation. Slade se leva.

— Mes clients continueront à nier les faits et demanderont à être défendus.

— Nous sollicitons une semaine de détention provisoire, déclara Miss Sundaran.

— Mr Slade ?

Le juge appointé voulait savoir s'il comptait demander une libération sous caution. Slade secoua la tête et Mr Stein lui adressa un sourire glacial.

— Très judicieux. Détention provisoire accordée. (Il observa les deux avocats par-dessus ses demi-lunes.) Je fixe l'audience à vendredi matin.

La cour en déduisit qu'il accorderait alors une semaine de détention supplémentaire, et ainsi de suite jusqu'à ce que l'accusation et la défense soient prêtes pour un procès devant un tribunal de la Couronne. Toujours menottés et encadrés par deux gardiens de prison, Price et Cornish quittèrent le banc des accusés en direction de Pentonville. Mr Slade regagna son bureau ; il savait qu'il recevrait d'ici le mardi une réponse à sa demande d'aide judiciaire. Ses clients n'avaient manifestement pas les moyens de financer leur défense, et il lui faudrait trouver dans une des écoles de droit un avocat décidé à plaider pour des clopinettes. Il pensait déjà à deux Chambers[1] dont le tout-puissant secrétaire général accepterait d'examiner sa requête, mais il savait qu'il hériterait sûrement d'un jeune blanc-bec cherchant à acquérir de l'expérience, ou d'un vieux fanfaron attiré par les honoraires. Peu importe. Dans un monde de plus en plus violent, une affaire de coups et blessures ne nécessitait pas l'intervention d'un génie.

Jack Burns rentra au commissariat. Les papiers s'empilaient sur son bureau. Le travail s'était accumulé, et il avait pris du retard. Quant à l'affaire du boiteux, elle lui posait pas mal de problèmes.

Cinquième jour : samedi

Le samedi matin à neuf heures, Paul Willis passa à l'hôpital comme promis. Son patient n'avait fait aucun progrès et il commençait à s'inquiéter. Il lui fit immédiatement repasser un scanner et examina attentivement les résultats. Le coma ne s'ex-

1. Immeuble regroupant des cabinets de consultation d'avocats administré par un conseil et son directeur *(N.d.T.)*.

pliquait pas par un nouvel hématome. Les vaisseaux ligaturés lors de l'opération ne laissaient plus s'écouler de sang et aucune pression ne s'exerçait désormais sur le cerveau, qui avait repris sa place normale à l'intérieur de la boîte crânienne. Il ne décela pas non plus de nouvelle hémorragie susceptible d'exercer une pression à un autre endroit. Et malgré cela, la tension à l'intérieur de la boîte crânienne était toujours trop élevée, comme la tension artérielle. Il redoutait de plus en plus le cauchemar du neurochirurgien : si les axones avaient été gravement détériorés lors de l'agression, même le scanner ne le montrerait pas. Et si le cortex et le tronc cérébral étaient irrémédiablement endommagés, le patient décéderait ou végéterait jusqu'à ce qu'on débranche son respirateur artificiel. Le chirurgien décida de procéder à un examen du cortex dès le lundi. Pour l'instant, son épouse l'attendait dans la voiture, impatiente d'aller déjeuner dans l'Oxfordshire avec les amis qu'ils avaient rencontrés à Corfou. Après un dernier coup d'œil au malade, il descendit la rejoindre.

Les adoo surgissaient des terres désertiques proches du vieux fort de pierre ; des dizaines et des dizaines d'entre eux. Au cours de cette guerre acharnée et secrète, il les avait déjà aperçus en se déplaçant avec l'escadron B, mais ils n'étaient alors que de vagues silhouettes se découpant sur le fond brun des collines, ne se montrant que seuls ou par deux. Aujourd'hui, il s'agissait d'une offensive de grande envergure, et ces salauds fanatiques grouillaient de partout. Ils n'étaient que dix, lui et ses camarades, soutenus par une cinquantaine d'askiris venus du Nord, des gendarmes du cru et quelques conscrits, les firgas mal entraînés et incontrôlables. Son équipe à lui comprenait deux « Ruperts », deux sergents, un caporal et cinq soldats. Il estimait déjà à deux cents le nombre des adoo, et il en sortait de tous les côtés.

Couché à plat ventre sur le toit de la casemate du BATT, il visa dans son reflex et abattit trois d'entre eux avant qu'ils aient compris d'où venait le feu. Naturellement, le fracas des bombes et des tirs de mortiers et le grondement de l'artillerie légère se poursuivaient sans relâche. Sans ce coup unique tiré au moment où les rebelles déferlaient vers l'avant-poste de Djebel Ali une heure auparavant, ils auraient déjà été vaincus. L'alerte leur avait donné quelques minutes pour prendre position avant que la première vague d'ennemis ne se rue vers les barbelés. Étant donné le nombre des assaillants, la situation déjà épineuse devenait carrément désespérée.

Au-dessous de lui, il vit le corps d'un askiri gisant sur le ventre en travers du chemin boueux qui se donnait le nom de Grand-Rue. Le capitaine Mike s'efforçait toujours de couvrir l'étendue de quatre cents mètres où le caporal Labalaba, un Fidjien intrépide dont la mâchoire était à moitié arrachée, tirait à bout portant avec un obsolète canon de campagne sur la horde des autochtones qui s'avançaient à découvert.

Deux hommes coiffés d'un keffieh surgirent de derrière le fort sur sa droite, et il leur fit sauter la tête. Trois autres apparurent en haut de la crête sur sa gauche, essayant d'abattre le capitaine qui feintait à découvert. Il les canarda avec le reste de ses munitions, en toucha un et fit reculer les deux autres. Roulant sur le flanc pour recharger son arme, il entendit hurler au-dessus de sa tête la fichue roquette qu'avait lancée un Carl Gustav. Un peu plus et il était transformé en viande hachée. Sous les chevrons sur lesquels il était étendu, il entendit son « Rupert » contacter la base par radio, réclamant un tir de Strikemaster malgré les nuages bas. Son arme rechargée, il descendit deux autres adoo qui avançaient à découvert, avant qu'ils aient pu atteindre le capitaine Mike, disparu dans la fosse d'artillerie avec un médecin militaire pour porter secours aux deux Fidjiens. Il ne savait pas encore qu'une seconde balle avait frappé l'impavide Labalaba en plein front et qu'il était mort. Il ignorait aussi que Tobin avait été mortellement blessé après avoir porté secours au soldat Ti, qui continuait à vivre avec trois balles dans la peau. Par chance, il aperçut le terroriste aux commandes du Carl Gustav qui avait failli le tuer. L'adoo se trouvait entre deux tertres sableux, près des barbelés arrachés et affaissés. Avec une grande précision, il lui tira une balle cuivre-nickel NATO 7.62 dans la gorge. Le Carl Gustav se tut, tandis que se poursuivait le vacarme assourdissant des tirs de mortiers et du dernier fusil anti-recul 75 mm des adoo.

Enfin, les Strikemasters foncèrent sous la couche de nuages, venus de la mer, volant à une altitude de trente mètres à peine. Les bombes et les mitrailleuses finirent par avoir raison de la pugnacité des adoo. Les assaillants fléchirent et se dispersèrent. Ils s'enfuirent en courant, emportant leurs blessés et la plupart de leurs morts. Il apprendrait plus tard que lui et ses camarades avaient repoussé entre trois et quatre cents rebelles, et qu'ils en avaient envoyé une bonne centaine vers un monde meilleur. Allongé sur le toit, il se mit à rire de soulagement pendant que les coups de feu s'éteignaient, se demandant ce que tante May penserait de lui en ce moment

Au service de soins intensifs du Royal London Hospital, le boiteux était toujours perdu dans un monde lointain.

Sixième jour : dimanche

Jack Burns appréciait les plaisirs simples, et sa grasse matinée dominicale en faisait partie. Ce jour-là, il n'en profita guère. Le téléphone sonna à sept heures et quart. C'était l'inspecteur de permanence au poste de Dover.

— Un bonhomme vient de se présenter. Il promène son chien de bonne heure.

Encore ensommeillé, Jack Burns se demanda combien de temps il mettrait à étrangler l'inspecteur s'il s'en donnait vraiment la peine.

— Il tient un portefeuille à la main. Il dit que c'est son chien qui l'a trouvé, à huit cents mètres environ de la cité.

Burns fut vite réveillé.

— Bon marché, en plastique noir.

— Vous l'avez vu ?

— Retenez-le au poste. Ne le laissez pas partir. J'arrive dans une vingtaine de minutes.

Le promeneur de chien était un retraité du nom de Robert Whittaker. Tiré à quatre épingles, le dos bien droit, il sirotait une tasse de thé dans la salle d'audition. Il fit sa déposition, la signa et repartit. Burns appela l'équipe du POLSA et demanda à son chef grincheux de procéder à une fouille minutieuse du demi-arpent de terrain vague. Il exigeait un rapport avant la nuit. Il n'avait pas plu depuis quatre jours, mais le ciel était gris et nuageux. Il ne voulait surtout pas que le contenu du portefeuille puisse être dégradé par une copieuse averse.

En examinant l'objet, il distingua les légères marques laissées par les crocs de l'animal, ainsi qu'une pellicule de bave de chien. Qu'allait-il révéler d'autre ? À l'aide de pincettes, il le glissa dans un des sacs en plastique où l'on conserve les pièces à conviction et appela le Service des empreintes. « Je sais, on est dimanche, dit-il une fois de plus, mais c'est un travail urgent. »

Au cours de la journée, l'équipe du POLSA remplit huit sacs-poubelle avec les détritus ramassés dans le terrain vague et sur la bande de gazon pelé qui bordait Mandela Road. Dans tout ça, on ne trouva rien qui ait pu provenir du portefeuille en question. Un portefeuille qui, selon les déclarations de Mr Whittaker confirmées par Jack Burns, était complètement vide.

Septième jour : lundi

Effrayé, il était pelotonné au fond de son lit dans une obscurité presque totale. La lueur vacillante d'une unique veilleuse au bout de la salle projetait vers le plafond d'étranges ombres mouvantes. Dans le dortoir de l'orphelinat, il entendait les autres garçons murmurer dans leur sommeil, gémissant parfois au milieu d'un cauchemar. Il ne savait ni où il irait, ni ce qu'il adviendrait de lui, maintenant que papa et maman n'étaient plus là. Tout ce qu'il savait, c'est qu'il était seul dans un environnement inconnu et qu'il avait peur.

Il somnola peut-être un peu, mais il se réveilla quand la porte du couloir s'ouvrit et que se découpa un rectangle de lumière. Elle vint se pencher au-dessus de lui et le borda tendrement dans son lit, écartant de son front ses cheveux moites de sueur.

— Alors, mon grand, on ne dort pas ? Tu vas t'endormir bien gentiment et Dieu et ses anges veilleront sur toi jusqu'à ce que tante May revienne te voir demain matin.

Réconforté, il se laissa glisser dans les chaudes ténèbres de l'interminable nuit.

C'était l'infirmière de garde des soins intensifs du Royal London. Elle ne l'avait pas trouvé au commissariat, mais Burns avait communiqué son numéro personnel à l'hôpital en cas d'urgence.

— Inspecteur Burns ? J'ai le regret de vous annoncer que le patient auquel vous vous intéressiez, l'inconnu transféré aux soins intensifs... est décédé ce matin à six heures dix.

Jack Burns raccrocha, prêt à affronter une nouvelle journée bien remplie. À présent, il s'agissait d'une affaire de meurtre. Au moins, elle aurait priorité sur les autres. Une autopsie serait pratiquée, à laquelle il serait obligé assister. Les deux ordures de Pentonville comparaîtraient encore une fois à Highbury, où on les chargerait de nouveaux chefs d'inculpation. Ça signifiait qu'il devrait avertir le directeur du greffe et l'avoué de la défense, Lou Slade. Encore une tonne de procédures, qu'il faudrait appliquer avec la plus grande vigilance. Pas question que Price et Cornish se retrouvent dehors suite à une faille découverte par un gros malin d'avocat. Burns avait la ferme intention de les voir derrière les barreaux pour un bon paquet d'années.

Le Royal London Hospital avait une morgue et un institut médico-légal. À midi, le médecin légiste, Lawrence Hamilton, commença l'autopsie. Drôles d'oiseaux que ces médecins légistes, se disait Jack Burns. Ils exerçaient un métier qui lui retournait l'estomac. Certains affichaient une jovialité exubérante, et plaisantaient avec insouciance tout en disséquant un corps. D'autres adoptaient une attitude plus professorale, saluant leurs découvertes avec un enthousiasme juvénile, pareils à des entomologistes s'émerveillant sur un papillon inconnu. D'autres encore prenaient un air austère et ne s'exprimaient que par monosyllabes. Mr Hamilton appartenait à la première catégorie. Il était persuadé d'exercer le plus beau des métiers dans le meilleur des mondes possibles.

Jack Burns avait assisté à plusieurs autopsies au cours de sa carrière, mais l'odeur de l'éther et du formol lui donnait presque toujours des haut-le-cœur. Lorsque la scie chirurgicale s'enfonça dans le crâne, il détourna les yeux vers les graphiques épinglés aux murs.

— Bon sang, il a pris une drôle de raclée, fit Hamilton en examinant le corps livide et couvert d'ecchymoses allongé sur le dos sur la table d'autopsie.

— Ils l'ont tué à coups de pied, expliqua Burns. Jeudi dernier. Il a mis six jours à mourir.

— Malheureusement, « tué à coups de pied » ne correspond pas au genre de rapport que je devrai fournir, répondit aimablement Hamilton.

Il commença la dissection. Tout en évoluant autour de la table, il dictait ses résultats à l'assistante qui lui tendait un micro relié à un magnétophone.

Il lui fallut une bonne heure. Il y avait de nombreuses lésions, et il s'attarda également sur la blessure ancienne – la hanche et le fémur fracturés et maintenus par des broches métalliques – qui avait laissé à la victime son éternelle claudication.

— On croirait qu'il a été fauché par un camion, fit Hamilton. Les dégâts sont effroyables.

Il désigna les endroits où l'os avait crevé les chairs et une cicatrice plus nette, là où le chirurgien avait fait une incision pour soigner la blessure. Tout le reste – et c'était beaucoup – provenait de l'agression du jeudi précédent. La main gauche piétinée et écrasée contre le trottoir, les dents de devant cassées, les trois côtes fêlées, la pommette enfoncée. Burns vérifia l'état du poing droit, mais Carl Bateman avait dit vrai. Il ne portait aucune contusion. Curieux...

— Cause du décès ? finit par demander Burns.

— Elle figurera sur mon rapport officiel, Mr Burns.

Bien sûr. Il serait un témoin à charge capital lors du procès.

— Entre vous et moi, le décès est dû à une détérioration irréversible des axones. Le neurochirurgien a fait tout son possible, mais il ne risquait pas de la détecter. Cela n'apparaît pas au scanner. S'y sont greffés des traumatismes liés aux multiples blessures. Si chacune prise individuellement ne menaçait pas sa vie, elles ont eu un effet cumulatif. Je vais le rafistoler un peu pour la famille. Il en a ?

— Je n'en sais rien. On ne connaît même pas son identité.

Burns passa l'après-midi à régler quelques formalités : le greffe, la prison de Pentonville. Lou Slade présenta des condoléances polies. Il avait obtenu l'aide judiciaire et consacré la matinée à essayer de dénicher un avocat prêt à plaider. Comme Burns, il s'était heurté au syndrome du mois d'août. La moitié des gens qu'il avait appelés étaient absents. Il pensait cependant qu'un jeune avocat de King's Bench Walk accepterait de s'en charger. Maintenant qu'on avait affaire à un meurtre, l'intérêt serait peut-être plus vif. À quelque chose malheur est bon...

— Je suis toujours censé assurer leur défense, déclara-t-il à Burns.

— Ne vous acharnez pas trop, répliqua l'autre en raccrochant.

Il reçut de mauvaises nouvelles pendant l'après-midi, mais des informations plus positives lui parvinrent juste après. Harcelé par le commissaire Alan Parfitt, le labo avait communiqué ses résultats. Aucune trace de sang ou de fibres textiles ne permettait d'établir un lien entre le défunt et Cornish et Price. Le sang qui maculait le T-shirt provenait d'une seule source, son propriétaire, Mark Price.

Burns prenait les choses avec philosophie. Si les hommes avaient lutté au corps à corps, des fibres seraient passées d'un tissu à l'autre. Price et Cornish étaient bien trop stupides pour être au courant des progrès extraordinaires accomplis au cours des vingt dernières années par la police scientifique. On décelait aujourd'hui des indices qui seraient passés complètement inaperçus à l'époque où le simple flic Jack Burns faisait sa patrouille à Paignton.

Mais le boiteux avait été terrassé par un coup de poing et un coup de pied au genou. Ce n'est qu'une fois au sol qu'on l'avait frappé à coups de bottes renforcées. Portées vingt-quatre heures de plus, les chaussures confisquées à Price et Cornish s'étaient couvertes d'éraflures et de poussière supplémentaires, et ne livrèrent rien qui puisse s'avérer utile devant un tribunal.

L'appel du Service des empreintes compensa largement cette déception. Le labo avait trouvé la salive du chien et trois séries d'empreintes différentes. L'une d'elles correspondait à celles de la victime, manifestement propriétaire du portefeuille. Une autre appartenait à Mr Whittaker, qui avait accepté volontiers qu'on relève ses empreintes après sa déposition. Quant à la troisième, c'était celle de Harry Cornish. Burns était tellement excité qu'il bondit de son siège, le combiné à la main.

— C'est certain ? Aucun risque d'erreur ?

— Jack, j'ai besoin de seize points communs pour obtenir un résultat probant. Là j'en ai vingt et un. Ça dépasse les cent pour cent.

Le fonctionnaire du labo serait lui aussi un témoin-clé au moment du procès. Burns le remercia et raccrocha.

— Vous êtes cuits, mes salauds ! s'exclama-t-il en se tournant vers la plante verte.

Un dernier problème continuait de le tracasser. Qui était la victime ? Qu'était venu faire cet homme à Edmonton ? Simplement déposer un modeste bouquet sur la tombe d'une femme disparue depuis des années ? Peut-être qu'il avait de la famille, partie sur la côte comme son épouse Penny. Et aussi un travail et des collègues. Pourquoi n'avait-on pas signalé sa disparition ?

Comment avait-il pu porter à Price un coup aussi violent sans même se meurtrir les phalanges ? Et pourquoi avait-il essayé de défendre un malheureux portefeuille qui ne contenait que quelques billets ?

Ce fut Luke Skinner qui lui suggéra une idée.

— L'OPJ qui est arrivé le premier sur les lieux. Il s'est penché sur le blessé et il a vu son visage avant qu'il commence à gonfler. Il y a aussi le premier auxiliaire médical, celui qui l'a soigné sur le trottoir et dans l'ambulance. On pourrait les mettre en relation avec un portraitiste.

Burns retrouva l'auxiliaire par l'intermédiaire du London Ambulance Service. En apprenant le décès de son patient, il accepta d'apporter son concours. Le lendemain, il travaillait dans l'équipe du matin mais il pourrait se libérer après deux heures et leur consacrerait volontiers un peu de temps. Rattaché au poste de Dover Street, le policier fut identifié grâce au tableau de service et à la main courante. Un portraitiste confirmé de Scotland Yard se présenterait le lendemain à deux heures.

Burns passa le restant de la journée à élaborer un plan d'action avec Alan Parfitt. Le commissaire divisionnaire examina attentivement les pièces à conviction que lui soumettait Jack Burns et donna finalement son accord.

— Patron, je suis sûr qu'on peut obtenir des résultats sur cette affaire. On a le témoignage de Mr Patel, qui a par ailleurs identifié les deux types, le nez cassé soigné trois heures plus tard par le docteur Melrose, plus le portefeuille. On peut leur faire prendre perpète.

— Oui, je suis de votre avis. Je vous soutiendrai. Demain, j'irai voir un grand ponte du ministère public et je pense pouvoir le persuader de mener cette affaire à son terme.

Les dépositions se succédèrent sans fin. Déjà épais comme une bible, le dossier attendait encore le rapport d'autopsie complet et les résultats du Service des empreintes.

Huitième jour : mardi

Le lendemain, Price et Cornish se trouvèrent à nouveau sur le banc des accusés, dans la salle d'audience numéro un de Highbury Corner. Mr Stein présidait. C'était Miss Sundaran qui représentait la Couronne, et en l'écoutant plaider sa première affaire de meurtre, ses parents rayonnaient de fierté derrière la paroi vitrée qui délimitait la tribune du public. Mr Stein ne perdit pas de temps. Le greffier exposa le nouveau chef d'inculpation – homicide volontaire – et Lou Slade se leva pour répéter que ses clients niaient les faits qui leur étaient reprochés et plaideraient non-coupables. Mr Stein leva un sourcil à l'intention de Miss Sundaran qui demandait une autre semaine de détention provisoire.

— Mr Slade ?

— Pas de demande de libération sous caution, monsieur le juge.

— Votre demande est accordée, Miss Sundaran. L'audience est fixée à mardi prochain onze heures. Vous pouvez emmener les prévenus.

Price et Cornish furent reconduits jusqu'au fourgon cellulaire. Miss Sundaran disposait maintenant d'un dossier complètement instruit, et elle en était satisfaite. De retour à son bureau, elle avait appris que les détenus seraient probablement traduits en justice et qu'elle aurait un rôle à jouer. Le dossier serait obligeamment remis à Mr Slade par le ministère public dès le lendemain. La défense pourrait dès lors préparer sa stratégie.

Une défense d'enfer, se disait déjà Slade à ce stade de l'affaire. Il va me falloir un génie en perruque pour sortir ces deux-là du pétrin.

La séance avec le portraitiste se passa très bien. Lorsque l'auxiliaire médical et l'officier de police se furent mis d'accord sur une description approximative de l'homme allongé sur le trottoir, le dessinateur se mit à l'ouvrage. Ce fut un travail d'équipe. Le portraitiste esquissa des traits, effaça, recommença. Les contours d'un visage s'ébauchèrent peu à peu. La forme des yeux, les cheveux coupés court sur la nuque et sur les tempes, le dessin de la mâchoire. Les deux hommes n'avaient vu le blessé que les yeux fermés. Le portraitiste les ouvrit et voilà qu'un homme les regardait. Un homme qui avait été vivant et dont ne subsistait désormais qu'un tas de chair meurtrie et couturée enfermé dans un frigo de la morgue.

Luke Skinner intervint. Il connaissait un fonctionnaire haut placé du Scotland Yard Press Office, auquel il demanderait une pleine page dans l'*Evening Standard* du lendemain. Plus tard dans la soirée, il alla voir avec lui le principal chroniqueur judiciaire du journal. Le mois d'août était une période creuse, ce n'était un secret pour personne. Les nouvelles ne se bousculaient pas et cette affaire remplirait quelques pages. Le chroniqueur judiciaire accepta de la couvrir. Il voyait déjà son gros titre : BATTU À MORT. LE CONNAISSIEZ-VOUS ? Un encadré accompagnerait le portrait, fournissant un signalement détaillé qui insisterait sur la fracture de la jambe et de la hanche droites et sur la claudication prononcée. Skinner savait qu'ils ne pouvaient espérer davantage et que c'était leur dernière chance.

Neuvième jour : mercredi

Seul journal du soir, l'*Evening Standard* couvre de manière assez exhaustive les événements de la capitale et d'une grande partie du Sud-Est. Skinner eut de la chance. Les nouvelles des dernières vingt-quatre heures étaient particulièrement maigres et le *Standard* imprima le portrait en première page. CONNAISSIEZ-VOUS CET HOMME ? demandait le gros titre. Le lecteur était invité à regarder à l'intérieur pour plus de détails. L'encadré indiquait l'âge approximatif du défunt, sa taille, sa carrure, la couleur de ses yeux et de ses cheveux, les vêtements qu'il portait le jour de l'agression. Il suggérait également que la victime venait du cimetière du quartier, où elle avait déposé des fleurs sur la tombe d'une certaine Mavis Hall, et qu'elle s'était fait attaquer en retournant à l'arrêt de bus. Les informations décisives étaient la fracture remontant à une vingtaine d'années et la claudication.

Pleins d'espoir, Burns et Skinner patientèrent toute la journée, mais personne ne se manifesta. Rien non plus le lendemain ni le surlendemain. Leurs espoirs s'amenuisaient.

Un permis d'inhumer fut sollicité et immédiatement refusé. Le coroner n'autorisait pas la municipalité à faire inhumer un individu non identifié, au cas où quelqu'un se présenterait.

— C'est à la fois bizarre et très déprimant, patron, fit Skinner à Burns sur le chemin du commissariat. On a beau habiter une putain de grande ville comme Londres, avec des millions de gens tout autour, si on reste dans son coin comme il a dû le faire, personne ne remarque notre existence.

— Il doit bien y avoir quelqu'un. Un collègue, un voisin. Probablement parti en congé. Saleté de mois d'août.

Dixième jour : jeudi

L'Honorable James Vansittart, avocat de la Couronne, se tenait devant la baie vitrée de son cabinet, le regard perdu vers la Tamise, par-delà les jardins. À cinquante-deux ans, il était un des plus brillants avocats du barreau londonien. Il était devenu avocat de la Couronne à l'âge de quarante-trois ans seulement, chose d'autant plus remarquable qu'il n'exerçait que depuis dix-huit ans. La chance et ses propres compétences l'y avaient aidé. Dix ans auparavant, assistant d'un avocat de la Couronne beaucoup plus âgé qui était tombé malade au cours d'une affaire, il avait fait la grâce de plaider comme avocat général à un juge qui ne voulait pas reprendre le procès à zéro. Les Chambers de l'avocat de la Couronne avaient accepté de prendre le risque. Ils ne l'avaient pas regretté, puisque le défendeur avait été triomphalement acquitté. Le barreau avait reconnu que les talents oratoires de Vansittart avaient motivé la décision du jury, et les preuves ultérieures de l'innocence de l'accusé n'avaient rien gâté à l'affaire.

L'année suivante, il avait brigué le titre d'avocat de la Couronne sans rencontrer de grandes résistances auprès du ministère de la Justice, alors entre les mains d'un gouvernement conservateur. Son père, le comte d'Essendon, en tant que *whip* [1] du parti tory à la Chambre des Lords, fut sans doute un appui non négligeable. Il se disait beaucoup au barreau et dans les clubs de St James que le fils cadet du comte d'Essendon avait de l'étoffe. En plus il était intelligent, mais là il n'y était pour rien.

Se détournant de la fenêtre, il alla à son bureau et appela le

1. Parlementaire chargé de la discipline à l'intérieur de son parti. *(N.d.T.)*

secrétaire général par l'interphone. Depuis vingt ans, Michael – dit Mike – Creedy gérait les affaires des dix avocats des Chambers avec une rigueur irréprochable. Il avait repéré le jeune Vansittart dès le début de sa carrière et avait persuadé le directeur des Chambers de l'époque de proposer une place au jeune homme. Son jugement ne l'avait pas trompé. Quinze ans plus tard, le jeune débutant d'alors était devenu sous-directeur des Chambers et brillait au firmament des milieux juridiques. Une délicieuse épouse qui peignait d'excellents portraits, un manoir dans le Berkshire et deux fils scolarisés à Harrow complétaient ce tableau de la réussite parfaite.

— Mike, vous savez que je ne me charge que rarement d'affaires relevant de l'aide judiciaire.

— Rarement me semble la bonne fréquence, maître.

— Mais une fois de temps en temps ? Disons une fois par an. Histoire de faire son devoir, de redorer son image ?

— Une fois par an me paraît être une bonne moyenne. Ce n'est pas la peine d'en faire trop, Mr Vansittart.

L'avocat se mit à rire. Creedy était responsable des finances, et même si les Chambers étaient prospères, il répugnait à voir « ses » avocats se charger de l'aide judiciaire pour trois fois rien. Cependant, les lubies sont ce qu'elles sont et il faut savoir les tolérer, quoique avec modération.

— Vous avez quelque chose en tête ?

— J'ai appris qu'il y avait une affaire à Highbury Corner. Deux jeunes gens qu'on accuse d'avoir molesté et tué un passant. Ils clament leur innocence, et ils disent peut-être la vérité. Ils s'appellent Cornish et Price. Pouvez-vous savoir qui est leur avoué et lui demander de me prendre au téléphone ?

Une heure plus tard, Lou Slade assis à son bureau contemplait le récepteur comme s'il s'était changé en un joyau constellé de diamants.

— Vansittart, murmura-t-il, James Vansittart en personne.

Une fois revenu de sa surprise, il reprit le combiné pour parler à Mike Creedy.

— Oui c'est moi. Je suis très honoré, et très étonné, je dois l'admettre. Oui, je patiente une minute.

Quelques secondes plus tard, on lui passa James Vansittart.

— Mr Slade, c'est très aimable à vous de prendre mon appel.

Il s'exprimait avec aisance, assurance et courtoisie, d'une voix aux intonations harmonieuses. Eton, ou peut-être Harrow, se disait Slade. Et les Guards, bien évidemment. L'entretien fut bref, mais toutes les questions importantes furent abordées. Slade était trop heureux d'informer Vansittart sur l'affaire *Regina vs Price et Cornish*. Oui, il avait le dossier d'instruction entre les mains et il serait ravi de venir au palais de justice pour avoir une première discussion tactique avec le nouvel avocat de ses clients. Ils convinrent de se retrouver à deux heures.

Vansittart correspondait tout à fait à l'image que Slade s'était faite de lui. Policé, charmant et courtois. Il offrit du thé à son visiteur dans un service en porcelaine et, remarquant une discrète tache jaune sur le pouce et l'index de sa main droite, il lui présenta des Balkan Sobranie dans un étui en argent. Slade le remercia et alluma le cigare. Comme tout cockney qui se respecte, il était mal à l'aise avec ces salopards. Vansittart regardait le dossier sans l'ouvrir.

— Dites-moi, Mr Slade, que pensez-vous de cette affaire ? Faites-moi un résumé.

Non sans raison, Slade se sentit flatté. C'était une journée à marquer d'une pierre blanche. Il récapitula les événements des huit derniers jours, depuis que le commissariat l'avait appelé pendant son dîner.

— Il semblerait donc que Mr Patel soit le témoin-clé, et le seul témoin, fit Vansittart lorsqu'il eut terminé. Tout le reste est fondé sur des présomptions ou sur des analyses médico-légales. Tout figure là-dedans ?

— Oui, tout y est.

Slade avait disposé d'une heure dans son bureau et d'une heure de plus dans le taxi pour compulser le dossier, mais ça lui avait à peine suffi.

— Je pense que c'est un dossier solide. Et mes clients ont pour seul alibi la parole de l'autre. Ils prétendent qu'ils étaient couchés dans leur squat ou en train de traîner les rues ensemble.

Vansittart se leva, incitant Slade à faire de même après avoir reposé sa tasse à moitié pleine et éteint son cigare.

— Je vous suis très obligé de vous être déplacé personnellement, dit Vansittart en reconduisant Slade à la porte. Mais j'estime que lorsqu'on est destinés à travailler ensemble, il est bon de se rencontrer dès le départ. Et je vous remercie de vos conseils.

Il ajouta qu'il comptait parcourir le soir même l'intégralité du dossier et contacter Slade à son bureau dès le lendemain. Celui-ci expliqua qu'il passerait la matinée au tribunal, et l'appel fut fixé à trois heures.

Onzième jour : vendredi

Il appela à trois heures pile.

— Une affaire intéressante, vous ne trouvez pas, Mr Slade ? Un dossier solide, mais pas forcément inattaquable.

— Très solide, si le témoignage de Mr Patel tient la route.

— C'est là que je voulais en venir. Dites-moi, est-ce que nos clients ont justifié d'une quelconque manière les empreintes sur le portefeuille et l'examen du nez cassé trois heures à peine après l'agression ?

— Non. Tout ce qu'ils savent dire, c'est « Chais pas » et « Je m'en rappelle pas ». Ils ne sont pas futés à ce point.

— Je vois, on n'y peut rien. Mais je pense qu'il nous faut des explications plausibles. Je crois que je suis prêt à les rencontrer. J'aimerais les voir à Pentonville.

Slade accusa le coup. Ça n'avait pas traîné.

— Je regrette, mais je passe toute la journée de lundi au tribunal. La prochaine prolongation de préventive tombe mardi. On pourrait les rencontrer dans le parloir de Highbury Corner avant qu'on les emmène.

— Euh... oui... J'espérais intervenir mardi prochain, et je souhaiterais tâter le terrain d'ici là. J'ai horreur d'empiéter sur le week-end de mes collègues, mais seriez-vous d'accord pour demain ?

Slade fut de nouveau interloqué. Intervenir ? Il n'aurait jamais cru qu'un avocat de la Couronne aussi ambitieux veuille seulement assister à une demande de prolongation. Ils décidèrent de se retrouver le lendemain à dix heures à la prison de Pentonville. Slade se chargerait des démarches auprès de l'administration pénitentiaire.

Douzième jour : samedi

Il y avait probablement eu un malentendu. Mr Vansittart arriva à la prison à neuf heures moins le quart. Il se montra poli mais inflexible envers l'OPJ posté à l'accueil. Le rendez-vous était prévu pour neuf heures, pas dix, et il n'avait pas de temps à perdre. L'avoué se présenterait sûrement un peu plus tard. Après avoir consulté son supérieur hiérarchique, l'officier demanda à un collègue de conduire l'avocat dans un bureau. À neuf heures cinq, on lui amena les détenus, qui lui lancèrent un regard noir. Il ne se laissa pas démonter.

— Désolé, mais Mr Slade sera un peu en retard. Il va sans doute arriver dans un moment. Cela dit, je suis James Vansittart, l'avocat de la défense. Asseyez-vous.

Le gardien de prison quitta la pièce. Les deux hommes étaient assis en face de Vansittart. Celui-ci prit un siège et sortit le dossier de l'accusation. Il fit ensuite passer un paquet de cigarettes et une boîte d'allumettes à travers la table. Les deux hommes se dépêchèrent d'allumer une cigarette, et Cornish empocha le paquet. Vansittart leur adressa un sourire cordial.

— J'ai comme l'impression que vous vous êtes mis dans de beaux draps.

Il feuilleta le dossier tandis qu'ils l'observaient à travers un voile de fumée.

— Mr Cornish. (Il leva les yeux vers le garçon aux cheveux filasse.) Il y a un problème avec le portefeuille. Apparemment, il a été ramassé dimanche dernier par quelqu'un qui promenait son chien. Il l'a trouvé dans un terrain vague, enfoui dans l'herbe, derrière une palissade qui longe Mandela Road. Il est sûr et certain qu'il appartenait à la victime, vu qu'il porte ses empreintes. Malheureusement, il porte aussi les vôtres.

— Chais pas, fit Cornish.

— Je sais, on a la mémoire courte quand on est très occupé. Mais il doit exister une explication toute simple. Je suppose que vous allez me raconter que mercredi matin, le lendemain de l'agression, vous avez remonté Mandela Road à la recherche d'un snack pour déjeuner, et que là, vous avez vu un portefeuille dans le caniveau.

Cornish avait beau passer pour le cerveau de l'équipe, il n'était pas vraiment malin, juste rusé. Malgré tout, une lueur brilla dans ses yeux.

— Ouais, acquiesça-t-il, c'est ce qu'est arrivé.

— Et si c'est ce que vous me dites, je suis tout disposé à le croire, étant votre avocat. Et je ne doute pas que votre version des faits sera la suivante : tout naturellement, ce portefeuille dans le caniveau a éveillé votre curiosité, et vous vous êtes penché pour le ramasser, laissant vos empreintes dessus.

— C'est ça, renchérit Cornish, c'est comme ça que j'ai fait.

— Manque de chance, il n'y avait rien dans ce portefeuille. Rien de rien. Dans ce cas, n'importe qui l'aurait jeté en l'air sans faire attention, et il aurait atterri dans le terrain vague derrière la clôture, où il serait resté jusqu'à ce qu'un chien le découvre. C'est quelque chose dans ce genre ?

— Ouais, fit Cornish.

Il commençait à apprécier son nouvel avocat. Pas bête, le bonhomme. Vansittart sortit un bloc de papier à en-tête officiel et se hâta de consigner la déposition.

— Voilà, j'ai noté vos explications. Je vous prierais de les lire attentivement, et si vous jugez que c'est effectivement ce qui s'est produit, votre défense s'annonce plutôt bien. Dans ce cas, vous pourrez signer le document.

Cornish mit un bon moment à relire, mais il griffonna néanmoins une signature.

— Nous avons un second problème avec votre nez, Mr Price.

On lui avait retiré le pansement, mais le nez demeurait enflé et douloureux.

— Le registre des admissions indique que vous l'avez fait soigner vers cinq heures à St Anne's, l'après-midi même où ce malheureux a été agressé sur Paradise Way. L'accusation essaie de monter cette histoire en épingle.

— Ben, j'avais un mal de chien, répondit Price.

— Il vous arrive d'aller boire quelques bières ensemble ?

Ils firent oui de la tête.

— Et le lundi soir, vous êtes sortis ?

Leurs visages n'exprimèrent rien, puis Cornish hocha la tête.

— King's Head, sur Farrow Street.

— Et des gens vous ont vus boire, parmi lesquels le serveur ?

Nouveau signe de tête.

— Lundi soir, la veille de l'agression ?

Ils approuvaient toujours.

— Supposons que vous me disiez que Mr Price s'est copieusement rincé le gosier. Et que sur le chemin du retour il a voulu uriner dans le caniveau, mais qu'il a trébuché sur un pavé inégal et s'est écrasé la tête la première sur une voiture en stationnement, ce qui lui a amoché le nez.

Cornish donna un coup de coude à Price.

— Tu te rappelles, Mark, c'est exactement ce qu'est arrivé.

— On se retrouve alors avec un nez esquinté et du sang qui dégouline partout sur le trottoir. Vous remontez donc votre T-shirt pour vous le plaquer contre le visage jusqu'à ce que vous soyez tous les deux rentrés et que les saignements se soient arrêtés. Et là, comme vous êtes bien éméché, vous vous endormez jusqu'au lendemain midi.

Cornish grimaça un sourire.

— Tout juste. C'est pas vrai, Mark ?

— Pourtant, il reste encore un trou de cinq heures avant votre visite à l'hôpital. Je présume que vous allez me dire que vous ne vouliez pas faire d'histoires, que vous pensiez que le nez n'était pas vraiment cassé ? Finalement, il a fallu que votre copain vous persuade d'aller consulter un médecin parce que la douleur ne passait pas. Donc, vers les cinq heures, vous êtes allé vous faire examiner à l'hôpital.

Price s'empressa de hocher la tête.

— Bien entendu, ça s'est passé après le déjeuner. Vous avez peut-être mangé des saucisses et des œufs dans un snack bon marché des alentours, et vous y êtes restés de une heure de l'après-midi à deux heures et demie. Sur la table, vous avez trouvé un numéro du *Sun*, et vous avez lu quelques pages sur les courses de chevaux. Vous avez oublié le nom du snack, je me trompe ?

Ils approuvèrent en chœur.

— Peu importe. Il y en a partout dans ce coin-là. Mais vous ne vous êtes pas approchés de Meadowdene Grove de toute la journée ?

— Non, fit Cornish. On est juste allés dans ce snack pour

manger des frites et des œufs, et on est sortis à deux heures et demie.

— Vous n'êtes pas des habitués de l'endroit ?

— Ben non. On est rentrés dans çui-là par hasard. Je sais plus comment il s'appelle.

— Bon, ça me paraît assez convaincant. Le jury devrait y croire. Aussi longtemps que vous n'en démordrez pas. Ne changez rien. Soyez brefs et directs. Compris ?

Ils firent oui de la tête.

Vansittart rédigea une seconde déposition sur papier officiel, concernant les explications de Price sur son nez cassé. Price savait à peine lire mais il signa quand même. L'avocat rangea les deux dépositions dans le volumineux dossier. C'est alors qu'un Lou Slade passablement dérouté fit son apparition. Vansittart se leva.

— Mon cher Mr Slade, je suis horriblement navré de ce quiproquo. J'ai cru que vous aviez dit neuf heures. Mais ce n'est pas grave. Nos clients et moi venons juste de terminer.

Il se tourna vers Price et Cornish avec un sourire amical.

— Nous nous reverrons mardi au tribunal, mais nous ne pourrons pas communiquer. Surtout, pas un mot à vos compagnons de cellule. Il y a des balances parmi eux.

Il proposa à l'avoué mécontent de le raccompagner dans sa Bentley. Slade profita du trajet pour lire les deux nouvelles dépositions.

— Ça s'arrange, déclara-t-il, ça s'arrange nettement. Leurs alibis sont très solides. Je m'étonne qu'ils ne m'aient pas parlé de tout ça. Il reste Mr Patel.

— Ah, oui, Mr Veejay Patel. Quelqu'un de droit, d'honnête... Assez, pourquoi pas, pour admettre qu'il s'est peut-être – je dis bien peut-être – trompé.

Slade nourrissait quelques doutes à ce sujet, mais il se souvint qu'en matière de contre-interrogatoire, Vansittart n'avait d'autre concurrent que George Carman. Son humeur commençait à s'améliorer. En plus l'avocat avait l'intention de se présenter à Highbury Corner le mardi suivant. Sans se faire annoncer. Ça risquait fort de provoquer des grincements de dents. Slade esquissa un sourire.

Quinzième jour : mardi

Il y eut effectivement des grincements de dents. Miss Prabani Sundaran était installée à sa place, derrière la longue table qui faisait face à la cour, lorsque James Vansittart fit son entrée et alla s'asseoir à quelques mètres, là où se tiennent les avocats de la défense. Elle cligna plusieurs fois des yeux. L'avocat lui sourit avec un signe de tête cordial. Mr Stein, qui occupait la place du président, était en train de prendre quelques notes sur l'affaire précédente. Seules de longues années d'entraînement lui permirent de rester impassible. Lou Slade était assis derrière Vansittart.

— Qu'on amène Price et Cornish, demanda le greffier.

On mena les deux malfaiteurs sur le banc des accusés, menottés et encadrés par des gardiens de prison. Vansittart se leva.

— Messieurs, je suis James Vansittart et je représente les accusés, assisté de mon collègue Lou Slade.

Il se rassit aussitôt. Le juge appointé le considérait d'un air pensif.

— Maître Vansittart, cette audience n'a d'autre objectif qu'une prolongation de détention provisoire.

Il faillit dire « une simple prolongation ».

— Effectivement, monsieur le juge.

— Parfait. Maître Sundaran, vous pouvez commencer.

— Merci, monsieur le juge. Le ministère public sollicite une semaine supplémentaire de détention provisoire dans l'affaire Price et Cornish.

Jonathan Stein jeta un coup d'œil à Vansittart. Il n'allait tout de même pas proposer...

— Pas de demande de libération sous caution, monsieur le juge, fit l'avocate.

— Très bien, maître Sundaran. Accordé.

Stein se demandait ce qui pouvait bien se passer. Mais Vansittart était de nouveau levé.

— La défense souhaiterait soumettre une autre requête à la cour.

— Nous vous écoutons.

— La défense aimerait savoir si l'accusation doit poursuivre l'instruction, ou si le dossier communiqué à la défense en vertu des règles de transparence de la justice peut être considéré comme complet.

Il se rassit en dévisageant Miss Sundaran. Elle avait beau garder son sang-froid, elle sentait ses entrailles se retourner. Elle avait l'habitude des scénarios bien réglés qu'on apprend à l'université, et quelqu'un venait d'en déchirer les pages. À son grand soulagement, Jack Burns, qui se trouvait derrière elle, se pencha pour lui chuchoter quelque chose.

— Maître, le défunt n'a toujours pas été identifié, et les recherches se poursuivent dans ce domaine.

Vansittart s'était encore levé.

— Messieurs, la défense ne nie pas qu'un homme ait perdu la vie dans des circonstances tragiques. Pour cette raison précise, il ne saurait se trouver en état de témoigner et de participer d'une quelconque manière au procès. Les questions relatives à son identité ne sont donc pas pertinentes. La défense doit par conséquent reformuler sa question : la Couronne est-elle prête à procéder à une mise en accusation ?

Un silence accueillit ses paroles.

— Maître Sundaran ? demanda doucement Stein.

Elle faisait penser à un élève pilote lors de son premier vol non accompagné. Le réacteur venait d'exploser et on lui demandait ce qu'elle comptait faire.

— J'estime que l'instruction est terminée, maître.

Vansittart se leva encore une fois.

— Dans ce cas, monsieur le juge, nous demandons à ce que la mise en accusation ait lieu d'ici une semaine. Nous savons tous ici que les atermoiements nuisent à l'administration de la justice. Mes clients sont incarcérés depuis deux semaines, pour des faits qu'ils nient farouchement avoir commis. À présent que l'accusation et la défense sont prêtes, nous refusons tout délai supplémentaire.

Jonathan Stein réfléchit. Vansittart avait opté pour une stratégie très risquée. Lors d'une mise en accusation, il n'appartient pas au juge de conclure à l'innocence ou à la culpabilité des accusés. Il lui incombe simplement d'établir si l'affaire est ou non recevable, et si les preuves sont assez nombreuses pour qu'elle soit déférée devant la cour d'assises de Londres, le célèbre

Old Bailey. En général, les avocats ne se manifestent pas avant ce stade. Si l'impressionnant James Vansittart, avocat de la Couronne, daignait se montrer à Highbury Corner, c'est qu'il avait décidé de jouer la carte du non-lieu.

— Accordé, fit Jonathan Stein. Mardi en huit.

— Monsieur le juge, la défense exige dès maintenant que l'accusation convoque tous ses témoins pour un contre-interrogatoire.

Ce serait donc une répétition générale. Lorsqu'un avocat de la défense procède à un contre-interrogatoire, il dévoile en même temps ses stratégies. C'est d'ordinaire l'accusation qui doit révéler toutes ses avancées à la défense, tandis que celle-ci peut garder le secret sur la tactique choisie jusqu'au moment du procès ; cependant, elle n'a pas le droit de faire valoir des alibis que la police n'a pas eu le temps de vérifier.

— Accordé. Maître Sundaran, vous avez une semaine pour préparer vos témoins et les citer devant la cour.

Seizième jour : mercredi

Prise de panique, Prabani Sundaran avait confié ses frayeurs à un haut fonctionnaire du ministère public.

— Monsieur, mardi prochain, j'aurai besoin d'être assistée par un avocat chevronné. Je ne peux pas affronter Vansittart.

— Prabani, vous allez y être forcée, répliqua son supérieur hiérarchique. La moitié de mon équipe est toujours en congé. C'est encore ce fichu mois d'août, ne l'oubliez pas. Et tous les autres sont complètement débordés.

— Mais monsieur, et Vansittart ? Il va démolir tous les témoins à charge.

— Écoutez, il s'agit seulement d'une mise en accusation. Une simple formalité. Il a choisi une stratégie qui comporte des risques, trop de risques. Le greffe nous renseignera sur sa stratégie. C'est formidable. J'aimerais bien que ce soit ainsi chaque fois.

— Mais supposez que Mr Stein laisse tomber ?

— Vous exagérez, Prabani. Il vous faut garder votre sang-froid. Stein ne risque pas de laisser tomber. Il est tout à fait capable de reconnaître un dossier bien ficelé. Nous avons les deux identifications par Mr Patel et une déposition en béton. S'il reste sur ses positions, Stein enverra l'affaire aux assises. Sans Mr Patel, elle ne tiendrait pas debout. Faites votre travail, et c'est tout.

La situation empira au cours de l'après-midi. Le directeur du greffe se manifesta. Il y avait eu un désistement et le vendredi était entièrement libre. Est-ce que ce jour-là lui convenait ? Prabani Sundaran réfléchit rapidement. En dehors de Mr Patel et du promeneur de chien, Mr Whittaker, tous les autres témoins étaient des professionnels. Il faudrait bien qu'ils soient prêts à temps. Elle lui demanda une heure de délai et passa quelques coups de fil. Elle rappela à quatre heures pour donner son accord. James Vansittart fut contacté à cinq heures. Lui non plus ne formula pas d'objections. L'information fut alors transmise à la prison de Pentonville. Vendredi matin à dix heures dans la salle d'audience numéro un, avec Mr Stein comme président.

Dix-huitième jour : vendredi

Des onze témoins à charge, le premier à se présenter à la barre fut l'officier de police arrivé avant tout le monde sur les lieux de l'agression. Il affirma que ce mardi-là vers deux heures, il se trouvait avec un collègue dans une voiture de patrouille en stationnement, quand le central les avait chargés de se rendre auprès d'une victime d'agression sur un trottoir de Paradise Way. Ils s'étaient immédiatement exécutés, arrivant sur les lieux quatre minutes après l'appel. Il avait secouru de son mieux l'individu étendu par terre pendant que son équipier réclamait des renforts. Cinq minutes plus tard, une ambulance était arrivée et avait transporté le blessé à l'hôpital. Au bout d'un quart d'heure, un inspecteur en uniforme était venu prendre la direction des opérations.

James Vansittart adressa un sourire au jeune homme.

— Pas de questions, fit-il à l'officier soulagé qui alla s'asseoir au fond de la salle.

Le second témoin à comparaître fut l'inspecteur déjà cité. Il fut guidé lui aussi par Miss Sundaran tout au long de sa déposition. Dès qu'il eut terminé, Vansittart se leva.

— Inspecteur, au moment où vous êtes arrivé, y avait-il des badauds attroupés dans la rue ?

— Oui, maître.

— D'autres officiers de police vous accompagnaient-ils ?

— Oui, ils étaient dix sur les lieux.

— Leur avez-vous donné l'ordre d'interroger toutes les personnes présentes dans l'espoir de trouver un éventuel témoin oculaire ?

— Oui, maître.

— Dans la même optique, avez-vous demandé à vos dix collègues de faire le tour des maisons et des appartements où quelqu'un aurait pu assister à la scène ?

— Oui, maître.

— Vos collègues sont-ils entrés dans la cité à proprement parler, par l'allée empruntée par les agresseurs, dans le but de poursuivre leur recherche de témoins ?

— Oui, maître.

— Au total, combien d'heures ont-ils consacrées à cette tâche ?

— J'ai interrompu leur travail à la tombée de la nuit, vers huit heures.

— Ce qui signifie que vos dix hommes ont passé six heures à arrêter des passants dans la rue et à frapper aux portes ?

— C'est exact.

— Ont-ils découvert dans l'intervalle un seul témoin qui ait assisté à l'agression ou qui ait vu deux individus répondant au signalement de mes clients s'enfuir en courant dans la cité ?

— Non, maître.

— Qu'est-ce que vous me dites ? Sur plus de cent personnes interrogées, vous n'avez pas trouvé le début d'une preuve établissant un lien entre mes clients et les circonstances de l'agression ?

— Non, maître.

— Merci, inspecteur, pas d'autre question.

Jack Burns témoigna juste après. On lui fit énoncer une longue déposition, du premier appel qu'il avait reçu à la cantine à l'inculpation formelle d'homicide volontaire. Vansittart se leva.

— Vous avez mené une enquête très complète, Mr Burns ?

— J'ose l'espérer, maître.

— Vous avez remué ciel et terre ?

— Je me permets de dire que oui.

— Combien de membres l'équipe du POLSA comprenait-elle ?

— Environ une douzaine.

— Mais ils n'ont relevé aucune trace du sang de Mr Price, ni sur les lieux de l'agression ni à proximité ?

— Non, maître.

— Alors comme ça, on a un nez cassé, du sang qui ruisselle de partout et il n'en tombe pas la moindre goutte sur le trottoir ?

— On n'en a pas trouvé, maître.

Burns n'était pas du genre à se laisser malmener par un avocat.

— Voyez-vous, Mr Burns, mon client vous dira qu'on n'a trouvé aucune trace de son sang pour la bonne raison que ce n'est pas là qu'il s'est cassé le nez, et qu'il n'est pas passé par là ce mardi. À présent, Mr Burns...

Au lieu de poser une question, Vansittart venait de prononcer un petit discours. Il savait qu'il ne risquait pas d'influencer un jury. Il ne s'adressait qu'au juge appointé Jonathan Stein, qui le regardait d'un air neutre tout en prenant des notes. Miss Sundaran griffonnait furieusement.

— À l'intérieur de la cité, l'équipe du POLSA a-t-elle cherché quelque chose que les malfaiteurs auraient pu laisser tomber ?

— Oui, maître.

— Et combien de sacs-poubelle a-t-elle remplis ?

— Une vingtaine.

— A-t-on bien passé leur contenu au peigne fin ?

— Absolument, maître.

— Et dans ces vingt sacs-poubelle, a-t-on découvert le moindre indice établissant un lien entre mes clients et les circonstances de l'agression ?

— Non, maître.

— Et pourtant, dès le lendemain midi, vous recherchiez activement Mr Price et Mr Cornish en vue d'une arrestation ? Pour quelle raison ?

— Parce que entre onze heures et midi, j'avais obtenu deux identifications formelles.

— Par le biais des photos de l'Identité judiciaire, qu'on surnomme les « sommiers » ?

— Exactement.

— Avec l'aide d'un commerçant du quartier, Mr Veejay Patel ?

— Oui, maître.

— Dites-moi, inspecteur, combien de photos a examinées Mr Patel ?

Jack Burns consulta ses notes.

— Soixante-dix-sept.

— Et pourquoi ce nombre ?

— Parce qu'il a formellement reconnu Mark Price sur la vingt-huitième et Harry Cornish sur la soixante-dix-septième.

— Est-ce que le nombre de jeunes gens de race blanche ayant eu des démêlés avec la police des quartiers nord-est ne s'élève qu'à soixante-dix-sept ?

— Non, maître.

— Il y en aurait donc davantage ?

— Oui, maître.

— Ce matin-là, Mr Burns, de combien de photographies disposiez-vous ?

— Environ quatre cents.

— Quatre cents. Et vous vous êtes arrêté à soixante-dix-sept ?

— Ils avaient été formellement identifiés.

— Et pourtant, Mr Patel n'a pas eu l'occasion de consulter les trois cent vingt-trois autres.

Silence prolongé.

— Non, maître.

— Inspecteur Burns, en photo, mon client se présente comme un jeune homme de race blanche, dans les vingt-cinq ans, musclé, le crâne rasé. Essayez-vous de dire à la cour qu'il est le seul de ce type parmi quatre cents photos ?

— Non, je ne peux pas dire ça.

— À mon avis, il y en a une bonne vingtaine. Aujourd'hui, les jeunes gens musclés qui décident de se raser la tête ne sont pas des raretés. Malgré cela, Mr Patel n'a pas eu l'occasion de comparer la photo de Mr Price avec des portraits semblables venant plus loin dans la liste des quatre cents.

Silence.

— Vous devez répondre, Mr Burns, fit doucement le juge appointé.

— Non, maître, vous avez raison.

— Il aurait donc pu y avoir un autre visage, un peu plus loin, offrant de grandes ressemblances avec celui de Mr Price, mais Mr Patel n'a pas eu l'opportunité de faire des comparaisons, de revenir en arrière et de les observer tous les deux avant d'opérer un choix.

— C'est effectivement possible.

— Merci, Mr Burns. Pas d'autre question.

Tout cela portait préjudice à l'accusation. L'allusion au grand nombre de jeunes gens musclés au crâne rasé n'avait pas laissé Mr Stein indifférent. Lui aussi avait vu des hooligans à la télévision lors d'un match de football.

Carl Bateman fournit des informations purement techniques. Il se contenta de décrire l'arrivée du blessé inconscient au Royal London Hospital et les soins qu'il lui avait prodigués avant son transfert en neurochirurgie. Cependant, Vansittart se leva dès qu'il eut achevé.

— Juste une petite question, Mr Bateman. À un moment ou à un autre, avez-vous examiné le poing droit du patient ?

Déconcerté, Bateman fronça les sourcils.

— Oui, je l'ai fait.

— Lors de son admission ou ultérieurement ?

— Plus tard.

— Quelqu'un vous l'avait-il demandé ?

— Oui.

— Et qui, je vous prie ?

— L'inspecteur Burns.

— Vous a-t-il chargé de vérifier l'état des phalanges ?

— Oui, effectivement.

— Et y avait-il des contusions ?

— Non.

— Depuis combien de temps travaillez-vous aux urgences ?

— Dix ans.

— Vous avez donc beaucoup d'expérience. Vous avez dû maintes fois observer les conséquences d'un coup de poing violent sur le visage et sur le poing lui-même.

— Oui, en effet.

— Lorsque quelqu'un allonge un coup de poing assez puissant pour fracturer le nez d'un individu beaucoup plus massif, ne vous attendez-vous pas à trouver des traces de meurtrissures sur les phalanges ?

— Probablement.

— Quelles sont les chances pour que ça se produise ? Quatre-vingts pour cent ?

— Je suppose.

— Écorchures au niveau des phalanges ? Contusions le long des métacarpes, ces petits os fragiles qui relient les phalanges au poignet sur le dos de la main ?

— Plutôt des contusions au niveau des métacarpes.

— Semblables à celles des boxeurs ?

— Oui.

— Mais il n'y en avait pas sur le poing droit de l'individu qui est malheureusement décédé.

— Non.

— Je vous remercie, Mr Bateman.

Il y avait une chose que Carl Bateman ne pouvait pas deviner : lorsque le boiteux avait frappé Price en plein visage, il ne s'était pas servi de son poing serré, mais avait eu recours à un coup beaucoup plus dangereux. Élevant le tranchant de la main, il avait cogné le nez par en dessous. Si Price n'avait pas été fort comme un bœuf et habitué à se battre, le choc l'aurait sans doute mis K-O.

Paul Willis, le neurochirurgien, vint témoigner à son tour. Il quitta la barre sans être questionné par Vansittart, mais tel ne fut pas le cas du docteur Melrose de St Anne's.

— Dites-moi, docteur Melrose, quand vous avez examiné le nez de Mr Price entre cinq heures et cinq heures et demie, avez-vous trouvé du sang dans les narines ?

— Oui, effectivement.

— Coagulé ou pas ?

— Les deux. Il y avait des croûtes à l'entrée des narines mais le sang était encore fluide dans les fosses nasales.

— Vous avez découvert une double fracture, ainsi qu'une déviation de la cloison nasale ?

— C'est bien ça.

— Vous avez donc réduit la fracture, redressé le nez et posé un gros pansement en attendant la guérison naturelle ?

— Exactement.

— Si, malgré la douleur, le patient avait imprudemment tenté de redresser son nez avant de venir à l'hôpital, aurait-il pu provoquer de nouveaux saignements ?

— Parfaitement.

— En tenant compte de cela, pourriez-vous estimer à combien d'heures remontait la blessure au moment de l'auscultation ?

— Certainement plusieurs.

— C'est-à-dire ? Trois ? Dix ? Ou davantage ?

— Il est difficile de se prononcer avec une absolue précision.

— Dans ce cas, laissez-moi émettre une hypothèse. Un jeune homme sort au pub le lundi soir, et se saoule lamentablement. Sur le chemin du retour, il veut uriner dans un caniveau, mais en trébuchant sur un pavé inégal, il tombe lourdement en avant contre une benne de chantier garée contre le trottoir. Ceci pourrait-il expliquer la blessure qu'on vous a montrée ? Datant de la nuit précédente ?

— Ce n'est pas exclu.

— Répondez, docteur Melrose. Est-ce que c'est possible, oui ou non ?

— Oui.

— Merci, docteur, pas d'autre question.

Vansittart s'adressait à Jonathan Stein. En langage codé, mais le message fut capté cinq sur cinq. Voici ce qu'il signifiait : c'est là la version de mes clients, et s'ils ne s'en écartent pas, nous savons tous les deux que l'accusation n'est pas en mesure de prouver qu'elle est fausse. Au fond de la salle, Jack Burns pestait intérieurement. Pourquoi Melrose n'avait-il pas affirmé que la blessure ne pouvait pas dater de plus de quatre heures avant l'examen médical ? Personne n'en aurait jamais rien su. Au diable les médecins et leurs excès de scrupules.

Mr Paul Finch dirigeait le laboratoire de la police scientifique. Il n'appartenait pas à la police métropolitaine, qui depuis des années confiait le travail à des civils sous contrat.

— On a remis entre vos mains plusieurs vêtements provenant du logement que partageaient les accusés.

— C'est exact.

— Et la totalité des habits que portait la victime lors de l'agression.

— Oui.

— Et vous avez utilisé les technologies les plus modernes pour examiner le tout et vérifier s'il n'y avait pas trace des fibres du premier lot de vêtements dans le second lot ?

— Oui.

— En avez-vous trouvé ?

— Non.

— On vous a également fourni un T-shirt maculé de sang séché.

— Oui.

— Et un prélèvement sanguin de mon client, Mr Price.

— Oui.

— Étaient-ils identiques ?

— Tout à fait.

— Y avait-il sur le T-shirt le sang d'une autre personne ?

— Non.

— Avez-vous reçu des échantillons de sang provenant du trottoir de Paradise Way ou des rues de la cité de Meadowdene Grove ?

— Non.

— Vous a-t-on envoyé des échantillons de sang trouvés près d'une benne de chantier garée sur Farrow Road ?

Mr Finch était déconcerté. Il jeta un coup d'œil à la cour, qui ne lui fut d'aucun secours. L'inspecteur Frost avait la tête penchée entre les mains, et Miss Sundaran avait l'air totalement dépassée.

— Farrow Road ? Non, pas du tout.

— Pas d'autre question.

Mr Hamilton présenta son rapport d'autopsie avec une joviale assurance. Il attesta que le décès était dû à une grave lésion des axones, provoquée par des coups à la tête violents et répétés, qui pouvaient correspondre à des coups de botte.

— Au cours de l'autopsie, intervint James Vansittart, avez-vous examiné le corps dans les moindres détails ?

— Bien entendu.

— Sans oublier la main droite ?

Mr Hamilton regarda ses notes.

— Il n'y a aucune référence à la main droite.

— Du fait qu'elle ne portait pas de blessure ?

— Ça me semble être la seule raison valable.

— Je vous remercie, Mr Hamilton.

Contrairement aux professionnels, Mr Whittaker, le monsieur âgé qui promenait son chien, se sentait un peu nerveux et s'était mis sur son trente et un. Il portait un blazer arborant l'écusson de la Royal Artillery. Il en avait tout à fait le droit, ayant fait son service dans les canonniers. La nouvelle de sa citation à la barre des témoins avait déjà causé une certaine agitation au club du troisième âge, et le chien Mitch, aussi reconnaissant que désorienté, avait reçu des tonnes de caresses. Guidé par Miss Sundaran, Mr Whittaker raconta à la cour qu'il avait emmené Mitch faire sa promenade quotidienne de très bonne heure, et que, par crainte d'une averse, il était passé par une brèche de la palissade pour couper à travers le terrain vague. Parti de son côté, Mitch était revenu en rapportant quelque chose dans sa gueule. C'était un portefeuille. Se souvenant de l'appel à témoins lancé par le journal du vendredi, il l'avait déposé au commissariat de Dover Street.

Quand il eut terminé, l'autre se leva, le type qui s'habillait comme les gens du West End. Mr Whittaker savait qu'il représentait les deux ordures qui occupaient le banc des accusés. Dans sa jeunesse à lui on les aurait pendus tous les deux, et bon débarras. Alors c'était lui, l'ennemi. Il souriait cependant d'une manière affable.

— Pendant l'été, c'est le meilleur moment de la journée, non ? Du calme, de la fraîcheur, personne dans les rues.

— Oui, c'est ce qui me plaît.

— À moi aussi. À cette-heure-là, j'emmène souvent mon Jack Russell en promenade.

Il fit encore un sourire, aimable comme tout. Au fond, ce n'était pas un mauvais bougre. Même si Mitch était un lurcher, Mr Whittaker avait eu un Jack Russell à l'époque où il conduisait des bus. Ce type blond ne pouvait pas être foncièrement mauvais.

— Vous êtes donc en train de traverser le terrain vague, et Mitch s'éloigne en gambadant.

— C'est ça.

— Et tout d'un coup il revient vers vous, avec quelque chose dans la gueule.

— Oui.

— Avez-vous repéré l'endroit exact où il l'a trouvé ?

— Non, pas précisément.

— À dix mètres de la palissade, ça vous paraît plausible ?

— J'avais parcouru une vingtaine de mètres dans le terrain vague, et Mitch est arrivé par-derrière.

— Dans ce cas, il aurait pu trouver le portefeuille à une dizaine de mètres de la clôture.

— Oui, ça me semble possible.

— Je vous remercie, Mr Whittaker.

Le vieil homme était déboussolé. Un huissier lui fit signe de quitter la barre. C'était déjà fini ? On le conduisit au fond du prétoire pour le faire asseoir.

L'analyse des empreintes fait également partie des spécialités que la police confie à des experts civils. Mr Clive Adams était l'un d'eux. Il fit un descriptif du portefeuille qu'on lui avait remis, et des trois séries d'empreintes qu'il y avait découvertes. Il expliqua comment il avait éliminé celles de Mr Whittaker, ainsi que celles du propriétaire aujourd'hui décédé, et établi que la troisième série appartenait bel et bien à Harry Cornish. Mr Vansittart se leva.

— Pas de bavures ?

— Quelques-unes.

— Comment expliquer ça, Mr Adams ?

— Le chevauchement de plusieurs empreintes occasionne des bavures qui nous empêchent de les utiliser comme preuves. Le frottement contre une autre surface peut avoir les mêmes conséquences.

— Contre l'intérieur d'une poche, par exemple ?

— Oui.

— Quelles empreintes étaient le plus nettes ?

— Celles de Mr Whittaker et de Mr Cornish.

— Elles se trouvaient à l'extérieur du portefeuille ?

— Oui, mais il y avait aussi deux empreintes de Mr Cornish à l'intérieur, sur les rabats.

— Dans ce cas, celles de Mr Whittaker se sont imprimées sur le plastique quand il a pris le portefeuille entre ses doigts et sont restées intactes parce qu'il n'a pas fourré l'objet dans sa poche ?

— C'est ce qu'il semblerait.

— Et les empreintes de Mr Cornish se sont déposées de la

même manière et sont demeurées distinctes parce que le portefeuille n'a pas frotté contre le tissu d'une poche intérieure ?

— Apparemment.

— Mais si un homme, en s'enfuyant des lieux d'une agression, ouvrait un portefeuille et le vidait de son contenu avant de le mettre dans la poche arrière de son jean, ses empreintes resteraient-elles nettes sur l'extérieur du portefeuille ?

— Oui, absolument.

— Entre la texture du jean, l'étroitesse de la poche et le mouvement de la course, est-ce que les empreintes ne seraient pas brouillées au bout de huit cents mètres environ ?

— En effet, ça pourrait se produire.

— Donc, si notre fuyard sortait le portefeuille de sa poche pour le jeter, en le tenant entre le pouce et l'index, il ne laisserait comme traces exploitables que celles de ces deux doigts ?

— Oui.

— Et si une autre personne tombait sur le portefeuille et couvrait le plastique de ses propres empreintes, n'effaceraient-elles pas les précédentes ?

— Je suppose que si.

— Voyez-vous, votre rapport signale la présence de quelques bavures, recouvertes par des empreintes plus récentes qu'une autre main aurait pu laisser.

— Ce ne sont que des bavures. Les empreintes qui se trouvent au-dessous peuvent appartenir aussi bien au propriétaire qu'à Cornish.

Assis au fond du prétoire, Jack Burns sentit son estomac se retourner. Miss Verity Armitage. Elle avait ramassé le portefeuille dans sa boutique.

— Mr Adams, le portefeuille a été dérobé dans la poche du défunt vers deux heures de l'après-midi, mardi il y a quinze jours. À peu près à la même heure le mercredi, Mr Cornish était en garde à vue. Il a donc forcément laissé ses empreintes dans cet intervalle de vingt-quatre heures.

— Oui.

— Cependant, le portefeuille n'a été retrouvé que le dimanche matin. Il a dû passer entre quatre jours et demi et cinq jours et demi dans l'herbe. Malgré ça, les empreintes étaient encore très distinctes.

— Il n'avait pas été détérioré par l'humidité. Si l'objet reste bien au sec, il n'y a pas de problème.

— Pouvez-vous dire avec précision si Mr Cornish a laissé ses empreintes sur le plastique le mardi après-midi, ou plutôt le mercredi matin ?

— Non, maître.

— Mercredi matin, deux jeunes gens qui descendent Mandela Road aperçoivent un portefeuille dans le caniveau. Mû par une curiosité toute naturelle, l'un des deux s'arrête pour le ramasser et inspecte son contenu. Il n'y a rien à l'intérieur, ni argent ni papiers. C'est un portefeuille bon marché, qui ne vaut pas un sou. Il le lance en l'air, par-dessus la clôture qui sépare Mandela Road d'un terrain vague. Il atterrit à une dizaine de mètres derrière et reste là jusqu'à ce qu'un chien le découvre le dimanche. C'est vraisemblable ?

— Je suppose que oui.

— Je veux une réponse claire, Mr Adams. Dans ces conditions, est-ce que les empreintes correspondraient à ce que vous avez trouvé ?

— Oui.

Encore un message destiné à Jonathan Stein : voilà la version des faits que va donner Harry Cornish, et elle constitue une justification satisfaisante des empreintes retrouvées sur le portefeuille. Mr Jonathan Stein prenait des notes, baissant les yeux d'un air pensif.

Il restait encore Mr Veejay Patel. Ses identifications et sa déposition ne laissaient aucune place au doute. Miss Sundaran le guida étape par étape dans ses déclarations. Au fond de la salle, Burns commençait à se détendre. Il l'aurait, sa mise en accusation. Vansittart se leva.

— Mr Patel, vous êtes quelqu'un d'honnête.

— Je l'espère.

— Un homme qui, s'il craignait tant soit peu d'avoir commis une erreur, ne serait pas assez orgueilleux pour en rejeter l'idée.

— J'espère que non.

— Vous dites dans votre déposition que vous avez très bien vu Mr Price parce qu'il était tourné vers vous.

— Oui, il était placé à droite par rapport à ma vitrine, tourné vers moi de trois quarts.

— Mais il faisait également face à la victime, si bien que celle-ci vous tournait le dos. C'est même la raison pour laquelle vous n'avez pas pu aider la police à l'identifier.

— C'est vrai.

— Vous dites aussi que le deuxième agresseur, que vous pensez être Mr Cornish, se tenait derrière la victime. Dans ce cas, il devait lui aussi vous tourner le dos ?

— Oui.

— Dans ces conditions, comment avez-vous pu distinguer ses traits ?

Mr Patel eut l'air inquiet.

— Je ne les ai pas vus à ce moment-là, mais plus tard, quand ils se sont approchés de l'homme couché sur le trottoir, pour lui donner des coups de pied.

— Mr Patel, si vous étiez en train de bourrer de coups de pied un homme allongé au sol, dans quelle direction regarderiez-vous ?

— Eh bien, vers l'homme en question.

— C'est-à-dire par terre ?

— Oui.

— Si la cour veut bien m'accorder cette faveur, je demande à Harry Cornish de se lever.

Sur le banc des accusés, Harry Cornish se mit debout, en même temps que le gardien de prison auquel il était menotté. Mr Stein eut l'air surpris, mais Vansittart n'en poursuivit pas moins :

— Mr Cornish, auriez-vous l'obligeance de regarder un point à vos pieds ?

Cornish obéit. Ses cheveux filasse retombèrent sur son visage, masquant ses traits à la cour. Il y eut alors un silence abasourdi.

— Vous pouvez vous rasseoir, Mr Cornish, fit Vansittart.

Il s'adressa au commerçant ougandais sans la moindre agressivité :

— Mr Patel, je pense que vous avez vu un jeune homme mince, au teint blême et aux cheveux longs, à une distance de trente mètres. Le lendemain, quand on vous a montré la photo d'une personne répondant à ce signalement, vous avez supposé qu'il s'agissait du même homme. Est-ce que ça a pu se passer ainsi ?

— Sans doute que oui, bredouilla Mr Patel.

Burns essayait sans succès de croiser son regard. Visiblement, l'autre ne tenait pas à le regarder. Il a subi des pressions, se disait Burns qui commençait à désespérer. Quelqu'un lui a passé un coup de fil. Une voix chuchotante au milieu de la nuit, qui lui demandait de penser à sa femme et à sa fille. Bon Dieu, encore une fois...

— Venons-en maintenant à Mr Price. Il vous arrive d'aller à Highbury pour voir jouer Arsenal ?

— Non, maître.

— Voyez-vous, Mr Patel, en regardant sur le trottoir d'en face en ce jour tragique, vous avez vu un jeune homme musclé au crâne rasé, c'est bien ça ?

— Oui.

— Si vous fréquentiez le stade de Highbury, vous en rencontreriez une bonne centaine. Et en regardant derrière le pare-brise des camionnettes blanches qui coupent régulièrement la route aux autres conducteurs de cette ville, vous en verriez aussi, dans cinquante pour cent des cas. Et savez-vous comment ils s'habillent ? Un jean, généralement crasseux, une ceinture en cuir et un T-shirt sale. C'est quasiment leur uniforme. Avez-vous déjà croisé ce genre d'individus ?

— Oui.

— Dans toutes les rues de Londres ?

— Oui.

— Les avez-vous vus sur les écrans de télé, lorsque, à notre grande honte, des policiers étrangers s'efforcent de contenir les hooligans anglais ?

— Oui.

— Mr Patel, la victime n'aurait jamais pu assener à son assaillant un coup aussi violent que vous le décrivez. Sinon, elle se serait égratigné la main, et contusionné les os. Je suppose que vous avez vu cet homme lever la main, certainement pour parer le coup qu'il sentait venir. Est-ce que c'est possible ?

— Oui, je suppose que oui.

— Mais si vous êtes capable de commettre ce type d'erreur, ne risquez-vous pas de vous être trompé sur un visage vu à trente mètres de distance ?

Burns se prit la tête dans les mains. Celui qui avait téléphoné au commerçant avait fait du bon boulot. Certes, Mr Patel n'avait pas complètement renoncé à coopérer, car on aurait pu l'accuser alors de faire obstruction à la justice. Il avait simplement échangé ses « absolument » contre des « éventuellement » et ses « j'en suis sûr » contre des « peut-être ». Mais les « peut-être » ne sont pas suffisants. Un jury ne condamne pas quelqu'un sur des « peut-être ».

Lorsque le servile Mr Patel eut quitté la barre, Miss Sundaran s'adressa à Mr Stein :

— Voici le réquisitoire de l'accusation, monsieur le juge. Nous sollicitons une mise en accusation pour homicide volontaire.

Le juge appointé regarda James Vansittart en haussant un sourcil. Ils savaient tous les deux ce qui allait se passer. On aurait pu entendre une mouche voler.

— Monsieur le juge, nous avons tous les deux confiance dans le fonctionnement de la justice. Vous devez disposer d'un nombre suffisant de preuves pour qu'un jury raisonnable, et n'ayant subi aucune pression extérieure, soit en mesure, sans être contredit (il appuya ostensiblement sur ce mot pour en souligner l'invraisemblance), de condamner un accusé sur des bases solides. Mais ces preuves, elles n'existent pas. L'accusation avait réuni trois pièces à conviction dignes de ce nom. Le témoignage de Mr Patel, le nez cassé et le portefeuille. Mr Patel, qui est manifestement un modèle d'honnêteté, a reconnu qu'il avait pu choisir dans la liste des individus présentant une simple ressemblance avec les hommes aperçus cet après-midi-là. Il nous reste le nez fracturé de Mr Price et les empreintes de Mr Cornish sur un portefeuille vide abandonné dans le caniveau. Même si vous n'êtes pas directement concerné par ce qui peut être dit ultérieurement devant une autre cour, ou par les arguments fondés qu'avance la défense dans la présente affaire, votre expérience considérable vous convainc certainement que les allégations relatives au nez cassé et au portefeuille seront en temps utile frappées de nullité. Il existe des explications parfaitement logiques à l'histoire du nez cassé et du portefeuille. Je présume que nous sommes tous les deux conscients qu'un jury n'aurait aucune base sur laquelle condamner les accusés. Je demande donc un non-lieu.

C'est ça, pensait Jonathan Stein, un jury verrait vos clients bien propres et bien nets, en chemise, blazer et cravate. Il n'aurait jamais accès au casier de ces deux tueurs. Faites-les donc acquitter et on économisera pas mal de temps et d'argent public.

— C'est après de grandes hésitations que je me range à l'avis de Mr Vansittart. Je prononce le non-lieu. Les accusés sont relaxés.

Profondément dégoûté par ce qu'il avait dû faire, Jonathan Stein se leva.

— L'audience est levée, s'écria le greffier, avec un peu de retard, vu que le plus gros de l'assistance se ruait déjà vers la sortie.

Cornish et Price, libérés de leurs menottes, tentèrent de serrer la main à Vansittart depuis le banc des accusés, mais l'avocat se dirigea vers le couloir sans leur accorder un regard.

Il faut un certain temps pour redescendre du deuxième étage au rez-de-chaussée, car les différents ascenseurs sont presque toujours occupés. Par le plus grand des hasards, Jack Burns descendit parmi les premiers. Son visage rembruni exprimait la plus grande colère. Libres désormais, Price et Cornish sortirent en plastronnant de l'ascenseur et gagnèrent la sortie en jurant et en ricanant. Burns se retourna. Ils ne se trouvaient qu'à quelques mètres de lui. Avec un bel ensemble, les deux malfaiteurs agitèrent leur index dressé sous le nez de l'inspecteur. L'air faraud, ils sortirent dans Highbury Road pour retourner vers leur squat.

— Déplaisants, fit doucement quelqu'un à ses côtés.

Burns considéra les cheveux blonds et lisses, les yeux bleus à l'expression désinvolte, l'attitude assurée et nonchalante. Il sentit monter en lui une bouffée de haine pour Vansittart et ses semblables.

— Je suppose que vous êtes content de vous, Mr Vansittart. Ils ont tué un vieil homme sans défense, et grâce à vous, les voilà dehors. (Submergé par la colère, il ne se souciait même plus des convenances.) Bon Dieu, ça ne vous suffit pas de plaider pour les gros richards du Strand ? Vous aviez vraiment besoin de faire libérer ces ordures pour une bouchée de pain ?

Les yeux bleus de Vansittart n'exprimaient aucune ironie, mais plutôt une espèce de compassion. Il fit alors quelque chose d'étrange. Se penchant vers Jack Burns, il lui glissa quelques mots à l'oreille. L'inspecteur respira les effluves d'une eau de toilette coûteuse mais discrète.

— Ça pourra vous surprendre, murmura-t-il, mais j'ai agi pour faire triompher la justice.

L'instant d'après, il avait disparu par la porte à tambour. Une Bentley avec chauffeur s'approcha pile à ce moment-là. Vansittart monta à l'arrière en jetant sa serviette sur la banquette, et la Bentley s'éloigna.

— Justice mon cul, maugréa Jack Burns.

C'était l'heure du déjeuner, et il décida de parcourir à pied les deux miles qui le séparaient du commissariat. Il était à mi-chemin quand il entendit son bip. L'appel venait du poste. Il prit sur son mobile son collègue placé à l'accueil.

— J'ai un vieux bonhomme qui voudrait vous voir. Il dit qu'il connaissait la victime.

La personne en question était un retraité, londonien jusqu'au bout des ongles. Burns le trouva dans une des salles d'audition, fumant tranquillement une cigarette sous le panneau « Interdiction de fumer ». Il lui plut immédiatement. Son vrai nom était Albert Clarke, mais il déclara que tout le monde le surnommait Nobby.

Burns et Nobby Clarke s'assirent face à face à la table. L'inspecteur ouvrit son carnet.

— Veuillez décliner vos nom, prénom et adresse.

En entendant le nom du quartier de Nobby, Burns s'interrompit.

— Willesden ? Mais c'est à des kilomètres d'ici.

— Je suis bien placé pour le savoir, répliqua le retraité, puisque j'y habite.

— Et la victime ?

— Elle aussi, évidemment, c'est là qu'on s'est rencontrés, pas vrai ?

Il faisait partie de ces cockneys qui transforment toute affirmation en question en y accolant une interrogative superflue.

— Et vous avez fait tout ce chemin pour me parler de lui ?

— Ben, ça m'a semblé la moindre des choses, vu qu'il est mort et tout ça... Y vous faut choper les salopards qui ont fait ça, et les faire coffrer.

— Je les tenais, mais la cour vient juste de les relâcher.

Clarke en fut tout ébranlé. Burns sortit un cendrier d'un tiroir pour qu'il puisse écraser son mégot.

— C'est le monde à l'envers. Je me demande où va ce fichu pays.

— Vous n'êtes pas le seul. Pour en revenir à la victime, comment s'appelait-elle ?

— Peter.

Burns écrivit le prénom.

— Peter comment ?

— Chais pas. Je lui ai jamais posé la question.

Burns compta mentalement jusqu'à dix.

— On a pensé qu'il était venu aussi loin dans les quartiers est pour déposer des fleurs sur une tombe du cimetière. Celle de sa maman ?

— Non. Il a pas de parents. Il les a perdus quand il était petit. C'est un orphelin, il a été élevé à l'institut Barnardo. Vous parlez sans doute de sa tante May. C'était sa marraine à l'orphelinat.

Burns se représenta un petit garçon malheureux et abandonné, et une gentille dame qui essayait de recoller les morceaux d'une existence brisée. Vingt ans après sa disparition, il venait encore fleurir sa tombe pour son anniversaire. Dix-huit jours auparavant, ce geste lui avait été fatal.

— Et ce Peter, vous l'avez rencontré où ?

— Au club.

— Au club ?

— Oui, au bureau de la Sécu. On s'asseyait ensemble, toutes les semaines. On nous donnait des sièges. Moi à cause de mon arthrite, lui à cause de sa patte folle.

Burns les imagina assis tous les deux dans le hall de la Sécurité sociale, attendant que la foule des demandeurs soit moins dense.

— Et quand vous restiez assis à attendre, il vous arrivait de bavarder ?

— Oui, un petit peu.

— Mais vous ne lui avez jamais demandé son nom de famille ?

— Non, et il m'a pas non plus demandé le mien, pas vrai ?

— Vous veniez pour votre retraite ? Et lui, il venait pour quoi ?

— Pour sa pension d'invalidité. Invalide à trente pour cent.

— À cause de sa jambe. Il vous a dit comment il s'était fait ça ?

— Bien sûr. Il était dans l'armée, dans les paras. Il a fait un saut de nuit. Le vent l'a poussé et il s'est écrasé sur des rochers. Dans sa chute, il a été traîné sur huit cents mètres. Quand ses copains l'ont trouvé, il avait la jambe droite en miettes.

— Il était sans emploi ?

Nobby prit un air dédaigneux.

— Peter ? Jamais de la vie. Il aurait jamais accepté un sou qui était pas à lui. Il travaillait comme veilleur de nuit.

Bien sûr... Il vivait seul, travaillait seul... Il n'y avait donc personne pour signaler sa disparition. Et il y avait de fortes chances pour que la société qui l'employait soit fermée pendant le mois d'août. Saleté de mois d'août.

— Comment avez-vous appris son décès ?

— Par le journal. C'était dans le *Standard.*

— Mais ça remonte à neuf jours. Pourquoi avoir attendu si longtemps ?

— Le mois d'août. Tous les ans au mois d'août, je vais passer quinze jours chez ma fille, sur l'île de Wight. Je suis rentré hier soir. Ça fait du bien de retrouver les gaz d'échappement. Sans blague, avec ce vent marin, j'ai bien failli attraper la mort.

Il se racla la gorge avant d'allumer une nouvelle cigarette.

— Et comment êtes-vous tombé sur un numéro vieux de neuf jours ?

— Les patates.

— Les patates ?

— Oui, les pommes de terre, expliqua patiemment Nobby.

— Je sais ce qu'est une patate, Nobby. Mais quel rapport avec la victime ?

En guise de réponse, il extirpa d'une poche de sa veste une feuille de journal déchirée et jaunie. C'était la première page d'un numéro de l'*Evening Standard* datant de neuf jours.

— Ce matin, je suis allé chez l'épicier chercher quelques patates pour mon bouillon. Je suis rentré chez moi, j'ai déballé mes patates, et voilà-t-y pas qu'il me regardait depuis la table de la cuisine.

Un épicier à l'ancienne, qui enveloppait les pommes de terre dans de vieux journaux. Sur le papier maculé de terre, le boiteux l'avait dévisagé. Au verso, sur la page deux, figurait l'encadré avec tous les détails, ainsi que le nom de Jack Burns, du poste de Dover Street.

— Du coup, je suis venu vous voir tout de suite, pas vrai ?

— Vous voulez qu'on vous raccompagne chez vous, Nobby ?

Le visage du retraité s'éclaira.

— Ça fait quarante ans que je suis pas monté dans une voiture de police. Je vous jure, ajouta-t-il gentiment, on avait des flics de choc à cette époque.

Burns appela Luke Skinner et lui demanda d'aller chercher la clé attachée à un ruban qu'on avait retrouvée dans la poche de la victime, et d'amener ensuite la voiture devant l'entrée. Après s'être renseignés sur l'adresse des bureaux de la Sécu, ils déposèrent Nobby devant son foyer-résidence et se rendirent sur les lieux. Les bureaux allaient bientôt fermer et les employés étaient disponibles. Brandissant sa carte, Burns demanda à voir le chef de service.

— Je recherche quelqu'un. Prénom Peter, nom de famille inconnu. Taille et corpulence moyennes, cheveux gris, dans les cinquante, cinquante-cinq ans. Il souffrait d'une claudication prononcée, et il touchait une pension d'invalidité à trente pour cent. D'habitude, il s'installait...

Il jeta un coup d'œil autour de lui. Plusieurs sièges s'alignaient contre le mur.

— Il se mettait là-bas avec Nobby Clarke. Ça vous dit quelque chose ?

Les bureaux de la Sécu ne se prêtent pas tellement à la conversation, du moins entre le personnel retranché derrière les guichets vitrés et les demandeurs qui font la queue. Une des employées finit par se souvenir de la personne en question. Peter Benson, peut-être ? L'ordinateur se chargea du reste. Le chef de service tapa le nom de Peter Benson. En raison des nombreuses fraudes aux allocations au cours des dernières années, la Sécurité sociale exige une photo de chaque bénéficiaire. Celle de Benson n'était qu'une petite photo d'identité, mais ça suffisait largement.

— Domicile ? demanda Burns, tandis que Skinner prenait des notes.

— Ça fait environ trois semaines qu'il ne s'est pas présenté, déclara l'employée. Il doit être en vacances.

— Non, répliqua Burns, il est mort. Vous pouvez annuler son dossier. Il ne reviendra plus.

— Vous en êtes certain ? demanda le chef, alarmé par le côté irrégulier de l'affaire. Il faudrait qu'on nous le signale officiellement.

— Il n'est pas en mesure de le faire. Il ne fait vraiment rien pour vous faciliter les choses.

Les deux inspecteurs trouvèrent l'adresse en consultant la liste des rues de Londres et en interrogeant quelques voisins. L'immeuble se trouvait dans une cité et le petit deux pièces était situé au quatrième étage. Ils durent monter à pied, l'ascenseur ne fonctionnant pas. Ils s'introduisirent à l'intérieur. L'appartement était modeste mais bien tenu. Une poussière de trois semaines et quelques mouches mortes tapissaient le rebord de la fenêtre, mais il n'y avait pas trace de nourriture moisie. Des assiettes et des tasses propres étaient posées sur l'égouttoir près de l'évier. Le tiroir d'une table de chevet leur livra des souvenirs de l'armée et cinq décorations militaires, parmi lesquelles la *Military Medal*, qui récompense le courage au combat. L'étagère était garnie de livres de poche défraîchis, et les murs s'ornaient de gravures. Burns finit par s'arrêter devant une photographie encadrée accrochée au mur du salon. Quatre jeunes gens souriants braquaient leur regard vers l'objectif. À l'arrière-plan, une étendue désertique et le devant d'un fort de pierre. Sous la photographie, on pouvait lire « Mirbat, 1972 ».

— Mirbat, qu'est-ce que c'est ? demanda Skinner qui s'était approché.

— C'est le nom d'un endroit. Un petit village. Dans la province de Dhofar, à l'est du sultanat d'Oman, au bout de la péninsule Saoudienne.

Tous les jeunes gens portaient des tenues de camouflage adaptées au désert. L'un d'eux était coiffé d'un keffieh arabe à petits carreaux, fixé par une double cordelette noire. Les trois autres arboraient des bérets beiges à écusson. Burns savait qu'une loupe lui aurait permis de distinguer un insigne : une dague ailée surmontée de trois lettres, et trois mots brefs en dessous.

— Comment vous le savez ? demanda Skinner.

— Un jour, la reine est venue en visite dans le Devon, et je faisais partie du service d'ordre. Parmi nous, il y avait deux types issus de ce régiment. Le travail de garde du corps implique pas mal d'attente, et on a commencé à échanger des souvenirs. Ils nous ont parlé de Mirbat.

— Qu'est-ce qui s'est passé là-bas ?

— Une bataille. C'était une période de guerre. Une guerre secrète. On avait envoyé du Yémen des terroristes communistes pour renverser le sultan. L'Angleterre a expédié le BATT, ou British Army Training Team. Un jour, une armée de deux à trois cents terroristes a attaqué le village et la garnison de Mirbat. Il y avait là dix hommes de ce régiment et un groupe de conscrits du cru.

— Et qui a gagné ?

Burns tapota du doigt la photographie.

— C'est eux qui ont gagné. De justesse. Ils ont perdu deux de leurs hommes, mais ils ont abattu plus de cent terroristes, et les autres ont pris la fuite.

Trois des hommes étaient debout, et le quatrième se tenait devant eux, un genou appuyé à terre. La scène remontait à vingt-quatre ans, dans un village oublié du désert. Le jeune homme placé devant était un soldat. Derrière lui se tenaient un sergent, un caporal, et un jeune officier ou « Rupert ».

Skinner se pencha et posa un doigt sur le soldat accroupi.

— C'est lui, Peter Benson. Le pauvre diable. Se sortir de tout ça pour se faire tuer à Edmonton.

Burns avait déjà identifié le soldat. Il était en train d'observer l'officier. Un béret recouvrait ses cheveux blonds et lisses et, pour se protéger du soleil éblouissant, il plissait ses yeux bleus au regard arrogant. Mais ce jeune officier allait rentrer chez lui, quitter l'armée et entreprendre des études de droit. Un quart de siècle plus tard, il deviendrait un des plus grands avocats de son pays. Lorsque Skinner fit le rapprochement, Burns entendit sa respiration se bloquer.

— Je ne comprends pas. Ils tuent son camarade à coups de pied, et il se met en quatre pour leur sauver la mise.

Burns entendit de nouveau la voix à l'accent distingué qui murmurait à son oreille.

« Ça pourra vous surprendre, Mr Burns... »

En regardant les visages de ces militaires d'un autre temps, Burns comprit trop tard que l'avocat faussement nonchalant ne faisait pas allusion à la justice d'Old Bailey, mais à celle de l'Ancien Testament.

— Patron, lui dit Skinner d'un air inquiet, maintenant que Price et Cornish sont à nouveau dehors, que va-t-il se passer si le sergent et le caporal leur mettent la main dessus ?

— Ne posez pas de questions, mon vieux. Je suis sûr que vous préférez ne pas savoir.

Vingt-quatrième jour : jeudi

Un enterrement eut lieu dans le cimetière privé du Special Air Service Regiment, près de la base de Hereford. On descendait en terre la dépouille d'un vieux soldat. Un clairon joua la sonnerie aux morts et on tira une salve sur la tombe. Une douzaine de personnes assistaient à la cérémonie, parmi lesquelles un avocat renommé.

Ce soir-là, on découvrit deux corps dans un lac près de Wanstead Marshes, à l'est de Londres. Ils furent identifiés comme étant ceux de Mr Mark Price et Mr Harry Cornish. Le médecin légiste conclut à une mort par strangulation. L'instrument utilisé, tout à fait inhabituel, semblait être une corde de piano. L'instruction de l'affaire fut entamée, mais jamais achevée.

L'art et la manière

Novembre

La pluie se mit à tomber. Elle descendit lentement sur Hyde Park comme un rideau mouvant et, poussé par un léger vent d'ouest, le voile de pluie grisâtre traversa Park Lane et l'étroit bosquet de platanes qui sépare l'allée sud de l'allée nord. Trempé, la mine sombre, un homme faisait le guet, debout sous les arbres dénudés.

L'entrée de la salle de réception du Grosvenor House Hotel était brillamment éclairée par les nombreuses lampes à arc et les flashes crépitants des appareils photo. L'intérieur était tiède, confortable, bien à l'abri des intempéries. Sous l'auvent devant la porte, là où le trottoir était à peine humide, se tenaient des coursiers en livrée, leur parapluie luisant prêt à l'emploi, tandis que se succédaient les limousines.

Dès qu'une nouvelle voiture se rangeait près de l'auvent, fouettée par la pluie, l'un d'entre eux accourait au-devant de la superstar ou de l'acteur célèbre qu'elle déposait, afin de l'abriter pendant qu'il s'engouffrait tête baissée sous l'auvent. Là, les stars pouvaient se redresser, plaquer sur leur visage un sourire artificiel et se tourner vers les photographes.

Trempés jusqu'aux os, les paparazzi s'agglutinaient de chaque côté de la marquise, protégeant comme ils pouvaient leur coûteux matériel. L'individu posté sous les arbres entendait leurs cris depuis l'autre côté de la chaussée.

— Par ici, Michael ! Roger, regarde-moi ! Un petit sourire, Shakira ! Magnifique !

Les vedettes du septième art accueillaient d'un signe de tête bienveillant toutes ces marques d'adulation, souriant à l'objectif et, à travers lui, à leurs lointains admirateurs. Ignorant les quelques chasseurs d'autographes en anorak, ces drôles de fans obstinés au regard implorant, les célébrités se laissaient entraîner à l'intérieur. Elles allaient maintenant se diriger vers leur table, s'arrêtant de temps en temps pour saluer avec de grands sourires, prêtes pour la remise annuelle des récompenses de la British Academy of Film and Television Arts.

Debout sous son arbre, le petit homme les observait, avec dans les yeux une lueur d'envie sans espoir. Dans le temps, il rêvait de se trouver là lui aussi, de devenir à son tour un monstre sacré. Ou du moins, de faire une carrière d'acteur honorable. Mais il savait désormais que c'était trop tard, que ça n'arriverait pas.

Ça faisait plus de trente-cinq ans qu'il était comédien, presque exclusivement pour le cinéma, et il avait plus de cent films à son actif. Engagé d'abord comme figurant, sans une seule réplique à prononcer, il avait joué ensuite les utilités, incapable de décrocher un rôle important.

C'est lui qui jouait le portier d'hôtel sur le passage de Peter Sellers : sept secondes à l'écran ; lui aussi le chauffeur du camion de l'armée qui conduisait Peter O'Toole au Caire ; droit comme un i, il avait tenu une lance de soldat romain à quelques mètres de Michael Palin. Et le mécanicien qui aidait Christopher Plummer à monter dans son Spitfire, c'était encore lui.

Il avait incarné des serveurs, des porteurs, et les soldats de toutes les armées imaginables, de la Bible à la bataille d'Azincourt. Il s'était mis dans la peau du chauffeur de taxi, de l'officier de police, du client anonyme dans les restaurants, de l'inconnu qui traverse la rue, du marchand de fruits qui siffle les filles, et ainsi de suite...

Mais ça finissait toujours de la même façon. Plusieurs jours de tournage pour une apparition de quelques secondes, et après ça, au revoir et merci. Il avait approché toutes les étoiles de ce firmament de celluloïd, côtoyé les gentlemen et les sales types, les bonnes pâtes et les divas. Il avait la certitude de pouvoir jouer n'importe quel rôle de manière convaincante, en y mettant tout son cœur. Il était persuadé d'être un caméléon humain, mais jamais personne n'avait reconnu le talent qu'il était sûr de posséder.

Et il regardait sous la pluie le défilé de ses idoles promises à une soirée de gloire avant qu'elles ne regagnent une suite de luxe ou un appartement somptueux. Lorsque le dernier eut disparu et que les lumières se furent éteintes, il brava l'averse pour aller attendre le bus à Marble Arch. Tout dégoulinant, il fit le voyage debout dans l'allée centrale et descendit à huit cents mètres de son modeste studio de banlieue, entre White City et Shepherd's Bush.

Chez lui, il se débarrassa de ses vêtements dégouttants de pluie pour s'envelopper dans la vieille robe de chambre qu'il avait chipée dans un hôtel en Espagne (*L'Homme de la Mancha*, avec Peter O'Toole dans le rôle-titre ; lui faisait simplement office de palefrenier.) Puis il mit une seule bûche dans la cheminée. Ses habits mouillés séchèrent lentement pendant la nuit et il les retrouva à peine humides le lendemain matin. Il savait bien qu'il était raide, complètement fauché. Pas le moindre engagement depuis plusieurs semaines, et sa profession regorgeait de candidats, même dans la catégorie « petit bonhomme entre deux âges ».

Et avec ça, pas l'ombre d'un projet à l'horizon. On lui avait coupé le téléphone, et s'il voulait à nouveau contacter son agent, il serait forcé de se déplacer. D'ailleurs, il avait décidé de s'y rendre dans la matinée.

Il s'assit et attendit. S'asseoir et attendre, c'était ce qu'il faisait toujours. Manifestement, c'était son lot dans l'existence. La porte du bureau finit par s'ouvrir, livrant passage à une personne de connaissance. Il se leva d'un bond.

— Salut Robert ! Tu te souviens de moi ? Trumpy.

Pris au dépourvu, Robert Powell n'avait pas l'air de se rappeler sa tête.

— *Le Boulot en Italie*, à Turin. Je conduisais le taxi et toi tu étais à l'arrière.

La bonne humeur à toute épreuve de Robert Powell lui permit de sauver la face.

— Turin, évidemment ! Ça fait un bail ! Comment ça va, Trumpy ? Ça baigne ?

— Impeccable. Enfin, pas trop mal, j'ai pas à me plaindre. Je passais juste voir si tu-sais-qui avait quelque chose pour moi.

Powell considéra la chemise élimée et l'imperméable défraîchi.

— Je parie que oui. Content de t'avoir revu. Bonne chance !

— Pareil pour toi, mon vieux ! Du cran, que diable !

Ils se séparèrent après une poignée de main. L'agent se montra aussi aimable que possible, mais il n'avait rien à lui proposer. Un film en costumes d'époque devait se tourner à Shepperton, mais le casting était déjà fait. C'était une profession sans débouchés, qu'alimentaient seulement un éternel optimisme et l'espoir de tomber un jour sur un grand rôle.

De retour chez lui, Trumpy fit un bilan très sombre de la situation. La Sécurité sociale lui versait quelques livres par semaine, mais la vie à Londres coûtait cher. Il sortait juste d'un entretien houleux avec Mr Koutzakis, son propriétaire, qui lui avait encore rappelé ses loyers en retard, tout en le prévenant que sa patience n'était pas aussi infinie que la lumière de sa Chypre natale.

Il se trouvait dans une mauvaise passe. En fait, les choses auraient difficilement pu être pires. Tandis qu'un soleil pâle déclinait derrière les tours, le comédien vieillissant alla chercher dans un placard un paquet enveloppé dans de la toile de jute. Au cours des années, il s'était souvent demandé pourquoi il s'accrochait à cette maudite babiole, qui ne lui plaisait même pas. Pour sa valeur affective, sans doute. Trente-cinq ans plus tôt, à l'âge de vingt ans, alors qu'il était encore comédien dans une troupe de répertoire en province, mais néanmoins brillant et motivé, convaincu de devenir bientôt une star, il l'avait reçue en héritage de sa tante Milly. Il déballa l'objet que protégeait la toile de jute.

La peinture était de petit format, à peine vingt-cinq centimètres sur vingt-cinq, si l'on ne comptait pas l'encadrement. Il l'avait laissée enveloppée pendant toutes ces années, mais quand il l'avait récupérée, elle était déjà tellement sale, recouverte d'une couche de crasse si épaisse, que les personnages représentés se réduisaient à des silhouettes imprécises, à peine plus distinctes que des ombres. Pourtant, sa grand-tante Milly avait toujours soutenu qu'il pourrait en tirer quelques livres. Ce n'étaient peut-être là que les affabulations romanesques d'une vieille dame. Quant à l'origine du tableau, il l'ignorait complètement. Cette petite huile avait cependant une longue histoire.

En 1870, un Anglais de trente ans qui cherchait fortune et possédait quelques rudiments d'italien avait émigré à Florence pour tenter sa chance avec le modeste pécule que lui avait alloué son père. C'était alors l'apogée du règne de Victoria, et le souverain d'or de Sa Majesté pouvait ouvrir pas mal de portes. Par contre, l'Italie était en proie au désordre habituel.

En l'espace de cinq ans, l'entreprenant Mr Bryan Frobisher avait réussi quatre choses. Ayant découvert les vins succulents des collines du Chianti, il s'était mis à les exporter par cuves entières vers son pays d'origine, où il les vendait à meilleur prix que les crus français habituellement consommés. Ce commerce lui avait permis d'accumuler une fortune rondelette. Il avait acheté une belle maison en ville, avec voiture personnelle et cocher. Il s'était marié avec la fille d'un nobliau des environs, et parmi les nombreux ornements destinés à sa demeure, il avait acquis une petite peinture à l'huile dénichée chez un brocanteur des quais, non loin du Ponte Vecchio.

Ce n'est pas que le tableau ait été célèbre ou spécialement mis en valeur. En fait, il était voilé de poussière et caché au fond de la boutique. Il l'avait acheté simplement parce qu'il lui plaisait. Pendant les trois décennies suivantes, après qu'il fut devenu vice-consul d'Angleterre à Florence et eut reçu le titre de Knight of the British Empire, le tableau resta accroché dans sa bibliothèque, et chaque soir après le dîner il fumait son cigare à côté de lui.

En 1900 une épidémie de choléra se déclara à Florence, emportant Lady Frobisher. Après les obsèques, l'homme d'affaires, âgé maintenant de soixante ans, décida de retourner dans la patrie de ses ancêtres. Une fois ses biens vendus, il rentra en Angleterre, où il acheta un splendide manoir dans le Surrey. Parmi les neuf domestiques qu'il employait, la plus jeune était Millicent Gore, une fille du village engagée en qualité de servante.

Sir Bryan mourut en 1930 sans s'être remarié, à l'âge de quatre-vingt-dix ans. Il avait fait rapatrier d'Italie une centaine de caisses ; l'une d'elles contenait une huile de petites dimensions, dont les couleurs avaient pâli avec le temps.

Parce que ç'avait été son premier cadeau à Lady Lucia et qu'elle l'avait toujours aimée, il la suspendit à nouveau dans la bibliothèque, où elle perdit ses teintes vives, ternies par la fumée et la crasse qui rendaient les figures quasiment indiscernables.

La Première Guerre mondiale éclata, et quand elle s'acheva, le monde avait changé. La fortune de Sir Bryan périclita sérieusement lorsque ses investissements dans les chemins de fer russes partirent en fumée, après 1917. En 1918 le paysage social de Grande-Bretagne s'était complètement modifié. Le personnel se trouva réduit, mais Millicent Gore resta au service de Sir Bryan. Après avoir secondé la gouvernante jusqu'en 1921, elle devint à son tour gouvernante et unique domestique de la maison. Pendant les onze dernières années de sa vie, elle veilla comme une infirmière sur la santé fragile de Sir Bryan, et lorsqu'il mourut en 1930, il ne l'oublia pas. Il lui laissa la jouissance d'une petite maison et l'usufruit d'un capital placé qui lui permettrait de vivre modestement jusqu'à la fin de ses jours. Alors que le reste de ses biens était vendu aux enchères, un objet demeura exclu de la vente : un petit tableau, dont Millicent était très fière. Il provenait en effet d'un drôle d'endroit appelé Létranger et elle l'accrocha dans le salon exigu de la maison qu'elle avait en jouissance, pas très loin de la cuisinière à bois, où il continua de s'encrasser.

Miss Gore ne se maria jamais. Elle se consacra à des bonnes œuvres pour son village et sa paroisse et mourut en 1965, à l'âge de quatre-vingt-cinq ans. Son frère, par contre, s'était marié et avait mis au monde un garçon qui à son tour avait eu un fils, le seul neveu de la vieille dame.

Quand elle mourut, elle n'avait pas grand-chose à léguer, puisque la maison et le capital devaient réintégrer la succession de son bienfaiteur. Elle laissa cependant le tableau à son arrière-petit-neveu. Trente-cinq ans s'écoulèrent avant que la peinture constellée de taches et couverte de crasse ne revoie la lumière, le jour où elle fut déballée dans un studio miteux, au fond d'une ruelle de Shepherd's Bush.

Le lendemain matin, son propriétaire se présenta à l'accueil de la prestigieuse House of Darcy, spécialisée dans la vente et l'expertise d'œuvres d'art. Il serrait contre sa poitrine un paquet enveloppé dans de la toile de jute.

— J'ai cru comprendre que vous proposiez des expertises gratuites aux particuliers qui pensent posséder un objet de valeur, dit-il à la jeune femme installée derrière le comptoir.

Elle jaugea la chemise usée et l'imperméable douteux, lui désignant une porte marquée EXPERTISES. L'intérieur était moins luxueux que le hall d'entrée. Une autre fille se tenait derrière un bureau. Le comédien renouvela sa demande et elle attrapa un formulaire.

— Votre nom, monsieur ?

— Je m'appelle Trumpington Gore, et au sujet du tableau...

— Domicile ?

Il donna son adresse.

— Numéro de téléphone ?

— Euh... pas de téléphone.

Elle le regarda comme s'il lui annonçait quelque chose d'extraordinaire.

— Et de quel genre de pièce s'agit-il, monsieur ?

— Une peinture à l'huile.

Petit à petit, elle lui soutira des détails – ou plutôt une absence de détails – avec un air de plus en plus las. Date d'exécution inconnue, école non identifiée, idem pour le peintre et la période. Le pays d'origine était peut-être l'Italie.

L'employée du service des expertises était folle amoureuse d'un fringant jeune homme du département des grands millésimes, et elle savait que c'était l'heure de sa pause-café matinale au Caffé Uno, à deux pas de chez Darcy. Si ce petit bonhomme horripilant et sa croûte minable voulaient bien débarrasser le plancher, elle pourrait s'éclipser avec une copine et s'installer comme par hasard à la table voisine de celle de l'apollon.

— Et pour finir, monsieur, à combien l'estimez-vous ?

— Je n'en ai pas la moindre idée, c'est pour cela que je me suis adressé à vous.

— Le client doit obligatoirement nous fournir un prix. Pour l'assurance. Que diriez-vous de cent livres ?

— C'est parfait. Savez-vous dans combien de temps je peux espérer avoir de vos nouvelles ?

— Dès que possible, monsieur. Nous avons déjà de nombreuses pièces en réserve, qui attendent d'être expertisées. Ça demande du temps.

Elle ne cachait pas qu'à son avis, un simple coup d'œil serait suffisant. C'était fou les horreurs que les gens déposaient sur son bureau, en s'imaginant qu'ils avaient dégoté un plat Ming au fond d'un placard.

Dix minutes plus tard, Mr Trumpington Gore avait signé le formulaire, empoché son reçu et retrouvé les rues de Knightsbridge, laissant derrière lui le paquet dans sa toile de jute. Toujours sans un sou vaillant, il rentra chez lui à pied.

Le tableau encore enveloppé fut entreposé dans la réserve du sous-sol, où on lui attribua la référence D 1601.

Décembre

Vingt jours s'écoulèrent, pendant lesquels le tableau resta dans son emballage de jute, appuyé contre le mur de la réserve, tandis que Trumpington Gore attendait toujours une réponse. Il y avait une explication très simple à cela : l'accumulation de travail en retard.

Comme dans toutes les grandes salles des ventes, plus de quatre-vingt-dix pour cent des peintures, porcelaines, bijoux, grands millésimes, fusils de chasse et pièces d'ameublement proposés par Darcy avaient une origine connue et facilement vérifiable. Quelques informations sur leur provenance figuraient souvent dans le catalogue de présentation. Une belle pièce était fréquemment présentée comme « appartenant à un gentleman », ou à « la succession de monsieur Untel, récemment décédé ».

Le service d'expertise gratuite que Darcy offrait au public mécontentait certaines personnes, sous prétexte qu'on gaspillait un temps considérable pour des rogatons, alors que les pièces susceptibles d'être vendues étaient extrêmement rares. Cependant, ce service avait été mis en place par le fondateur, George Darcy, et on avait perpétué la tradition. Une fois de temps en temps, il arrivait qu'un quidam aussi chanceux qu'optimiste découvre que la vieille tabatière en argent de grand-père était en fait une rareté très prisée de l'époque géorgienne. Mais ces cas restaient exceptionnels.

Au département des peintures de la Renaissance, une commission d'experts se réunissait tous les quinze jours, présidée par le directeur et son éternel nœud papillon. Le pointilleux Sebastian Mortlake était assisté de deux collègues. Pendant les dix jours de cohue qui précédaient Noël, il décida de rattraper l'intégralité du travail en retard. Cette remise à jour nécessita une session quasiment ininterrompue qui dura cinq jours – jusqu'à ce que Mortlake et ses collaborateurs en aient assez.

Mr Mortlake comptait sur l'aide de l'épaisse liasse de formulaires remplis au moment du dépôt. Il appréciait particulièrement ceux qui mentionnaient clairement l'identité de l'artiste. Ils fournissaient au moins un nom aux rédacteurs du futur catalogue, ainsi qu'une date approximative. Et pour connaître le sujet de l'œuvre, il suffisait de jeter un coup d'œil.

Il mit à part les lots qu'il avait sélectionnés pour une éventuelle vente. Une des secrétaires enverrait un courrier aux propriétaires pour savoir s'ils acceptaient de vendre, en tenant compte de l'estimation proposée. Si la réponse était positive, une clause figurant sur le formulaire de dépôt stipulait que la pièce ne pouvait être vendue ailleurs que chez Darcy. En cas de réponse négative, le propriétaire serait prié de récupérer son bien dans les plus brefs délais. En effet, le stockage des œuvres occasionne des frais.

Une fois qu'on avait procédé à la sélection et que le propriétaire avait donné son accord, Mortlake pouvait choisir la vente dans laquelle il souhaitait inclure le tableau. Il était temps alors de préparer le catalogue. Pour les œuvres peu connues d'artistes mineurs – celles qui n'avaient fait qu'effleurer le regard clair de Sebastian Mortlake –, la notice employait des termes comme « charmant », sous-entendu « quand on aime ce genre de choses », ou « original », ce qui signifiait « le peintre a dû bâcler ça après un bon gueuleton ».

Lorsqu'ils eurent examiné près de trois cents toiles, Mortlake et ses deux assesseurs étaient venus à bout des pièces confiées par les anonymes. Ils n'en avaient retenu que dix, parmi lesquelles un tableau étonnant de l'école de Van Ostade. Pas de la main d'Adriaen, malheureusement. Seulement d'un élève, mais tout à fait respectable.

Sebastian Mortlake répugnait à sélectionner pour Darcy des œuvres dont la mise à prix était inférieure à cinq mille livres. De vastes locaux à Knightsbridge ne vont pas sans dépenses et en dessous de cette somme, la commission du vendeur ne risque guère de peser beaucoup sur les frais généraux. Des maisons moins prestigieuses pouvaient accepter des toiles évaluées à mille livres, mais chez Darcy c'était hors de question. En outre, la vente de la fin janvier promettait d'être importante.

Le cinquième jour, un peu avant midi, Sebastian Mortlake s'étira et se frotta les yeux. Il avait examiné deux cent quatre-vingt-dix croûtes, essayant vainement de débusquer le trésor caché. Mais il n'avait trouvé que dix pièces acceptables. Comme il le répétait à ses subordonnés, « nous devons faire notre travail avec plaisir, mais nous ne sommes pas une association caritative ».

— Combien il nous en reste, Benny ? demanda-t-il par-dessus son épaule à son jeune assistant.

— Seulement quarante-quatre, Seb, répondit le jeune homme.

Il l'appelait familièrement par son prénom, comme l'y invitait un Mortlake soucieux de faire régner une atmosphère de convivialité au sein de l'équipe. Même les secrétaires désignaient leurs supérieurs par leur prénom. Seuls les manutentionnaires, que l'on appelait pourtant par leur prénom, surnommaient Mortlake « patron ».

— Quelque chose d'intéressant ?

— Pas vraiment. Rien dont on connaisse l'auteur, la période ou la date exacte, l'école et l'origine.

— En d'autres termes, que des peintres du dimanche. Vous venez travailler demain ?

— Oui, Seb, je crois bien. Histoire de mettre un peu d'ordre.

— Bien, Benny ! Bon, je file au déjeuner du conseil d'administration, et après je pars pour ma maison de campagne. Chargez-vous de tout ça à ma place, vous voulez bien ? Vous connaissez la chanson. Une lettre bien polie et une évaluation approximative. Demandez à Deirdre de les taper sur ordinateur et on les enverra avec le dernier courrier.

Après un jovial « Joyeux Noël tout le monde ! », il quitta les lieux, bientôt imité par les deux assesseurs qui l'avaient assisté dans son travail. Benny veilla à ce que la dernière série de peintures examinées et refusées soit remportée dans la réserve tandis qu'on amenait les quarante-quatre tableaux restants dans la salle d'exposition, qui jouissait d'un meilleur éclairage. Il avait prévu d'en regarder quelques-uns l'après-midi même et de garder la suite pour le lendemain, dernier jour avant ses congés de Noël. Il pêcha des tickets restaurant au fond de sa poche et se dirigea vers le réfectoire du personnel.

L'après-midi, il s'occupa d'une trentaine de dépôts et regagna son appartement, à l'extrémité nord de Ladbroke Grove – là où les loyers coûtaient le moins cher.

La présence chez Darcy de Benny Evans, âgé de vingt-cinq ans, symbolisait la victoire de la persévérance. Le personnel de la réception, celui qui était en contact avec le public et évoluait dans les salles d'exposition, regroupait des jeunes gens élégamment vêtus, à la voix délicieusement langoureuse. Leur pendant féminin se composait de jeunes femmes au physique tout à fait avantageux.

Parmi eux s'affairaient les coursiers et les huissiers en livrée, ainsi que les manutentionnaires en bleu de travail qui soulevaient et transportaient les pièces de collection, les hissaient sur les chariots, les amenaient et les remportaient.

Dans les coulisses, on rencontrait les spécialistes, dont les experts formaient l'aristocratie. Sans leurs compétences très affûtées, l'édifice tout entier se serait effondré. C'étaient eux qui possédaient le regard perçant et l'excellente mémoire capables de démêler d'un simple coup d'œil la qualité du tout-venant, l'authentique de la copie, la camelote de la perle rare.

Comparés aux hiérarques tout-puissants, les gens comme Mortlake faisaient figure de roitelets, mais on tolérait leurs extravagances en échange de l'expérience considérable qu'ils avaient acquise au fil de trente ans de carrière. Benny Evans n'était pas comme tout le monde, et Mortlake, plus malin qu'il n'y paraissait, avait compris pourquoi. Ceci expliquait la présence de Benny.

Ce dernier n'avait pas le physique de l'emploi, alors que dans le monde de l'art londonien, les apparences jouent un rôle fondamental. Benny avait aussi peu de diplômes que de manières. Ses cheveux se dressaient sur sa tête en touffes hirsutes qu'aucun coiffeur de Jermyn Street n'aurait su discipliner, si seulement il s'était adressé à l'un d'eux.

Le jour où il se présenta à Knightsbridge, le pont de ses lunettes cassées – modèle Sécurité sociale – était consolidé par du sparadrap. Il n'avait pas besoin d'adopter une tenue décontractée pour le vendredi, vu que c'était là son style habituel. Enfin, il s'exprimait avec un accent du Lancashire à couper au couteau. Lors de l'entretien d'embauche, Sebastian Mortlake l'avait contemplé d'un œil fasciné. Ce n'est qu'après avoir testé ses connaissances sur l'art de la Renaissance qu'il décida d'engager le jeune garçon, en dépit des apparences et des coups de coude de ses collègues.

Benny Evans était originaire d'une cité ouvrière de Bootle, et son père travaillait en usine. Il ne se distingua en rien à l'école primaire, passa son brevet sans brio et ne continua pas jusqu'au bac. Mais à l'âge de sept ans, il lui était arrivé quelque chose qui rendait tout ça superflu. Son professeur de dessin lui avait montré un livre. Il contenait des illustrations en couleurs, et sans trop savoir pourquoi, l'enfant les avait contemplées avec émerveillement. Elles représentaient des jeunes femmes tenant un bébé dans les bras, et des anges ailés voletant derrière elles. Le gamin de Bootle venait de découvrir sa première Vierge à l'Enfant, signée par un maître de la Renaissance. Suite à cela, son appétit devint insatiable.

Il passait des journées entières à la bibliothèque, à détailler les tableaux de Giotto, Raphaël, Botticelli, le Tintoret et Tiepolo. Il dévorait les œuvres des génies, Michel-Ange et Léonard de Vinci, pendant que ses camarades engloutissaient des hamburgers bon marché.

Durant son adolescence, il lava des voitures, livra des journaux et promena des chiens ; grâce à ses économies, il traversa l'Europe en auto-stop pour voir la galerie des Offices et le palais Pitti.

Après les Italiens, il se mit à étudier les Espagnols et fit du stop jusqu'à Tolède pour passer deux jours dans la cathédrale, à admirer les Vélasquez, les Zurbarán et les Murillo. Il se plongea ensuite dans la peinture allemande, hollandaise et flamande. Toujours sans le sou à vingt-deux ans, il était devenu en revanche une encyclopédie ambulante sur l'art de la Renaissance. C'est ce que Mortlake avait constaté en guidant le jeune candidat à travers les salles d'exposition qui donnaient sur le hall. Car il y avait une chose que Mortlake ne possédait pas, malgré son raffinement et son intelligence : un instinct infaillible. Ça, on l'a ou on ne l'a pas. Et justement il l'avait, ce garçon débraillé des quartiers pauvres de Bootle, même si personne n'était au courant, pas même lui.

Le lendemain, lorsqu'il vint s'occuper des quatorze dépôts qu'il lui restait à examiner, il trouva des locaux presque déserts. En théorie, la maison Darcy était ouverte, mais le coursier posté à l'entrée n'eut pas l'occasion de saluer grand monde.

Benny retourna dans la salle d'exposition et se pencha sur la dernière série de tableaux. De dimensions variées, ils se présentaient dans des emballages divers. L'avant-avant-dernier était empaqueté dans de la toile de jute. Il enregistra sa référence sans y penser : D 1601. Quand il le découvrit, il fut atterré par son état, par les couches de saleté qui cachaient la composition originale. Difficile de deviner à quoi elle avait bien pu ressembler.

Il retourna le tableau. C'était du bois, un panneau. Curieux... Plus bizarre encore, ce n'était pas du chêne. S'ils peignaient sur bois, les artistes d'Europe du Nord utilisaient principalement du chêne. Mais cet arbre ne pousse pas en Italie. Pouvait-il s'agir alors de bois de peuplier ?

Installant le petit tableau sur un chevalet, il promena sur la surface une lampe puissante, s'efforçant de percer le voile qui l'assombrissait, déposé par un siècle de fumée de cigare et de poêle à charbon. Il distingua une femme assise, mais pas d'enfant. Un homme s'inclinait vers elle, et elle levait les yeux vers lui. Une bouche petite, pour ne pas dire minuscule, en forme de bouton de rose, et un front doucement bombé.

Comme la lumière lui faisait mal aux yeux, il déplaça le faisceau de sa lampe et inspecta la silhouette masculine. Un détail là-dedans lui rappelait de vagues souvenirs. La position, la gestuelle... L'homme essayait d'exprimer quelque chose avec ses mains et la femme subjuguée lui prêtait toute son attention.

Ces doigts repliés, ça lui évoquait... Ne les avait-il pas déjà aperçus quelque part ? Mais ce furent les lèvres qui provoquèrent le déclic. Encore une petite bouche pincée, et trois minuscules sillons verticaux au-dessus des yeux. Où avait-il vu un front marqué de ces petites rides, non pas horizontales mais verticales ? Il était persuadé de les reconnaître, sans savoir où ni quand il les avait vues. Il consulta le formulaire de dépôt. Un certain T. Gore. Pas de numéro de téléphone. Et mince ! Benny élimina les deux derniers tableaux, deux barbouillages insignifiants, et apporta les fiches à Deirdre, la seule secrétaire qui travaillait encore. Il lui dicta une lettre de refus type avant de lui remettre la pile de formulaires. Sur chacun figuraient une estimation de la pièce proposée et rejetée, ainsi que le nom et l'adresse du propriétaire.

Bien qu'il y en eût quarante-trois, le traitement de texte pouvait modifier uniquement le nom et la somme, sans que la secrétaire ait à retaper tout le texte. Benny la regarda opérer pendant un moment, rempli d'admiration. Il ne possédait qu'une connaissance très rudimentaire de l'informatique. S'il parvenait tant bien que mal à faire fonctionner un ordinateur, il n'en maîtrisait pas les subtilités. Au bout de dix minutes, Deirdre commença les enveloppes, ses doigts volant sur les touches. Benny s'en alla après lui avoir souhaité un joyeux Noël. Comme à l'accoutumée, il prit le bus jusqu'au nord de Ladbroke Grove. À cette heure-ci, il tombait un peu de neige fondue.

Lorsqu'il s'éveilla, le réveil posé sur sa table de nuit indiquait deux heures. Auprès de lui, il sentait la chaleur sensuelle du corps de Suzie. Ils avaient fait l'amour avant de s'endormir, ce qui lui assurait en principe une nuit sans rêves. Et pourtant il était éveillé, le cerveau en alerte, comme si une pensée profondément enfouie l'avait arraché au repos. Il tâcha de se rappeler ce qui, en dehors de Suzie, lui occupait l'esprit quand il avait sombré dans le sommeil. L'image du tableau enveloppé de jute lui revint en mémoire.

Il se redressa brutalement et Suzie émit une plainte, dérangée dans son sommeil. Assis sur son lit, il adressa quelques mots à l'obscurité ambiante. « Putain de bordel de merde ! »

Le lendemain matin 23 décembre, Benny retourna chez Darcy, qui cette fois était fermé pour de bon. Il s'introduisit dans le bâtiment par l'entrée de service.

Il lui fallait se rendre à la bibliothèque du département des peintures de la Renaissance. On y accédait par un digicode dont il se rappelait les chiffres. Au bout d'une heure, il ressortit avec trois ouvrages de référence, qu'il emporta dans la salle d'exposition. Le tableau dans sa toile de jute était toujours perché sur le rayonnage où il l'avait posé.

Il emprunta à nouveau la puissante lampe de poche, ainsi qu'une loupe qu'il trouva dans le bureau personnel de Sebastian Mortlake. Muni de ses livres et de la loupe, il confronta le visage de l'homme penché et les figures tracées par les artistes que citaient les ouvrages de référence. Parmi elles se trouvait un moine ou un saint : robe de bure, tonsure, et un front doucement bombé, creusé de trois minuscules rides verticales, entre les yeux et au-dessus, qui trahissaient l'inquiétude ou une intense réflexion.

Lorsqu'il eut terminé, il resta absorbé en lui-même, pareil à quelqu'un qui aurait découvert les mines du roi Salomon en trébuchant sur une pierre. Il ne savait pas trop comment s'y prendre. Après tout, il n'avait pas de preuve et risquait de s'être trompé. Le tableau était dans un état de saleté effroyable. Mais il devait malgré tout prévenir les grands pontes.

Remballant la peinture, il la laissa sur le bureau de Mortlake et se rendit au bureau des secrétaires. Là, il alluma l'ordinateur de Deirdre et essaya de deviner comment il marchait. Une heure plus tard, il commença à taper une lettre avec un seul doigt. Dès qu'il eut fini, il pria très courtoisement l'ordinateur de lui en imprimer deux exemplaires. Ayant trouvé des enveloppes dans un tiroir, il en adressa une à Mortlake, écrivant le nom à la main, et une seconde à l'Honorable Peregrine Slade, directeur général et vice-président du conseil d'administration. Il déposa la première sur le bureau personnel du directeur de son département et glissa l'autre sous la porte fermée à clé de Mr Slade, après quoi il rentra chez lui.

Il peut sembler étonnant que Peregrine Slade soit repassé par son bureau à deux jours de Noël, mais la raison était très simple : il habitait à deux pas de chez Darcy, tandis que son épouse, Lady Eleanor, passait le plus clair de son temps dans leur résidence du Hampshire. À cette époque-ci, elle était entourée de son infernale parentèle. Il lui avait déjà annoncé qu'il ne pourrait les rejoindre que la veille de Noël. Ça abrégerait d'autant le supplice des fêtes, où il devrait jouer les maîtres de maison auprès de la famille de sa femme. En outre, il voulait fouiner dans les affaires de quelques collègues haut placés, ce qui demandait un peu de tranquillité. Il utilisa la porte de service par laquelle Benny Evans était sorti une heure plus tôt.

Une chaleur agréable régnait à l'intérieur – pas question d'arrêter le chauffage pendant les congés – et certains secteurs, dont le propre bureau de Slade, étaient protégés par des alarmes sophistiquées. Il débrancha le système dans son bureau, traversa la réception où travaillait habituellement Miss Priscilla Bates et pénétra dans son sanctuaire privé. Après avoir ôté son manteau, il tira son portable de son attaché-case et se connecta au réseau central. Il constata qu'il avait reçu deux mails, mais il s'en occuperait plus tard. Dans l'immédiat, il avait envie d'une tasse de thé.

En temps ordinaire, c'était Miss Bates qui le lui préparait, bien entendu. Mais en son absence il était bien obligé de se débrouiller tout seul. Il fouilla dans son placard à la recherche de la bouilloire, de l'Earl Grey, de la tasse en porcelaine et du citron. Il en trouva un morceau, ainsi qu'un couteau. C'est en cherchant une prise pour la bouilloire qu'il vit une enveloppe sur le tapis près de la porte. Pendant que l'eau bouillait, il la jeta sur son bureau. Enfin, il revint chercher sa tasse de thé et alla lire ses mails. Rien d'urgent, ça pouvait bien attendre la rentrée. Entrant dans l'ordinateur une série de codes d'accès personnalisés, il commença à espionner les fichiers des directeurs de département et des autres membres du conseil d'administration.

Quand il eut glané assez d'informations, il se remit à réfléchir à ses soucis personnels. En dépit d'un salaire plus que confortable, Peregrine Slade n'était pas riche. Fils cadet d'un comte – d'où son nom à rallonge –, il n'avait pourtant fait aucun héritage. Il avait épousé la fille d'un duc, en qui il avait découvert une créature acariâtre et trop gâtée, qui considérait comme un dû leur vaste manoir du Hampshire et leur écurie de chevaux de race. Lady Eleanor lui avait coûté une belle somme, mais elle l'avait introduit du jour au lendemain auprès de l'élite, ce qui ne peut jamais nuire à une carrière. Il pouvait ajouter à tout ça un appartement cossu à Knightsbridge, même s'il prétendait en avoir besoin pour son travail chez Darcy. L'entregent de son beau-père lui avait procuré une place chez Darcy, suivie d'une promotion au poste de vice-président du conseil d'administration, où trônait le duc de Gateshead, personnage guindé au caractère acerbe.

Des investissements judicieux auraient pu lui apporter la fortune, mais il avait tenu à s'en occuper lui-même, et il n'aurait pu trouver plus mauvais conseiller. Ignorant qu'il vaut mieux laisser le marché des devises étrangères aux crétins qui s'y connaissent, il avait massivement investi dans l'euro et l'avait vu s'effondrer de trente pour cent en moins de deux ans. Pis encore, il avait contracté de lourds emprunts pour pouvoir faire ses placements, et ses créanciers avaient discrètement prononcé le mot de « saisie ». En résumé, il était endetté jusqu'au cou.

Il y avait en plus la maîtresse qu'il fréquentait à Londres, son petit secret à lui, une liaison passionnelle qu'il ne savait pas rompre et qui lui coûtait les yeux de la tête. Son regard tomba sur la lettre, pliée dans une enveloppe de chez Darcy. Ça signifiait qu'elle provenait de quelqu'un de la maison, mais Slade ne reconnaissait pas l'écriture. Comme si cet abruti ne pouvait pas se servir de l'ordinateur ou trouver une secrétaire ! On avait dû la déposer pendant la journée, sinon Miss Bates l'aurait remarquée la veille au soir. Il se sentait intrigué. Qui pouvait bien travailler la nuit, qui donc était passé par là avant lui ? Il déchira l'enveloppe.

Manifestement, l'auteur n'entendait rien aux ordinateurs. Les paragraphes n'étaient pas justifiés, et on avait rajouté à la main : « Cher Mr Slade ». La lettre était signée Benjamin Evans. Jamais entendu parler. Il jeta un coup d'œil à l'en-tête : DÉPARTEMENT DES PEINTURES DE LA RENAISSANCE. Sans doute quelque misérable revendication du personnel. Il commença la lecture. Le troisième paragraphe finit par retenir son attention :

« Je ne crois pas qu'il s'agisse du fragment d'un retable de grandes dimensions ; à cause de sa forme d'une part, et parce que les bords du tableau ne portent pas trace d'une séparation d'avec un ensemble plus important. J'y verrais plutôt une peinture religieuse isolée, commandée peut-être par un riche marchand qui voulait en décorer sa maison. Malgré les taches et la crasse qui l'ont obscurci au fil des siècles, il présente certaines similitudes avec un... »

En voyant le nom, Peregrine Slade s'étrangla violemment et recracha une gorgée de thé sur sa cravate en soie.

« J'estime que malgré les frais induits, il serait opportun de faire nettoyer et restaurer ce tableau et, si les ressemblances se trouvent confirmées, de demander au professeur Colenso de l'expertiser en vue d'une éventuelle authentification. »

Slade relut trois fois la lettre. Dans les locaux de Knightsbridge, seule la lumière de son bureau trouait l'obscurité pendant qu'il réfléchissait à la marche à suivre. Sur son ordinateur, il consulta la liste des vendeurs pour savoir qui avait déposé cette pièce. T. Gore. Ni fax, ni téléphone, ni adresse e-mail. Domicilié dans un quartier déshérité de meublés bas de gamme. Probablement un nécessiteux doublé d'un inculte. Il restait Benjamin Evans. Hum... La lettre s'achevait par un post-scriptum : « Un double a été envoyé à Sebastian Mortlake. » Peregrine Slade se leva.

Dix minutes plus tard, il revint du département des peintures de la Renaissance avec le paquet de toile de jute et le double de la lettre. Il s'occuperait de la brûler un peu plus tard. Il appartenait sans conteste au vice-président de régler cette affaire. C'est à cet instant que son téléphone portable se mit à sonner.

— Perry ?

Il identifia la voix immédiatement. À la fois rauque et guindée... Sa bouche devint toute sèche.

— Oui ?

— Tu sais qui je suis, n'est-ce pas ?

— Oui, Marina.

— Qu'est-ce que j'ai entendu ?

— Pardon. Oui, Miss Marina.

— Voilà qui est mieux, Perry. Je n'aime pas qu'on omette mon titre. Il te faudra payer pour cet oubli.

— Je suis sincèrement désolé, Miss Marina.

— Ça fait plus d'une semaine que tu n'es pas venu me voir. Mmmm ?

— J'ai été bousculé avant les vacances de Noël.

— Et dans l'intervalle, tu t'es conduit comme un très vilain garçon, je me trompe, Perry ?

— Non, Miss Marina.

Il avait l'impression que ses entrailles se liquéfiaient, comme la paume de ses mains.

— Dans ce cas, je crois bien qu'il va falloir faire quelque chose, n'est-ce pas, Perry ?

— Si vous voulez, Miss Marina.

— Oh, mais oui, Perry, je le veux ! Sept heures précises, mon garçon ! Et sois ponctuel ! Tu sais combien je déteste attendre quand mes petites épreuves sont prêtes.

Elle raccrocha. Les mains de Slade tremblaient. Elle avait l'art de lui flanquer une peur bleue, même par téléphone. Mais c'était justement ce qui lui plaisait, ainsi que ce qui allait se passer devant la « maîtresse ».

Janvier

— Mon cher Perry, je suis aussi impressionné qu'intrigué. Pourquoi ce repas de luxe si tôt dans l'année ? Remarque que je ne m'en plains pas.

Ils étaient installés au club de Peregrine Slade, non loin de St James's Street. On était le 4 janvier et une population repue se remettait péniblement au travail. C'était Slade qui invitait, et Reggie Fanshawe, propriétaire de la galerie Fanshawe sur Pont Street, couvait d'un regard approbateur le Beychevelle que son hôte avait commandé.

Slade secoua la tête en souriant, signalant que la proximité des autres convives empêchait toute conversation intime. Fanshawe n'eut pas de mal à capter le message.

— Je n'en suis que plus intrigué. Est-ce que je dois attendre jusqu'au café, dévoré par la curiosité ?

Ils prirent le café en privé, dans la bibliothèque de l'étage. Slade expliqua brièvement que six semaines auparavant, un parfait inconnu avait débarqué chez Darcy avec un vieux tableau dans un état de saleté indescriptible, mais qui avait d'après lui une certaine valeur. La chance s'alliant au surmenage du personnel, une seule personne avait eu l'occasion de poser les yeux dessus : un assistant du service des expertises, très jeune mais apparemment brillant.

Il fit passer au galeriste le rapport rédigé par Evans. Fanshawe le parcourut, reposant son verre de porto « réserve spéciale » pour ne pas le renverser.

— Seigneur !

Craignant que le Tout-Puissant n'ait pas entendu son appel, il le réitéra.

— Tu dois faire ce qu'il suggère, ça me paraît évident.

— Pas tout à fait, répliqua Slade.

Il exposa précisément le plan qu'il avait en tête. Fanshawe laissa son café refroidir et ne toucha même pas à son porto.

— Il semblerait qu'il y ait un double de la lettre. Que va dire Seb Mortlake ?

— Je l'ai brûlée. Seb était parti la veille pour la campagne.

— Mais il y aura une trace dans l'ordinateur.

— Plus maintenant. Hier, j'ai fait venir un petit génie de l'informatique. Cette partie de la base de données a cessé d'exister.

— Où se trouve la peinture en ce moment ?

— Bien à l'abri dans mon bureau. Je l'ai mise sous clé.

— Dis-moi, pour quand est prévue la prochaine vente de peintures de la Renaissance ?

— Le 24.

— Ce jeune homme, il va s'apercevoir de quelque chose, et il se plaindra à Seb Mortlake, qui risque de le croire.

— Pas s'il se trouve au fin fond de l'Écosse. Je connais quelqu'un là-bas à qui je dois rendre un service.

— Mais si le tableau n'est pas refusé et renvoyé au propriétaire, il faut fournir un rapport et une estimation.

— C'est fait.

Tirant un autre document de sa poche, Slade le tendit à Fanshawe. Le galeriste parcourut le texte neutre qui décrivait l'œuvre d'un artiste non identifié, vraisemblablement un Florentin du XVIe siècle. Titre et origine inconnus. Estimation : entre cinq mille et sept mille livres.

Il se pencha en avant et leva son verre pour porter un toast.

— Perry, toutes les rossées que je t'ai données à l'école ont porté leurs fruits. Tu es aussi vif qu'un serpent à sonnette sous amphétamines. C'est bon, je suis d'accord.

Deux jours plus tard, Trumpington Gore reçut une lettre sur papier à en-tête, provenant de chez Darcy. Elle ne portait pas de signature, simplement le tampon du département des peintures de la Renaissance. On le priait de signer le formulaire ci-joint, autorisant la salle des ventes à mettre aux enchères le tableau, qu'elle estimait entre cinq mille et sept mille livres. Une enveloppe timbrée était prévue pour la réponse. Il ignorait que l'enveloppe arriverait, encore fermée, sur le bureau de Peregrine Slade.

Trumpy était aux anges. Avec ces cinq mille livres, il pourrait vivoter pendant six mois de plus, en espérant trouver par ailleurs quelques contrats dans le cinéma. L'été se prêtait idéalement aux tournages en extérieurs. Il signa l'autorisation et renvoya le formulaire.

Le 20 janvier, Peregrine Slade contacta le directeur du département des peintures de la Renaissance.

— Seb, il me tombe une tuile et je me demandais si tu pourrais me rendre service.

— Mais naturellement, Perry. De quoi s'agit-il ?

— Un de mes vieux amis a une propriété en Écosse. Comme il est un peu distrait, il a complètement oublié que le contrat d'assurance qui couvre ses peintures arrivait à échéance à la fin du mois. Ces crapules d'assureurs se sont mis en rogne. Ils le menacent de résilier si l'évaluation n'est pas réactualisée.

Normalement, tous les grands marchands d'art londoniens se chargent d'estimer, pour les besoins des compagnies d'assurance, des collections privées plus ou moins conséquentes. Leurs honoraires sont naturellement très élevés et il convient de les prévenir à l'avance.

— Quelle poisse ! La grosse vente est dans quatre jours et tout le monde est débordé. Ça ne peut pas attendre ?

— J'ai peur que non. Dis-moi, et ce jeune homme que tu as engagé, il y a deux ans environ ?

— Benny ? Qu'est-ce qu'il a à voir là-dedans ?

— Tu crois qu'il a assez d'expérience pour s'occuper de ça ? La collection n'est pas énorme. Principalement des portraits anglais du XVIIe siècle. Il pourrait se baser sur notre dernière estimation, la revoir légèrement à la hausse, et le tour serait joué.

— D'accord, si tu veux.

Le 22 janvier, Benny Evans prit le train de nuit à destination de Caithness, au nord de l'Écosse. Il devait s'absenter pour la semaine.

Le matin de la vente, dont il se chargerait en personne, Slade prévint Mortlake qu'il y avait un lot supplémentaire, ajouté au dernier moment et ne figurant pas dans le catalogue. Mortlake montra un certain étonnement.

— Quel genre de lot supplémentaire ?

— Une petite croûte qui pourrait être de l'école de Florence. Un de ces dépôts d'anonymes dont s'est occupé ton jeune ami Evans. Une des rentrées de dernière minute qu'il a examinées pendant tes congés de Noël.

— Il ne m'en a jamais parlé. Je pensais qu'on les avait toutes rendues à leur propriétaire.

— C'est entièrement ma faute. Ça m'est sorti de la tête. Et il a dû oublier aussi. Je me suis trouvé ici avant Noël pour régler quelques détails et je l'ai croisé dans le couloir. Je lui ai demandé ce qu'il faisait et il m'a dit que tu l'avais chargé d'examiner la quarantaine de pièces qui restaient.

— C'est exact.

— À son avis, l'une d'entre elles méritait d'être mise en vente. Je l'ai emportée pour y jeter un coup d'œil, mais j'ai été pris par autre chose et je l'ai laissée dans mon bureau sans plus y penser.

Il soumit à Mortlake la modeste estimation censément établie par Benny Evans, et qui portait indiscutablement sa signature, puis il récupéra le document dès que le directeur du département l'eut regardé.

— Mais est-ce qu'on a une autorisation ?

— Oui. Hier, j'ai appelé le propriétaire quand j'ai retrouvé ce fichu tableau dans mon bureau. Il était littéralement enchanté. Il m'a faxé son accord hier soir.

Ce matin-là, Seb Mortlake avait des choses plus sérieuses à traiter que cette croûte anonyme qu'on ne savait à qui attribuer, et qui dépassait à peine le prix plancher, qu'il fixait à cinq mille livres. Les pièces maîtresses de la vente étaient un Véronèse, un Michele Rodolfo et un Sano di Pietro. Marmonnant qu'il était d'accord, il fila vers la salle des ventes pour veiller au bon déroulement des opérations. À dix heures, Slade monta sur l'estrade et s'empara de son marteau. La vente pouvait commencer.

Il aimait se charger des plus importantes. Il avait une position dominante, lui conférant l'autorité et le contrôle. Il pouvait adresser des signes entendus à ses connaissances : les marchands, les clients et les amis qui formaient la petite coterie du monde de l'art londonien. Sans le montrer, il identifiait également les représentants attendus des gros joueurs qui souhaitaient entrer en lice sans se déplacer en personne.

La journée se révéla intéressante, les enchères montèrent très haut. Le Véronèse fut adjugé à une grande galerie américaine pour le double de sa mise à prix.

Alors qu'il ne restait plus que vingt minutes, il vit Reggie Fanshawe se faufiler vers un fauteuil au fond de la salle et s'asseoir comme convenu en bout de rangée. Alors que le dernier lot mentionné par le catalogue venait d'être vendu, Slade annonça à une assistance réduite :

— Nous vous présentons un lot supplémentaire, qui n'est pas cité dans vos catalogues. Ajouté tardivement, après qu'on a mis sous presse.

Un manutentionnaire s'avança solennellement pour placer sur le chevalet un tableau d'une grande saleté, dans un cadre doré tout ébréché.

Plusieurs têtes se penchèrent en avant pour essayer de distinguer les figures dissimulées sous la crasse.

— Nous avons là une énigme. Détrempe sur bois, probablement florentine, une scène à caractère religieux. Artiste inconnu. Quelqu'un dit mille livres ?

Après un silence, Fanshawe haussa les épaules et hocha la tête.

— Mille livres. Qui dit mieux ?

Balayant la salle du regard, il vit, du côté opposé de Fanshawe, quelqu'un lui faire signe. Personne d'autre ne le remarqua, pour la bonne raison que ce quelqu'un n'existait pas. Cependant, vu qu'on peut enchérir d'un simple clin d'œil, nul ne songea à s'étonner.

— Mille cinq cents, contre vous, monsieur sur la gauche.

Fanshawe hocha de nouveau la tête.

— Deux mille livres. Qui dit mieux ? Deux mille cinq cents... trois mille...

Fanshawe surenchérit après l'offre de son concurrent imaginaire et remporta le lot pour la somme de six mille livres. En tant que galeriste connu, il jouissait d'un certain crédit et on le laissa repartir avec le tableau. Trois jours plus tard, on envoya avec une rapidité exceptionnelle un chèque à l'ordre de Trumpington Gore, d'un montant de cinq mille livres : le prix de la vente moins la commission et la TVA. Il en fut tout à fait ravi. Fin janvier, Benny Evans rentra à Londres, bien content d'échapper à l'austère retraite d'un glacial château de Caithness, en plein mois de janvier. Il ne toucha jamais un mot du tableau crasseux à Seb Mortlake, supposant que son supérieur n'avait pas été d'accord avec lui et que son silence équivalait à des remontrances.

Avril

Au tout début du mois d'avril, la nouvelle fit sensation dans les milieux de l'art. Toute la vitrine de la galerie Fanshawe était tendue de velours noir. Seul derrière la vitre, un tableau de petites dimensions était exposé sur un chevalet, éclairé par la lumière discrète mais efficace de deux spots, et gardé jour et nuit par deux vigiles grands et musclés. On lui avait enlevé son cadre doré tout ébréché.

Le tableau, une détrempe sur bois de peuplier, avait presque retrouvé l'apparence que lui avait donnée le peintre. Les couleurs avaient quasiment autant d'éclat que le jour où il les avait appliquées, plus de cinq siècles auparavant.

Extatique, la Vierge Marie se tenait assise, le regard levé vers le ciel, tandis que l'archange Gabriel lui annonçait qu'elle porterait bientôt en son sein le Fils de Dieu. Dix jours plus tôt, le professeur Colenso l'avait authentifié sans l'ombre d'une hésitation, et personne ne se serait risqué à contredire le grand spécialiste mondial de l'école de Sienne.

La brève notice placée au-dessous du tableau disait simplement : SASSETTA-1400-1450. Stefano di Giovanni di Consolo, plus connu sous le nom de Sassetta, fut l'un des premiers génies du début de la Renaissance italienne. Fondateur de l'école de Sienne, il a influencé deux générations de maîtres siennois et florentins. Bien qu'une petite partie seulement de son œuvre ait survécu, composée essentiellement de panneaux de retables de grandes dimensions, sa peinture s'arrache à prix d'or. D'un seul coup, la galerie Fanshawe fut propulsée sur la scène internationale, se voyant attribuer la découverte de la première Annonciation peinte par le maître en dehors des retables.

Dix jours auparavant, Reggie Fanshawe avait conclu à titre personnel une transaction de plus de deux millions de livres. Le partage se fit discrètement à Zurich, et la situation financière des deux partenaires s'en trouva transformée.

Le monde de l'art resta abasourdi devant cette découverte. Benny Evans aussi. Il compulsa le catalogue de la vente de janvier, mais ne trouva aucune trace du tableau. Lorsqu'il demanda ce qui s'était passé, on lui parla de l'addition de dernière minute. Chez Darcy, l'atmosphère devenait malsaine et il surprenait fréquemment des regards accusateurs. Les nouvelles ont vite fait de se répandre.

— Vous auriez dû me l'apporter, fulmina un Sebastian Mortlake humilié. Mais quelle lettre ? Je n'ai jamais reçu de lettre. Ne me racontez pas n'importe quoi. J'ai lu le rapport et l'estimation que vous avez communiqués au vice-président.

— Dans ce cas, vous avez dû voir mon allusion au professeur Colenso.

— Colenso ? Ne me parlez pas de celui-là ! C'est cette ordure de Fanshawe qui a eu l'idée de faire appel à lui. Écoutez-moi bien, mon garçon, vous êtes tout simplement passé à côté de ce tableau. Il nous tendait les bras ! Fanshawe l'a repéré, mais vous, vous l'avez manqué.

À l'étage, les membres du conseil d'administration s'étaient réunis en cellule de crise. L'acrimonieux duc de Gateshead présidait, tandis que Peregrine Slade occupait le banc des accusés. Huit autres membres siégeaient autour de la table, contemplant ostensiblement le bout de leurs doigts. Chacun savait pertinemment que non seulement la puissante House of Darcy avait perdu près de deux cent cinquante mille livres de commission, mais qu'elle avait aussi eu entre les mains un Sassetta authentique, cédé pour six mille livres à un acheteur plus perspicace.

— C'est moi qui mène ce bateau, et la responsabilité m'en revient, déclara calmement Slade.

— Personne ici ne l'ignore, Perry. Avant que nous tirions des conclusions, aurais-tu l'obligeance de nous expliquer ce qui s'est passé exactement ?

Slade prit une profonde inspiration. Il savait que sa carrière dépendait de sa réponse. On aurait besoin de désigner un bouc émissaire et il voulait éviter que ça tombe sur lui. Mais il comprenait aussi que pleurnicher ou monter sur ses grands chevaux ne ferait que le desservir.

— Je présume que vous savez tous que nous proposons au public un service d'expertise gratuit. Depuis toujours. Ça fait partie des traditions de Darcy. Certains l'approuvent, d'autres pas. Quoi qu'on en pense, il est indéniable que ces prestations requièrent énormément de temps. C'est vrai que parfois, un anonyme nous apporte une merveille, qui une fois identifiée et authentifiée peut se vendre très cher et nous rapporter gros au passage. Mais dans la plupart des cas, les gens ne nous confient que de la camelote. La somme de travail que ça représente, surtout pendant la cohue d'avant les fêtes, implique qu'on laisse les pires barbouillages – ou ce qui se présente comme tel – à des assistants auxquels manque l'expérience de trente ans de carrière, voire plus. C'est ce qui s'est produit cette fois.

Il poursuivit :

— Le tableau en question nous a été apporté par un pauvre type. Il ne devait pas soupçonner ce qu'il possédait, sinon il ne nous l'aurait pas confié. La peinture était vraiment dans un état déplorable, tellement sale qu'on la distinguait tout juste sous la crasse. C'est un jeune assistant qui l'a examinée. Voici son rapport.

Il distribua plusieurs exemplaires de l'évaluation entre cinq mille et sept mille livres qu'il avait lui-même rédigée, et tapée maladroitement au beau milieu de la nuit. Les neuf membres du conseil d'administration la consultèrent d'un air sombre.

— Comme vous pouvez le constater, Mr Benny Evans supposait qu'il s'agissait d'une œuvre florentine, milieu du XVIe siècle, d'auteur inconnu et de peu de valeur… Malheureusement, il avait tort. Elle a été exécutée à Sienne par un maître, vers 1450. Sous cette couche de crasse, il n'a rien remarqué. Cela dit, il est clair que l'expertise a été trop hâtive, pour ne pas dire bâclée. Néanmoins, c'est moi qui propose ma démission au conseil d'administration.

Si deux des membres présents fixèrent le plafond avec insistance, les six autres secouèrent la tête.

— Proposition refusée, Perry. Quant à ce jeune homme si négligent, nous pourrions te laisser décider de son sort.

L'après-midi même, Peregrine Slade convoqua Benny Evans dans son bureau. Il n'offrit pas de siège au jeune homme et s'adressa à lui sur un ton méprisant :

— Je n'ai pas besoin de vous décrire la nature et l'étendue des déboires que cette affaire a attirés à Darcy. Les journaux en ont fait leurs choux gras et ils ont révélé tous les détails.

— Je n'y comprends rien ! protesta Benny Evans. Vous avez dû recevoir mon rapport. Je l'ai glissé sous votre porte. Je disais qu'il pouvait s'agir d'un Sassetta, qu'il fallait le faire nettoyer et restaurer, et consulter le professeur Colenso. Tout était là.

L'air glacial, Slade lui tendit une feuille de papier à en-tête. Evans la parcourut sans comprendre.

— Mais ce n'est pas mon rapport ! Je n'ai jamais écrit une chose pareille !

La colère rendait Slade livide.

— Evans, votre légèreté est déjà assez répréhensible, mais je ne tolérerai pas votre mauvaise foi. Quelqu'un qui essaie de s'en tirer par des mensonges aussi pitoyables n'est pas digne de rester dans cette maison. Vous trouverez Miss Bates à la réception. Elle réglera les formalités de licenciement. Libérez votre bureau et soyez parti d'ici une heure. Ce sera tout.

Benny tenta d'avoir une conversation avec Sebastian Mortlake. Le directeur l'écouta aimablement pendant quelques minutes et le précéda dans le bureau de Deirdre.

— Vous voulez bien me sortir les rapports d'expertise et les estimations des 22 et 23 décembre ?

La machine régurgita docilement une pile de rapports, dont l'un correspondait au lot D 1601. C'était celui que Benny Evans venait de voir dans le bureau de Slade.

— Les ordinateurs ne mentent pas, affirma Mortlake. Et maintenant, sortez d'ici !

Même s'il n'avait pas le bac et ne connaissait rien à l'informatique, Benny Evans était loin d'être idiot. Au moment où il fut jeté à la porte, il avait très bien saisi tout ce qui s'était passé. Il comprenait aussi que tout le monde était ligué contre lui et qu'il ne retrouverait pas de travail dans les milieux de l'art.

Pourtant il lui restait une amie. Originaire de l'East End, Suzie Day ne correspondait pas aux critères classiques de la beauté. Avec sa coupe punk et son vernis à ongles vert, elle aurait sans doute déplu à certaines personnes. Mais Benny l'appréciait, et c'était réciproque. Pendant une heure, elle l'écouta raconter en détail ce qui venait de se produire.

Ses connaissances en histoire de l'art auraient pu tenir sur un timbre-poste, mais elle pouvait se prévaloir d'un talent que Benny était loin de posséder. Elle était en effet une enfant de la génération informatique. Jetez à l'eau un caneton à peine sorti de l'œuf et il se débrouillera toujours pour nager. Suzie avait plongé un doigt dans le cyberspace en jouant sur l'ordinateur de l'école, et elle s'y était sentie comme un poisson dans l'eau. À vingt-deux ans, elle tirait d'un ordinateur ce que Menuhin tirait autrefois d'un Stradivarius.

Elle travaillait pour une petite boîte d'informatique montée par un hacker repenti. Ils mettaient au point des dispositifs de sécurité qui protégeaient les systèmes informatiques des connexions illégales. La personne la mieux placée pour ouvrir un cadenas reste le serrurier lui-même ; pareillement, celui qui a conçu un système de protection sait mieux que quiconque pirater un ordinateur. Et justement, Suzie Day avait fabriqué ce genre de système.

— Qu'est-ce que tu comptes faire, Benny ? demanda-t-elle dès qu'il eut achevé son récit.

Il venait peut-être d'un quartier populaire de Bootle, mais son arrière-grand-père faisait partie des garçons de la ville qui s'étaient présentés aux bureaux de recrutement en 1914. Enrôlés dans les Fusiliers du Lancashire, ils s'étaient battus comme des lions dans les Flandres avant de mourir en héros. Des deux cents soldats partis au front, seuls revinrent l'aïeul de Benny et six autres hommes. Les gènes ont la vie dure.

— Je veux la peau de ce salopard de Slade. Je veux le couler.

Telle fut la réponse de Benny.

Au cours de la nuit suivante, une idée vint à Suzie.

— Il y doit y avoir une autre personne aussi furieuse que toi.

— Qui ça ?

— L'ancien propriétaire.

Benny s'assit dans son lit.

— Tu as raison. Il s'est fait arnaquer de deux briques. Et il n'est pas forcément au courant.

— Qui c'était ?

Benny se creusa la tête.

— J'ai jeté un coup d'œil au formulaire de dépôt. Un dénommé Trumpington Gore.

— Numéro de téléphone ?

— Il n'y en avait pas.

— Et son adresse ?

— Je ne l'ai pas retenue.

— Où est-ce qu'elle peut être enregistrée ?

— Dans la base de données. « Liste des vendeurs » ou « Fichier de la réserve ».

— Tu peux y accéder ? Tu as un mot de passe personnel ?

— Non.

— Qui en a un ?

— N'importe quel cadre supérieur, je suppose.

— Mortlake ?

— Bien sûr. Seb peut prendre tous les renseignements dont il a besoin.

— Debout, mon petit Benny ! On a du pain sur la planche.

Il ne fallut pas plus de dix minutes à Suzie pour se connecter à la base de données de Darcy. Quand elle eut fait sa demande, la base de données la pria de s'identifier.

Suzie avait une liste à côté d'elle. Quel pouvait être le pseudonyme de Sebastian Mortlake ? L'initiale S, le diminutif Seb ou le prénom en entier ? En majuscules, en minuscules, ou un mélange des deux ? Y avait-il un point entre le prénom et le nom ? Un tiret ? Ou bien rien du tout ?

La base de données rejeta toutes les combinaisons proposées par Suzie. Elle espérait ardemment qu'il n'y avait pas un nombre d'essais limité, après quoi une alarme se déclencherait chez Darcy pour interrompre la connexion. Heureusement, le technicien qui avait installé le système avait pensé que les fondus de beaux-arts de chez Darcy étaient assez étrangers à l'informatique pour oublier leur propre pseudonyme. La communication fut donc maintenue.

Au quinzième essai Suzie tomba juste. Le directeur du département s'identifiait comme seb-mort. Petits caractères, prénom abrégé, tiret, première partie du nom de famille. La base de données accepta la connexion de seb-mort et lui demanda son mot de passe.

— La plupart des gens choisissent un mot qui a une valeur affective, avait-elle expliqué à Benny. Le nom de leur femme ou d'un animal domestique, le quartier où ils habitent, une célébrité qu'ils admirent.

— Seb est célibataire, il habite tout seul et n'a pas d'animal de compagnie. Il ne vit que pour la peinture.

Ils commencèrent par la Renaissance italienne et essayèrent ensuite les peintres flamands et hollandais, pour finir par les Espagnols. Il était quatre heure dix par une tiède nuit de printemps lorsque Suzie trouva la solution. Mortlake était connu comme seb-mort et Goya. La base de données demanda ce qu'elle recherchait : l'identité du propriétaire du lot D 1601. L'ordinateur de Knightsbridge fouilla dans sa mémoire et lui fournit l'information. Mr Trumpington Gore, 32 Chestnut Gardens, White City, W.12. Suzie se déconnecta après avoir effacé toute trace de son intrusion. Elle et Benny s'octroyèrent ensuite trois heures de sommeil.

Il n'y avait que deux kilomètres jusqu'à White City, et ils les parcoururent tranquillement sur le scooter de Benny, traversant la ville qui commençait à s'éveiller. L'adresse qu'ils cherchaient correspondait à un immeuble de studios décati ; Mr T. Gore habitait au rez-de-chaussée. Il vint leur ouvrir dans sa robe de chambre espagnole.

— Mr Gore ?

— Lui-même.

— Je m'appelle Benny Evans et voici mon amie Suzie Day. Je travaille... ou plutôt je travaillais chez Darcy. Êtes-vous bien le monsieur qui a proposé à la vente une peinture ancienne, vers le mois de novembre ? Petit format, cadre doré ébréché ?

L'inquiétude se peignit sur les traits de Trumpington Gore.

— Oui, c'est bien moi. Il n'y a pas de problème, au moins ? Il s'est vendu au mois de janvier. J'espère que ce n'était pas un faux.

— Oh non, Mr Gore, ce n'était pas un faux, bien au contraire. Il fait un froid de canard, vous permettez qu'on entre ? J'ai quelque chose à vous montrer.

Accueillant, Mr Gore leur offrit de partager son thé matinal. Depuis l'aubaine des cinq mille livres, trois mois auparavant, il n'avait plus besoin d'utiliser deux fois le même sachet. Tandis que les deux jeunes gens buvaient leur thé, il consulta l'article d'une page, dans le *Sunday Times* que Benny avait apporté. Son visage se décomposa.

— C'est bien lui ? demanda-il en désignant la reproduction en couleurs du Sassetta.

— C'est lui, Mr Gore. Votre vieux tableau emballé dans sa toile de jute marron. Nettoyé, restauré et authentifié comme un véritable Sassetta, très rare qui plus est. Sienne, 1450 environ.

— Deux millions de livres, souffla le comédien. Quelle catastrophe ! Si seulement j'avais su... ou si Darcy avait su.

— Ils étaient au courant, répliqua Benny. Ou du moins ils se doutaient de quelque chose. C'est moi qui ai fait l'expertise et je les ai avertis. Vous vous êtes fait plumer et j'ai été torpillé. Par un type qui a conclu une transaction à titre privé avec la galerie d'art.

Il reprit l'histoire depuis le début : une dernière série de dépôts, un directeur pressé de prendre ses congés de fin d'année... Quand il eut terminé, l'acteur regarda longuement l'Annonciation reproduite dans le journal.

— Deux millions de livres, fit-il doucement. Avec ça, j'aurais vécu confortablement pendant le restant de mes jours. Certainement que la justice...

— La justice s'en fout pas mal, coupa Suzie. Les archives prouveront que Darcy s'est trompé, qu'ils ont fait une erreur de jugement, et que Fanshawe a tiré le gros lot en se fiant à son intuition. On ne peut pas engager de poursuites pour ça.

— Dites-moi, intervint Benny, la fiche que vous avez remplie indique que vous êtes comédien. C'est la vérité ? Vous êtes bien acteur ?

— Trente-cinq ans de métier, jeune homme ! J'ai joué dans près de cent films.

Il se garda bien de préciser que la majeure partie de ses prestations n'avaient duré que quelques secondes.

— Je veux dire... vous vous sentez capable de vous faire passer pour quelqu'un d'autre sans vous faire pincer ?

Trumpington Gore se redressa sur son siège avec toute la dignité que lui laissait sa robe de chambre défraîchie.

— Sachez, monsieur, que je peux me faire passer pour qui je veux, dans n'importe quel milieu, et sans éveiller de soupçons. C'est là mon métier. D'ailleurs c'est tout ce que je sais faire.

— Parce que vous comprenez, il m'est venu une idée...

Il se lança dans un exposé de vingt minutes, et lorsqu'il eut fini, le comédien impécunieux pesa sa décision.

— La vengeance, murmura-t-il, est un plat qui se mange froid. La piste n'est plus très fraîche et Slade ne s'attend pas à nous. Si je peux me permettre, mon cher Benny, vous venez de gagner un allié.

Benny prit la main qu'il lui tendait et Suzie posa la sienne pardessus.

— Un pour tous et tous pour un.

— Ouais, ça me plaît bien, approuva Benny.

— D'Artagnan, conclut Trumpy.

Benny secoua la tête.

— Je n'ai jamais été très calé sur les impressionnistes français.

La fin du mois d'avril fut très mouvementée. Ils mirent leur argent en commun et poursuivirent les recherches. Benny avait besoin de pirater la messagerie personnelle de Peregrine Slade pour avoir accès à tous ses mails. Suzie décida de s'introduire dans le système de Darcy par le biais de la secrétaire particulière de Slade, Miss Priscilla Bates. Son pseudonyme électronique ne fut pas difficile à découvrir. Pour la base de données elle était connue sous le nom de P-Bates. Il restait malgré tout le problème du mot de passe.

Mai

Trumpington Gore prit Miss Bates en filature, sous des déguisements si variés qu'elle n'y vit que du feu. S'étant procuré son adresse dans le quartier de Cheam, Benny se chargea lui-même de fouiller ses poubelles pendant la nuit. Il emporta un plein sac de détritus, mais le butin se révéla plutôt maigre.

Miss Bates menait une existence irréprochablement rangée. Célibataire, elle occupait seule un petit appartement qui brillait comme un sou neuf. Pour aller travailler, elle prenait le métro jusqu'à Knightsbridge et parcourait à pied les cinq cents derniers mètres. Elle lisait régulièrement le *Guardian* – ils essayèrent le nom du journal en guise de mot de passe, mais en vain – et passait ses vacances à Frinton avec sa sœur et son beau-frère.

Ils apprirent ça par une vieille lettre qu'elle avait jetée, mais « Frinton » ne marcha pas non plus. Ils trouvèrent en même temps six boîtes vides de Whiskas.

— Elle a un chat, constata Julie. Comment il s'appelle ?

Trumpy laissa échapper un soupir. Il allait être obligé de retourner à Cheam. Il se présenta chez elle un samedi, sachant qu'elle serait là, et se fit passer pour un vendeur de produits pour chiens et chats. À sa grande satisfaction, elle se montra intéressée par un grattoir destiné aux chats désœuvrés qui griffent les tissus d'ameublement.

Comme il se tenait sur le seuil, affublé de grandes dents factices et de grosses lunettes, un matou noir et blanc surgit du salon et le considéra d'un œil dédaigneux. Il s'extasia sur la beauté de l'animal en l'appelant Minou.

— Viens par ici, Alamein, viens donc voir maman ! lui dit aussitôt Miss Bates.

Alamein. Une bataille en 1942, en Afrique du Nord, où son père s'était fait tuer quand elle avait tout juste un an. À Ladbroke Grove, Suzie se connecta à nouveau et entra le nom. Pour la base de données de Darcy, l'identifiant de Miss Priscilla Bates, secrétaire particulière de Peregrine Slade, était bien P-Bates ALAMEIN. Et elle avait accès à tous les mails de son employeur. Usurpant son identité, Suzie téléchargea une centaine de messages personnels.

Benny mit une semaine à effectuer son choix.

— Il a un copain qui écrit dans les pages culturelles de l'*Observer*. Il y a trois mails envoyés par le même bonhomme, un certain Charlie Dawson. De temps en temps, il a vent de ce qui se trame chez Christie's ou chez Sotheby's et donne quelques tuyaux à Slade. Il ne va pas tarder à se manifester.

Mettant à contribution ses compétences d'informaticienne, Suzie rédigea une fausse lettre de Charlie Dawson à Peregrine Slade, qu'elle comptait utiliser plus tard. Pendant ce temps, Benny épluchait le catalogue de la prochaine grosse vente organisée par Darcy. Peintures de la Renaissance hollandaise et flamande, prévue pour le 20 mai. Au bout d'un moment, il imprima une reproduction d'une peinture à l'huile, une toile de petit format.

— Celle-ci, déclara-t-il.

Suzie et Trumpy la regardèrent attentivement : une nature morte représentant une coupe de framboises ; la porcelaine de Delft bleue et blanche voisinait avec des coquillages. Bizarre, comme composition. La coupe était posée au bord d'une vieille table écaillée.

— D'où il sort, ce Coorte ? questionna Trumpy. Je n'en ai jamais entendu parler.

— Tu n'es pas le seul, Trumpy. C'est un tout petit maître. École de Middelburg en Hollande, milieu du XVIIe siècle. Pas du tout prolifique, une petite soixantaine d'œuvres dans le monde entier. Très recherché, par conséquent. Il peignait toujours le même genre de trucs. Des fraises, des framboises, des asperges et quelques coquillages. Ennuyeux comme la pluie, mais il y a des amateurs. Regardez l'estimation.

Le catalogue proposait une somme entre cent vingt mille et cent cinquante mille livres.

— Et pourquoi le Coorte ? demanda Suzie.

— À cause d'un milliardaire hollandais qui fait une fixation sur lui. Ça fait des années qu'il essaie d'accaparer toutes les œuvres de son compatriote sur le marché. Il n'assistera pas à la vente, mais il enverra quelqu'un pour le représenter. Avec un chèque en blanc.

Au matin du 20 mai, Darcy bourdonnait d'activité. Peregrine Slade, qui une fois de plus assurait les fonctions de commissaire-priseur, était déjà descendu dans la salle des ventes lorsque Miss Bates s'avisa qu'il avait reçu un mail. Il était alors neuf heures et la vente débutait à dix. Elle lut le message adressé à son employeur et en tira une copie sur l'imprimante laser, se doutant qu'il risquait d'être important. Elle s'empressa ensuite d'aller l'apporter à Slade.

Quand elle le rejoignit, il était en train de vérifier la position et le bon fonctionnement de son micro. Il la remercia et prit connaissance du message. Envoyé par Charlie Dawson, il lui serait peut-être d'une aide précieuse.

« Cher Perry,

« Je me suis laissé dire hier soir pendant un dîner qu'un certain Martin Getty avait débarqué en ville. Il séjourne chez des amis et souhaite rester incognito. Tu sais sans doute qu'il dirige un des plus gros haras de pur-sang du Kentucky. Il possède aussi une collection d'œuvres d'art qu'il n'a jamais montrée à personne. J'ai pensé qu'elle avait peut-être un rapport avec sa présence ici. »

— Merci bien, Charlie.

Il fourra la lettre dans sa poche et alla voir les jeunes filles chargées de l'accueil, dans le hall d'entrée. À moins d'être bien connu du commissaire-priseur, tout acquéreur potentiel est supposé remplir un formulaire et se voit remettre un « carton » : une fiche plastifiée portant un numéro. Le client peut le lever pour enchérir, mais il sert surtout à identifier la personne qui vient d'emporter un lot. Il lui suffit de le montrer à un assistant qui relève le numéro. Celui-ci permet de retrouver le nom, l'adresse et les références bancaires.

Il n'était pas très tard, à peine neuf heures et quart. Pour le moment, uniquement dix formulaires avaient été remplis, et aucun par un dénommé Martin Getty. Mais ce nom à lui seul avait de quoi faire saliver Slade. Après avoir glissé quelques mots aux trois jolies filles placées à l'accueil, il regagna la salle des ventes.

À dix heures moins le quart, un bonhomme courtaud, pas très bien habillé, s'approcha de l'accueil.

— Vous souhaitez participer à la vente, monsieur ? demanda une des filles en prenant un formulaire.

— Pour ça oui, jeune fille.

Il avait un accent traînant du Sud, incroyablement nonchalant.

— Votre nom, monsieur ?

— Martin Getty.

— Votre adresse ?

— Ici ou chez moi ?

— Votre résidence principale, s'il vous plaît.

— Haras de Beecham, Louisville, Kentucky.

Quand il eut fourni tous les renseignements, l'Américain se dirigea tranquillement vers la salle des ventes. Peregrine Slade s'apprêtait à monter sur l'estrade. Alors qu'il posait le pied sur la première marche, quelqu'un l'attrapa respectueusement par le bras. Lorsqu'il baissa les yeux, son regard s'éclaira.

— Martin Getty, pas très grand, des cheveux gris, un bouc ; manteau élimé, tenue négligée. (Elle jeta un coup d'œil à la ronde.) Troisième rangée à partir du fond, près de l'allée.

Rayonnant de joie, Slade poursuivit son ascension vers son Olympe à lui, et la vente put commencer. Le lot numéro 18, un Klaes Molenaer, partit pour une coquette somme. En bas de l'estrade, un secrétaire notait tous les détails de la vente. Les porteurs venaient exposer les œuvres, remarquables ou plus ordinaires, sur un chevalet installé près de l'estrade. L'Américain n'enchérissait jamais.

Deux Thomas Heeremans furent adjugés et un Cornelis de Heem âprement disputé réussit à faire doubler son prix initial, mais l'Américain ne participait toujours pas. Slade connaissait plus des deux tiers de l'assistance, et il avait repéré Jan De Hooft, le jeune marchand d'Amsterdam. Mais qu'était donc venu faire ce milliardaire américain accoutré d'un pardessus minable ? Il s'imaginait peut-être rouler le génie qu'il avait en face de lui, le grand Peregrine Slade ! Le Coorte correspondait au lot numéro 102. Il fut annoncé peu après onze heures et quart.

Au début, sept enchérisseurs se manifestèrent et trois d'entre eux franchirent la barre des cent mille livres. C'est alors que le Hollandais leva la main. Slade jubilait. Il savait très bien qui de Hooft représentait : les centaines de millions que rapportait une bière blonde bien mousseuse. À cent vingt mille livres, un des enchérisseurs abandonna la partie. Celui qui restait, un agent londonien, continua d'affronter le Hollandais imperturbable, qui finit cependant par lui damer le pion. C'est lui qui avait le plus gros chèque et il en était bien conscient.

— Cent cinquante mille, qui dit mieux ?

L'Américain leva la tête et agita son carton. Slade ouvrit de grands yeux. Ainsi, il voulait le Coorte pour sa collection du Kentucky. Ô joie, convoitise sans bornes ! Un Getty s'opposant à Van Den Bosch ! Il se tourna vers le Hollandais.

— Contre vous, monsieur, cent soixante mille livres par ici.

De Hooft ne cilla même pas. Son attitude frôlait le mépris. Jetant un regard au personnage installé près de l'allée centrale, il hocha la tête. En son for intérieur, Slade était au comble de l'exultation. Mon brave petit Hollandais, tu ne sais pas à qui tu t'attaques.

— Cent soixante-dix mille livres, monsieur, qui...

L'Américain agita son carton avec un hochement de tête. Les enchères montaient de plus en plus haut. L'assurance de De Hooft commençait à être ébranlée. Tendu, il fronçait maintenant les sourcils. Son patron lui avait donné l'ordre d'acheter, mais il y avait sans doute une limite. À un demi-million il tira de sa poche un petit téléphone portable, tapa énergiquement un numéro à douze chiffres et parla doucement en hollandais, l'air très sérieux. Inutile de se mêler des chagrins d'autrui. De Hooft hochait toujours la tête.

À huit cent mille livres, on se serait cru transporté dans une église. Slade faisait monter les enchères par tranches de deux mille livres. Naturellement pâle, De Hooft avait à présent une mine de papier mâché. De temps en temps, il marmonnait quelques mots dans son mobile et continuait de renchérir.

Quand le million fut atteint, le bon sens l'emporta du côté d'Amsterdam. Levant les yeux, l'Américain remua lentement la tête tandis que le Hollandais secouait la sienne.

— Un million de livres, adjugé... vendu !

On entendit des soupirs dans l'assistance et De Hooft éteignit son portable. Foudroyant du regard l'Américain du Kentucky, il quitta la salle à grands pas.

— Lot 103, paysage par Anthonie Palamedes, annonça Slade avec une feinte désinvolture.

Point de mire de tous les regards, l'Américain se leva pour sortir, escorté par une très jolie blonde.

— Je vous félicite d'avoir emporté la vente, monsieur, minauda la jeune fille.

— Sacrée matinée, fit l'Américain de sa voix traînante. Vous pourriez me dire où se trouvent les toilettes pour hommes ?

— Oh, les lavabos ? Tout droit, deuxième porte à droite.

Elle le regarda entrer avec le sac de voyage qui ne l'avait pas quitté depuis le matin et resta dans les parages. Dès qu'il ressortirait, elle l'accompagnerait au service comptable pour régler les détails fastidieux.

Enfermé dans les toilettes, Trumpington Gore sortit de son sac un porte-documents en cuir et des mocassins à talonnettes. En cinq minutes, il s'était débarrassé de sa barbiche et de sa perruque grise. Le pantalon marron et le manteau râpé subirent le même sort. Il fourra le tout dans le sac de voyage qu'il lança dans la cour par la fenêtre. En bas, Benny Evans le rattrapa avant de se sauver.

Deux minutes plus tard, l'archétype de l'homme d'affaires londonien sortait des toilettes. Cheveux bruns clairsemés et plaqués en arrière, lunettes à monture dorée. Il avait pris quelques centimètres et arborait l'élégant complet à fines rayures qu'il avait loué, une chemise Thomas Pink et une cravate de la Brigade of Guards. En passant devant la jeune fille qui attendait toujours, il ne put s'empêcher de lui dire :

— Une vente du tonnerre, pas vrai ? Vous avez vu cet Amerloque qui a emporté le morceau ?

Il fit un signe de tête vers la porte derrière lui avant de s'éloigner rapidement. La fille ne quittait pas des yeux la porte des toilettes.

Il fallut une semaine pour qu'on découvre le pot aux roses, mais la nouvelle se répandit alors comme une traînée de poudre. Une enquête serrée révéla que si la dynastie Getty comptait de nombreux membres, aucun ne s'appelait Martin ni ne possédait de haras dans le Kentucky. Quand la nouvelle commença à circuler, tout le monde fit des gorges chaudes de Darcy en général et de Peregrine Slade en particulier.

L'infortuné vice-président s'efforça de convaincre l'autre concurrent – Jan De Hooft qui représentait le vieux Van Den Bosch – d'acheter la toile pour un million. Peine perdue.

— Sans votre imposteur, je l'aurais eue pour cent cinquante mille livres, lui déclara par téléphone le marchand hollandais. C'est donc le prix que je suis prêt à en donner.

— Je vais me mettre en relation avec le vendeur, répondit Slade.

Le tableau faisait partie de la succession d'un aristocrate allemand décédé depuis peu, un ancien SS, commandant de division blindée en Hollande pendant la dernière guerre. Cette fâcheuse coïncidence avait toujours rendu suspectes les conditions d'acquisition de ses peintures hollandaises, mais le vieux comte affirmait immanquablement qu'il les possédait avant guerre. Il le prouvait d'ailleurs par des factures admirablement falsifiées. Cependant, le monde de l'art sait se montrer d'une grande tolérance.

La succession était représentée par un cabinet d'avoués de Stuttgart, et c'est avec eux que Peregrine Slade fut obligé de traiter. Il ne fait jamais bon se frotter à un juriste allemand furibard, mais même de bonne humeur, le directeur Bernd Schliemann et son mètre quatre-vingt-quinze ne manquaient pas d'être impressionnants. Le matin où il fut mis au courant du sort qu'avait subi le bien de son client à Londres, ainsi que de l'offre de cent cinquante mille livres, sa colère ne connut plus de bornes.

— *Nein*, rugit-il dans son téléphone, à l'intention de l'associé qui s'était déplacé pour négocier. *Nein. Vollig ausgeschlossen.* Retirez-leur le tableau.

Peregrine Slade était loin d'être un parfait imbécile. Les toilettes vides, où l'un de ses collègues avait fini par entrer une demi-heure plus tard, avaient commencé à éveiller les soupçons. La jeune fille donna un signalement détaillé du seul individu qu'elle avait vu sortir. On se retrouvait maintenant avec deux portraits qui n'avaient rien en commun.

Charlie Dawson n'en était pas revenu quand on lui avait reproché son rôle dans l'affaire. Il n'avait jamais envoyé de lettre et ne connaissait aucun Martin Getty. On lui mit alors son mail sous le nez. Il fut établi après vérification que le message émanait bien de son ordinateur, mais le technicien qui avait installé le système de chez Darcy reconnut qu'un crack de l'informatique était capable de falsifier la provenance. À ce stade, Slade acquit la certitude de s'être fait avoir en beauté. Mais par qui, et pour quelle raison ?

Il venait de donner des instructions pour qu'on transforme en forteresse le système informatique de chez Darcy lorsqu'il fut sèchement convoqué dans le bureau personnel du duc de Gateshead. Monsieur le duc était moins tonitruant que Herr Schliemann, mais sa colère n'en était pas moins vive. Le dos tourné à la porte, il donna à Slade l'injonction d'entrer. Le président contemplait par la fenêtre les toits de chez Harrods, à cinq cents mètres de là.

— Je ne suis pas content, mon cher Perry, il s'en faut de beaucoup. Il y a dans la vie des choses désagréables, comme de faire rire à ses dépens.

Il se retourna pour s'approcher de son bureau et appuya ses doigts écartés sur l'acajou géorgien, se penchant légèrement pour braquer sur le vice-président le regard menaçant de ses yeux bleus.

— On va à son club et on se fait tourner en dérision. Ouvertement, qui plus est. N'est-ce pas, mon vieux ?

Ce terme affectueux brillait comme une épée à la lumière du soleil.

— Et vous imputez cela à l'incompétence, répondit Slade.

— J'aurais tort de le faire ?

— C'était du sabotage, rétorqua Slade en lui remettant cinq feuillets.

Légèrement décontenancé, le duc attrapa néanmoins ses lunettes dans une poche de sa veste et parcourut rapidement les documents. Il y avait là la fausse lettre de Charlie Dawson, suivie d'une attestation sur l'honneur comme quoi il n'avait pas envoyé ce courrier. Venait ensuite un rapport du meilleur expert informatique sur le marché, certifiant qu'un virtuose du cyberspace avait pu glisser un faux dans la messagerie de Peregrine Slade. Les deux derniers feuillets venaient des hôtesses qui travaillaient le jour de la vente. L'une des deux décrivait la manière dont s'était présenté le prétendu Américain, tandis que l'autre racontait comment il s'était évanoui.

— Avez-vous la moindre idée de l'identité de cette canaille ? demanda le duc.

— Pas pour le moment, mais j'ai bien l'intention de la connaître.

— Je vous le conseille vivement, Perry ! Et ne perdez pas une seconde. Quand vous tiendrez le coupable, assurez-vous qu'il reste un bon moment derrière les barreaux. Ou sinon, dissuadez-le à tout jamais de s'approcher de nous. Dans l'intervalle, je vais essayer une fois de plus d'amadouer le conseil d'administration.

Slade était sur le point de partir quand le duc voulut ajouter quelque chose :

— Entre l'affaire du Sassetta et celle-ci, il va nous falloir quelque chose d'exceptionnel pour redorer notre image de marque. Ouvrez grands les yeux et les oreilles au cas où l'occasion se présenterait. Sans ça, et sans l'élucidation de cette histoire d'imposture, le conseil risque d'envisager quelques petites restructurations. Ce sera tout, mon cher Perry.

Lorsqu'il quitta le bureau, son œil gauche, dont le tic nerveux se réveillait toujours sous l'effet du stress ou d'émotions violentes, se mit à papilloter comme une balise en folie.

Juin

Slade n'était pas autant à court d'idées qu'il le laissait paraître. Quelqu'un venait de causer un tort immense à Darcy et il cherchait le mobile. Le profit ? Il n'y en avait eu aucun, sauf que le Coorte était passé à un autre marchand d'art. Un concurrent pouvait-il faire une chose pareille ?

La vengeance plutôt que le profit ? Mais qui donc le détestait à ce point tout en étant assez bien renseigné pour savoir que le représentant de Van Den Bosch assisterait à la vente, muni d'un chèque assez gros pour faire grimper le Coorte vers des sommets aussi aberrants ?

Il avait déjà pensé à Benny Evans, qui répondait aux deux critères. Pourtant, le « Martin Getty » qu'il avait eu en face de lui n'était pas Evans. Il fallait pourtant que quelqu'un l'ait mis au courant. Il n'avait pas bronché jusqu'à ce qu'on annonce le tableau. Alors… un complice ? Un simple exécutant, ou quelqu'un qui lui en voulait aussi ?

Le lendemain matin, il allait consulter un des avocats les plus éminents du pays, dans son cabinet de Lincoln's Inn. Posant le dossier sur son bureau, Sir Sidney Avery pinça l'arête de son nez.

— Vous me demandez si cet individu a commis un délit de droit commun ?

— Exactement.

— Il s'est fait passer pour quelqu'un qui n'existe même pas ?

— C'est bien ça.

— Hélas, il ne s'agit pas là d'une infraction à la loi, sauf en cas de gains frauduleux.

— L'imposture a été favorisée par une fausse lettre de recommandation. Un tuyau, en réalité, dont l'inauthenticité est prouvée.

Sans le montrer, Sir Sidney trouvait cette arnaque désopilante. Tout à fait le genre d'anecdote qui remportait un franc succès pendant les dîners du barreau. Cependant, l'expression de son visage laissait penser qu'on lui exposait un cas d'homicide.

— Est-ce qu'à un moment il a prétendu appartenir à la célèbre famille de milliardaires ?

— Pas précisément.

— C'est vous qui avez supposé qu'il en faisait partie ?

— Je pense que oui.

— A-t-il tenté de s'emparer de la toile hollandaise, ou d'un autre tableau ?

— À aucun moment.

— Pensez-vous à un ancien employé assez furieux contre vous pour concocter tout ça ?

— J'en vois bien un, mais ce n'était pas lui dans la salle.

— Vous l'avez congédié ?

— Oui.

— Pour quelle raison ?

Slade ne tenait vraiment pas à lui raconter l'escroquerie du Sassetta.

— Pour incompétence.

— Était-il un génie de l'informatique ?

— Pas du tout. Tout juste s'il savait se servir d'un ordinateur.

En revanche, c'était une encyclopédie ambulante sur l'art de la Renaissance.

Sir Sidney conclut après un soupir :

— Désolé de ne pas être plus encourageant, mais je ne crois pas que la maréchaussée se dérange pour si peu. Pas plus que le ministère public. Question de preuves, vous comprenez ? Votre espèce de comédien se présente comme un Américain avec barbiche, cheveux gris, manteau râpé et accent du Kentucky, et la minute d'après il joue les anciens officiers des Guards, ton cassant et costume rayé. Même si vos soupçons se portent sur quelqu'un, pouvez-vous prouver son identité ? A-t-il laissé une signature bien lisible ?

— Juste un griffonnage indéchiffrable.

— Nous y voilà. Il suffit qu'il nie en bloc pour que la police se trouve coincée. Et si l'encyclopédie ambulante que vous avez renvoyée soutient qu'elle n'a rien à voir là-dedans, il n'y a rien à faire non plus. Pas le commencement d'une preuve. Et on dirait bien qu'un as de l'informatique opère en coulisses. Je suis navré pour vous. (Il se leva et tendit la main à Slade.) À votre place, je laisserais tomber.

Peregrine Slade n'avait cependant aucune intention de laisser tomber. Comme il sortait dans la cour pavée d'une des quatre Inns of Court londoniennes, un des mots prononcés par Avery continuait à le travailler. Dans quel contexte avait-il entendu le mot « comédien » ?

De retour à son bureau, il prit des renseignements sur le vendeur initial du Sassetta. C'était bien ça : profession comédien. Il s'adressa à une agence de détectives privés connue pour sa discrétion. L'équipe était formée de deux anciens inspecteurs de la police métropolitaine et Slade proposait de doubler leurs honoraires en cas de résultats rapides. Quand ils firent leur rapport une semaine plus tard, ils étaient quasiment bredouilles.

— Nous avons filé le suspect, Benny Evans, pendant cinq jours, mais il semble mener une vie des plus ordinaires. Il est à la recherche d'un emploi non qualifié. Un de nos jeunes collègues l'a abordé dans un pub. Apparemment, il ignore tout de l'affaire du tableau hollandais. Il occupe toujours le même domicile, avec une amie punk qui a assez de ferraille sur la figure pour faire couler un croiseur, et des cheveux décolorés dressés sur la tête.

Pas le genre à s'y connaître en informatique. Quant à l'acteur, il semblerait qu'il se soit volatilisé.

— Mais nous sommes en l'an 2000, objecta Slade. Les gens ne peuvent plus se volatiliser.

— C'est ce que nous pensions, répondit le privé. On peut remonter jusqu'à quelqu'un grâce à son compte en banque, sa carte de crédit, sa carte grise ou son permis de conduire, sa police d'assurance ou son numéro de Sécurité sociale. Vous nous donnez ça, et on vous trouve l'adresse du titulaire. Mais pas pour notre homme. Il est tellement pauvre qu'il n'a rien de tout ça.

— Rien du tout ?

— On lui versait juste une allocation chômage, mais il ne la touche plus. Et l'adresse fournie par la Sécu est celle que vous nous avez communiquée. Il a aussi une carte du Syndicat des acteurs, même adresse. Pour le reste, tout le monde est sur fichier informatique, sauf Mr Trumpington Gore. Il s'est glissé dans une faille du système pour disparaître dans la nature.

— L'adresse que je vous ai donnée, vous y êtes allés ?

— Bien entendu, monsieur. Ç'a été la première étape. Nous nous sommes fait passer pour des employés municipaux chargés d'enquêter sur des arriérés d'impôts locaux. Mais il avait plié bagage. Le studio a été repris par un chauffeur de taxi pakistanais.

C'est ainsi que Peregrine Slade mit fin à ses coûteuses investigations, supposant qu'avec cinq mille livres en poche, le comédien introuvable était parti à l'étranger. Ceci expliquait les détails – ou le manque de détails – que lui avaient fournis les détectives.

En réalité, Trumpington Gore se trouvait à deux kilomètres de là, attablé dans un bar de Portobello avec Benny et Suzie. Ils commençaient tous trois à se faire du souci, comprenant maintenant quel genre de pressions peut exercer un membre de l'establishment aussi furieux que fortuné.

— Slade doit être à nos trousses, fit Benny tandis qu'ils sirotaient un vin de table bon marché. L'autre jour dans un pub, un type a engagé la conversation avec moi. Mon âge, mais il sentait le privé à cent mètres. Il a essayé d'amener sur le tapis l'histoire de chez Darcy. Je suis resté muet comme une carpe, et je crois que ça a marché.

— Moi, j'ai été suivie par deux types, enchaîna Suzie. Ils se relayaient. J'ai même dû arrêter mon travail pendant deux jours. Mais je crois bien qu'ils ont laissé tomber.

— Comment peux-tu savoir que tu les as semés ? demanda Trumpy.

— J'ai fini par me tourner vers le plus jeune en lui disant que c'était vingt livres la pipe. Il a descendu la rue comme s'il avait le diable à ses basques. Je crois l'avoir convaincu que j'étais nulle en informatique. Vous savez, les informaticiennes qui font le tapin, ça ne court pas les rues.

— J'ai l'impression qu'il m'est arrivé la même chose, murmura Trumpington Gore. Deux privés (ce mot s'accordait mal avec sa diction à la Sir John Gielgud) se sont présentés à mon modeste logis, en se faisant passer pour des employés municipaux. Dieu soit loué, j'étais en train de perfectionner mon art, jouant le rôle d'un chauffeur de taxi pakistanais. Je crois malgré tout que je devrais déménager.

— En plus de ça, nous allons bientôt manquer d'argent, Trumpy. Mes économies ont fondu, j'ai le loyer à payer et on ne peut plus te mettre à contribution.

— Mon petit, on s'est bien amusés, et on a pris une belle revanche ; tu ne crois pas qu'on pourrait en rester là ?

— Si, répliqua Benny, sauf que cette saloperie de Slade est toujours en place, un pied sur ma carrière et l'autre sur deux millions qui t'appartiennent. Écoute-moi, je sais que c'est beaucoup demander, mais j'ai une idée...

Juillet

Le 1er juillet, le directeur du département de peinture britannique (XIXe et XXe siècles) reçut chez Darcy une lettre courtoise, envoyée apparemment par un collégien de quatorze ans. Le jeune garçon expliquait qu'il étudiait l'histoire de l'art pour son brevet et qu'il s'intéressait particulièrement au mouvement préraphaélite. Il souhaitait savoir où étaient exposées les plus belles œuvres de Rossetti, Millais et Holman Hunt.

D'un naturel poli, Mr Alan Leigh-Travers dicta sans attendre une réponse détaillée aux questions du collégien. Dès qu'elle fut tapée, il la signa de sa main : « Avec mes sentiments les meilleurs, Alan Leigh-Travers. »

Le Colbert Institute est sans conteste l'institut le plus réputé de Londres en matière d'étude, identification et authentification d'œuvres d'art. Son sous-sol abrite un laboratoire scientifique doté d'un équipement impressionnant. Le directeur, Stephen Carpenter, reçut lui aussi une lettre. Son auteur présumé était une jeune diplômée qui préparait une thèse. Elle avait choisi d'étudier les plus célèbres tentatives de fraude sur le marché de l'art du XXe siècle, et les efforts courageux des scientifiques pour démasquer les faussaires.

Mr Carpenter fut trop heureux de lui suggérer de consulter son propre ouvrage sur le sujet, disponible à la librairie du Colbert, près du hall d'entrée. Il apposa lui aussi sa signature en bas de la lettre.

Le 7 juillet, Benny Evans avait en sa possession deux signatures authentiques et des échantillons d'écriture. Suzie Day n'ignorait pas que son patron avait été un des hackers les plus roués du pays, avant de faire de la prison et de revenir à des activités plus légales : la conception de systèmes de sécurité visant à prévenir et à déjouer le piratage du réseau informatique de ses clients.

Un jour, Suzie lui demanda à l'heure du déjeuner si son séjour dans les Prisons de Sa Majesté ne lui avait pas fait rencontrer d'autres types de fraudeurs, mais il lui fit comprendre d'un haussement d'épaules qu'il n'en connaissait aucun. Il était cependant doué d'un humour espiègle et d'une très bonne mémoire.

Trois jours plus tard, Suzie découvrit un morceau de papier coincé entre les touches de son ordinateur personnel. Il portait juste le nom Peter la Plume, suivi d'un numéro de téléphone. Le sujet ne fut plus jamais abordé.

Le 10 juillet, Trumpington Gore se faufila par une entrée de service de chez Darcy, qui donnait sur l'aire de chargement à l'arrière du bâtiment. La porte à fermeture automatique ne s'ouvrait de l'extérieur qu'avec un digicode, mais Benny se souvenait des chiffres. Il avait souvent emprunté cette issue pour se rendre au petit snack bon marché où il prenait ses repas.

Comme tous les autres manutentionnaires, le comédien était vêtu d'une blouse beige, marquée sur la poche du logo de Darcy, et il transportait une peinture à l'huile. L'heure du déjeuner approchait.

Un manutentionnaire en blouse qui déplace un tableau dans les couloirs d'une galerie d'art, ça se remarque à peu près autant qu'une goutte d'eau au milieu de l'océan. Après dix minutes de recherches et maintes excuses, Trumpy finit par tomber sur un bureau vide. Il s'y enferma à clé et entreprit de fouiller les tiroirs. Quand il quitta les lieux par la même porte, il emportait avec lui deux authentiques feuilles de papier à lettres à en-tête et deux enveloppes frappées du logo de Darcy.

Quatre jours plus tard, Trumpy, qui sous les traits d'un touriste était allé observer les blouses du Colbert, retourna à l'institut habillé en manutentionnaire. Il répéta l'opération de chez Darcy sans attirer l'attention.

À la fin du mois, Peter la Plume avait fabriqué deux jolies lettres et un rapport de laboratoire, moyennant la modique somme de cent livres.

Benny consacra presque tout le mois à chercher la trace d'un individu dont il avait entendu parler plusieurs années auparavant, et dont les milieux de l'art chuchotaient le nom d'un air horrifié. À son grand soulagement, il découvrit qu'il était toujours de ce monde. En effet, il vivait très chichement à Golders Green. Dans les annales de la contrefaçon, Colley Burnside faisait un peu figure de légende.

Bien des années plus tôt, il faisait partie des jeunes talents d'après guerre qui fréquentaient la bohème du Colony Club de Muriel Belcher, les repaires d'artistes de Queensway et les studios de Bayswater. Il les avait tous côtoyés dans leur jeunesse : Freud, Bacon, Spencer, et même le tout jeune Hockney. Ils avaient connu la célébrité, mais pas lui. C'est alors qu'il s'était découvert un talent illicite : s'il était incapable de créer et de vendre ses propres œuvres, il savait par contre copier celles des autres.

Il étudia les techniques des siècles passés, la composition chimique des peintures, l'effet du jaune d'œuf dans la détrempe, les possibilités d'imiter la patine des siècles avec du thé et du vin. Manque de chance, s'il ne toucha guère au thé, il commença à abuser du vin. Pendant sa période d'activité, il fourgua aux cupides et aux naïfs plus de cent toiles et huiles sur bois, qui passaient pour des Van Dyck ou des Véronèse. Avant même son arrestation, on racontait qu'il pouvait brosser un Matisse tout à fait honnête avant midi.

Après midi, sa « petite amie » rendait les choses plus délicates. L'amoureuse de Colley arborait une robe grenat, elle se présentait à l'état liquide et poussait habituellement sur les coteaux du Bordelais. Il tomba après avoir tenté de vendre une de ses productions d'après-déjeuner.

Ulcéré autant qu'humilié, le monde de l'art insista pour que Colley soit durement sanctionné, et on l'enferma dans un grand bâtiment gris renforcé de barreaux. Là, les matons et les durs à cuire le traitèrent comme leur oncle favori.

Le monde de l'art mit des années avant de savoir au juste combien de Burnside ornaient les murs. Colley accepta de les renseigner en échange d'une importante remise de peine. Après sa sortie de prison il sombra dans l'oubli, et vécut humblement des esquisses qu'il gribouillait pour les touristes.

Benny présenta Trumpy au vieil homme, persuadé qu'ils s'entendraient bien. Il ne se trompait pas, ils étaient tous les deux des talents méconnus. Colley Burnside écouta le récit, dégustant d'un air reconnaissant le haut-médoc apporté par Benny. Ça le changeait agréablement de son merlot habituel.

— C'est ignoble, mon garçon, complètement ignoble, fit-il en postillonnant lorsque Benny eut terminé et que Trumpy confirma qu'on l'avait spolié de deux millions. Et dire qu'on m'a traité d'escroc ! Je n'ai jamais été dans le même panier que ces requins. En ce qui concerne mes anciennes activités, j'ai tout arrêté. Je me fais vieux, ce n'est plus comme avant.

— Vous toucheriez une somme d'argent, précisa Trumpy.

— De l'argent ?

— Cinq pour cent, annonça Benny.

Il se pencha pour chuchoter quelque chose à l'oreille de Colley. Les yeux chassieux du vieil homme s'illuminèrent brusquement. Il se représentait un château-lafite rutilant comme un grenat à la lueur des flammes.

— Pour une somme pareille, jeune homme, je peux vous exécuter un chef-d'œuvre. Ou même deux. Le dernier coup de Colley – et son dernier coup de pinceau. Mes amis, qu'ils aillent tous se faire voir !

Bien que très anciennes et peintes sur de très vieux panneaux de bois, certaines œuvres sont tellement détériorées qu'elles ne conservent que des fragments de la peinture originale, perdant ainsi tout leur prix. Le bois d'époque garde seul un peu de valeur. C'est un de ces panneaux que Benny finit par dénicher, après avoir fouiné dans une centaine de vieilles boutiques : de prétendus antiquaires qui ne vendaient en fait que des vieilleries.

Dans un de ces bazars il acheta aussi pour dix livres une huile victorienne d'une incomparable laideur. Elle représentait deux perdrix suspendues à un crochet et un fusil à deux coups appuyé contre le mur. Il s'intitulait *La Gibecière.* Colley Burnside ne peinerait pas trop pour en faire une copie, mais il devrait se forcer pour atteindre à l'insigne nullité de l'original.

Le dernier jour de juillet, un Écossais à moustache rousse, affligé d'un accent incompréhensible, se présenta à la succursale de Darcy à Bury St Edmunds, dans le Suffolk. Cette succursale n'était pas très importante, mais elle couvrait quand même les trois comtés d'East Anglia. Il s'adressa à la jeune femme de la réception.

— Vous voyez, demoiselle, j'ai là une œuvre de grande valeur. Exécutée voilà un siècle par mon propre grand-père.

Il lui montra *La Gibecière* d'un air triomphal. Elle avait beau ne pas être une experte, elle se rendait bien compte que les perdrix semblaient s'être fait écraser par un camion.

— Vous souhaitez la faire expertiser, monsieur ?

— J'y compte bien.

La succursale de Bury n'était pas équipée pour les expertises, dont se chargeait exclusivement le personnel de Londres. Il pouvait malgré tout y déposer le tableau et fournir quelques renseignements. La jeune femme nota ce qu'il lui disait. Mr Hamish McFee prétendait habiter Sudbury et elle n'avait aucune raison de ne pas le croire. En fait, l'adresse qu'il donna était celle d'une petite maison de la presse dont le propriétaire avait accepté de recevoir jusqu'à nouvel ordre le courrier de Mr McFee. Il lui réclamait en échange dix livres mensuelles, payées au noir. Le rogaton victorien fut acheminé vers Londres par le camion suivant.

Avant de quitter le bureau, Mr McFee nota qu'on avait attribué au chef-d'œuvre de son grand-père la référence F 608.

Août

Le mois d'août fondit sur le West End avec l'effet d'un flacon de chloroforme. Les touristes envahirent le quartier tandis que les résidents tentaient de s'en échapper. Plusieurs destinations prestigieuses s'offraient aux nantis de chez Darcy : une villa en Toscane, un manoir en Dordogne, un chalet en Suisse ou encore un yacht dans les Caraïbes.

Mr Alan Leigh-Travers se passionnait pour le yachting. Il avait un yacht aux îles Vierges britanniques, qu'il laissait mouillé près de Trellis Island pendant son absence. Il comptait consacrer ses trois semaines de vacances à une croisière vers le sud, jusqu'aux Grenadines.

Peregrine Slade avait beau croire que le système informatique de Darcy était désormais plus imprenable que Fort Knox, il se trompait lourdement. L'expert qu'il avait fait venir utilisait un des dispositifs conçus et commercialisés par le patron de Suzie. Elle avait contribué elle-même à l'amélioration des points les plus délicats du système. Or, celui qui a inventé un système est très bien placé pour le désamorcer. C'est exactement ce que fit Suzie. Benny voulait se procurer la liste des congés pour le mois d'août, ainsi que le lieu de villégiature des intéressés et le numéro à contacter en cas d'urgence. Elle s'occupa de télécharger l'ensemble.

Benny apprit que Leigh-Travers était en croisière dans les Caraïbes et qu'il avait laissé deux numéros : celui de son mobile et la fréquence de la radio de son yacht. Suzie changea un chiffre dans chaque numéro. Mr Leigh-Travers était loin de se douter qu'il allait passer des vacances de tout repos, sans personne pour le déranger.

Le 6 août, l'Écossais aux cheveux roux fit irruption dans les bureaux de Londres pour réclamer sa peinture. On ne lui fit pas la moindre difficulté. Il fut assez obligeant pour fournir la référence, et dix minutes plus tard, un manutentionnaire allait la chercher dans la réserve et la remettait entre ses mains.

Le soir, Suzie put constater sur son ordinateur que Darcy avait enregistré le dépôt du tableau à Bury St Edmunds à la date du 6 août et son retrait le 31 du même mois. Elle modifia simplement la seconde information. Le fichier signalait maintenant que suite à un accord, la peinture avait été enlevée par un camion du Colbert Institute. Le 10, Mr Leigh-Travers, qui n'avait jamais entendu parler de *La Gibecière*, se rendit à Heathrow pour s'envoler vers Miami, où il prendrait une correspondance pour St Thomas et Beef Island, l'endroit où l'attendait son ketch.

L'Honorable Peregrine Slade faisait partie des gens qui évitent de voyager au mois d'août. Les routes et les aéroports encombrés, les stations surpeuplées lui donnaient des cauchemars. Cependant, il ne comptait pas rester à Londres : il se retirerait à la campagne, dans sa résidence du Hampshire. Lady Eleanor devant partir à Porto Ercole, dans la villa de ses amis, il allait pouvoir rester seul avec sa piscine chauffée, son grand parc, et un personnel réduit mais suffisant. Son numéro de vacances figurait aussi sur la liste, et Benny savait donc où il séjournerait.

Slade partit dans le Hampshire le 8 août. Le 11, il recevait une lettre manuscrite postée à Heathrow, dont il reconnut aussitôt l'écriture et la signature. Elle venait d'Alan Leigh-Travers.

« Mon cher Perry,

« Juste un petit mot depuis le hall d'embarquement. Trop occupé à mettre de l'ordre dans le département pour la vente de septembre, je n'ai pas pensé à te parler de quelque chose : il y a dix jours de cela, un inconnu a apporté un tableau à Bury pour une expertise. Quand il est arrivé à Londres, j'y ai jeté un coup d'œil. En toute honnêteté, c'est une huile lamentable de la fin de l'ère victorienne. Elle représente deux perdrix mortes et un fusil. Aucune trace de talent là-dedans. Normalement, on l'aurait réexpédiée sans attendre. Mais quelque chose m'a semblé curieux, et ça m'a intrigué. Tu sais comme moi que les derniers victoriens ne peignaient presque jamais sur bois. Toujours sur toile. Or, cette huile était peinte sur un panneau d'apparence très ancienne. Plusieurs siècles avant l'ère victorienne. J'ai souvent vu ce genre de panneaux, généralement dans le département de Seb. Mais celui-ci n'était pas en chêne, il ressemblait plutôt à du peuplier. C'est ce qui attiré mon attention. Je me suis dit alors qu'un quelconque vandale victorien avait pu recouvrir une œuvre beaucoup plus ancienne.

« Je sais qu'il faudra débourser pas mal d'argent, et si ça n'aboutit à rien, je m'excuse d'avance. Je l'ai envoyé au Colbert pour que Steve Carpenter le regarde et le passe aux rayons X. Comme je serai absent et que Steve prévoit de s'en aller aussi, je l'ai prié de t'envoyer directement son rapport dans le Hampshire.

« On se voit à la fin du mois. Alan. »

Allongé sur sa chaise longue au bord de la piscine, Peregrine lut la lettre deux fois en sirotant son premier Martini-gin de la journée. Même quand ils peignaient sur bois, les Anglais n'utilisaient jamais de panneaux en peuplier vieux de plusieurs siècles. Les artistes d'Europe du Nord se servaient de bois de chêne. Les Italiens, eux, employaient du peuplier. En principe, l'épaisseur d'un panneau atteste de son ancienneté, car les techniques des siècles passés ne permettaient guère de scier des panneaux très minces.

Il n'est pas rare qu'un peintre peigne par-dessus la composition d'un autre artiste. L'histoire de l'art offre quelques exemples de rapins imbéciles ayant barbouillé des œuvres de grande qualité. Par chance, la technologie moderne a rendu possibles la datation de minuscules fragments de bois, de toile et de peinture, l'identification du pays d'origine et parfois même de l'école précise, et l'utilisation des rayons X pour vérifier ce que cache une peinture.

Leigh-Travers avait eu raison de s'y prendre ainsi ; on ne peut jamais savoir... Slade avait l'intention de se rendre à Londres le lendemain, en vue d'une visite à Marina qui promettait d'exquises tortures. Il comptait aussi passer à son bureau pour consulter les fichiers. Ils lui confirmèrent ce que lui exposait la lettre de Heathrow. Un certain Hamish McFee avait débarqué à Bury pour y déposer une nature morte victorienne intitulée *La Gibecière*. Elle portait la référence F 608.

Le fichier des dépôts indiquait que la peinture était arrivée à Londres le 1er août, et que le Colbert l'avait récupérée le 6. Slade se déconnecta, impatient de lire le rapport du légendaire Steven

Carpenter, qu'il ne connaissait pas personnellement. Il vit à sa montre qu'il était six heures à Londres et une heure dans les Caraïbes. Il passa l'heure suivante à essayer de joindre Leigh-Travers sur son portable ou sur sa radio, mais il ne tombait jamais sur la bonne personne. Il finit par abandonner et partit à son rendez-vous avec Marina.

Le 18 août, un livreur pas très grand, vêtu de la blouse du Colbert, entra par la porte principale de chez Darcy et se présenta à la réception. Il portait une petite peinture à l'huile protégée par du papier bulle.

— Salut, ma belle ! Une livraison de la part du Colbert, comme convenu.

Derrière son comptoir, la jeune femme le regarda sans réagir. Le livreur tira un registre de sa poche et se mit à lire :

— Darcy, référence F 608.

Son visage s'éclaira : elle avait enfin un numéro à entrer dans l'ordinateur qui se trouvait derrière elle.

— Un instant, dit-elle en se tournant pour consulter la source de toute sagesse.

L'oracle lui révéla de quoi il s'agissait. Elle constata que la pièce avait quitté la réserve pour être examinée au Colbert, par autorisation du directeur du département des XIXe et XXe siècles, absent pour le moment. On venait à présent la rapporter. Elle appela un livreur de chez Darcy. Quelques minutes plus tard, elle avait signé le reçu, et le tableau enveloppé réintégrait la réserve.

Si je continue à passer du temps là-dedans, se disait Trumpington Gore en ressortant dans la chaleur, je vais devoir payer un loyer.

Le 20 août, le rapport du professeur Steven Carpenter arriva en recommandé au manoir de Slade, dans le Hampshire. Il en accusa réception devant un petit déjeuner tardif, après quelques délicieuses brasses dans sa piscine. Tandis qu'il en prenait connaissance, ses œufs eurent le temps de refroidir et une pellicule se forma sur son café. Voici ce que disait la lettre :

« Cher Mr Slade,

« Je pense que vous savez à présent qu'avant de partir en vacances, Mr Leigh-Travers m'a chargé de regarder une petite peinture à l'huile. Soi-disant victorienne, et exécutée en Angleterre. J'avoue que la tâche s'est révélée stimulante et finalement exaltante. À première vue, la peinture censément intitulée *La Gibecière* est consternante de laideur et ne présente pas le moindre intérêt. Rien de plus qu'une croûte peinte par un amateur sans talent du siècle dernier. C'est le panneau de bois qui lui sert de support qui a attiré l'attention d'Alan, et c'est donc sur lui que je me suis concentré.

« J'ai retiré la peinture de son encadrement victorien afin d'en faire un examen minutieux. Selon toute évidence, il s'agit d'un bois de peuplier très ancien. J'ai découvert sur les bords de vieilles traces de mastic ou de colle, qui suggèrent que le panneau a été séparé d'un ensemble plus important, peut-être un retable.

« J'ai prélevé un infime éclat de bois au dos du panneau et je l'ai soumis à des tests afin de définir au plus près la date et le lieu d'exécution. Vous n'ignorez pas que la chronodendrologie n'est pas applicable au bois de peuplier. Contrairement au chêne, il n'a pas de cernes qui permettent de déterminer son âge. Néanmoins, la science a de nos jours plus d'une corde à son arc.

« J'ai réussi à établir que le morceau de bois en question venait très probablement d'une zone située entre Sienne et Florence, et que l'arbre dont il est issu avait dû être abattu et débité autour de 1425. Un examen au microscope électronique à balayage a dévoilé de minuscules encoches et des traces laissées par la scie de l'ouvrier. Une imperceptible irrégularité de la lame a créé des marques identiques à celles qu'on a découvertes sur des panneaux de la même époque, originaires de la même région. Cela prouve qu'il provient de la scierie de Toscane où se fournissait un des plus grands maîtres de ce temps.

« J'étais convaincu que la composition victorienne – deux perdrix mortes et un fusil de chasse – recouvrait une œuvre bien plus ancienne. En détachant un tout petit fragment de peinture, assez minime pour qu'on ne le remarque pas à l'œil nu, je me suis rendu compte que la couche inférieure n'était pas de la peinture à l'huile mais de la détrempe.

« J'en ai prélevé un fragment encore plus infime, et une analyse spectrale poussée a révélé la combinaison exacte de composants utilisée par plusieurs maîtres de cette période. J'ai finalement passé la peinture aux rayons X afin de savoir ce qui se cachait dessous.

« Une détrempe se dissimule là-dessous, et seule l'épaisseur de la couche grossièrement appliquée par le barbouilleur victorien empêche qu'on la distingue parfaitement.

« On voit à l'arrière-plan un paysage bucolique typique de la période mentionnée, avec des collines doucement arrondies et un campanile. Au second plan, une route ou un chemin semble déboucher d'une vallée peu profonde. L'unique personnage, d'inspiration manifestement biblique, occupe le premier plan et regarde droit vers le spectateur.

« Je ne suis pas en mesure d'identifier précisément l'artiste, mais vous avez peut-être là un chef-d'œuvre caché, venu tout droit de la région et de l'époque de Cimabue, Duccio ou Giotto.

« Avec mes sentiments les meilleurs, Steven Carpenter. »

Fasciné, Peregrine Slade demeurait immobile, la lettre posée devant lui sur la table. Cimabue, ô Seigneur... Duccio, les larmes du Christ... Giotto, les flammes de l'Enfer...

Lui revinrent en mémoire deux découvertes récentes, qui à son très grand regret avaient été faites par Sotheby's. Dans un manoir des côtes du Suffolk, un de leurs experts avait trouvé au fond d'une vieille armoire un panneau de ce genre, où il avait cru deviner la facture d'un maître. On s'était aperçu qu'il s'agissait d'un Cimabue, recherché entre tous, et il s'était vendu plusieurs millions.

Plus récemment encore, un autre expert de Sotheby's avait procédé à une estimation du contenu de Castle Howard. Dans un portfolio de dessins oubliés, qu'on croyait sans valeur, il avait repéré le portrait d'une femme en pleurs, la tête enfouie dans les mains. Il avait demandé alors qu'on le soumette à une expertise plus pointue. Ignoré depuis trois siècles, le dessin se révéla être de la main de Michel-Ange. Mise à prix ? Huit millions de livres.

Et aujourd'hui, il semblait se trouver à son tour devant un trésor inestimable, qui avait pris l'apparence de deux perdrix mortes.

Bien évidemment, une seconde escroquerie avec l'aide de Fanshawe n'était pas envisageable. C'était une chose de se débarrasser d'un subalterne comme Benny Evans, mais Alan Leigh-Travers, c'était une autre affaire. Même sans un double de la lettre de l'aéroport, le conseil d'administration se fierait à la parole d'Alan. De toute manière, il ne pouvait plus avoir recours à Fanshawe. Le monde de l'art n'était quand même pas crédule à ce point.

Cependant, il tenait l'occasion de se faire un nom et une réputation tout en rétablissant la crédibilité de Darcy. Si ça ne lui valait pas une colossale prime de fin d'année, c'était la fin du monde ! Une heure plus tard, il était douché et habillé, et avalait au volant de sa Bentley Azure les kilomètres qui le séparaient de Londres.

Seul dans la réserve, il put farfouiller tout à son aise, jusqu'à ce qu'il trouve le lot étiqueté F 608. À travers le papier bulle, il devinait la silhouette des deux perdrix suspendues à leur crochet. Il l'emporta dans son bureau afin de l'observer plus attentivement. Mon Dieu, c'est d'une laideur ! pensa-t-il en l'examinant. Et pourtant, là-dessous... Bien entendu, il était exclu de le laisser partir pour une bouchée de pain à la salle des ventes. Il fallait que Darcy l'achète et feigne de découvrir la vérité après coup.

Le professeur Carpenter posait problème. Un modèle d'intégrité... Le genre de personne à avoir enregistré son rapport, et à crier au scandale si un misérable prolétaire – l'actuel propriétaire de la croûte – se faisait doubler par Peregrine Slade.

D'un autre côté, il n'avait pas affirmé catégoriquement que le tableau caché était un chef-d'œuvre. C'était une simple éventualité. Rien ne s'opposait à ce qu'une société de vente aux enchères joue un peu à la roulette. La méthode présente des risques et ne porte pas toujours ses fruits. Il pourrait en offrir un prix équitable au propriétaire, en tenant compte du manque de garanties...

En consultant le fichier des vendeurs, il remonta jusqu'à Mr Hamish McFee, de Sudbury dans le Suffolk, dont l'adresse était indiquée. Slade écrivit une lettre qu'il timbra et posta, offrant au malheureux Mr McFee la somme de cinquante mille livres pour la « remarquable composition » de son grand-père. Pour éviter d'ébruiter l'affaire, il lui demandait de le contacter sur son portable. Il ne doutait pas que l'imbécile accepterait le marché, et il se chargerait en personne d'envoyer l'acte de vente à Sudbury.

Deux jours plus tard, son téléphone sonna. Quelqu'un lui parla avec un fort accent écossais, sur un ton de violente indignation.

— Mon grand-père était un artiste admirable, Mr Slade. Méconnu de son vivant, mais Van Gogh a subi le même sort. Je pense que le public finira par reconnaître son immense talent en découvrant ses œuvres. Je ne peux pas accepter votre offre, mais je vais vous faire une proposition. Ou le tableau de mon grand-père fait partie de votre prochaine vente, ou je vous le retire pour le confier à Christie's.

Lorsque Slade raccrocha, il était tout tremblant. Van Gogh ? Est-ce que ce bonhomme était complètement idiot ? Pourtant il n'avait pas le choix. La vente victorienne était fixée au 8 septembre. Trop tard pour inclure le tableau dans le catalogue. Il était déjà sous presse et sortirait dans deux jours. Les piteuses perdrix passeraient pour une addition de dernière minute, comme ça se produisait fréquemment. Il possédait par ailleurs une copie de l'offre qu'il avait envoyée à McFee et il avait enregistré leur récente conversation téléphonique. Les cinquante mille livres proposées contribueraient grandement à apaiser le professeur Carpenter et le conseil d'administration le soutiendrait sans faillir en cas de critiques ultérieures.

Il serait contraint d'acheter la peinture « pour la maison », ce qui signifiait qu'un enchérisseur à ses ordres assisterait à la vente, sans laisser paraître qu'il agissait pour Darcy. Il en chargerait Bertram, le chef manutentionnaire ; proche de la retraite, d'un dévouement absolu au bout de quarante ans de service, il avait autant d'imagination qu'une puce, mais il savait obéir.

À l'autre bout du fil, Trumpington Gore avait raccroché et se tournait vers Benny.

— Mon cher, est-ce que tu sais bien ce que tu fais ? Cinquante mille livres, ça fait quand même un sacré pactole.

— Fais-moi confiance, répliqua Benny, moins assuré qu'il n'en avait l'air.

Il priait régulièrement le dieu cynique des grands maîtres pour que la cupidité de Slade le dissuade de révéler ses intentions à un professeur Carpenter irréprochablement honnête.

À la fin du mois, tous les cadres supérieurs avaient réintégré leur poste et les préparatifs battaient leur plein pour la première grosse vente de la rentrée, fixée au 8 septembre et consacrée aux victoriens.

Peregrine Slade garda secrets les plans qu'il avait mis au point pour cette date et se réjouit que Leigh-Travers se montre lui aussi très discret, au point de ne même pas évoquer l'affaire. Malgré tout, Slade ne manquait pas de lui adresser un clin d'œil appuyé chaque fois qu'il le croisait dans un couloir. Leigh-Travers commença à s'en inquiéter. Le vice-président lui avait toujours paru un brin trop maniéré, et on lui avait en plus raconté que passé la quarantaine, certains hommes mal mariés en venaient à tourner leur veste. Père de quatre enfants, il espérait sincèrement que Slade n'avait pas jeté son dévolu sur lui.

La matinée du 8 provoqua le bourdonnement d'excitation habituel, la poussée d'adrénaline qui dans les milieux de l'art dédommage des corvées ingrates occasionnées par l'examen des déchets. Slade avait demandé au vénérable Bertram, le chef manutentionnaire, d'arriver de bonne heure, et il lui avait donné des consignes extrêmement détaillées. En quarante ans de service, Bertram avait vu défiler quatre propriétaires différents. Une fois achevé son service militaire, il avait suivi les traces de son père et avait assisté à la soirée de départ à la retraite du vieux Mr Darcy, dernier de la lignée. C'était un vrai gentleman, celui-là. Même le dernier arrivé parmi les manutentionnaires était de la fête. De nos jours, on n'en trouvait plus des comme ça.

Bertram était le seul à venir travailler chez Darcy coiffé d'un chapeau melon, et au cours de sa carrière, il avait transporté des chefs-d'œuvre qui valaient à eux tous des milliards, sans jamais en abîmer un seul. Ce jour-là, il se tenait assis dans son bureau minuscule, imbibant sa moustache de morse d'innombrables tasses de thé. Les instructions étaient simples. Il devait s'installer au fond de la salle dans son complet de serge bleu, muni de son carton, et ne faire d'offre que pour une pièce bien précise. Pour qu'il ne risque pas de la confondre avec une autre nature morte, on lui avait montré les deux perdrix ensanglantées suspendues à leur crochet. On lui avait demandé de bien retenir son titre – *La Gibecière* –, que Mr Slade annoncerait clairement depuis son estrade. Enfin, pour plus de sûreté, Slade l'avait invité à surveiller son visage. S'il le voyait hésiter au moment où il souhaitait qu'il enchérisse, il clignerait brièvement de l'œil gauche. À ce signal, le vieux larbin devrait lever son carton. Bertram alla chercher une tasse de thé et soulager sa vessie pour la quatrième fois. Slade ne voulait surtout pas que son pigeon s'éclipse aux toilettes juste au moment crucial.

Alan Leigh-Travers présentait une sélection de tableaux remarquable. Les vedettes de la vente étaient deux préraphaélites, un Millais issu de la succession d'un collectionneur récemment décédé, et un Holman Hunt qu'on n'avait pas montré au public depuis des années. Venaient ensuite deux peintures équestres de John Frederick Herring, et un voilier pris dans la tempête signé James Carmichael.

La vente débuta à dix heures précises. Les enchères montaient haut et la salle était comble. Certaines personnes avaient même dû rester debout contre le mur. Slade avait quatre natures mortes représentant du gibier et des fusils, et il décida d'intégrer le tableau écossais comme un quatrième lot rajouté à la série. Personne ne s'en étonnerait et l'affaire serait conclue en quelques minutes. Quand il salua l'assistance nombreuse, l'humeur de Slade était au beau fixe.

Tout se déroula sans anicroche. Au fond de la salle, Bertram regardait droit devant lui, son carton sur les genoux. Il n'avait pas encore entendu les mots magiques : *La Gibecière*.

Sur son estrade, Peregrine Slade rayonnait de bonne humeur, la mine joviale, tandis que les lots atteignaient des sommes qui égalaient ou dépassaient l'estimation initiale. Il connaissait de vue la plupart des clients, mis à part une douzaine. De temps en temps, les lumières de la suspension ricochaient sur les lunettes épaisses d'un homme en costume sombre, installé à trois rangs du fond.

Il profita d'une brève pause – pendant qu'on emportait un tableau afin d'en poser un nouveau sur le chevalet – pour faire signe à l'une des assistantes placées près de l'estrade. Il se pencha en chuchotant :

— Qui est ce Japonais à trois rangées du fond, sur la gauche ?

La jeune fille s'éloigna discrètement. Au changement de tableau suivant, elle vint lui glisser dans la main un petit morceau de papier, dont il la remercia d'un signe de tête. Il disait ceci :

« Mr Yosuhiro Yamamoto, galerie Osaka, Tokyo et Osaka. Il a présenté une lettre de crédit de la Banque de Tokyo, d'un montant de un milliard de yens. »

Slade exultait. Quasiment deux millions de livres à dépenser... Et il était persuadé d'avoir déjà vu ou entendu ce nom de Yamamoto. Il n'avait pas tort. C'est en effet celui de l'amiral qui a bombardé Pearl Harbor. Il ne pouvait pas savoir qu'un de ses homonymes était venu à Knightsbridge avec une mission similaire, ni que la lettre de la Banque de Tokyo sortait tout droit de l'ordinateur de Suzie Day.

Mr Yamamoto enchérit plusieurs fois au cours des premières ventes, mais il ne donna jamais suite et se désista en faveur d'autres acquéreurs. Cependant, l'impénétrable Japonais caché derrière ses grosses lunettes avait prouvé qu'il était un acheteur potentiel.

On annonça la première des quatre natures mortes. Œuvres d'artistes assez mineurs, les trois qui figuraient sur la liste se vendirent entre cinq et dix mille livres. Comme on enlevait la troisième, Slade annonça d'un air facétieux :

— Il y a une quatrième nature morte, qui ne figure pas dans le catalogue. Elle nous est parvenue tardivement. C'est une petite pièce charmante, due à l'artiste des Highlands Collum McFee.

Colley Burnside n'avait pas résisté à la tentation d'introduire quelques lettres de son nom dans celui de l'artiste. C'était la seule reconnaissance qu'il obtiendrait jamais.

— Elle s'intitule *La Gibecière*, articula soigneusement Slade. Qui dit mille livres ?

Bertram leva son carton.

— Mille livres dans le fond. Qui dit mieux ?

Un autre carton se leva. Cet individu devait souffrir de problèmes de vue. Les enchérisseurs, marchands, collectionneurs, agents et autres galeristes le dévisageaient avec une expression incrédule.

— Deux mille livres, contre vous, monsieur, reprit Slade en regardant Bertram.

Il baissa légèrement la paupière gauche et Bertram leva son carton.

— Trois mille livres, fit Slade. Qui dit quatre mille ?

Après un silence, le Japonais opina du chef. Slade était

dérouté. Il voyait l'épaisse chevelure noire striée de gris, mais les yeux bridés restaient masqués par les gros verres de myope.

— Monsieur, s'agit-il d'une enchère ? s'enquit Slade.

— *Hai*, répondit Mr Yamamoto en remuant à nouveau la tête. Il parlait comme Toshiro Mifune dans *Shogun*.

— Auriez-vous l'obligeance de lever votre carton, Yamamoto-san ?

Slade était très fier de pouvoir s'adresser à un Japonais dans sa propre langue. Le client de Tokyo fit ce qu'on lui demandait.

— Quatre mille livres, confirma Slade.

Il n'avait rien perdu de son sang-froid, même s'il ne s'était pas attendu à ce que l'imperturbable Bertram ait de la concurrence. À son signal, il leva de nouveau son carton. La perplexité de l'assistance n'était rien, comparée à celle d'Alan Leigh-Travers, qui se tenait appuyé contre le mur du fond. Il n'avait jamais entendu parler de *La Gibecière*, et dans le cas contraire, il l'aurait déjà renvoyée par camion dans le Suffolk. Si Slade désirait ajouter un lot à sa vente, bien après la publication du catalogue, il aurait au moins pu lui en parler. Et ce McFee, d'où le sortait-il ? Peut-être l'aïeul d'un de ses compagnons de chasse. Mais puisque par miracle il avait atteint les cinq mille livres, ce n'était pas bien grave. La somme était honorable dans l'absolu et prodigieuse pour une croûte pareille. La commission suffirait à payer du bon bordeaux aux directeurs pendant un bout de temps.

Au cours de la demi-heure suivante, la sérénité de Leigh-Travers en prit un sacré coup. Le galeriste nippon, qu'il ne voyait que de dos, ne cessait de répéter *Hai* en hochant la tête, tandis qu'une autre personne, dissimulée derrière un pilier, s'obstinait à faire monter les enchères. Bon sang, mais qu'est-ce qui lui passait par la tête ? Cette peinture n'était qu'un affreux rogaton, ça sautait aux yeux. Dans un silence religieux, le lot franchit le cap des cinquante mille livres.

Leigh-Travers se fraya un passage à coups de coude le long du mur pour savoir qui se cachait derrière le pilier. En le voyant, il faillit avoir une attaque. Seigneur ! Le client mystère n'était autre que Bertram. Une seule explication possible : il achetait pour Darcy. Livide, Alan Leigh-Travers accrocha le regard de Slade à l'autre bout de la salle. Avec un large sourire, celui-ci lui décocha un de ses clins d'œil lascifs. C'était une preuve ; le vice-président avait indubitablement perdu l'esprit. Il se précipita dans le hall, là où les jeunes femmes remettaient les cartons, et appela le bureau du président par une ligne intérieure, priant Phyllis de lui passer le duc pour une urgence.

À son retour dans la salle, les enchères avaient atteint les cent mille livres et Mr Yamamoto ne se retirait toujours pas. Slade, qui montait chaque fois de plusieurs milliers de livres, commençait à se faire du souci. Vu qu'il était le seul à savoir ce que cachaient les deux perdrix, comment expliquer les enchères du Japonais ? Est-ce qu'il était au courant de quelque chose ? Impossible, puisque la peinture avait été transférée de Bury St Edmunds. Le professeur Carpenter avait-il vendu la mèche, quelque part en Extrême-Orient ? Peu probable aussi. Peut-être Yamamoto aimait-il simplement le tableau. Est-ce qu'il pouvait manquer de goût à ce point ? S'il s'imaginait que les magnats de Tokyo et d'Osaka allaient accourir pour lui acheter cette horreur à un bon prix !

Quelque chose ne tournait pas rond, mais quoi ? Il ne pouvait quand même pas ignorer les enchères de Yamamoto, pas devant une salle bondée. Impensable d'autre part d'arrêter Bertram et de laisser la peinture s'envoler vers le Japon, quand il savait ce que dissimulaient les perdrix.

Le reste de l'assistance se rendait compte qu'il se tramait quelque chose de très curieux. Personne n'avait jamais rien vu de pareil. Cette immonde croûte était tout juste bonne pour un vide-grenier, et les deux enchérisseurs étaient prêts à se l'arracher à prix d'or. Un drôle de vieux bonhomme affublé d'une moustache de morse et un implacable samouraï. Tout le monde se figura aussitôt qu'il y avait délit d'initié.

Il est notoire que le marché de l'art ne s'adresse pas aux gens scrupuleux, et que certaines de ses entourloupes feraient passer les porte-couteaux corses pour des enfants de chœur. Tous les vieux routiers présents dans la salle se rappelaient l'histoire véridique de deux marchands d'art qui avaient assisté à une vente minable dans un manoir en ruine. L'un des deux avait repéré une nature morte qui n'était même pas offerte à la vente : un lièvre mort accroché dans la cage d'escalier. N'écoutant que leur intuition, ils avaient acheté le tableau. Le lièvre se révéla être en fin de compte la dernière peinture connue de Rembrandt. Mais même paralysé sur son lit de mort, le vieil Harmenszoon n'aurait pas pu commettre ces infâmes perdrix. L'assistance observait attentivement le tableau, cherchant à déceler le talent caché. Pendant ce temps, les enchères continuaient à monter.

À deux cent mille livres, un mouvement se fit près de la porte comme les gens s'effaçaient sur le passage du redoutable duc de Gatcshead. Il s'appuya contre le mur du fond, tel un condor à l'affût du moindre lambeau de chair fraîche. À deux cent quarante mille livres, Slade commença à perdre sérieusement contenance. Son front était couvert de gouttes de sueur que les lumières crues faisaient briller. Sa voix avait monté de plusieurs octaves. Quelque chose à l'intérieur de lui hurlait pour que cette mauvaise farce s'arrête, mais il n'avait aucun moyen d'y mettre fin. Son scénario bien rodé était en train de partir dans le décor.

À deux cent vingt-cinq mille, le tic nerveux de son œil gauche se mit à faire des siennes. Au bout de la salle, le vieux Bertram vit les clins d'œil se succéder et continua donc à enchérir. Slade aurait bien voulu qu'il abandonne, mais Bertram avait des consignes à respecter : un clin d'œil, une enchère.

— Contre vous, monsieur, fit-il d'une voix étranglée à l'adresse du Japonais à grosses lunettes.

Une pause prolongée... Slade priait pour que le cauchemar se termine. D'une voix bien audible, Mr Yamamoto répondit *Hai*. Comme l'œil gauche de Slade tressautait avec la rapidité d'une ambulance lancée vers les urgences, Bertram continua de lever son carton.

Le cap des trois cent mille franchi, Leigh-Travers chuchota quelques mots furibonds à l'oreille du duc, et le condor se dirigea d'un pas résolu vers son employé Bertram. Dans la salle silencieuse, tous les regards étaient braqués sur le Japonais. Ce dernier se leva brusquement, posa son carton sur son siège et adressa un salut cérémonieux à Slade avant de s'éloigner vers la sortie. La foule s'écarta devant lui comme la mer Rouge devant Moïse.

— Une fois, deux fois, dit Slade d'une voix altérée.

Dès que son marteau fut retombé, la salle explosa. Comme chaque fois que se relâche une tension insupportable, tout le monde avait envie de parler à son voisin. Slade se remit un peu, s'essuya le front et descendit de l'estrade, confiant la suite de la vente à Leigh-Travers.

Sa mission accomplie, Bertram regagna son réduit pour se faire une bonne tasse de thé. Le duc se pencha vers le vice-président en fulminant :

— Dans mon bureau. D'ici cinq minutes si vous voulez bien.

— Peregrine, commença-t-il lorsqu'ils furent seuls dans son bureau.

Il ne lui donnait plus du « Perry » ou du « mon vieux ». Même son vernis d'amabilité avait craqué.

— Est-ce que je pourrais savoir ce qui vous est passé par la tête ?

— Je faisais mon travail de commissaire-priseur.

— Mon cher, évitez de me parler de haut. Cette croûte avec ses deux perdrix est bonne à mettre au rebut.

— À première vue, c'est la vérité.

— Mais vous l'avez achetée au nom de Darcy. Pour quelle raison ?

Slade sortit alors de la poche de sa veste la lettre et le rapport de deux pages rédigés par le professeur Carpenter, du Colbert Institute.

— J'espère que c'est une explication suffisante. Sans ce fou de Japonais, je l'aurais eue pour cinq mille livres grand maximum.

Le duc de Gateshead lut attentivement le rapport, à la lumière du soleil qui entrait par la fenêtre, et l'expression de son visage changea du tout au tout. Ses ancêtres s'étaient hissés au sommet par le meurtre et le pillage, et comme chez Benny Evans, ses gènes avaient la vie dure.

— Ça change tout, mon vieux, ça change vraiment tout. Qui d'autre est au courant ?

— Personne. J'ai reçu le rapport chez moi le mois dernier et je n'en ai parlé à personne. Ça fait donc Steven Carpenter, moi, et maintenant vous. C'est tout. J'ai pensé qu'on gagnerait à être discrets.

— Et le propriétaire ?

— Un crétin d'Écossais. Pour nous mettre à l'abri, je lui ai proposé cinquante mille livres. L'imbécile a décliné mon offre. J'ai un double de ma lettre et la notification de son refus. Maintenant, bien sûr, je regrette qu'il n'ait pas accepté. Mais je ne pouvais pas prévoir le Japonais cinglé de ce matin. Un peu plus, et il nous soufflait le tableau.

Le duc resta pensif durant quelques minutes. Dans le silence, la mouche qui bourdonnait sur la vitre semblait aussi bruyante qu'une tronçonneuse.

— Cimabue, murmura-t-il, Duccio... Mon Dieu, Darcy n'a rien trouvé de comparable depuis des années. Sept millions ? Huit millions ? Écoutez, réglez l'affaire avec le propriétaire dans les plus brefs délais. Je donnerai mon aval. À qui voulez-vous confier la restauration ? Au Colbert ?

— C'est une structure importante. Avec beaucoup de personnel. Les gens ont vite fait de jaser. Je préférerais m'adresser à Edward Hargreaves. C'est un des meilleurs restaurateurs au monde, il travaille seul et il est muet comme une tombe.

— Bonne idée. Occupez-vous-en, je vous laisse faire. Prévenez-moi dès que la restauration sera achevée.

Austère et secret, Edward Hargreaves travaillait effectivement tout seul, dans son atelier de Hammersmith.

Pour restaurer des peintures anciennes endommagées ou recouvertes, il n'avait pas son pareil.

En lisant le rapport de Carpenter, il eut envie de demander une entrevue au professeur. Mais le restaurateur chevronné du Colbert se formaliserait sans doute – et c'était humain – de voir une mission aussi passionnante revenir à quelqu'un d'autre. Hargreaves choisit par conséquent de ne pas se manifester. Connaissant le papier à lettres du Colbert et la signature du professeur, il jugeait qu'il pouvait s'appuyer sur le rapport de Carpenter. Quand le vice-président en personne vint lui apporter à son atelier la nature morte écossaise, il l'informa qu'il lui faudrait deux semaines.

Il l'installa sur un chevalet, sous une fenêtre exposée au nord, et pendant deux jours, il se contenta de l'examiner. Il faudrait déployer des trésors de délicatesse pour retirer l'épaisse peinture à l'huile du XIXe siècle sans abîmer le chef-d'œuvre qu'elle recouvrait. Le troisième jour, il se mit à l'ouvrage.

Peregrine reçut son appel au bout de deux semaines. Il bouillait d'impatience.

— Alors, mon cher Edward ?

— Le travail est terminé. Ce que dissimulait la nature morte est désormais parfaitement visible.

— Et les couleurs ? Est-ce qu'elles ont retrouvé leur éclat initial ?

— Sans aucun doute, lui répondit son interlocuteur.

— Je vous envoie ma voiture.

— Je crois que je devrais venir apporter la peinture, suggéra prudemment Hargreaves.

— Parfait, fit Slade d'un air ravi. Ma Bentley sera devant chez vous d'ici une demi-heure.

Il téléphona ensuite au duc de Gateshead.

— Magnifique, lui dit le président. Organisons une inauguration. À midi, à mon quartier général.

Ancien membre des Coldstream Guards, il aimait bien employer un jargon militaire lorsqu'il s'adressait à ses subordonnés.

À midi moins cinq, un manutentionnaire vint installer un chevalet dans le bureau du président et repartit tout de suite. À midi pile, Edward Hargreaves fit son entrée avec la détrempe sur bois enveloppée dans une couverture douce, escorté de Peregrine Slade. Il posa la peinture sur le chevalet.

Le duc avait débouché une bouteille de dom-pérignon, dont il proposa un verre à chacun des invités. Slade accepta, mais pas Hargreaves.

— Alors, demanda le duc avec un large sourire, qu'est-ce c'est ? Un Duccio ?

— Euh... pas cette fois, répondit Hargreaves.

— Surprenez-moi, poursuivit le duc. Serait-ce un Cimabue ?

— Pas vraiment.

— Je ne veux pas attendre davantage. Soulevez le tissu.

Hargreaves s'exécuta. Le tableau correspondait exactement à la description du Colbert. D'excellente facture, et tout à fait dans le style des primitifs siennois et florentins. On voyait à l'arrière-plan un paysage médiéval : une rangée de collines aux pentes douces, et un antique campanile dans le lointain. Au premier plan, se tenait le seul personnage de la composition. C'était un mulet, ou plutôt l'âne dont parle la Bible, et il tournait vers le spectateur un regard désolé. Son membre pendait mollement, comme s'il avait servi récemment. Au second plan, on distinguait effectivement une vallée peu profonde d'où émergeait un chemin. Par cette voie, une Mercedes Benz sortait de la vallée, toute petite mais aisément reconnaissable.

Hargreaves regardait droit devant lui. Slade, pour sa part, se demandait s'il n'allait pas mourir d'une crise cardiaque. Il se prit bientôt à espérer que oui, et craignit finalement que ça n'arrive pas. Chez le duc de Gateshead, cinq siècles de bonne éducation luttaient pour ne pas se laisser déborder. L'éducation ayant eu le dernier mot, il sortit de la pièce sans prononcer une parole.

Une heure plus tard, l'Honorable Peregrine Slade quittait à son tour les lieux, mais cette fois, c'était pour toujours.

Épilogue

Le reste du mois de septembre fut très mouvementé. Contacté quotidiennement, le marchand de journaux de Sudbury avait confirmé l'arrivée d'une seconde enveloppe à logo en relief, adressée à Mr McFee. Déguisé en Écossais à moustache rousse, Trumpy était allé la chercher en train. L'enveloppe contenait un chèque de chez Darcy d'un montant de deux cent soixante-cinq mille livres.

Grâce à des documents admirablement contrefaits par Suzie, il ouvrit un compte à la Barclay's Bank de St Peter Port, à Guernesey, dans les îles Anglo-Normandes, un des derniers paradis fiscaux d'Angleterre. Dès que le chèque fut compensé et crédité, il y fit un saut en avion et ouvrit un autre compte au nom de Trumpington Gore à la Royal Bank of Canada, à l'autre bout de la rue. Il alla ensuite à la Barclay's Bank faire transférer l'argent de Hamish McFee sur le compte de Trumpington Gore. Quoique surpris de la rapidité avec laquelle le compte de l'Écossais avait été ouvert et fermé, le sous-directeur de l'agence ne s'opposa pas à sa requête.

Il fit effectuer ensuite plusieurs virements par la banque canadienne, qui se fichait éperdument des lois fiscales britanniques : treize mille deux cent cinquante livres à Colley Burnside, qui pouvait espérer finir heureusement ses jours dans un océan de bordeaux. Trumpy retira également mille sept cent cinquante livres en liquide pour assurer le quotidien. Les bénéficiaires du second virement – cent cinquante mille livres – étaient Benny Evans et Suzie Day. Quant aux cent mille livres restantes, les Canadiens obligeants se firent un plaisir de les lui placer à long terme, avec à la clé des taux d'intérêt assez élevés pour lui rapporter mille livres par mois jusqu'à la fin de ses jours.

Benny et Suzie se marièrent et allèrent s'installer dans le Lancashire natal du jeune homme. Il ouvrit une petite galerie d'art, tandis que Suzie devenait programmatrice informatique freelance. Un an plus tard, elle avait renoncé à ses cheveux décolorés et à ses piercings au visage, et mettait au monde des jumeaux.

De retour des îles Anglo-Normandes, Trumpy trouva chez lui un courrier des Studios Eon. Pierce Brosnan, auprès de qui il avait fait une apparition dans *Goldeneye*, voulait lui offrir un rôle plus important dans le prochain James Bond.

Charlie Dawson reçut quelques tuyaux, et avec l'aide d'un professeur Carpenter fort amusé, il publia le scoop de la décennie sur les milieux de l'art.

La police recherche toujours Hamish McFee, mais Scotland Yard ne se montre guère optimiste.

Marina a vendu ses Mémoires à *News of the World* et Lady Eleanor s'est empressée d'aller consulter longuement Fiona Shackleton, doyenne des avocats londoniens spécialisés dans les divorces. L'arrangement qui a suivi ne laissait à Peregrine Slade que ses boutons de manchettes.

Il a quitté Londres, et aux dernières nouvelles, il tiendrait un bar louche à Antigua. Quant au duc de Gateshead, il doit toujours acheter son vin chez White's.

Le miracle

Sienne, 1975

Dans le ciel, le soleil tapait comme un marteau. Il cognait sur les toits agglutinés de cette ville fortifiée de Toscane, et la chaleur faisait miroiter les tuiles médiévales ; certaines gardaient des teintes roses, mais la plupart, recuites par le soleil, avaient viré au terre de Sienne ou au gris cendreux. Les gouttières en saillie projetaient des ombres d'un noir d'encre sur les carreaux des étages. Mais là où le soleil donnait, les murs surchauffés brillaient de pâles reflets et les rebords en bois des fenêtres s'écaillaient et se lézardaient. Dans les ruelles pavées de la vieille ville, longues et étroites, quelques coins d'ombre offraient un peu de répit, et il arrivait qu'un chat ensommeillé vienne y chercher refuge. Mais les autres habitants de la ville demeuraient invisibles, car c'était le jour du Palio.

Dans une de ces petites rues perdues au milieu d'un dédale de minuscules venelles à peine plus larges que ses épaules, le touriste américain marchait au pas de course, le visage aussi cramoisi qu'un morceau de bifteck. La sueur trempait sa chemisette en coton, et la veste très légère qu'il portait sur l'épaule pesait comme une couverture. Derrière lui, sa femme suivait péniblement, titubant sur d'inconfortables talons compensés.

Ils s'y étaient pris beaucoup trop tard pour réserver un hôtel en ville, et en cette période d'affluence, ils avaient dû se contenter d'une chambre à Casole d'Elsa. Le moteur de leur voiture de location ayant chauffé pendant le trajet, ils s'étaient garés en dehors des murs de Sienne, près de la Porta Ovile, et pressaient maintenant le pas pour arriver à destination.

Ils ne tardèrent pas à s'égarer dans ce labyrinthe de venelles vieilles de cinq siècles, trébuchant sur les pavés brûlants, la plante des pieds en feu. De temps en temps, l'éleveur du Kansas tendait l'oreille vers la rumeur de la foule pour essayer de s'orienter. Son épouse rondelette s'efforçait juste de suivre le rythme tout en s'éventant avec son guide.

— Attends-moi ! s'écria-t-elle tandis qu'ils enfilaient à toute allure une de ces ruelles encaissées entre les murs de brique des maisons – des demeures qui avaient vu Cosme de Médicis passer à cheval, déjà vieilles en ce temps-là.

— Essaie de te dépêcher, ma chérie, répondit-il par-dessus son épaule. Sinon on va manquer la procession.

Il avait raison. À quatre cents mètres de là, la foule massée sur la Piazza del Campo et tout autour tâchait d'apercevoir le début du Comparse, le défilé en costumes médiévaux des dix-sept grandes corporations siennoises qui autrefois administraient et gouvernaient la cité. En accord avec la tradition, dix des dix-sept *contrade* disputeraient une course de chevaux pour avoir peut-être l'honneur d'emporter vers la maison de leur corporation la bannière décorée, le fameux Palio. Mais d'abord, la procession.

La veille, l'Américain avait fait la lecture à sa femme dans leur chambre d'hôtel.

— Les *contrade* de Sienne ont été créées entre la fin du XIIe siècle et le début du XIIIe.

— Mais c'était avant Christophe Colomb ! avait protesté son épouse, comme si rien ne s'était passé avant que le grand Cristóbal quitte l'estuaire du Tage pour voguer vers la gloire ou le néant.

— C'est vrai, Colomb, c'était en 1492. Là, nous sommes trois siècles avant. Il paraît qu'ils ont commencé avec quarante-deux *contrade*, réduites à vingt-trois trois cents ans plus tard, puis, en 1675, aux dix-sept que nous verrons défiler demain.

Cependant, ils ne pouvaient pas voir les premiers groupes de tambours, musiciens et porte-étendards de la procession médiévale faire leur apparition sur la place dans leurs somptueux costumes bariolés. Les seize palais de la Piazza del Campo étaient pavoisés de bannières et d'étendards. Les privilégiés se bousculaient aux fenêtres et aux balcons, pendant que le gros de la foule – quarante mille personnes – vociférait sur la piste.

— Dépêche-toi, ma chérie, répéta l'Américain alors que le tumulte commençait à enfler. On a fait un long chemin pour voir ça. Voici enfin cette fichue tour.

En effet, on distinguait la pointe de la tour Mangia par-dessus les toits. C'est à ce moment-là que la femme trébucha et tomba : entre ses chaussures à talons et les pavés de la rue, elle avait fini par se tordre la cheville. Elle s'écroula par terre avec un léger cri. Son mari se retourna alors et courut la rejoindre.

— Ma chérie, qu'est-ce qui t'est arrivé ?

Il se pencha vers elle, le front plissé par l'inquiétude, tandis qu'elle serrait sa cheville entre ses mains.

— Je crois que j'ai la cheville foulée, répondit-elle en fondant en larmes.

Elle finissait bien mal, cette journée qui avait si bien commencé ! L'Américain scruta la ruelle des deux côtés, mais toutes les portes étaient fermées et barricadées. À quelques mètres de là, une arcade s'ouvrait dans le mur élevé qui délimitait la rue sur un côté. D'après la lumière qui filtrait, un espace dégagé se cachait là-derrière.

— Je vais t'emmener là-dedans, pour voir s'il n'y a pas un endroit où s'asseoir.

Il l'aida à se relever et ils passèrent en clopinant sous l'arcade. Elle donnait accès à une cour dallée fleurie de rosiers, où ils trouvèrent par bonheur un banc de pierre installé à l'ombre du mur. L'Américain soutint son épouse jusqu'au banc, où elle s'effondra avec un profond soulagement.

Loin de là, la queue de la procession quittait la Piazza del Duomo tandis que les premiers concurrents entraient sur le Campo, sous le regard aiguisé des juges qui évaluaient leur élégance, leur gestuelle et leur adresse à brandir les étendards. Quel que soit le gagnant de la course de chevaux, la *contrada* la mieux costumée remporterait le *masgalano*, une coupe en argent finement ciselé. Nul n'en ignorait l'importance.

Le touriste se pencha pour examiner la cheville de sa femme.

— Je peux vous aider ? demanda calmement une voix.

L'Américain se retourna en sursautant. L'inconnu se tenait

debout devant lui, auréolé de lumière. Le touriste se redressa. L'homme qui lui parlait était grand et svelte, avec un visage serein aux traits fortement marqués. Ils avaient le même âge – cinquante-cinq ans environ – et l'étranger avait des cheveux grisonnants. Avec son pantalon de toile délavé et sa chemise en denim, il faisait penser à un routard, une espèce de hippie sur le retour. Il s'exprimait dans un anglais châtié, mais avec une pointe d'accent, italien probablement.

— Je ne sais pas, répondit l'Américain d'un air légèrement soupçonneux.

— Votre femme est tombée, elle s'est fait mal à la cheville ?

— C'est ça.

L'inconnu s'agenouilla sur les dalles de la cour, enleva la sandale avec précaution et massa doucement la cheville blessée, avec des mouvements délicats et expérimentés. L'Américain du Kansas le surveillait, prêt à défendre son épouse si nécessaire.

— Elle n'est pas cassée, mais j'ai peur qu'elle ne soit foulée.

— Comment le savez-vous ?

— Je le sais, c'est tout.

— Et qui êtes-vous ?

— Le jardinier.

— Le jardinier ? D'ici ?

— Je soigne les rosiers, je balaie la cour, je m'occupe de l'entretien.

— Mais c'est le jour du Palio, vous n'entendez pas ?

— Si, bien sûr. Il va me falloir des bandages. J'ai un T-shirt propre que je peux découper, et de l'eau froide pour empêcher la cheville d'enfler.

— Qu'est-ce que vous faites ici le jour du Palio ?

— Je ne vais jamais voir le Palio.

— Pour quelle raison ? Tout le monde y va.

— À cause de la date. Nous sommes le 2 juillet.

— Qu'est-ce qu'elle a de particulier ?

— C'est aussi le jour de la Libération.

— Quoi ?

— Il y a exactement trente et un ans, le 2 juillet 1944, Sienne a été libérée de l'occupation allemande. Et il s'est produit quelque chose dans cette cour, quelque chose d'important. Je crois qu'il s'agissait d'un miracle. Bon, je vais chercher de l'eau.

L'Américain était intrigué. De confession catholique, cet habitant de Topeka allait à la messe, se confessait et croyait aux miracles – seulement s'ils étaient ratifiés par le Vatican. Et s'il faisait ce voyage estival en Italie, c'était essentiellement pour voir Rome. Pour la visite de Sienne, il s'était décidé au dernier moment. Il promena son regard dans la cour déserte.

Elle faisait à peu près vingt mètres sur trente. Sur deux côtés, elle était fermée par deux hautes murailles de près de quatre mètres. Une arcade était pratiquée dans l'une d'elles, avec un portail grand ouvert qui leur avait permis d'entrer. Les deux autres murailles étaient encore plus hautes – au moins quinze mètres –, sans autres ouvertures que quelques meurtrières, et supportaient une toiture ; c'étaient les murs porteurs d'un bâtiment massif, vieux de plusieurs siècles. À l'autre bout de la cour, une deuxième porte était encastrée dans le mur de l'immense édifice. Solidement barricadée, elle n'était pas faite de planches, mais de madriers rivés les uns aux autres pour résister aux attaques. Aussi ancien que la cité elle-même, le bois était depuis longtemps décoloré par le soleil, à l'exception de quelques traînées brunâtres.

Tout un côté de la cour était occupé par un cloître, dont le toit en pente, soutenu par des colonnes de pierre, faisait régner une ombre bien fraîche. Le jardinier les rejoignit avec des bandes de tissu et une petite bouteille d'eau.

Il se remit à genoux pour envelopper la cheville abîmée de bandages bien serrés, qu'il avait imbibés d'eau afin de rafraîchir les chairs. L'épouse de l'Américain poussa un soupir de soulagement.

— Tu crois que tu peux marcher jusqu'au Palio ? questionna son mari.

Elle se leva et testa sa cheville en grimaçant de douleur.

— Qu'est-ce que vous en pensez ? demanda le touriste au jardinier, qui haussa les épaules.

— Les ruelles sont malcommodes, la foule dense et agitée. À moins d'une échelle ou d'un endroit surélevé, vous n'y verrez rien du tout. Mais la fête se poursuit pendant la soirée. Vous pourrez assister à la reconstitution historique, dans toutes les rues. En plus il y aura un autre Palio au mois d'août. Vous ne pouvez pas attendre jusque-là ?

— Non. Je dois m'occuper du bétail. Faut que je reparte la semaine prochaine.

— Bon, dans ce cas votre épouse peut marcher, mais en faisant bien attention.

— Ça t'ennuie d'attendre un moment, chéri ? demanda-t-elle.

Approuvant de la tête, le touriste jeta un coup d'œil à la cour.

— De quel miracle vous parlez ? Je ne vois pas de châsse.

— Non, il n'y a ni châsse ni statue de sainte. Pas pour le moment. Ça viendra un jour, je l'espère.

— Qu'est-ce qui s'est passé il y a trente et un ans ?

Récit du jardinier

— Vous avez combattu pendant la dernière guerre ?

— Bien sûr ! Marine américaine, dans le Pacifique.

— Mais pas ici en Italie ?

— Non, mais mon petit frère y était. Sous les ordres de Mark Clark.

Le jardinier hocha la tête, comme s'il se replongeait dans son passé.

— Pendant toute l'année 44, les Alliés se sont battus pour remonter la péninsule Italienne, de la Sicile vers la frontière autrichienne au nord. Et pendant ce temps, l'armée allemande ne cessait de livrer des combats et de battre en retraite. La retraite a duré longtemps. Au début, les Allemands étaient dans le camp de l'Italie, mais après la capitulation italienne ils sont devenus une force d'occupation.

« Ici en Toscane, les combats étaient particulièrement acharnés. Le maréchal Kesserling dirigeait les opérations. Il s'opposait aux troupes américaines du général Clark, à l'armée anglaise commandée par le général Alexander, et aux Forces françaises libres du général Juin. Au début du mois de juin, le front avait gagné la limite nord de l'Ombrie et le sud-ouest de la Toscane.

« Au sud de Sienne, le terrain est accidenté ; ce ne sont que des collines abruptes, des vallées au fond desquelles coulent une multitude de rivières et de ruisseaux. Les routes serpentent à flanc de montagne, et c'est la seule voie ouverte aux véhicules.

On peut facilement y poser des mines et les mitrailler depuis l'autre côté de la vallée. Cachés derrière les sommets des collines, des avions d'observation pouvaient lâcher des bombes sur l'ennemi avec une grande précision. Les pertes ont été très lourdes dans les deux camps.

« Sienne est devenue un centre de soins important. Le corps médical de la Wehrmacht y avait établi plusieurs hôpitaux qui ne désemplissaient pas. Vers la fin, ils ne suffisaient même plus et ils ont dû réquisitionner les monastères et les couvents. Pendant ce temps, la déferlante des Alliés continuait de progresser. Kesserling a alors donné l'ordre de faire déplacer vers le nord tous les blessés transportables. Des colonnes d'ambulances allemandes roulaient vers le nord jour et nuit, mais ceux qui étaient trop mal en point étaient forcés de rester sur place. Beaucoup ont succombé à leurs blessures et reposent aujourd'hui en dehors de la ville. Le manque d'espace est devenu moins critique pour un temps, jusqu'à ce 20 juin qui a vu les combats se rapprocher et redoubler de violence. Vers le 20 juin, un jeune chirurgien allemand frais émoulu de l'université a été affecté à cet endroit. Il était totalement dépourvu d'expérience et il a dû apprendre à opérer sur le tas. Il dormait peu, et le matériel menaçait de manquer.

Une rumeur s'éleva dans le ciel estival tandis que les dernières *contrade* du défilé pénétraient sur le Campo. Chaque concurrent venait parader sur la place, faisant le tour de l'immense piste sablée qui recouvrait les pavés. Des clameurs encore plus bruyantes saluèrent l'arrivée du *carraccio*, la charrette tirée par des bœufs qui transporte la bannière tant convoitée, la cause même de toute cette pompe : le Palio.

— Les forces allemandes stationnées dans ce secteur étaient le 4e régiment, sous les ordres du général Lemelsen. En théorie ç'avait l'air sérieux, mais la plupart des unités étaient éreintées par des mois de combats et avaient perdu une partie de leurs effectifs. Le contingent le plus nombreux était le 1er corps de parachutistes du général Schlemm, qui a lâché tous ses hommes entre la côte et les montagnes au sud de Sienne. C'était là l'aile droite. À gauche, plus à l'intérieur des terres, la 90e Panzerdivision, complètement épuisée, s'efforçait de résister à la 1re division blindée américaine du général Harmon.

« Au milieu du 5e régiment de Mark Clark, face à la ville de Sienne, se trouvaient les Forces françaises libres du général Juin. Ce dernier était flanqué par son 3e régiment d'infanterie algérien et par le 2e régiment marocain. Voilà donc les forces auxquelles a résisté l'armée allemande pendant cinq jours d'affrontements sans merci, entre le 21 et le 26 juin. Et puis les chars américains sont rentrés dans les Panzers et les Allemands ont été débordés, à l'est tout d'abord et ensuite à l'ouest par les Français. Des unités en déroute se repliaient, emmenant leurs blessés avec elles. Il y avait des grenadiers, des tankistes, des officiers de la Luftwaffe et des parachutistes. Le 29 juin a eu lieu l'ultime bataille avant la victoire des Alliés. Ç'a été un violent corps-à-corps. À la faveur de l'obscurité, les brancardiers allemands ont fait de leur mieux. On a ramené à Sienne des centaines de blessés, allemands ou alliés. Se voyant débordé des deux côtés, le général Lemersen a prié Kesserling de le laisser replier ses troupes, pour éviter d'être encerclé par le 1er corps de parachutistes et fait prisonnier à l'intérieur de la cité. La permission lui a été accordée et les paras ont reculé. Sienne pullulait de soldats. Les blessés étaient si nombreux que la cour du couvent où nous nous trouvons à été temporairement réquisitionnée, comme asile et comme hôpital militaire, pour accueillir une centaine de nouveaux Allemands et la totalité des Alliés. Le jeune chirurgien qui venait d'arriver avait seul la charge de s'en occuper. On était alors le 30 juin 1944.

— Ici ? demanda l'Américain. Il y avait un hôpital de campagne à cet endroit ?

— Oui.

— Mais il n'y a pas d'infrastructures. Pas d'eau, pas d'électricité. Ç'a dû être rude.

— En effet.

— Moi, j'étais sur un porte-avions. On avait une unité de soins très moderne pour les blessés.

— Vous aviez beaucoup de chance. Ici, les hommes gisaient là où les brancardiers les avaient déposés. Des Américains, des Algériens, des Marocains, des Anglais, des Français, et les cent soldats allemands les plus touchés. On les avait mis là en attendant qu'ils meurent. À la fin, ils étaient deux cent vingt.

— Et le jeune chirurgien ?

L'homme au visage flétri haussa les épaules.

— Il s'est attelé à la tâche, et il a fait tout ce qu'il pouvait. Le médecin général lui avait envoyé trois auxiliaires, qui ont récupéré les matelas et les paillasses des maisons environnantes, tout ce qui pouvait servir de literie. Ils ont volé des draps et des couvertures dans tout le secteur. Les draps servaient à fabriquer des bandages. Aucune rivière n'arrose Sienne, mais voilà plusieurs siècles, les Siennois ont construit un réseau complexe d'aqueducs souterrains pour faire venir l'eau potable des torrents de montagne sous les rues de la ville. Un système de puits permet de tirer de l'eau. À partir du puits le moins éloigné, les auxiliaires faisaient la chaîne pour apporter des seaux jusque dans la cour.

« Une grande table de cuisine réquisitionnée dans une maison voisine a été installée là-bas au milieu de la cour, entre les rosiers, en vue des opérations. Les médicaments étaient rares, les conditions d'hygiène épouvantables. Il opérait de son mieux toute la journée, jusqu'à la tombée de la nuit. Quand il faisait trop sombre, il courait à l'hôpital militaire le plus proche pour réclamer des lampes à pétrole. À la lumière de ces lampes, il continuait à opérer. Mais la situation était désespérée : il savait que ces hommes allaient mourir.

« Beaucoup avaient reçu de terribles blessures. Les hommes étaient tous en état de choc, et il était à court de calmants. Certains soldats avaient été déchiquetés par l'explosion d'une mine à quelques mètres d'eux, sous les pieds d'un camarade. D'autres avaient des éclats d'obus ou de grenade enfoncés dans les chairs. D'autres encore avaient eu un membre broyé par une balle. La nuit venait de tomber quand la fille est arrivée.

— Quelle fille ?

— Oh, juste une fille. Une Italienne du coin, je suppose. Une jeune femme d'une vingtaine d'années. Étrange. Il l'a vue le dévisager. Il l'a saluée de la tête, elle lui a souri, et il a continué à opérer.

— Pourquoi étrange ?

— Elle était pâle, avec un visage ovale, très serein. Et elle portait les cheveux courts, mais pas coupés à la garçonne, comme c'était la mode. Plutôt une coupe à la Jeanne d'Arc. Des cheveux taillés avec soin, sans rien d'aguicheur. Elle était vêtue d'une espèce de robe en coton gris pâle.

— Elle l'a aidé ?

— Non, elle s'est éloignée et elle s'est mise à marcher lentement au milieu des hommes. Il l'a vue prendre un linge et le tremper dans un des seaux pour en tamponner leur front. Il continuait à opérer les blessés qu'on déposait sans interruption sur la table. Il poursuivait sa tâche tout en sachant qu'elle ne menait à rien. Il n'avait que vingt-quatre ans ; tout juste adulte, il s'efforçait de faire un travail d'homme. À bout de forces, essayant de ne pas faire d'erreur, il amputait des membres avec une scie chirurgicale stérilisée dans l'eau-de-vie, suturait les plaies avec du fil à coudre enduit de cire. Il manquait de morphine, il fallait l'économiser. Et ces hurlements qu'ils poussaient, ces hurlements sans fin...

L'Américain le dévisageait avec insistance.

— Mon Dieu, murmura-t-il. C'était vous le chirurgien. Vous n'êtes pas italien. Ce médecin allemand, c'était vous.

L'homme hocha lentement la tête.

— Oui, c'était bien moi.

— Chéri, j'ai l'impression que ma cheville va un peu mieux. On a peut-être une chance de voir la fin du spectacle.

— Attends, mon cœur, juste quelques minutes. Qu'est-ce qui s'est passé ensuite ?

Sur la Piazza del Campo, les membres de la procession avaient quitté l'arène pour rejoindre leurs places dans les tribunes dressées face aux palais. Il ne restait plus sur la piste qu'un tambour et un porte-étendard pour chaque *contrada*. Ils avaient pour mission de montrer leur adresse à manier le drapeau sur sa hampe, exécutant des figures savantes au rythme des roulements de tambour. L'occasion de saluer la foule une dernière fois et un ultime espoir de remporter le calice d'argent au nom de leur corporation.

Récit du chirurgien

— J'ai opéré toute la nuit, et j'ai continué à l'aube. Les auxiliaires étaient aussi épuisés que moi, mais ils amenaient quand même les soldats sur la table, et je faisais ce que je pouvais. Avant le point du jour elle était partie. La jeune fille avait disparu. Je ne l'ai pas vue arriver, et je ne l'ai pas vue s'en aller. Il y a eu une accalmie au lever du soleil. Le flot de brancardiers qui entrait par cette arcade s'est tari petit à petit. J'ai pu me laver les mains et faire le tour des soldats pour dénombrer les morts de la nuit et faire enlever leurs corps.

— Combien il y en avait ?

— Aucun.

— Aucun ?

— Pas un seul. Ni au cours de la nuit, ni pendant que le jour se levait, au matin du 1er juillet. Là-bas dans le coin se trouvaient trois Algériens. Blessés à la poitrine et au ventre. L'un d'eux avait les jambes broyées. Je les avais opérés aux premières heures du jour et ils se montraient extrêmement stoïques. Étendus en silence, les yeux levés vers le ciel, ils pensaient peut-être aux collines arides du Maghreb, qu'ils avaient quittées pour combattre et mourir pour la France. Ils savaient que leur fin était proche, et ils attendaient qu'Allah vienne les rappeler à Lui. Et pourtant ils ne sont pas morts.

« À l'endroit où est assise votre femme gisait un garçon d'Austin, au Texas. Quand il est arrivé, ses mains étaient croisées sur son ventre. En les écartant, j'ai vu qu'il essayait juste de maintenir ses entrailles en place à travers la paroi abdominale déchirée. Tout ce que j'ai pu faire, c'est remettre les intestins à leur place et fermer par des agrafes et des points de suture. Il avait perdu beaucoup de sang et j'étais à court de plasma.

« À l'aurore je l'ai entendu pleurer, il appelait sa mère. Je pensais qu'il ne passerait pas midi, mais lui aussi a survécu. Dès le lever du jour, la température a augmenté, même si le soleil ne tapait pas directement sur ces toits. Je savais malgré tout que lorsqu'il se mettrait à cogner, cet endroit se transformerait en fournaise. J'ai fait transporter la table d'opération à l'ombre du cloître, mais pour les hommes couchés dans la cour, il ne restait pas grand espoir. Ceux que n'avaient pas achevé les pertes de sang et les traumatismes, la chaleur en ferait son affaire.

« Ceux qui profitaient de l'abri du cloître étaient les plus chanceux. Il y avait là trois soldats anglais, tous originaires de Nottingham. L'un d'eux m'a demandé une cigarette. Je parlais mal l'anglais à l'époque, mais ce mot est international. Je lui ai répondu qu'avec des poumons abîmés par les shrapnels, les cigarettes – qu'il appelait des clopes – auraient un effet désastreux.

Il m'a rétorqué en riant que dès que le général Alexander serait là, lui au moins il lui en donnerait. L'humour tordu des Anglais. Mais ils avaient aussi du courage. Ils avaient beau savoir qu'ils ne reverraient jamais leur pays, ils arrivaient encore à faire des blagues idiotes.

« Maintenant que les brancardiers étaient rentrés du front, j'avais trois aides de plus sous mes ordres. Ils étaient harassés et irritables, mais Dieu merci, la vieille discipline germanique a eu le dernier mot. Ils ont pris le relais tandis que mes trois auxiliaires s'endormaient, recroquevillés dans un coin.

— Et la journée est passée ?

— Oui, la journée est passée. J'ai donné l'ordre à mes nouvelles recrues de faire une virée dans les maisons des alentours pour rapporter de la ficelle, de la corde et des draps supplémentaires. Nous avons tendu les cordes en travers de la cour et accroché les draps avec des pinces à linge pour faire un peu d'ombre. Malgré ça la température s'élevait toujours. L'eau était devenue l'élément crucial. Les hommes souffrants réclamaient à boire d'une voix enrouée et mes aides faisaient la chaîne entre le puits et la cour, distribuant les rations aussi vite que possible. Les Allemands disaient *Danke*, les Français murmuraient *Merci* et les douze Britanniques y allaient de leur *Ta, mate*.

« J'invoquais un souffle de vent frais ou le coucher du soleil. Pas la moindre brise, mais au bout de douze heures de chaleur infernale, le soleil s'est couché et la température est tombée. En milieu d'après-midi, un jeune capitaine de l'état-major de Lemelsen était passé par hasard. Il s'était arrêté un moment pour regarder autour de lui, puis il s'était signé en marmonnant : *Du lieber Gott !* avant de s'enfuir en courant. Je l'ai poursuivi en criant que j'avais besoin d'aide, et il m'a répondu par-dessus son épaule qu'il ferait son possible. Je ne l'ai jamais revu.

« Pourtant, il a peut-être fait quelque chose. Une heure plus tard le médecin-général du 14e régiment a envoyé une charrette à bras remplie de médicaments. Des pansements, de la morphine, des sulfamides. Ça tombait bien. Après le coucher du soleil, un nouveau groupe de blessés est arrivé. Tous allemands cette fois. Une vingtaine, qui portaient le nombre total à deux cent vingt. Et à la faveur de l'obscurité, elle est revenue.

— La même ? La drôle de fille ?

— Oui. Elle semblait surgir de nulle part, comme la nuit précédente. Au-delà des murs de la cité, les tirs d'artillerie avaient fini par se taire. J'ai supposé que les Alliés mettaient au point une ultime offensive décisive : la destruction de Sienne. Je priais pour que nous soyons épargnés, mais je savais bien que ça ne servait à rien. Le calme régnait enfin dans la cour, mis à part les cris, les plaintes, et les hurlements sporadiques des hommes en proie à la souffrance.

« J'ai entendu le bruissement de sa robe pendant que j'opérais un commandant de char d'assaut de Stuttgart, qui avait eu la moitié de la mâchoire arrachée. Je me suis retourné et elle était là, en train de mouiller une serviette dans le réservoir à eau. Avec un sourire, elle a commencé à évoluer parmi les soldats étendus à terre. Elle s'agenouillait auprès d'eux et leur tamponnait le front, effleurant délicatement leurs plaies. Je lui ai demandé de ne pas toucher aux pansements, mais elle ne s'est pas interrompue.

— Et c'était bien la même fille ? coupa l'Américain.

— Oui, c'était la même. Mais j'ai remarqué cette fois quelque chose qui m'avait échappé la nuit précédente. Ce n'était pas une robe qu'elle portait, mais l'habit d'une religieuse novice. J'ai réalisé alors qu'elle devait venir d'un des couvents de Sienne. Un motif était dessiné sur le devant de son vêtement, gris foncé sur fond gris clair. C'était la Croix de Jésus, à une différence près : un des bras était brisé et formait un angle de quarante-cinq degrés.

Venue de la vaste place, une nouvelle rumeur gronda par-dessus les toits. Les porte-étendards ayant achevé leur démonstration, les dix chevaux, enfermés jusqu'alors dans la cour de la Podesta, furent amenés sur la piste sablée, harnachés de leur bride mais non sellés. Il s'agit en effet d'une course à cru. Le Palio en l'honneur duquel elle allait se disputer fut hissé devant la tribune des juges, provoquant une nouvelle vague d'acclamations.

Dans la cour, l'épouse du touriste se leva pour tester sa cheville tordue.

— Je crois que je pourrai marcher doucement.

— Quelques minutes de plus, ma chérie. Après, je te jure qu'on ira s'amuser. Alors, cette deuxième nuit ?

— J'ai opéré les vingt derniers – les derniers Allemands. Ensuite j'ai tenté avec mon nouveau matériel de soigner un peu mieux mes patients de la veille. Maintenant, j'avais de la morphine à ma disposition, et des antibiotiques. Je pouvais au moins aider ceux qui souffraient le plus à mourir en paix.

— Et ça a été le cas ?

— Non. Ils étaient suspendus entre la vie et la mort, mais aucun n'a succombé. Pas cette nuit-là. La jeune religieuse a passé la nuit à se déplacer parmi eux en souriant, sans prononcer une parole. Elle leur bassinait le visage d'eau fraîche, à peine tirée du puits, et posait la main sur leurs blessures. Ils la remerciaient en tendant les bras vers elle, mais elle s'écartait doucement et continuait son chemin. Vingt-quatre heures durant, j'avais mâché des cachets de Benzédrine pour ne pas céder à la fatigue.

« Aux approches du jour, comme je n'avais plus rien à faire et que mon stock de médicaments était épuisé, mes assistants endormis contre ce mur, ma blouse, mes mains et mes joues barbouillées du sang de ces hommes, je me suis assis devant la table d'opération. Et sur cette table où une famille siennoise prenait autrefois ses repas, j'ai fini par m'endormir, la tête dans les mains. Au lever du soleil, un des auxiliaires est venu me secouer. En fouillant dans les alentours, il était tombé sur une pleine gamelle de vrai café italien, cachée depuis le début de la guerre. C'est la meilleure tasse de café que j'aie bue de ma vie.

— Et la fille, la jeune religieuse ?

— Elle avait disparu.

— Et les hommes ?

— J'ai fait un tour rapide de la cour, en me penchant sur chacun d'eux. Ils étaient toujours en vie.

— Ça a dû vous faire plaisir.

— Plus que ça. J'étais stupéfait. Mon matériel était insuffisant, les conditions trop rudimentaires, les blessures trop graves, et mes compétences bien légères.

— Ça se passait le 2 juillet, le jour de la Libération ?

— C'est exact.

— Le jour de la dernière offensive des Alliés ?

— Non. Finalement, Sienne n'a pas été attaquée. Avez-vous entendu parler du maréchal Kesserling ?

— Jamais.

— À mon avis il fait partie des chefs de guerre les plus méconnus de la Seconde Guerre mondiale. Il a reçu son bâton de maréchal en 1940, mais à ce moment-là, n'importe quel général allemand pouvait remporter une victoire sur le front de l'Ouest. Après la défaite, la retraite devant une armée plus forte a constitué une opération autrement délicate.

« Certains généraux sont doués pour faire avancer une armée victorieuse, d'autres ont plus de talent pour les stratégies de retraite. Rommel appartenait à la première catégorie, Kesserling à la seconde. Il a dû replier ses troupes de la Sicile vers l'Autriche. En 1944, avec le contrôle absolu des voies aériennes, des blindés plus efficaces, du carburant et des munitions en abondance et la complicité de la population, les Alliés auraient dû les chasser d'Italie dès le début de l'été. Mais Kesserling les a obligés à se battre pour chaque centimètre carré.

« Contrairement à d'autres, ce n'était pas un barbare. Très cultivé, il aimait passionnément l'Italie. À Rome, Hitler lui a intimé l'ordre de faire sauter les ponts du Tibre, qui étaient, et qui sont toujours, des joyaux de l'architecture mondiale. Kesserling a refusé, favorisant ainsi la progression des Alliés.

« Ce matin-là, alors que j'étais assis avec mon café, Kesserling a ordonné au général Schlemm de faire sortir de Sienne le 1er corps de parachutistes sans qu'un seul coup de feu soit tiré. Il ne fallait causer aucun dégât, éviter les destructions. J'ignorais alors que le pape Pie XII avait intercédé auprès de Charles de Gaulle, dont les Forces françaises libres avaient pour mission de prendre la ville, pour que Sienne ne soit pas dévastée. Nous ne saurons jamais si un pacte secret a été scellé entre Lemelsen et Juin. Aucun ne l'a avoué, et aujourd'hui ils sont morts tous les deux. En tout cas, ils avaient reçu des consignes similaires : épargner Sienne.

— Et il n'y a pas eu un seul coup de feu ? Pas un obus, pas une bombe ?

— Rien du tout. Nos paras ont commencé à se retirer en fin de matinée. Ça a duré toute la journée. En milieu d'après-midi, la ruelle que vous voyez là résonnait à n'en plus finir de bruits de bottes, et le médecin-général du 14e régiment a fait son apparition. Avant la guerre, le général de division Von Steglitz était un chirurgien orthopédiste renommé. Lui aussi opérait depuis plusieurs jours à l'hôpital principal. Il n'en pouvait plus.

« Il se tenait sous l'arcade et regardait autour de lui d'un air éberlué. J'avais avec moi six assistants, dont deux chargés du ravitaillement en eau. Il a regardé ma blouse tachée de sang et la table de cuisine que j'avais remise ici parce qu'on y voyait mieux. Il a regardé aussi les membres nauséabonds qui s'entassaient dans un coin après les amputations : des mains, des bras, des jambes, dont certaines portaient encore leur botte. “Quel charnier ! m'a-t-il dit. Vous êtes seul ici, capitaine ? – Oui mon général. – Combien de blessés ? – Dans les deux cent vingt, mon général. – De quelle nationalité ? – Cent vingt de nos hommes, et une centaine d'Alliés de tous les pays, mon général. – Et combien de morts ? – Aucun jusqu'ici, mon général. – *Unmöglich*”, a-t-il répliqué d'un ton rogue en me foudroyant du regard.

— Qu'est-ce que ça veut dire ? a demandé l'Américain.

— Ça signifie “impossible”. Ensuite, il a passé en revue chaque rangée de matelas. Il n'avait pas besoin de poser de questions. Il lui suffisait d'un coup d'œil pour reconnaître le type de blessure, sa gravité, les chances de survie. Un prêtre l'accompagnait, qui s'est agenouillé pour administrer l'extrême-onction à ceux qui devaient mourir avant l'aube. Son inspection achevée, le médecin-général est revenu ici. Il m'a dévisagé pendant un long moment. J'étais dans un état lamentable : recru de fatigue, maculé de sang, je sentais passablement mauvais et je n'avais rien mangé depuis deux jours. “Vous êtes un jeune homme remarquable, a-t-il fini par me dire. Ce que vous avez accompli ici dépasse l'entendement. Vous savez que nous sommes en train d'évacuer nos troupes ?”

« J'ai répondu que oui. Les nouvelles vont vite dans une armée vaincue. Il a donné des ordres aux hommes qui l'escortaient. Des équipes de brancardiers sont arrivées par la ruelle. Il leur a dit d'emporter seulement les Allemands, et de laisser les Alliés se charger des leurs. Il est passé aux milieu des blessés allemands, sélectionnant ceux qui avaient une chance de supporter le long voyage sur les routes cahoteuses des collines du Chianti, jusqu'à Milan où ils recevraient des soins adéquats. Les Allemands qu'il estimait perdus, il commanda aux brancardiers de les laisser sur place. Il en restait cinquante, sans compter les Alliés. Il est revenu me parler. Le soleil avait disparu derrière les maisons, et poursuivait sa course vers les collines. La fraîcheur se rétablissait peu à peu. Il a renoncé à ses manières bourrues, et là, ce n'était plus qu'un vieillard épuisé. “Il faudrait que quelqu'un reste en arrière. Restez donc avec eux. – Je m'engage à le faire. – Ça implique que vous serez fait prisonnier. – Je le sais, mon général. – La guerre n'a pas été longue pour vous, après tout. J'espère que nous nous reverrons, dans notre patrie.”

« Il n'y avait plus rien à ajouter. Il est passé sous l'arcade et il s'est retourné pour m'adresser un salut. Vous vous rendez compte ? Un général saluant un capitaine. Comme j'étais nu-tête, je n'ai pas pu lui répondre. Et puis il s'en est allé. Je ne l'ai jamais revu. Il a péri au cours d'un bombardement six mois plus tard. Je me suis retrouvé tout seul ici, avec cent cinquante hommes condamnés à mourir si les secours n'arrivaient pas rapidement. Le soleil s'est couché, l'obscurité est descendue, et je n'avais plus de gaz pour mes lampes. Mais la lune s'est levée et j'ai commencé à faire circuler des gourdes d'eau. Quand je me suis retourné, elle était là à nouveau.

À présent, des cris ininterrompus s'élevaient de la Piazza del Campo. Les dix jockeys, des hommes petits, secs et nerveux, tous professionnels, étaient montés sur leurs chevaux, et chacun avait reçu une cravache redoutable, un nerf de bœuf, dont ils frapperaient non seulement leurs chevaux, mais aussi les montures et les cavaliers qui les talonneraient de trop près. Le sabotage est de règle pendant le Palio, et il vaut mieux laisser ses scrupules au vestiaire. Les paris sont faramineux, et le désir de vaincre ne connaît pas de limites. Une fois qu'on est lancé sur la piste sablée, tout peut arriver.

On venait de tirer au sort les places respectives des chevaux derrière la grosse corde qui marquait la ligne de départ. Vêtus d'une casaque bigarrée aux couleurs de leur *contrada*, leur bombe renforcée sur la tête, tous les jockeys tenaient fermement leurs rênes. Les chevaux piaffaient d'impatience en prenant leur place derrière la corde. Le starter ou *mossiere* guettait le *magistrato* qui devait lui faire signe de baisser la corde quand le dernier cheval serait fin prêt. Les rugissements de la foule évoquaient ceux d'un lion dans la savane africaine.

— Elle est revenue pendant la troisième nuit ?

— Oui, pour la troisième et dernière fois. D'une certaine

manière, nous formions une équipe. Évidemment, il m'arrivait de parler allemand, mais il était clair qu'elle ne comprenait pas. Elle souriait mais ne prononçait pas un seul mot, pas même en italien. Nous n'avons jamais eu de contact physique. Elle s'occupait des blessés, j'allais chercher de l'eau et je changeais quelques pansements. Le médecin-général avait renouvelé mon stock, donnant autant qu'il pouvait pour une cause qu'il croyait perdue. Le matin il ne restait plus rien.

« Cette nuit-là, j'ai remarqué autre chose que je n'avais pas vu. La jeune fille était jolie, mais j'ai distingué au clair de lune une grande tache sombre sur le dos de chacune de ses mains, à peu près de la taille d'un dollar. Pendant des années, je n'y ai plus repensé. Quand je me suis retourné avant l'aurore, elle avait disparu.

— Vous ne l'avez jamais revue ?

— Non, jamais. Juste après le lever du jour, j'ai vu flotter des drapeaux à toutes les hautes fenêtres que vous voyez là-bas. Pas avec l'aigle du Reich ; ça, c'était fini. Les Siennois avaient recousu et accroché ensemble les drapeaux des Alliés, surtout la bannière tricolore de la France. Ils ont fleuri dans toute la cité. Vers sept heures, j'ai entendu des pas remonter la ruelle. J'ai eu peur. Pensez donc, jamais de ma vie je n'avais vu de soldat allié armé, mais la propagande hitlérienne nous avait inculqué que c'étaient tous des assassins.

« Cinq minutes plus tard, cinq soldats se sont arrêtés sous l'arcade. Bruns, basanés, avec des uniformes tellement salis de boue et de sueur que j'avais peine à deviner à quelle unité ils appartenaient. C'est alors que j'ai remarqué la croix de Lorraine. C'étaient des Français, ou plus précisément des Algériens. Ils m'ont crié quelque chose que je n'ai pas compris. En français ou en arabe ; j'ai haussé les épaules en souriant. Je portais ma blouse tachée de sang sur mon pantalon et ma chemise de la Wehrmacht, mais elle ne les empêchait pas de voir mes bottes. Reconnaissables entres toutes. Celles de la Wehrmacht. Les Allemands avaient fait de nombreuses victimes au sud de Sienne, et pour ces hommes en face de moi, je représentais l'ennemi. Ils ont pénétré dans la cour et ont brandi leurs fusils sous mon nez en vociférant. Je me suis dit qu'ils allaient m'abattre. Et puis un des blessés algériens a appelé doucement, depuis ce coin là-bas. Les soldats sont allés le trouver et ont écouté les paroles qu'il leur murmurait. Quand ils sont revenus, leur humeur avait bien changé. Ils ont sorti une cigarette au goût épouvantable et m'ont forcé à la fumer en signe d'amitié.

« À neuf heures, les soldats français ont envahi la ville, assaillis de toutes parts par des Italiens en extase, par des filles qui les étouffaient sous leurs baisers. Moi, je suis resté ici avec mes bienveillants geôliers. Un peu plus tard, un major français s'est présenté. Il connaissait quelques mots d'anglais, et moi aussi. Je lui ai expliqué que j'étais un chirurgien allemand, et que j'étais resté en arrière avec mes malades. Alliés pour la plupart, avec des Français parmi eux. Il s'est précipité vers les hommes allongés par terre et, réalisant qu'il y avait là une vingtaine de ses compatriotes, en plus des Alliés américains et britanniques, il est sorti dans la ruelle pour appeler à l'aide. Une heure plus tard, les blessés avaient été transférés à l'hôpital militaire, presque vide désormais. Seuls étaient restés quelques Allemands intransportables. Je les ai accompagnés.

« Pendant qu'un fusil me tenait en respect dans le bureau de la surveillante générale, le médecin-général français a examiné les patients un par un. Ils étaient maintenant couchés dans des draps propres, et des infirmières se relayaient auprès d'eux pour les laver et leur donner des aliments aussi nourrissants que possible, qu'elles leur faisaient manger à la cuillère.

« L'après-midi, le médecin-général est entré dans le bureau, suivi d'un général français. Un certain De Monsabert, qui parlait l'anglais. “Mon collègue m'apprend que la moitié de ces hommes auraient dû mourir, m'a-t-il dit. Que leur avez-vous donc fait ?” J'ai raconté que je m'étais débrouillé de mon mieux avec le matériel et les médicaments à ma disposition. Ils se sont entretenus en français, après quoi le général m'a dit : “Nous devons tenir les registres à jour pour les familles. Où sont les plaques d'identification de ceux qui n'ont pas survécu – toutes nationalités confondues ?” J'ai répondu qu'il n'y avait pas de plaques, car aucun des hommes soignés dans la cour n'avait succombé.

« Ils ont repris leur discussion, et le médecin a haussé les épaules à plusieurs reprises. Le général a demandé alors : “Pouvez-vous me donner votre parole que vous resterez travailler ici avec mon collègue ? Il y a beaucoup à faire.” Évidemment que je resterais. Où est-ce que j'aurais pu aller ? L'armée de mon pays reculait trop vite pour que je puisse la rejoindre. Et si je m'enfuyais dans la campagne, je me ferais tuer par les partisans. C'est à ce moment-là que je me suis évanoui, terrassé par la faim et le manque de sommeil.

« Après un bon bain, vingt heures de repos et un repas, j'étais en état de reprendre du service. Tous les blessés français pris en charge par leur armée au cours des dix derniers jours étaient partis vers le sud – Pérouse, Assise ou même Rome. À l'hôpital de Sienne, il ne restait pratiquement que les blessés de la cour.

« Il a fallu réduire et plâtrer des fractures, défaire des points de suture et traiter correctement les blessures internes. Cependant, les plaies qui auraient dû s'infecter et provoquer la mort étaient incroyablement nettes. Les artères sectionnées semblaient s'être cautérisées toutes seules. Les hémorragies s'étaient arrêtées. Le colonel était un excellent chirurgien lyonnais, et je lui servais d'assistant pendant qu'il opérait. Nous avons pratiqué des interventions pendant un jour et une nuit d'affilée, et aucun des hommes n'est mort.

« La marée guerrière montait maintenant vers le nord. On m'a laissé vivre avec les officiers français. Le général Juin est venu visiter l'hôpital et m'a remercié de ce que j'avais fait pour les Français. Par la suite, ma seule mission a consisté à soigner les cinquante Allemands. Au bout d'un mois, nous avons été évacués vers Rome. Comme aucun des Allemands ne pourrait retourner au combat, la Croix-Rouge s'est chargée de leur rapatriement.

— Ils sont rentrés chez eux ? demanda l'Américain.

— Oui, répondit le médecin. Ils sont tous rentrés. Le Medical Corps de l'armée américaine a récupéré ses hommes, et dès qu'ils ont été assez bien, on les a embarqués à Ostie en direction des USA. Les Virginiens sont rentrés au Shenandoah et les Texans ont retrouvé le Lone Star State. Le jeune d'Austin qui réclamait sa mère en pleurant est revenu au Texas, avec tous ses boyaux à leur place et un ventre bien cicatrisé.

« Les Français ont emmené leurs soldats et les ont reconduits chez eux après la libération de la France. Les Anglais aussi ont emporté leurs hommes, et ils m'ont pris avec eux. Le général Alexander, qui visitait l'hôpital de Rome, avait entendu parler de l'histoire de la cour. Il m'a dit que si je donnais ma parole d'honneur, je pouvais partir en Angleterre soigner des blessés allemands dans un hôpital militaire, jusqu'à la fin de la guerre. J'ai accepté. De toute façon, l'Allemagne avait perdu. À l'automne 1944 nous en étions tous conscients. La paix est revenue avec la capitulation finale de mai 45, et j'ai eu alors l'autorisation de retourner à Hambourg, ma ville natale désormais en ruine.

— Dans ce cas, que faites-vous ici après trente ans ?

On entendait distinctement les hurlements venus de la Piazza del Campo. Un cheval était à terre, la patte cassée, son jockey inconscient, tandis que les neuf autres concurrents poursuivaient la course. Malgré le sable qui les recouvre, les pavés sont capables de fracturer un os ; les chevaux galopent à une vitesse folle et les chutes graves sont fréquentes.

Le médecin vieillissant regarda longuement autour de lui en haussant les épaules.

— Ce qui s'est produit dans cette cour pendant ces trois jours, je crois qu'il s'agissait d'un miracle. Mais ça n'a rien à voir avec moi. Certes, j'étais plus jeune et je faisais sérieusement mon travail, mais je n'étais pas si bon que ça. C'est la jeune fille qui a tout fait.

— Il y aura d'autres Palio, reprit le touriste. Parlez-moi de cette fille.

— D'accord. On m'a renvoyé en Allemagne à l'automne 1945. Hambourg était occupée par les troupes britanniques. Dans un premier temps, j'ai travaillé pour leur hôpital militaire, puis je suis passé au Hamburg General. En 1949, la république a été rétablie et je me suis fait engager dans une clinique privée. Elle a prospéré et j'ai acquis des parts dans l'affaire. J'ai aussi épousé une jeune fille des environs, qui m'a donné deux enfants. Les conditions de vie s'amélioraient, l'Allemagne remontait la pente. J'ai quitté mon travail pour fonder de mon côté une petite clinique. J'y soignais les nouveaux riches, qui ont contribué à ma propre fortune. Pourtant, je n'ai jamais oublié la cour ni la jeune fille en habit de religieuse.

« En 1965, je me suis séparé de mon épouse après quinze ans de mariage. Nos enfants étaient encore adolescents. Malgré leur chagrin, ils étaient capables de comprendre. J'avais de l'argent, j'avais retrouvé ma liberté. En 1968 j'ai décidé de revenir ici et de la rechercher. Juste pour lui dire merci.

— Et vous l'avez retrouvée ?

— D'une certaine manière. Vingt-quatre ans s'étaient écoulés et elle devait approcher de la cinquantaine, comme moi. Je comptais retrouver une religieuse, ou, si elle avait quitté son ordre pour une raison ou une autre, une mère de famille entre deux âges. Je suis donc arrivé pendant l'été 1968 et j'ai loué une chambre à la Villa Patrizia avant d'entreprendre des recherches.

« J'ai commencé par me rendre dans tous les couvents que j'ai pu trouver. Il y en avait trois, appartenant à des ordres différents. J'ai payé les services d'un interprète pour aller les visiter. J'ai parlé chaque fois à la mère supérieure. Deux d'entre elles se trouvaient déjà là pendant la guerre, la troisième était venue plus tard. Elles ont secoué la tête quand je leur ai décrit la jeune novice dont je m'étais mis en quête. Elles ont toutes appelé la religieuse la plus âgée du couvent, mais aucune n'avait connu de novice répondant à ce signalement.

« L'habit qu'elle portait me semblait d'une importance particulière : gris clair avec une croix plus sombre cousue sur le devant. Personne n'a réussi à l'identifier. Aucun de ces ordres n'avait d'habit gris pâle. J'ai alors étendu mon champ d'investigation. Peut-être venait-elle d'un couvent en dehors de la ville et séjournait-elle chez des parents pendant la dernière semaine d'occupation allemande, en 1944. J'ai parcouru la Toscane en espérant tomber sur son couvent, mais en vain. Tandis que mon interprète perdait patience, j'ai effectué des recherches sur l'habit des différents ordres de religieuses, aujourd'hui ou par le passé. Plusieurs étaient gris pâle, mais nul n'avait jamais entendu parler d'un motif en forme de croix brisée.

« Au bout de six semaines, j'ai compris que mon entreprise était sans espoir. Personne ne la connaissait, on n'en avait même pas entendu parler. Vingt-quatre ans auparavant, elle était apparue dans la cour pour bassiner le visage des soldats à l'agonie et leur apporter quelque réconfort. Elle avait touché leurs plaies et ils avaient survécu. Peut-être possédait-elle le don de guérir par imposition des mains. Mais ensuite, elle s'était évanouie dans le tourbillon d'une Italie déchirée par la guerre et je ne l'avais plus revue. Où qu'elle se trouvât, je lui souhaitais beaucoup de bien, mais je savais que je ne la retrouverais pas.

— Mais vous avez dit que si, fit remarquer l'Américain.

— J'ai dit "d'une certaine manière", rectifia le chirurgien. J'ai bouclé mes bagages, mais j'ai quand même fait une dernière tentative. Deux quotidiens paraissent à Sienne : le *Corriere di Siena* et la *Gazzetta di Siena*. Dans les deux j'ai passé une annonce sur un quart de page. Je fournissais même une illustration : j'avais dessiné le motif figurant sur la robe et il était reproduit à côté de l'annonce ; je promettais une récompense à quiconque me donnerait des informations sur ce curieux motif. Les journaux sont sortis le matin où j'avais prévu de partir.

« Je m'apprêtais à quitter ma chambre quand la réception m'a prévenu que quelqu'un me demandait. Je suis descendu avec mes bagages. Mon taxi devait arriver dans une heure. En fait je n'en ai jamais eu besoin et j'ai manqué mon avion.

« Un petit vieux aux cheveux blancs et vaporeux m'attendait dans le hall, vêtu d'un habit de moine gris foncé à ceinture de corde blanche, les pieds chaussés de sandales. Il tenait à la main un exemplaire de la *Gazzetta*, ouvert à la page de mon annonce. Nous sommes allés nous asseoir dans le salon de l'hôtel. Le vieil homme connaissait l'anglais. Il m'a demandé qui j'étais, et pourquoi j'avais passé cette annonce. Je lui ai expliqué que je recherchais une jeune Siennoise qui m'était venue en aide près d'un quart de siècle auparavant. J'ai appris qu'il s'appelait Fra Domenico et qu'il appartenait à un ordre régulier dédié au jeûne, à la prière et à l'étude. Il avait consacré sa vie à étudier l'histoire de Sienne et de ses divers ordres religieux.

« L'air nerveux, agité, il a demandé comment j'avais rencontré une jeune Siennoise vêtue d'un habit portant cet insigne. Je lui ai dit que c'était une bien longue histoire, mais il a répondu qu'on avait le temps, qu'il voulait tout savoir. Alors je lui ai tout raconté.

Une explosion de cris se fit entendre sur la Piazza lorsque le premier cheval franchit la ligne d'arrivée, devançant d'une courte tête celui qui le suivait. Les membres de neuf *contrade* gémissaient de désespoir tandis que ceux de la dixième – la *Contrada d'Istrice*, le porc-épic – laissaient bruyamment éclater leur joie. Dans les maisons des neuf corporations perdantes, le vin coulerait à flots pendant la nuit, mais on secouerait malgré tout la tête d'un air désolé, on discuterait sans fin sur ce qui aurait pu se passer. Par contre, dans la maison de la *Contrada d'Istrice*, on allait fêter l'événement sans retenue.

— Et après, questionna l'Américain, que lui avez-vous raconté ?

— Tout. Il voulait tout savoir, il a bien insisté. Je lui ai raconté l'histoire du début à la fin, en répétant plusieurs fois les plus infimes détails. Le taxi est arrivé et je l'ai renvoyé. Mais avec tout ça, il y a un détail que j'ai omis jusqu'à la fin. J'ai fini par m'en souvenir : les mains, les mains de la jeune fille. Je lui ai rapporté alors que j'avais vu au clair de lune deux taches brunes sur le dos de ses mains. Le moine est devenu aussi blanc que ses cheveux et a commencé à égrener un chapelet entre ses doigts, les yeux clos, remuant les lèvres en silence. J'étais protestant à l'époque, je me suis converti plus tard. Je lui ai demandé ce qu'il faisait. "Je prie, mon fils, m'a-t-il répondu. – Mais pour quoi, mon frère ? – Pour mon âme immortelle et pour la vôtre. Car je crois que vous avez contemplé l'œuvre de Dieu." Je l'ai prié de me confier ce qu'il savait et il m'a alors raconté l'histoire de Catherine de la Miséricorde.

Récit de Fra Domenico

« Il m'a demandé si je connaissais un peu l'histoire de Sienne et j'ai avoué que non.

« "L'histoire de la ville est très longue. Sienne a traversé en effet bien des siècles. Certains lui ont apporté la prospérité et la paix, la plupart lui ont infligé des guerres sanglantes, des dictatures, des luttes intestines, des famines et des épidémies de peste. Mais les deux siècles les plus noirs se situent entre 1355 et 1559. Deux cents ans de guerres sans répit, aussi absurdes que stériles, ici ou à l'étranger. Régulièrement attaquée par des troupes de mercenaires en maraude, les redoutés *condottieri*, la cité ne possédait pas de gouvernement solide, capable de protéger ses habitants.

« "Vous devez savoir que l'Italie telle que nous la connaissons aujourd'hui n'existait pas en ce temps-là. C'était alors une mosaïque de principautés, de duchés, de micro-républiques et de cités-États – chacun brûlant de soumettre le voisin ou lui faisant déjà la guerre. Sienne était une cité-État convoitée depuis toujours par le duché de Florence, qui l'a finalement annexée sous Cosme Ier de Médicis. Mais une période particulièrement sombre a précédé cet événement, entre 1520 et 1550. C'est d'elle que je veux vous parler. Le gouvernement de la cité-État de Sienne était en plein chaos, aux mains de cinq clans – les Monti – dont les rivalités ont fini par ruiner la ville. Jusqu'en 1512, l'un d'eux dominait les autres. Pandolfo Petrucci, qui se trouvait à sa tête, gouvernait en tyran intraitable, mais il apportait au moins une certaine stabilité. À sa mort, l'anarchie s'est mise à régner sur la ville.

« "Le gouvernement de la cité était censément confié à la Balia, un conseil permanent de magistrats présidé par un Petrucci aussi adroit qu'implacable. Cependant, chaque magistrat de la Balia était également membre d'un des Monti rivaux, si bien qu'au lieu de collaborer pour diriger la cité, ils se sont livré des combats qui ont épuisé Sienne.

« "En 1520, une fille est née à un des descendants les moins puissants de la famille Petrucci, qui en dépit de la mort de Pandolfo faisait toujours la loi à la Balia. Mais quand elle a eu quatre ans, la maison des Petrucci a perdu son emprise sur le conseil et les quatre autres Monti se sont affrontés sans retenue. La fille s'est révélée en grandissant aussi pieuse que belle, et a fait honneur aux siens. Ils habitaient tous un vaste palais non loin d'ici, protégés de la misère et du désordre des rues avoisinantes. Alors que les jeunes filles fortunées et gâtées devenaient têtues, désobéissantes et parfois même licencieuses, Caterina di Petrucci demeurait modeste et fidèle à ses devoirs religieux.

« "Son unique désaccord avec son père concernait la question du mariage. À l'époque, il n'était pas rare que les filles se marient à seize, voire quinze ans. Mais les années passaient et Caterina continuait à éconduire tous ses soupirants, au grand désarroi de son père.

« "En 1540, Sienne et ses environs évoquaient une vision infernale : famine, peste, émeutes, révoltes paysannes et divisions internes accablaient la cité-État. Caterina aurait pu ne souffrir de rien, protégée par les murs du palais et les gardes de son père, partageant son temps entre les travaux d'aiguille, la lecture et les services religieux dans la chapelle familiale. Mais cette année-là, il s'est produit quelque chose qui a modifié le cours de sa vie. Elle s'est rendue à un bal, et elle n'y est jamais arrivée.

« "Nous savons ce qui s'est passé, ou du moins nous croyons le savoir, parce qu'il existe un document en latin rédigé par son confesseur, un vieux prêtre que la famille gardait auprès d'elle pour ses besoins spirituels. Elle a quitté le palais en carrosse avec une dame de compagnie et six gardes du corps, car les rues n'étaient pas sûres.

« "Au cours du trajet, son attelage a été bloqué par une voiture arrêtée en travers de la rue ; c'est alors qu'elle a entendu un homme hurler de douleur. Malgré les protestations de sa duègne, elle a soulevé le rideau pour regarder dehors. L'autre carrosse appartenait à une famille rivale. Manifestement, un vieux mendiant avait trébuché dans la rue, effrayant le cheval qui avait fait une embardée. Pris de colère, l'occupant de la voiture, un jeune noble au caractère violent, avait bondi sur le mendiant, armé du gourdin d'un de ses gardes, et il le frappait sauvagement. Sans une hésitation, Caterina a sauté à son tour dans la fange, abîmant ses pantoufles de soie, et a crié à l'homme d'arrêter. Quand il a levé la tête, elle a constaté qu'il s'agissait d'un des jeunes nobles que son père avait voulu lui faire épouser. Voyant sur la portière les armoiries de la famille Petrucci, il s'est interrompu pour remonter en voiture.

« "Accroupie dans la boue, la jeune fille a soulevé le corps du vieux mendiant pouilleux, mais les coups avaient été fatals. Bien qu'il ait dû grouiller de parasites et sentir l'ordure et la fange, elle l'a tenu dans ses bras pendant son agonie. La légende prétend qu'en se penchant sur ce visage ravagé et tordu de douleur, elle a cru voir la face du Christ mourant. Notre ancien chroniqueur rapporte qu'il lui a murmuré en rendant son dernier souffle : 'Prends soin de mon peuple.'

« "Nous ne saurons jamais vraiment ce qui s'est produit ce jour-là, car aucun témoin n'en a fait le récit. Nous n'avons que la parole d'un vieux prêtre qui écrivait dans sa cellule de moine, des années plus tard. Mais quoi qu'il soit arrivé, sa vie en a été bouleversée.

« "Une fois rentrée chez elle, elle a brûlé toute sa garde-robe dans la cour du palais. Puis elle a informé son père qu'elle souhaitait renoncer au monde et se retirer dans un couvent. Il n'a pas voulu en entendre parler et le lui a formellement défendu. Bravant l'interdit paternel, chose peu fréquente à l'époque, elle a fait le tour des couvents et des cloîtres de la ville, où elle a demandé à entrer comme novice. Mais les messagers de son père l'avaient devancée et tous ont refusé, connaissant le pouvoir qui restait aux Petrucci.

« "Si son père croyait la dissuader de la sorte, il faisait erreur. Elle a dérobé dans les coffres familiaux la somme allouée à sa dot, et au terme de négociations secrètes avec un Monte rival, elle a signé un bail à long terme pour une cour de la ville. Ce n'était pas grand-chose. La cour appartenait au monastère de Santa Cecilia, dont elle jouxtait les hauts murs. Les moines n'en avaient pas besoin. Vingt mètres sur trente à peu près, un cloître sur un des côtés et l'ombre des hauts murs de pierre.

« "Pour assurer une séparation complète, le père supérieur a fait installer une lourde porte en bois de chêne dans la seule arcade qui faisait communiquer la cour et le monastère, et il l'a fermée en plus de solides verrous.

« "Dans cette cour, la jeune femme a établi une espèce de refuge ou d'asile pour les pauvres et les nécessiteux qui vivaient dans les rues et les venelles. De nos jours, on appellerait ça la soupe populaire, mais une telle chose n'existait pas à l'époque, bien entendu. Elle a coupé sa longue chevelure lustrée et s'est fabriqué une robe toute simple, en coton gris. Elle allait nu-pieds au milieu des ordures.

« "Dans cette cour, les pauvres parmi les pauvres, les parias de la société, les boiteux et les estropiés, les mendiants et les miséreux, les jeunes servantes enceintes qu'on avait chassées de chez elles, les aveugles et même les malades – redoutés entre tous – pouvaient trouver un havre de paix, loin de l'enfer des rues.

« "Ils se vautraient dans leur crasse, parmi les déjections et les rats, car ils n'avaient jamais rien connu d'autre. Elle essuyait et lavait leur corps, soignait les plaies et les blessures, utilisant le restant de sa dot pour acheter de la nourriture. Par la suite, elle a mendié dans les rues pour pouvoir continuer. Naturellement, sa famille l'a reniée.

« "Mais au bout d'une année, l'humeur de la ville a changé. Les gens commençaient à l'appeler Catherine de la Miséricorde. Les nantis qui se sentaient coupables lui ont fait parvenir des dons anonymes, et sa réputation s'est étendue dans toute la cité et au-delà. Une autre jeune fille de bonne famille a abandonné ses biens pour venir la rejoindre, imitée bientôt par une deuxième. La troisième année, la Toscane entière connaissait leur existence. Malheureusement, elle a aussi attiré l'attention de l'Église.

« "Il vous faut garder en mémoire, *signore*, que l'Église catholique romaine traversait alors une période terrible. Même moi je suis forcé d'en convenir. Une trop longue habitude des privilèges, de la puissance et du faste l'avait rendue corrompue et vénale. De nombreux prélats de l'Église, évêques, archevêques ou cardinaux, vivaient comme les princes temporels et s'abandonnaient au plaisir, à la violence et à toutes les tentations de la chair.

« "Le peuple avait déjà commencé à réagir et trouvait sans cesse de nouveaux soutiens. Ils appelaient leur mouvement la Réforme. Dans le nord de l'Europe, les choses étaient encore plus avancées. Luther avait déjà prêché sa doctrine de l'hérésie, le roi d'Angleterre avait consommé la séparation avec Rome. Ici, à Sienne, la foi véritable bouillait comme un chaudron brûlant. À quelques kilomètres, dans la ville de Florence, le moine prédicateur Savonarole avait péri sur le bûcher, après d'atroces tortures qui ne l'avaient pas fait abjurer. Même sa mort n'a pas fait taire les grondements de révolte.

« "L'Église avait besoin d'une réforme, mais pas d'un schisme. Pourtant, les gens au pouvoir le voyaient souvent d'un autre œil. Parmi eux se trouvait l'évêque de Sienne, Ludovico. C'est lui qui avait le plus à craindre, car il avait fait de son palais un repaire honteux de débauche, de gloutonnerie, de corruption et de vice. Il vendait des indulgences aux riches et ne leur accordait l'absolution définitive qu'en échange de toute leur fortune. Cependant, dans sa propre cité, quasiment sous ses murs, vivait une jeune femme dont l'exemple le couvrait d'opprobre. Et en plus, les gens le savaient. Contrairement à Savonarole, elle ne prêchait pas et ne cherchait pas à soulever la population, mais il s'est mis néanmoins à la craindre."

Depuis la tribune des juges sur la Piazza del Campo, le précieux Palio fut solennellement remis aux représentants de la *contrada* victorieuse. Les bannières triomphales à l'effigie du porc-épic s'agitèrent frénétiquement tandis que les vainqueurs partaient en chantant vers le banquet de la victoire.

— On a tout manqué, fit la femme de l'Américain en s'appuyant sur sa cheville foulée, qui lui faisait beaucoup moins mal. Il n'y aura plus rien à voir.

— Juste une seconde. Je te promets qu'on verra les festivités et la reconstitution historique. Ça dure jusqu'à l'aube. Alors, qu'est-ce qui lui est arrivé ? Qu'est-il arrivé à Catherine de la Miséricorde ?

— L'évêque a eu l'occasion d'intervenir au cours de l'année suivante. On sortait d'un été étouffant. La terre s'était desséchée, les ruisseaux s'étaient taris, les déjections humaines et animales jonchaient les rues, et les rats pullulaient. C'est alors que la peste s'est déclarée. Une nouvelle épidémie de la redoutable Peste Noire, qu'on nomme également peste bubonique. Des milliers de gens ont été emportés par la maladie. Nous savons aujourd'hui que ce mal était propagé par les rats et par leurs puces. Mais en ce temps-là, les gens l'interprétaient comme une manifestation de la colère divine. Et pour apaiser le courroux de Dieu, il fallait un sacrifice.

« À cette époque, Catherine avait créé un motif qu'elle et ses compagnes portaient sur leur habit pour se distinguer des autres religieuses de la ville : la Croix de Jésus avec une branche cassée qui symbolisait Sa douleur devant l'inconduite de Son peuple. Nous savons cela par l'autre père confesseur qui l'a longuement décrit dans ses Mémoires, bien des années plus tard.

« L'évêque a déclaré cet insigne hérétique, attisant la colère des foules, qu'il payait fréquemment avec ses propres deniers. La peste, a-t-il décrété, venait de cette cour, répandue par les mendigots qui y passaient la nuit et encombraient les rues pendant la journée. Le peuple avait envie de croire que quelqu'un était responsable de ses souffrances. La populace s'est ruée dans la cour.

« Le vieux chroniqueur n'a pas assisté à la scène, mais il assure que les événements lui ont été confirmés par plusieurs sources.

Entendant la foule approcher, les trois compagnes de Catherine ont jeté un lambeau de couverture sur leur habit avant d'aller se mettre à l'abri. Catherine, elle, n'a pas pris la fuite. La horde a fait irruption dans la cour et s'est mise à battre les hommes, les femmes et les enfants, qu'elle a chassés de la ville pour les laisser mourir de faim en pleine campagne.

« Mais c'est à Catherine qu'ils réservaient le plus gros de leur fureur. Il est presque certain qu'elle était vierge, mais ça ne les a pas empêchés de la maintenir à terre et de la violer à plusieurs reprises. Parmi eux devaient se trouver des soldats de la garde épiscopale. Dès qu'ils ont eu terminé, ils l'ont crucifiée à la porte de bois au fond de la cour, où elle a fini par succomber.

« Voilà donc l'histoire que m'a racontée Fra Domenico dans le salon de l'hôtel, il y a sept ans de ça.

— C'est tout ? voulut savoir l'Américain. Il n'a rien ajouté d'autre ?

— Si, il y a autre chose, convint le médecin allemand.

— Sil vous plaît, racontez-moi tout.

— Eh bien, voici ce qui s'est passé selon le vieux moine. La nuit même du meurtre, un orage terrible s'est abattu sur la ville. De gros nuages roulaient au-dessus des montagnes, si noirs qu'ils ont obscurci le soleil, et puis la lune et les étoiles. Peu après, il s'est mis à pleuvoir. Une pluie pareille, personne n'en avait jamais vu. Elle tombait avec tant de violence et de fureur qu'on aurait cru qu'une lance à incendie s'abattait sur Sienne. Il a plu toute la nuit, et au matin il pleuvait encore. Enfin, les nuages se sont éloignés et le soleil a reparu.

« Cependant, Sienne avait été purifiée. La pluie récura les moindres recoins et en chassa la crasse qui s'y était accumulée. Des torrents dévalaient les rues et jaillissaient des trous d'aération, entraînant les rats et la crasse, emportés par les eaux comme les fautes d'un pécheur par les larmes du Christ.

« En quelques jours, la peste a commencé à reculer et a bientôt complètement disparu. Mais ceux qui avaient pris part à l'émeute se sentaient honteux de ce qu'ils avaient fait. Certains sont revenus dans la cour. Elle était maintenant déserte, abandonnée. Ils ont décroché de la porte le corps déchiqueté pour l'ensevelir selon les rites chrétiens. Mais les prêtres avaient peur de l'évêque et de ses accusations d'hérésie. Ils ont donc brûlé le corps avant de jeter les cendres dans un torrent de montagne.

« Le père confesseur de la maison Petrucci, qui a rédigé tout cela en latin, ne mentionne pas l'année exacte, encore moins le mois et le jour. Mais d'autres annales situent plus précisément l'époque des pluies diluviennes. C'était en l'an 1544, au mois de juillet, et la pluie s'est mise à tomber dans la nuit du 2.

Conclusion

— Le jour du Palio, dit l'Américain. Et aussi le jour de la Libération.

L'Allemand fit un sourire.

— La date du Palio a été fixée ultérieurement, et celle du départ de la Wehrmacht est pure coïncidence.

— Mais elle est revenue. Quatre cents ans plus tard, elle est revenue.

— Je le crois, fit doucement l'Allemand.

— Pour soigner des soldats, comme ceux qui l'ont violentée.

— Oui.

— Et les marques sur ses mains, ce sont les plaies de la crucifixion ?

— Oui.

Le touriste contempla la porte de chêne.

— Et les taches, c'est son sang ?

— Oui.

— Oh, mon Dieu..., murmura le touriste.

Il demeura pensif quelques instants, avant de demander :

— Vous entretenez ce jardin pour lui rendre hommage ?

— Je viens chaque été. Je balaie les dalles, je m'occupe des rosiers. C'est ma manière de la remercier. Peut-être que là où elle est, elle le sait. Mais ce n'est pas sûr.

— Nous sommes le 2 juin. Vous croyez qu'elle va revenir ?

— Ça se peut. Mais j'en doute fort. Pourtant, il y a une chose que je peux vous garantir : personne – homme, femme ou enfant – ne mourra cette nuit à Sienne.

— Il doit y avoir des frais, conclut le touriste. Il faut de l'argent pour entretenir tout ça. Si je peux faire...

— Pas vraiment, répondit l'autre en haussant les épaules. Il y a un tronc là-bas, sur le banc près du mur. Il est destiné aux orphelins de Sienne. Je pense que ça lui aurait plu.

L'Américain était aussi généreux que tous ses compatriotes. Il fouilla dans sa poche et en retira une liasse de billets. Se tournant vers le tronc, il en fourra une douzaine à l'intérieur.

— Monsieur, dit-il à l'Allemand quand il eut aidé sa femme à se relever, je vais bientôt quitter l'Italie et rentrer chez moi dans le Kansas. Je vais m'occuper de mon ranch et élever mon bétail. Mais toute ma vie, je me souviendrai que je me suis trouvé dans la cour où elle est morte, et je n'oublierai jamais l'histoire de Caterina della Misericordia. Allez, viens mon cœur, on va rejoindre la foule.

Sortant de la cour, ils s'en allèrent dans la direction d'où venait la rumeur des festivités. Au bout de quelques minutes, une femme surgit de l'ombre dense du cloître, où elle se tenait cachée. Elle aussi était vêtue d'un jean délavé. Elle portait des tresses africaines, un collier ethnique autour du cou et une guitare accrochée dans le dos. Elle tenait dans la main droite un encombrant sac à dos, et son sac de voyage dans la gauche.

Elle s'approcha de l'homme et sortit un joint de la poche de sa veste. Elle l'alluma et tira une longue bouffée avant de le passer à son compagnon.

— Combien il a donné ? demanda-t-elle.

— Cinq cents dollars.

L'homme avait laissé tomber son accent allemand pour reprendre celui de Woodstock et de la côte Ouest. Il vida la boîte en bois pour fourrer la liasse de dollars dans la poche de sa chemise.

— C'est une belle histoire, déclara son acolyte. Et en plus tu la racontes bien.

— Je suis d'accord, acquiesça modestement le hippie en chargeant son sac à dos pour partir. Et tu sais quoi ? Elle marche à tous les coups.

Un citoyen au-dessus de tout soupçon

Le trajet du retour était toujours celui qu'il préférait. En pilotant pendant trente ans les énormes tubes en aluminium de la British Airways, il avait eu l'occasion de visiter plus de soixante-dix métropoles, des capitales pour la plupart, et l'enthousiasme débordant des débuts s'était depuis longtemps émoussé. Trente ans auparavant, le sémillant jeune copilote, libre de toute entrave, arborant sur chaque manche ses deux galons tout neufs, s'était régalé des destinations lointaines. Les longues escales lui avaient permis d'explorer la vie nocturne des villes européennes et américaines, et de faire quelques visites guidées des temples et des pagodes de l'Extrême-Orient. Désormais, il lui tardait seulement de retrouver sa maison près de Dorking.

Par le passé, il avait eu des liaisons aussi brèves que torrides avec les plus jolies hôtesses, avant de convoler en justes noces avec Susan, qui avait mis un terme à ce genre d'agissements. Cinq mille nuits d'hôtel ne l'avaient rendu que plus impatient de se glisser entre ses draps et de respirer le parfum à la lavande de Susan. La naissance d'un fils et d'une fille – Charles, conçu pendant leur voyage de noces et âgé aujourd'hui de vingt-trois ans, travaillait comme programmateur informatique, tandis que Jennifer entamait à dix-huit ans un cursus d'histoire de l'art à l'université d'York – lui avait donné une certaine stabilité et des raisons supplémentaires de vouloir rentrer chez lui. À deux ans de la retraite, la perspective d'engager son break dans l'allée de sa maison sur Watermill Lane et de voir Susan sur le seuil l'emportait largement sur une quelconque soif de contrées lointaines.

De l'autre côté de l'allée centrale, son copilote regardait le dos du chauffeur. À sa gauche, un autre pilote contemplait avec une insatiable curiosité la mer de néons de Bangkok qui reculait derrière eux. À l'arrière du bus se trouvait le personnel navigant, protégé par la climatisation de la chaleur moite du dehors. Un chef de cabine, quatre stewards et onze hôtesses. Il était arrivé de Heathrow avec cette équipe deux jours auparavant, et il savait qu'entre la porte du cockpit et l'empennage, le chef de cabine s'occuperait de tout. C'était son travail et lui aussi était un vieux routier.

La tâche du commandant Adrian Fallon consistait simplement à transporter une fois de plus dans un Boeing 747-400 Jumbo les quatre cents passagers qui servaient à payer son salaire, entre Bangkok et London Heathrow. Ou, comme le signalerait bientôt son livret de vol, entre BKK et LHR.

Deux heures avant le décollage, le bus des équipages pénétra dans l'enceinte de l'aéroport. Les gardiens postés à l'entrée l'autorisèrent à continuer vers les bâtiments de la British Airways. Ils arrivaient largement en avance, mais Fallon était quelqu'un de très ponctuel et la British Airways lui avait assuré que l'avion Speedbird One Zero parti de Sydney à quinze heures quinze heure locale devait atterrir à Bangkok comme prévu à vingt et une heures (heure de Bangkok). En réalité, il était déjà sur le point de se poser.

Une limousine noire roulait derrière le bus à un mile de distance. Elle transportait un seul passager, confortablement installé sur la banquette arrière, derrière le chauffeur en livrée. Le conducteur et son véhicule dépendaient de l'Oriental Hotel, l'hôtel très select où ce cadre supérieur à l'élégance irréprochable était descendu pour trois nuits. Son unique bagage était rangé dans le coffre – une valise rigide en cuir véritable, munie de serrures en cuivre. Le bagage d'un homme qui voyage léger mais qui a des moyens. Sa serviette en crocodile était posée près de lui sur le siège.

Dans la poche de sa veste en soie crème impeccablement coupée, se trouvaient un passeport britannique au nom de Hugo Seymour et un billet retour Bangkok-Londres. Première classe, cela va sans dire. Tandis que Speedbird One Zero s'éloignait de la piste pour rouler vers la salle d'embarquement de la British

Airways, la limousine stoppa en vrombissant devant le hall d'enregistrement. Mr Seymour ne se servit pas d'un chariot pour déplacer ses bagages. Il leva une main manucurée, et un petit porteur thaï accourut aussitôt. Tout en donnant un pourboire au chauffeur, l'homme d'affaires désigna la valise dans la malle de la voiture. Il suivit le porteur qui entrait au pas de course dans le hall d'enregistrement et lui montra du doigt le comptoir des première classe. Il n'avait subi que trente secondes la chaleur humide de la nuit tropicale.

Un enregistrement en première classe ne demande pas une heure trois quarts. La jeune hôtesse n'avait pas d'autre client. Dix minutes plus tard, l'unique valise en cuir était acheminée vers les bagagistes, munie d'une étiquette de la British Airways pour le vol vers Heathrow. Mr Seymour reçut sa carte d'embarquement et on lui indiqua la salle d'attente des premières, juste après la zone de contrôle des passeports.

Au service d'immigration, un Thaïlandais en uniforme jeta un coup d'œil au passeport bordeaux et à la carte d'embarquement avant de dévisager le voyageur à travers la vitre de protection. Entre deux âges, le teint légèrement hâlé, rasé de près. Des cheveux gris bien coupés, avec un brushing tout frais. Il détailla la chemise souple en soie blanche – sans la moindre auréole de sueur –, la cravate en soie de chez Jim Thompson, et la veste de costume en soie crème venue de chez un des meilleurs tailleurs de Bangkok, qui peut vous fournir dans la journée une copie des modèles de Savile Row. Il lui rendit son passeport par-dessous la vitre.

— *Sawat-di, krab*, murmura le Britannique.

Ravi d'être remercié dans sa propre langue, imprononçable pour la plupart des étrangers, le fonctionnaire le gratifia d'un sourire et d'un signe de tête.

Au même moment, les passagers en provenance de Sydney descendaient de l'appareil pour enfiler les longs couloirs menant au service d'immigration. Les voyageurs en transit sortirent à leur tour. Dès que l'avion fut vide, le personnel d'entretien put commencer à nettoyer les cinquante-neuf rangées de sièges, qui livreraient au total quatorze sacs-poubelle de détritus divers. Son attaché-case à la main, Mr Seymour se dirigea sans se presser vers la salle d'attente des première classe, où il fut accueilli par deux jeunes Thaïlandaises d'une stupéfiante beauté. Elles lui présentèrent un siège et lui offrirent un verre d'un délicieux vin blanc. Il se plongea dans un article de *Forbes Magazine*, assis parmi une vingtaine de voyageurs dans la salle climatisée spacieuse et luxueuse. Même si Mr Seymour ne s'en était pas aperçu, faute d'avoir daigné regarder, le comptoir des première classe auquel il s'était présenté ne se trouvait qu'à quelques mètres de celui de la classe club.

Dans la configuration des sièges passagers de la British Airways, un Boeing 747-400 comporte quatorze fauteuils de première classe. Dix d'entre eux seraient occupés, dont quatre par des personnes arrivées de Sydney. Les vingt-trois places de la classe club seraient toutes prises, dix-huit passagers supplémentaires devant monter à Bangkok. C'étaient eux qui faisaient la queue à quelques pas de lui dans le hall d'embarquement.

Encore un peu plus loin se trouvait la file d'attente de la classe économique, que l'on a aujourd'hui la délicatesse d'appeler classe touriste. Les voyageurs s'y pressaient en trépignant. Dix hôtesses s'efforçaient de leur mieux de s'occuper des quelque quatre cents passagers. La famille Higgins en faisait partie. Ils trimbalaient eux-mêmes leurs bagages et avaient pris le bus pour se rendre à l'aéroport. La chaleur dégagée par la foule avait annulé les effets de la climatisation. Les membres de la classe touriste étaient échevelés et trempés de sueur. Il s'écoula près d'une heure avant que la famille Higgins gagne la salle d'embarquement après une brève incursion dans les boutiques duty-free, et s'installe dans la zone non-fumeurs. Il restait une demi-heure avant l'embarquement. Le commandant Fallon et son équipage étaient depuis longtemps à bord, mais ils avaient été précédés par le personnel de cabine.

Comme d'habitude, le commandant et son équipage avaient passé quinze minutes dans les bureaux de la British Airways pour remplir les papiers nécessaires. On leur avait remis le document le plus indispensable : le plan de vol qui indiquait la durée du voyage, la quantité de carburant nécessaire, et, sur plusieurs pages, les détails relatifs à l'itinéraire. Toutes ces informations avaient été communiquées aux différents centres de contrôle aérien entre Bangkok et Heathrow. Fallon se renseigna aussi sur les conditions météo dans les zones traversées et sur son lieu d'arrivée. La nuit s'annonçait paisible. Avec une aisance due à l'habitude, il consulta enfin les télex d'information, se concentrant sur ceux qui le concernaient sans se soucier de la masse de renseignements inutiles.

Dès que les dernières paperasses furent empochées ou remises après signature, les quatre pilotes s'apprêtèrent à monter à bord. Ils avaient une large avance sur les passagers, et les voyageurs en provenance de Sydney étaient sortis depuis longtemps. L'équipe de nettoiement était toujours à bord, mais c'était le problème du chef de cabine, Mr Harry Palfrey, qui saurait s'en occuper avec flegme et courtoisie.

L'équipe d'entretien thaïlandaise n'était pas son unique souci, loin de là. Il faudrait vérifier la propreté des toilettes après qu'elles auraient été aérées et récurées. En même temps, on amenait à bord de la nourriture et des boissons pour quatre cents personnes, et le chef de cabine s'était même arrangé pour fournir aux passagers les derniers numéros de quelques journaux londoniens, tout juste arrivés de Heathrow par un autre vol. Lorsque le commandant et son équipage montèrent à bord, Mr Palfrey n'avait réglé que la moitié de ses problèmes.

En été, le commandant Fallon n'aurait été accompagné que de deux jeunes copilotes, mais à la fin du mois de janvier, les vents de face portent à treize heures de cale à cale la durée du vol Bangkok-Londres, justifiant la présence d'un commandant de bord de relève. Personnellement, Adrian Fallon jugeait cette mesure superflue. À l'arrière du poste de pilotage, sur le côté gauche, se trouve une petite cabine équipée de deux couchettes. Il est tout à fait courant que le commandant mette le pilotage automatique sous la surveillance de ses copilotes pour s'accorder quatre ou cinq heures de sommeil. Le règlement étant ce qu'il est, ils étaient quand même quatre au lieu de trois.

Comme le quatuor franchissait le dernier des tunnels menant vers l'avion encore vide, Fallon fit un signe au plus jeune de ses deux copilotes.

— Désolé, Jim, visite d'inspection.

Le jeune homme, qui s'était extasié sur les dernières lueurs de Bangkok, hocha la tête et poussa la porte qui s'ouvrait au bout du tunnel pour se glisser dans la nuit moite. Cette corvée n'était du goût de personne, mais il fallait bien s'en acquitter, et elle revenait habituellement au plus jeune d'entre eux. Si l'on enfermait un Jumbo Jet dans un caisson, du nez de l'appareil à l'empennage, et du bout de l'aile droite à celui de la gauche, l'espace ainsi délimité couvrirait un bon arpent. La tâche de l'inspecteur consiste à faire le tour de l'appareil en s'assurant que tous les éléments – et rien qu'eux – sont bien à leur place. Un panneau peut s'être détaché, une flaque peut indiquer une fuite que les mécaniciens n'ont pas décelée. Soit dit en passant, il y a mécaniciens et mécaniciens. Les compagnies aériennes préfèrent qu'un de leurs membres se charge des vérifications.

Il arrive que la température extérieure descende largement au-dessous de zéro, ou qu'on se trouve en pleine mousson tropicale. Sale coup. Dans ces conditions, le travailleur de force à trois galons revient au bout de vingt minutes trempé de sueur et dévoré par les moustiques, mais tout à fait opérationnel par ailleurs. Le commandant Fallon gravit les marches qui le menaient vers son territoire et entra dans le cockpit. Les deux commandants et le copilote ne tardèrent pas à ôter leur veste, qu'ils suspendirent derrière la porte des lavabos avant de s'installer à leur poste. Fallon s'attribua bien entendu le fauteuil de gauche et laissa celui de droite à son copilote. Pour ne pas gêner le passage, le commandant de bord d'assistance se retira dans la salle de repos afin d'étudier les résultats boursiers.

Au début de sa carrière, lorsqu'il était passé des vols intérieurs aux longs-courriers, Fallon travaillait encore avec des navigateurs et des mécaniciens de bord. Son mécanicien avait été remplacé par un équipement technologique qui couvrait le plafond et lui faisait face sur toute la largeur du cockpit. Assez de cadrans, de compteurs kilométriques, de manettes et de boutons pour assurer toutes les fonctions d'un mécanicien, et même davantage. Quant à son navigateur, il se réduisait à trois systèmes de positionnement par inertie qui faisaient le travail d'un navigateur, la rapidité en plus.

Tandis que le copilote procédait aux vérifications d'avant décollage qui s'étendaient sur cinq listes différentes, Fallon jeta un coup d'œil au devis de masse qu'il devrait signer dès qu'on lui aurait confirmé le chargement des bagages dans la soute et que Mr Palfrey aurait confronté le nombre de passagers présents à celui annoncé sur la liste. La hantise d'un commandant n'est pas tant le voyageur sans valises – on peut toujours les faire suivre – que la présence d'un bagage dont le propriétaire a filé. Dans ces cas-là, il faut décharger la soute jusqu'à ce qu'on mette la main sur le bagage indésirable. Qui sait en effet ce qu'il peut contenir.

L'appareil était toujours alimenté par son groupe auxiliaire de puissance, l'équivalent, en fait, d'un cinquième réacteur dont peu de gens connaissent l'existence. Sur un avion aussi gigantesque, le groupe auxiliaire est assez puissant pour faire voler un petit avion de chasse. Sa puissance assure le fonctionnement de tout ce qui se trouve à l'intérieur de l'appareil, sans l'aide d'une source d'énergie extérieure : les lumières, la climatisation, l'allumage du réacteur, et ainsi de suite.

Dans la salle d'embarquement de la classe touriste, les Higgins et leur fille Julie étaient déjà fatigués. La fillette commençait à devenir grincheuse. Ils avaient quitté leur hôtel deux étoiles quatre heures auparavant, et depuis, ç'avait été le parcours du combattant – le lot de tous les touristes à notre époque. Charger les bagages dans la soute du bus en s'assurant qu'on n'a rien oublié, faire la queue, rester assis sur des sièges minuscules, patienter dans les embouteillages en ayant peur de manquer son vol, et après de nouveaux bouchons, descendre du bus à l'aéroport en essayant de trouver ses valises, son marmot et un chariot dans la même minute. Rejoindre ensuite l'interminable file d'attente dans la zone d'enregistrement, patienter un peu plus, passer devant les rayons X et se faire fouiller parce que sa boucle de ceinture a déclenché l'alarme, entendre brailler sa fille parce qu'on fait passer sa poupée aux rayons X, faire quelques emplettes dans les magasins duty-free, refaire la queue... pour enfin s'asseoir sur d'inconfortables sièges en plastique, ultime étape avant l'embarquement.

Lasse d'attendre, Julie s'éloigna un peu, serrant contre son cœur la poupée thaïlandaise qu'elle s'était fait offrir à Phuket. À quelques mètres d'elle, un homme l'interpella :

— Salut, elle est chouette ta poupée.

Elle s'arrêta pour le dévisager.

Il ne ressemblait vraiment pas à son père. Santiags à petits talons, jean crasseux et déchiré, chemise en denim et collier ethnique. Un petit sac à dos était posé près de lui. Ses cheveux emmêlés n'étaient sans doute pas très propres et une barbe hirsute lui couvrait le menton. Même si Julie, âgée de huit ans, n'en savait rien, l'Extrême-Orient pullule de routards occidentaux, et l'individu qui venait de s'adresser à elle en faisait partie. L'Extrême-Orient agit sur eux comme un pôle d'attraction ; là en effet, ils peuvent se la couler douce pour pas très cher et se procurer facilement leurs drogues favorites.

— Elle est neuve, répondit Julie, je l'appelle Pooky.

— C'est super comme nom, fit le hippie d'une voix traînante. Pourquoi tu l'as choisi ?

— Parce que papa me l'a achetée à Poo-ket.

— J'y suis déjà allé. Les plages sont géniales. Tu étais là-bas en vacances ?

— Ouais. Je suis allée nager avec papa et on a vu des poissons.

À cet instant, Mrs Higgins toucha du bout de l'orteil le pied de son mari et fit un signe de tête en direction de leur fille.

— Julie, ma chérie, viens donc par ici ! cria Mr Higgins sur un ton sans équivoque.

L'enfant se dépêcha de rejoindre ses parents et Higgins foudroya le hippie du regard. Il détestait profondément ce genre de personnage. Sans aucune attache, d'une propreté douteuse et probablement drogué. La dernière personne avec qui il voulait voir bavarder sa fille. Le hippie capta le message. Haussant les épaules, il sortit un paquet de cigarettes et, avisant un panneau « Interdit de fumer » au-dessus de sa tête, il se dirigea vers la zone fumeurs pour allumer sa cigarette. Mrs Higgins fronça les narines. Un haut-parleur invita les passagers à embarquer, en commençant par les rangées 34 à 57.

Mr Higgins consulta sa carte. Rangée 34, fauteuils D, E et F. Rassemblant sa famille autour de lui, il vérifia que chacun avait bien son bagage à main avant de rejoindre la dernière file d'attente.

L'horaire de départ fixé à onze heures quarante-cinq ne serait pas respecté, mais peu importe. Dans la plupart des cas, l'horaire officiel relève de la pure fiction. L'important pour le commandant Fallon, c'était que la tour de contrôle de Bangkok lui avait réservé un créneau de décollage pour minuit cinq, et il n'avait pas l'intention de le manquer. Dans l'aviation civile moderne, tout ce qui compte est de s'assurer un créneau. Si vous manquez le vôtre dans un aéroport d'Europe ou d'Amérique, il vous faut patienter une bonne heure avant qu'un autre se libère.

Évidemment, un retard de vingt minutes était tout à fait négligeable. Fallon était sûr de pouvoir le rattraper. En raison des puissants vents de face qui soufflaient sur le Pakistan et sur le sud de l'Afghanistan, son plan de vol prévoyait un trajet de treize heures et vingt minutes. Londres étant à l'heure de Greenwich, il y aurait sept heures de décalage horaire. Il devait atterrir à Londres vers six heures vingt, par un froid matin de janvier où le thermomètre descendrait quasiment à zéro. Rien à voir avec Bangkok, où il faisait encore vingt-six degrés centigrades aux alentours de minuit, et où le taux d'humidité avoisinait les quatre-vingt-dix-huit pour cent.

Quelqu'un frappa à la porte du poste de pilotage. Le chef de cabine apportait la liste des passagers, qu'il avait dénombrés avec l'aide du personnel de bord.

— Quatre cent cinq, commandant.

Le chiffre correspondait. Fallon signa le devis de masse et le remit à Palfrey, qui redescendit pour le faire passer à l'employé de la British Airways par la dernière porte ouverte. À l'extérieur du mastodonte volant, les derniers larbins achevaient leurs tâches serviles. Ils fermèrent la soute et débranchèrent la tuyauterie tandis que les véhicules reculaient à une distance respectueuse. Le monstre était sur le point d'allumer ses quatre réacteurs surpuissants pour se mettre à rouler sur la piste.

En première classe, Mr Seymour avait accepté qu'on le débarrasse de sa belle veste en soie, suspendue dans le vestiaire à l'avant de l'appareil. Il n'enleva pas sa cravate en soie, mais desserra quand même le nœud. Une coupe de champagne pétillait à côté de lui, et le chef de cabine lui avait apporté un numéro récent du *Financial Times* et le *Daily Telegraph*. Snob jusqu'au bout des ongles, Mr Palfrey appréciait énormément ce qu'il appelait « la qualité ». Dans un monde où même les stars hollywoodiennes ressemblaient à des dames-pipi, il était très attentif à la qualité.

Dans le cockpit, Fallon procéda aux vérifications de démarrage. Jetant un regard à l'extérieur, il aperçut le véhicule de traction et le sous-fifre anonyme mais indispensable – dans la mesure où il contrôlait Speedbird One Zero – qu'on surnomme quelquefois Tractor Joe. Sans lui, l'avion n'irait nulle part : son nez était en effet dirigé vers le terminal et il ne pouvait pas faire demi-tour sans assistance.

Le contrôle au sol donna à Fallon l'autorisation de mise en route. En même temps, le véhicule de Tractor Joe, minuscule mais extrêmement puissant, commença à entraîner le 747-400 vers l'arrière et les réacteurs se mirent en marche. Pour cela, Fallon n'avait pas besoin d'une source d'énergie extérieure. Son groupe auxiliaire de puissance suffisait amplement.

Sur ordre de Fallon, son copilote tendit le bras vers le tableau de bord pour allumer le bouton de démarrage du réacteur numéro 4, dont il enclencha également le bouton de contrôle carburant. Il répéta l'opération pour les trois autres réacteurs. Pendant ce temps, le contrôle automatique de carburant amena les réacteurs jusqu'au régime de ralenti.

Tractor Joe fit virer l'appareil de quatre-vingt-dix degrés afin que son nez soit tourné vers la piste sans que le souffle de ses réacteurs balaie tout dans son sillage. Quand il eut terminé, il appela le cockpit avec sa radio, dont le cordon était toujours branché près de la roue avant de l'appareil. Il demandait au pilote de freiner. Il avait d'ailleurs tout à fait raison, ayant bien l'intention de vivre longtemps. Pour se déconnecter, il lui fallait descendre de son véhicule, marcher jusqu'au nez du Jumbo et retirer le cordon radio de la prise électrique. Si Tractor Joe disparaissait sous la roue avant de l'appareil au cours de la manœuvre, il était sûr d'être transformé en viande hachée. Fallon freina et lui donna le feu vert. Cinquante pieds au-dessous de lui, le Thaïlandais retira le cordon, recula de quelques pas et brandit le drapeau, conformément au règlement. Fallon agita la main pour le remercier et le véhicule de traction s'éloigna. Le contrôle au sol donna l'autorisation de rouler sur la piste et mit le pilote en contact avec la tour de contrôle.

Dans la rangée 34, la famille Higgins avait fini par s'installer. Ils avaient eu de la chance. Le fauteuil G étant inoccupé, ils avaient une rangée entière à leur disposition. John Higgins choisit le D, côté allée, tandis que sa femme s'asseyait sur le G au bout de la rangée, près de l'autre allée. Julie était installée au milieu, harcelant sa poupée pour s'assurer qu'elle était à son aise et qu'elle passerait une bonne nuit.

Speedbird One Zero roulait sur le taxiway vers la piste de décollage, son énorme carcasse entraînée seulement par la roue avant du train d'atterrissage, commandée par la main gauche de Fallon sur le joystick. Il gardait en permanence le contact avec la tour de contrôle. Arrivé au bout de la piste, il demanda la permission de décoller immédiatement, ce qui signifiait qu'il ne s'arrêterait pas entre la piste de roulement et la zone de décollage. Il manœuvra afin d'aligner le nez du Jumbo avec l'axe de la piste. Dominant le tarmac, le commandant actionna les leviers de contrôle et appuya sur les boutons TOGA (Take-Off/Go-Around). La puissance des quatre réacteurs s'éleva automatiquement jusqu'au régime préréglé.

Les passagers entendirent le rugissement s'intensifier alors que le Jumbo gagnait de la vitesse. Mais ni eux ni l'équipage enfermé dans le cockpit silencieux ne percevaient les hurlements déments des quatre réacteurs à l'extérieur de la carlingue. Ils en sentaient simplement la puissance. Les lumières du terminal clignotèrent sur le côté. Le pilote appuya sur les commandes et la roue avant du train d'atterrissage quitta le sol. Les passagers de première classe entendirent un premier « clic ! » sous leurs pieds. Ce n'était que les jambes oléopneumatiques qui se détendaient. Dix minutes plus tard, la plus grosse partie du train d'atterrissage s'était rétractée et l'appareil décolla.

Comme l'avion prenait de l'altitude, Fallon commanda à son copilote de rentrer entièrement le train d'atterrissage. Après une série de « clic ! », le vacarme et les vibrations s'arrêtèrent. L'avion s'éleva à une altitude de cinq cents mètres, à une vitesse de quatre cents mètres par minute, puis ralentit sa montée. Alors que l'appareil gagnait de la vitesse, Fallon demanda la rétractation des volets hypersustentateurs en séquence, de vingt degrés à dix, puis cinq, puis un, jusqu'à ce que l'avion ait atteint sa configuration de vol.

À la place 34D, John Higgins, qui se cramponnait nerveusement aux accoudoirs de son fauteuil, se détendit un peu. Il n'aimait pas voyager en avion et redoutait plus que tout le moment du décollage, même s'il s'efforçait de le cacher à sa famille. Jetant un coup d'œil du côté de l'allée, il constata que le hippie était assis quatre rangées devant eux à la place 30C, de l'autre côté de l'allée. Le long couloir s'étendait jusqu'à la cloison qui séparait la classe touriste de la classe club. À cet endroit se trouvaient l'office et quatre toilettes. Quatre ou cinq hôtesses étaient déjà en train de s'affairer, s'apprêtant à servir un dîner tardif. Mr Higgins était affamé, sa dernière collation remontant à six heures, avant son départ de l'hôtel. Il se tourna pour aider Julie à mettre ses écouteurs et à trouver la chaîne des dessins animés.

Les décollages de Bangkok se font généralement vers le nord. Inclinant légèrement sur la gauche l'appareil qui poursuivait son ascension, Fallon regarda vers le bas. La nuit était claire. Au-dessous d'eux s'étalait le golfe de Thaïlande, au bord duquel se dressait la ville de Bangkok. On distinguait plus loin la mer d'Andaman, à l'autre bout du pays. Entre les deux s'étendaient la Thaïlande et ses rizières inondées, si nombreuses sous le clair de lune qu'on avait l'impression de traverser une contrée aquatique. Speedbird One Zero s'éleva à dix mille mètres d'altitude et mit le cap sur Londres via Calcutta, Delhi, Kaboul, Téhéran, l'est de la Turquie, les Balkans et l'Allemagne – un des itinéraires possibles. Fallon mit le pilotage automatique avant d'aller s'allonger. Pile à ce moment, une des hôtesses apporta des cafés.

À la place 30C, le hippie consulta rapidement la carte du dîner. Il n'avait pas grand appétit. Ce qui lui faisait vraiment envie, c'était une cigarette. Encore treize heures de vol, plus l'attente devant le tapis roulant de Heathrow pour récupérer son gros sac à dos, avant qu'il puisse sortir s'en griller une. Et il lui faudrait compter deux heures de plus pour pouvoir s'accorder un bon petit joint. Il commanda un bifteck à l'hôtesse souriante qui se tenait près de lui. Même s'il parlait avec l'accent américain, il avait un passeport canadien au nom de Donovan.

Dans un bureau des quartiers ouest de Londres dont l'adresse est soigneusement tenue secrète, un téléphone se mit à sonner. L'homme assis au bureau jeta un coup d'œil à sa montre. Cinq heures et demie, et il faisait déjà nuit.

— Allô ?

— Patron, l'appareil 010 de la British Airways vient de décoller de Bangkok.

— Merci.

L'homme raccrocha aussitôt. William « Bill » Butler n'aimait pas perdre son temps en bavardages téléphoniques. En règle générale il ne parlait pas beaucoup, et tout le monde le savait. Chacun savait également qu'il était agréable de travailler avec lui mais qu'il ne faisait pas bon lui causer du tort. Il y avait cependant une chose que ses subordonnés ignoraient : la fille de Butler, qui avait fait la fierté de son père en obtenant une bourse pour l'université, était morte d'une overdose d'héroïne. Bill Butler avait l'héroïne en horreur. Et il détestait encore plus ceux qui en faisaient le trafic. Cela faisait de lui, vu le poste qu'il occupait, un adversaire redoutable pour ces gens-là. Son service menait une guerre sans fin contre les drogues dures pour le compte des douanes du Royaume-Uni. On le connaissait sous le nom de « The Knock », et Butler mettait toute son énergie à frapper plus fort que quiconque.

Cinq heures s'écoulèrent. Les centaines de repas réchauffés avaient été servis et engloutis – ou laissés de côté – et les plateaux en plastique remportés. Les quarts de vin bon marché avaient été avalés et les bouteilles débarrassées ou casées dans les filets au-dessous des tablettes. Derrière la cloison de séparation, la populace repue de la classe touriste avait fini par s'installer.

Dans un renfoncement en contrebas des première classe, les deux ordinateurs de gestion de vol communiquaient en langage électronique, assimilant les informations transmises par les trois systèmes de positionnement par inertie et les données des balises et des satellites. Constamment renseignés sur la position de l'appareil, ils commandaient au pilote automatique les infimes mouvements qui maintenaient l'avion sur la trajectoire prévue.

En bas s'étendaient des paysages déchiquetés, entre Kaboul et Kandahar. Au nord, dans les montagnes du Panchir, les talibans fanatiques affrontaient le commandant Massoud, dernier chef de guerre à leur résister encore. Les passagers du cocon rugissant qui survolait l'Afghanistan étaient à l'abri de l'obscurité, du froid mortel, du vacarme des réacteurs, des terres hostiles et de la guerre.

Les stores des hublots étaient tirés, les lumières baissées, et on avait distribué des couvertures. La plupart des voyageurs essayaient de dormir. Quelques-uns regardaient un film, pendant que d'autres écoutaient de la musique. Sur le siège 34G, Mrs Higgins dormait profondément, la bouche entrouverte, le souffle régulier. En relevant l'accoudoir, on avait réuni les fauteuils E et F, où Julie s'était étendue de tout son long, endormie sous sa couverture, la poupée serrée contre son cœur.

John Higgins ne parvenait pas à trouver le sommeil. C'était toujours comme ça quand il prenait l'avion. Malgré la fatigue, il se remémora son séjour en Extrême-Orient. Bien entendu, il s'agissait d'un voyage organisé. Pour un employé de compagnie d'assurances, c'était le seul moyen de se payer une destination aussi lointaine, et même ainsi, il avait dû se priver et économiser. Cependant, il ne regrettait rien. Ils étaient descendus au Pansea Hotel sur l'île de Phuket, bien loin des trafics sordides de Pattaya. Il s'était soigneusement assuré auprès de l'agence que sa famille ne verrait pas l'envers du décor. Les vacances avaient été fabuleuses, ils s'accordaient tous là-dessus. Ils avaient loué des bicyclettes pour traverser les plantations d'hévéas et les villages thaïs à l'intérieur de l'île. Ils s'étaient arrêtés pour admirer les temples bouddhistes, peints en rouge et coiffés de toits dorés, et avaient assisté aux dévotions des moines en tunique safran.

À leur hôtel, ils avaient loué des masques de plongée et des palmes pour Julie et pour lui. Mrs Higgins ne nageait pas, se contentant de barboter dans la piscine de l'hôtel. Ainsi équipés, Higgins et sa fille avaient nagé jusqu'à un récif de corail. Julie portait des flotteurs, et lui une ceinture de flottaison. Sous la surface des eaux, ils avaient vu filer des poissons, des anges tricolores et des poissons-papillons. Tout excitée, Julie avait levé la tête pour crier, de peur que son père ne les ait pas vus. Ce n'était pas le cas, évidemment, et il lui avait fait signe de remettre son tuba avant de boire la tasse. Trop tard : toussant et crachant, la fillette avait dû regagner la plage avec l'aide de son père.

L'hôtel proposait des cours de plongée sous-marine, mais Higgins avait décliné l'offre. Il avait lu qu'il risquait d'y avoir des requins, et son épouse avait poussé des cris de terreur. La famille Higgins était partante pour un peu d'aventure, mais dans certaines limites. À la boutique de l'hôtel, Julie avait trouvé une petite poupée thaïlandaise qu'elle s'était fait offrir par son père. Après dix jours passés au Pansea – qui surplombait l'Amampuri aux tarifs exorbitants –, les Higgins avaient terminé leurs vacances par trois jours à Bangkok. Ils s'étaient inscrits à des visites guidées pour voir le Bouddha de Jade et l'énorme Bouddha Endormi, avaient froncé les narines en respirant les relents fétides du fleuve Chao Phraya, et suffoqué au milieu des gaz d'échappement. Mais ça en valait la peine, ils venaient de passer les plus belles vacances de leur vie.

Face à Mr Higgins, encastré dans le dossier du fauteuil de devant, un petit écran le tenait au courant des conditions de vol. Il regardait distraitement les chiffres qui défilaient. Le temps écoulé depuis le départ, le nombre de kilomètres parcourus, la distance qu'il restait à couvrir et la durée de vol correspondante, ainsi que la température extérieure (un terrifiant – 76°) et la force des vents de face. Une image apparut entre les chiffres : une carte des régions traversées et un petit avion blanc qui se déplaçait lentement d'un point à un autre, en direction du nord et de l'Europe. Il se demanda si les pouvoirs hypnotiques de l'avion miniature pourraient l'aider à s'endormir, comme lorsqu'on compte les moutons. L'appareil entra alors dans une zone de turbulences. Complètement éveillé, Mr Higgins s'accrocha à ses accoudoirs, cherchant quelque chose qui puisse distraire son attention. La scène suivante lui en donna l'occasion.

Le hippie ne dormait pas, lui non plus. Après un regard à sa montre, il s'extirpa de sa couverture et se mit debout. Avec un regard circulaire, comme s'il vérifiait que personne ne l'observait, il remonta l'allée jusqu'à la cloison de séparation. Il y avait là un rideau, mais comme il n'était pas complètement tiré, un rai de lumière qui s'échappait de l'office éclairait un pan de moquette et deux portes de toilettes. Arrivé devant les portes, le hippie jeta un coup d'œil à chacune mais n'essaya même pas d'entrer. Les deux toilettes étaient sûrement occupées, bien que Higgins n'ait vu personne se lever. Le hippie patienta, appuyé contre une des deux portes.

Trente secondes plus tard, un autre homme le rejoignit, aussi différent de lui que possible : d'une élégance décontractée, manifestement aisé. Il venait de l'avant de l'appareil, classe club ou peut-être première classe. Mais que venait-il faire ici ? Grâce à la lumière qui filtrait de l'office, il vit distinctement son pantalon en soie crème, sa chemise et sa cravate desserrée, également en soie. Tout ça sentait la première classe. Était-il venu de si loin pour se soulager ?

Les deux hommes engagèrent la conversation. Ils s'entretenaient à voix basse, d'un air sérieux. Mr Élégant et Mr Hippie. C'était surtout le passager de première classe qui parlait, penché vers le hippie qui acquiesça plusieurs fois de la tête. Leurs gestes laissaient penser que le monsieur bien habillé était en train de donner des directives à son interlocuteur, et que celui-ci se contentait d'approuver.

John Higgins était du genre à épier ses semblables, et cette scène l'intriguait. Si Mr Élégant voulait utiliser les toilettes, il y en avait cinq ou six pour les premières classes et la classe club. À une heure pareille, elles ne pouvaient pas toutes être occupées. Non, ils devaient s'être donné rendez-vous à cette heure et à cet endroit précis. Ils ne parlaient pas de la pluie et du beau temps, comme deux personnes se retrouvant par hasard dans la même file d'attente.

Ils finirent par se séparer. L'individu en costume de soie disparut vers l'avant de l'appareil tandis que le hippie regagnait sa place sans même essayer d'entrer dans les toilettes. Le cerveau de John Higgins était en ébullition. Il sentait qu'il venait d'assister à une scène louche et qu'il se tramait quelque chose, même s'il ne comprenait pas quoi. Feignant de dormir, il ferma les yeux tandis que le hippie promenait son regard dans la pénombre pour voir si on l'avait observé.

Dix minutes plus tard, John Higgins croyait avoir une réponse. Les deux hommes ne s'étaient pas rencontrés par hasard ; ils avaient rendez-vous, un rendez-vous fixé d'avance. Mais comment s'y étaient-ils pris ? Il pouvait jurer qu'aucun homme d'affaires élégamment vêtu de soie crème ne se trouvait dans la salle d'embarquement de la classe touriste. Il n'aurait pas pu passer inaperçu. Quant au hippie, il n'avait pas bougé depuis qu'il était monté à bord. Peut-être une hôtesse lui avait-elle remis un message, mais Higgins n'avait rien vu de tel et ce n'était donc qu'une hypothèse.

Dans le cas contraire, il ne restait qu'une explication : c'est avant de quitter la Thaïlande qu'ils avaient décidé de se retrouver là, entre la classe club et la classe touriste, à ce moment précis de la nuit. Mais pour quelle raison ? Pour discuter de quelque chose ? Se communiquer des rapports ? Pour que le monsieur élégant donne à l'autre des consignes de dernière minute ? Le hippie était-il le secrétaire particulier de l'homme d'affaires ? Avec cette tenue ? Tout à fait improbable. Les deux hommes étaient comme le jour et la nuit. Higgins commençait à s'inquiéter. Pis, il commençait à nourrir des soupçons.

À Londres, il était onze heures du soir. Bill Butler posa son regard sur son épouse endormie et éteignit la lumière en soupirant. Il avait réglé la sonnerie de son réveil sur quatre heures et demie. C'était largement suffisant. En se réveillant à cette heure-là, il pourrait arriver à Heathrow à cinq heures et quart, douché et rasé, une heure avant l'atterrissage. Après ça, il devrait s'en remettre à la chance.

La journée avait été longue. Mais c'était toujours ainsi, de toute façon. Malgré la fatigue, il avait du mal à s'endormir. Son cerveau s'emballait, mais la question restait entière : pouvait-il faire davantage ?

La traque avait été mise en branle par un tuyau d'un collègue américain de la Drugs Enforcement Agency, la redoutable DEA. Quatre-vingt-dix pour cent de l'héroïne consommée au Royaume-Uni et dans la plupart des pays d'Europe du Nord provient de Turquie. Il s'agit donc d'héroïne brune. Le trafic est contrôlé par une mafia turque aussi rusée qu'impitoyable. Parmi les plus violentes de la planète, elle sait néanmoins se montrer extrêmement discrète, et la plupart des Britanniques n'en connaissent pas l'existence.

Les substances qu'elle vend sont issues des champs de pavot d'Anatolie. Offrant l'apparence du sucre roux, l'héroïne se fume ou s'inhale ; il suffit d'en faire brûler une pincée dans du papier alu à la flamme d'une bougie. Contrairement aux Américains, les toxicomanes anglais ne raffolent pas des intraveineuses.

Le Triangle d'Or ne fournit pas ce type de marchandise. La filière extrême-orientale écoule plutôt de la blanche thaïlandaise semblable à de la levure chimique, généralement « coupée », ou mélangée avec des poudres blanches similaires, dans une proportion de un pour vingt. Les Américains en sont friands. Si un gang britannique arrivait à s'en procurer régulièrement et en quantité suffisante, la Cosa Nostra s'intéresserait à l'affaire. Pas pour l'acheter, mais pour faire un échange. Trois doses de la meilleure cocaïne colombienne contre une de blanche thaïlandaise.

Le tuyau de la DEA venait du bureau de Miami. Une balance de la pègre leur avait appris qu'à trois reprises au cours des six derniers mois, la famille Trafficante avait expédié un convoyeur ou une « mule » en Angleterre avec six kilos de cocaïne pure, et qu'il était revenu avec trois kilos de blanche thaïlandaise. Rien de faramineux, mais un approvisionnement régulier, avec un bénéfice de deux cent mille livres par voyage pour le trafiquant anglais. Vu les quantités, Bill Butler excluait l'acheminement par mer ou par terre, misant plutôt sur les transports aériens. La valise d'un passager, par exemple. Il se tournait et se retournait dans son lit, espérant dormir quelques heures.

John Higgins non plus ne trouvait pas le sommeil. Il avait entendu parler d'une région moins reluisante du paradis des touristes. Il se souvint d'un article sur un endroit surnommé le Triangle d'Or. Une étendue sans fin de collines où l'on cultivait le *papaver somniferum*, ou pavot somnifère. L'article parlait de raffineries cachées dans la jungle le long de la frontière, où même l'armée thaïlandaise ne s'aventurait pas. La pâte d'opium y était transformée en morphine vulgaire, dont on tirait ensuite la poudre fine de l'héroïne blanche.

Tandis que les autres passagers dormaient, John Higgins s'enlisait dans des questions sans réponse. Cette rencontre incongrue devant la porte des toilettes pouvait sans doute recevoir plusieurs explications innocentes. Le problème, c'est qu'il n'en trouvait pas une seule.

Tandis que sur l'écran, le petit avion blanc continuait sa route à travers l'Anatolie, dans l'est de la Turquie, John Higgins détacha discrètement sa ceinture et se leva pour attraper sa serviette dans le porte-bagages. Personne ne bougea, pas même le hippie. Une fois rassis, il fouilla dans sa serviette, en quête d'une feuille vierge et de son stylo. Il n'eut pas de mal à trouver ce dernier, et mit la main sur quatre feuilles de papier à lettres à en-tête, dérobées au Pansea Hotel. Avec précaution, il déchira le logo et l'adresse de l'hôtel pour obtenir une feuille blanche. Sa mallette faisant office d'écritoire, il entreprit de rédiger un message, prenant bien soin d'écrire en grosses majuscules. Il lui fallut une demi-heure.

Lorsqu'il eut terminé, le petit avion blanc était en train de survoler Ankara. Il fourra les feuillets pliés dans l'enveloppe de l'UNICEF fournie par la British Airways et griffonna en gros sur le dessus : À L'ATTENTION DU COMMANDANT. URGENT.

Il se leva, avança furtivement jusqu'au rideau près des toilettes et coula un regard dans l'office. Un jeune steward lui tournait le dos, occupé à préparer un plateau de petit déjeuner. Higgins s'écarta sans se montrer. Quelqu'un sonna, et il entendit le steward sortir de l'office. À présent que la voie était libre, Higgins put se glisser derrière le rideau et caler l'enveloppe entre deux tasses de l'espace cuisine avant de retourner s'asseoir. Une demi-heure s'écoula avant que le steward la découvre en préparant de nouveaux plateaux. L'ayant d'abord prise pour une donation à l'UNICEF, il remarqua enfin l'inscription. Il fronça les sourcils et, après quelques instants de réflexion, il alla trouver le chef de cabine.

— Harry, j'ai trouvé ça coincé entre deux tasses. J'ai préféré vous l'apporter que le donner au commandant.

Harry Palfrey lui fit un clin d'œil amical.

— Très bien, Simon. Vous avez eu raison. Ça doit venir d'un cinglé. Laissez-le-moi. Allez vous occuper du petit déjeuner.

Il regarda le jeune homme s'éloigner, prenant note de ses fesses rondes et fermes sous le pantalon d'uniforme. Il avait travaillé avec une foule de stewards et séduit un nombre impressionnant d'entre eux, mais celui-ci était absolument canon. Peut-être qu'à Heathrow... Il considéra l'enveloppe en fronçant les sourcils, fut tenté un instant de l'ouvrir lui-même ; finalement, il monta les marches du poste de pilotage et tapa à la porte. C'était une simple formalité, puisque le chef de cabine a le droit d'entrer comme il veut. Il pénétra dans le cockpit sans attendre la réponse. Le commandant de bord de relève occupait le siège de gauche, les yeux rivés sur les lumières de la côte dont ils se rapprochaient. Aucune trace du commandant Fallon. Le chef de cabine frappa à la porte de la salle de repos. Cette fois, il attendit avant d'entrer. Adrian Fallon lui ouvrit au bout de trente secondes et passa sa main dans ses cheveux grisonnants.

— Harry ?

— Il s'est passé quelque chose de bizarre, commandant. Quelqu'un a laissé ceci entre deux tasses de l'office. Personne ne l'a vu. Je suppose que c'est un message anonyme.

Il lui tendit l'enveloppe. Adrian Fallon sentit son estomac se retourner. En trente ans de carrière, il n'avait jamais connu de détournement ni d'alerte à la bombe, mais plusieurs de ses collègues en avaient fait l'expérience. C'était une hantise permanente. Et à présent, il semblait bien qu'un des deux problèmes allait se poser. Il déchira l'enveloppe et parcourut le message, assis au bord de la couchette : « Commandant, je suis navré de ne pouvoir signer cette lettre, mais je ne veux en aucun cas être mêlé à cette affaire. Cependant, j'ai voulu faire preuve de civisme en vous rapportant ce que j'avais observé. Deux de vos passagers se sont conduits d'une manière très étrange, à laquelle je ne trouve pas d'explication rationnelle. »

La suite de la lettre exposait en détail la scène surprise par le témoin et les raisons pour lesquelles elle lui avait paru suspecte. Elle s'achevait ainsi : « Voici le signalement des passagers en question : une sorte de hippie, débraillé, louche, qui touche probablement à ce qu'on appelle les substances exotiques. Il occupe le fauteuil 30C. J'ignore la place du second, mais je parierais qu'il venait de première classe ou de la classe club. »

L'auteur décrivait alors le monsieur élégant et terminait par ces mots : « Je ne voudrais surtout pas causer de dérangement, mais si ces deux individus sont en train de manigancer quelque chose, les autorités seront sans doute satisfaites d'en être informées. »

Espèce de crétin présomptueux ! pensa Adrian Fallon. Les autorités en question ne pouvaient être que le service des douanes, et il n'appréciait guère qu'on espionne ses passagers. Il tendit la lettre à Harry Palfrey. Le chef de cabine en prit connaissance en faisant la grimace :

— Un rendez-vous galant ?

Fallon était au courant des mœurs de Harry Palfrey, qui savait qu'il savait. Aussi le commandant pesa-t-il soigneusement ses mots :

— Rien ne laisse à penser qu'ils se plaisaient. En plus, où ont-ils pu se rencontrer, si ce n'est à Bangkok ? Dans ce cas, pourquoi ne pas s'être donné rendez-vous à Heathrow plutôt que devant des toilettes où ils n'ont même pas essayé d'entrer ? Quelle poisse ! Harry, vous voulez bien m'apporter la liste des passagers ?

Pendant que le chef de cabine allait la chercher, Fallon se donna un coup de peigne, rajusta sa chemise et demanda au commandant de bord de relève :

— Position actuelle ?

— On approche des côtes grecques. Il y a un problème, Adrian ?

— J'espère que non.

Palfrey revint avec la liste. Le fauteuil 30C avait été attribué à un dénommé Kevin Donovan.

— Et l'autre, le bonhomme élégant ?

— Je pense l'avoir vu, répondit Palfrey. Première classe, fauteuil 2K. (Il chercha sur sa liste.) Un certain Hugo Seymour.

— Il faut vérifier avant de se précipiter, fit le commandant. Descendez discrètement et allez faire un tour en première et en classe club. Essayez de repérer un pantalon en soie crème dépassant des couvertures. Regardez aussi dans le vestiaire pour voir s'il n'y aurait pas la veste assortie.

Palfrey hocha la tête et descendit à pas feutrés. Fallon demanda un café noir bien serré et consulta les informations de vol. Grâce au système de positionnement par inertie dans lequel on avait entré l'itinéraire neuf heures auparavant, juste avant le décollage, l'appareil avait respecté la trajectoire et les horaires prévus ; à quatre heures de l'atterrissage, il était en train de survoler la Grèce. Il était deux heures du matin à Londres et trois heures en Grèce, et il faisait encore nuit noire. On apercevait des lumières par une trouée entre les nuages, et les étoiles scintillaient au-dessus de l'appareil.

Adrian Fallon n'avait pas plus d'esprit civique que la moyenne, et certainement moins que le crétin anonyme qu'il transportait en classe touriste ; mais là, il se trouvait confronté à un dilemme. Le message ne suggérait en aucune manière que son avion était en danger, et dans ces conditions, il fut d'abord tenté de ne pas en tenir compte. Il y avait quand même un hic : il était vice-président du conseil de surveillance de l'Association des pilotes de ligne du Royaume-Uni. Si l'on découvrait bel et bien quelque chose à Heathrow et qu'un des deux passagers avait des démêlés avec la police ou les douanes pour un délit sérieux, si l'on apprenait aussi qu'il n'avait pas bougé alors qu'on lui avait personnellement signalé les deux individus, il aurait beaucoup de mal à se justifier. Il ne savait vraiment pas quoi faire. Tandis que les Balkans succédaient à la Grèce, il prit une décision. Harry Palfrey avait vu le message, sans parler du « bon citoyen » qui l'avait rédigé. Si les choses se gâtaient à Heathrow, personne n'étoufferait l'affaire pour le couvrir. Mieux valait se mettre à l'abri que se mordre les doigts plus tard. Il résolut de transmettre un avertissement sans provoquer d'affolement, non pas au service des douanes, mais à l'officier de la British Airways qui devait s'ennuyer ferme pendant sa permanence de nuit à Heathrow. S'il communiquait par radio, tous les pilotes en route vers Heathrow – au moins une bonne vingtaine – seraient immédiatement informés. À ce compte-là, autant passer une annonce dans le *Times*. Cependant, les appareils de la British Airways sont équipés d'un gadget appelé ACARS. Il lui permettrait de contacter la British Airways à Heathrow en gardant une certaine confidentialité. Cela fait, il pourrait se dégager de toute responsabilité.

Le chef de cabine remonta à ce moment-là.

— Il s'agit bien de Hugo Seymour, confirma-t-il. Aucun doute là-dessus.

Fallon put alors envoyer un bref message. L'avion était en train de survoler Belgrade.

Bill Butler n'entendit jamais sonner son réveil. À quatre heures dix, le téléphone le réveilla. L'appel venait du policier en faction au terminal numéro 4 de l'aéroport de Heathrow. Tout en l'écoutant parler, il se glissa hors de son duvet et finit de se réveiller. Vingt minutes plus tard il était au volant de sa voiture, absorbé dans ses réflexions. Il connaissait bien le système des « compères » et des dénonciations anonymes. La supercherie était vieille comme le monde. Tout commençait par un coup de fil anonyme, venu d'une cabine téléphonique de Londres. Le passager d'un avion prêt à atterrir était dénoncé comme convoyeur. Les douanes ne pouvaient pas se permettre d'ignorer l'appel, même si dans quatre-vingt-dix-neuf pour cent des cas, le touriste qu'on leur avait décrit était complètement innocent, repéré et choisi au moment du départ. Bien entendu, l'auteur de l'appel appartenait à un gang basé à Londres.

La personne en question était appréhendée pendant que le véritable convoyeur se faufilait dans la foule ni vu ni connu, l'air aussi inoffensif qu'un enfant qui vient de naître. Mais cette fois, l'avertissement émanait du commandant de bord. Voilà qui changeait tout. Un message envoyé par un passager ? Deux voyageurs dénoncés comme suspects ? Le cerveau de l'affaire tirait les ficelles en coulisses, et il incombait à Butler de se mesurer à lui et de le vaincre. Peut-être qu'une mouche du coche indiscrète venait de lui mettre des bâtons dans les roues.

Butler se gara devant le terminal numéro 4 et entra dans les bâtiments presque déserts. À quatre heures et demie, une douzaine d'énormes jets aux couleurs de la British Airways – qui monopolisait quasiment le terminal – s'apprêtaient à décoller vers l'Afrique, l'Asie ou l'Amérique. Encore deux heures, et cet endroit serait un vrai cirque. Les vols de six heures en partance pour New York, Washington, Boston et Miami – sept heures de trajet dans la direction du vent et cinq heures de décalage horaire – allaient croiser les vols en provenance d'Asie – treize heures de vol et sept heures de décalage. Entre six heures et sept heures moins vingt, la première vague hésitante de passagers se changerait en une véritable déferlante. Dix autres membres de l'équipe du Knock se dirigeaient également vers le terminal, roulant dans la nuit sur les autoroutes qui relient la capitale aux comtés voisins. Butler avait besoin de ses hommes à toutes les étapes – débarquement, contrôle des passeports et passage devant les douanes –, mais il fallait qu'ils restent discrets. Il ne voulait surtout pas que le bonhomme se dégonfle.

Ça s'était déjà produit. Sachant bien ce que contenait sa valise, le convoyeur n'avait pas eu le courage de la récupérer. Le tapis roulant avait continué de tourner sous les yeux des douaniers, mais personne n'avait réclamé l'unique bagage restant. Quant à savoir comment il avait affronté la colère du chef de gang, c'était son affaire. Certains n'ont probablement pas survécu à l'expérience. Mais Butler n'entendait pas se contenter d'une simple valise. Il voulait au moins attraper le convoyeur et la marchandise.

Selon les informations de West Drayton, Speedbird One Zero traversait la Manche en direction des côtes du Suffolk. L'appareil devait arriver par le nord de l'aéroport et virer lentement sur la gauche pour s'aligner avec la piste d'atterrissage qu'il approcherait par l'ouest.

À l'intérieur du cockpit, Adrian Fallon avait repris sa place sur le fauteuil de gauche. Tout était conforme au plan de vol, et il écoutait les instructions de West Drayton. Le 747 était descendu à deux mille mètres et Fallon voyait se rapprocher les lumières d'Ipswich. Un de ses copilotes lui apporta un message reçu sur l'ACARS. On lui demandait poliment de confier la lettre au chef de cabine pour qu'il la remette à qui de droit dès l'ouverture des issues. Contrarié, Fallon tira en maugréant deux feuillets pliés de sa poche de chemise. Il les donna au copilote et le pria de transmettre ses instructions à Harry Palfrey. Il était six heures cinq, et ils survolaient maintenant la côte.

Dans les trois cabines, les passagers affichaient cet air d'impatience contenue qui précède toujours un atterrissage. On avait rallumé les lumières, ramassé et rangé les plateaux du petit déjeuner, et interrompu la diffusion des vidéos. Hôtesses et stewards avaient remis leur veste d'uniforme et distribuaient leurs vêtements aux passagers de première et de la classe club. Les voyageurs placés côté hublot regardaient d'un œil las le défilé des lumières qui brillaient au-dessous d'eux.

Hugo Seymour sortit des lavabos, lavé, rasé et coiffé, laissant dans son sillage le parfum d'un luxueux after-shave. Il alla se rasseoir pour rajuster sa cravate et boutonner son gilet. Il reprit sa veste de soie crème, qu'il garda pliée sur ses genoux. Son porte-documents en crocodile était posé entre ses pieds.

Dans la cabine de la classe touriste, le hippie fatigué s'agitait sur son siège, impatient de fumer une cigarette. Assis côté allée, il ne pouvait rien voir à travers le hublot et ne se tourna même pas. Quatre rangées derrière lui, la famille Higgins s'était réveillée, prête pour l'atterrissage. Installée entre ses parents, Julie détaillait à sa poupée les merveilles qui l'attendaient dans son nouveau pays, tandis que sa mère fourrait toutes ses affaires dans son bagage à main. Toujours soigneux, Mr Higgins tenait sa serviette en plastique sur ses genoux, les mains croisées dessus. Il se sentait soulagé à l'idée du devoir accompli. Sur l'écran en face de lui, le petit avion blanc décrivit un arc de cercle et pointa le nez vers Heathrow. Il restait vingt miles avant l'atterrissage, et il était six heures douze.

Depuis le cockpit, l'équipage voyait les champs du Berkshire, encore plongés dans l'obscurité, et le château de Windsor tout illuminé. Une fois le train d'atterrissage sorti, les volets hypersustentateurs s'inclinèrent jusqu'aux vingt-cinq degrés réglementaires. Vu du sol, Speedbird One Zero avait l'air de planer, quasiment immobile, sur les derniers miles qui le séparaient de la terre ferme. En réalité, il volait encore à cent soixante-dix kilomètres-heure, même s'il perdait de l'altitude et de la vitesse.

Après quelques ultimes vérifications, Adrian Fallon avertit la tour de contrôle de Heathrow qu'il était prêt à atterrir. Un Boeing en provenance de Miami venait de dégager la piste, et un avion de la Northwest Airlines arrivant de Boston le suivait à dix miles de distance. Cependant, leurs passagers seraient acheminés vers le terminal numéro 3. Pour le numéro 4 – terminal attitré de la British Airways – ce serait le premier avion de la matinée. Survolant le réservoir de Welsh Harp, l'avion descendit de trois cents mètres et passa à une vitesse de cent trente-huit kilomètres-heure – la vitesse requise pour l'atterrissage. Speedbird One Zero toucha le sol à six heures dix-huit. Dix minutes plus tard, Adrian Fallon immobilisa l'énorme jet devant le tunnel de sortie, freina et laissa son copilote éteindre les réacteurs. En s'arrêtant, les réacteurs et le groupe auxiliaire de puissance firent vaciller brièvement les lumières, qui retrouvèrent aussitôt leur éclat. À l'avant de l'appareil, le personnel de cabine regardait se rapprocher le boyau béant du tunnel. Lorsqu'il fut fixé au flanc de l'appareil, ils purent ouvrir la porte. Juste derrière se tenait un employé de l'aéroport en combinaison de travail. Repérant Harry Palfrey, il haussa les sourcils.

— Vous êtes le chef de cabine ?

— C'est pour le message ?

Le jeune homme fit oui de la tête. Palfrey lui glissa les deux feuillets et il disparut aussitôt. Avec un sourire de circonstance, le chef de cabine se tourna vers les passagers de première classe qui attendaient derrière lui.

— Au revoir monsieur, j'espère que vous avez fait bon voyage.

Ils commencèrent à défiler devant lui. Le huitième à passer fut l'impeccable Hugo Seymour. Au milieu de ces gens débraillés, sa mise irréprochable le classait définitivement parmi les personnes de qualité. Harry Palfrey espérait sincèrement qu'il n'avait pas été incommodé par un imbécile de la classe touriste.

Aux passagers de première succédèrent ceux de la classe club, venus de l'arrière de l'appareil ou dégringolant les marches de la cabine supérieure. Tout au fond du Boeing, les voyageurs de la classe touriste s'étaient levés et jouaient déjà des coudes dix minutes avant la sortie, piaffant d'impatience comme des animaux parqués dans leur enclos.

À cette heure matinale, le service d'immigration était complètement désert, et derrière les guichets de contrôle des passeports, les fonctionnaires attendaient le déferlement de la marée humaine. Sur un côté se trouvait une paroi vitrée, qui dissimulait en réalité un miroir sans tain. Dans la pièce derrière, Bill Butler faisait le guet. Une dizaine de fonctionnaires contrôlaient les passeports – deux pour les citoyens britanniques, huit pour les autres nationalités. Un des assistants de Butler leur avait donné des instructions. Le service d'immigration coopérait toujours volontiers avec celui des douanes, et de toute façon, l'exposé des consignes avait contribué à animer cette morne matinée. Les passagers de première ne comptaient que quatre sujets britanniques, les autres étant thaïlandais ou australiens. Les quatre Britanniques passèrent devant le bureau en trente secondes. Quand le troisième se présenta, la fonctionnaire leva légèrement la tête et fit un petit signe en direction du miroir. Bill Butler tenait le message à la main. Un costume en soie crème, il ne pouvait s'agir que de lui · Hugo Seymour. Il dit quelques mots dans son émetteur-récepteur.

— Il va sortir d'ici peu. Costume en soie crème, serviette en crocodile.

Rangit Gul Singh était d'origine sikh. Titulaire d'une maîtrise de lettres à l'université de Manchester, il travaillait comme fonctionnaire des douanes, détaché auprès du Knock. Si quelqu'un l'avait observé ce matin-là, il aurait pu deviner sa première caractéristique, mais certainement pas les deux autres. Il se trouvait dans un couloir derrière la zone de contrôle des passeports, muni d'une balayette et d'une pelle à ordures. Il reçut le message grâce à une oreillette pas plus grosse qu'un Sonotone, placée dans son oreille droite. Quelques secondes plus tard, un costume en soie crème effleura sa tête baissée. Il regarda l'homme d'affaires disparaître dans les toilettes pour hommes au milieu du couloir et marmonna quelque chose dans sa manche gauche.

— Il vient d'entrer dans les toilettes.

— Suivez-le, et observez ses faits et gestes.

Le Sikh pénétra à son tour dans les toilettes, poussant des détritus variés dans sa pelle. L'homme au costume crème se contenta de se laver les mains. Gul Singh sortit un chiffon et commença à frotter les vasques des lavabos. L'autre occupant des lieux ne lui prêtait aucune attention. Tout en se consacrant à ses tâches serviles, le Sikh vérifia que personne ne se dissimulait dans les toilettes. S'agissait-il d'un rendez-vous, d'une remise de marchandise ? Il était toujours en train de récurer lorsque l'homme d'affaires se sécha les mains avant de partir avec sa serviette. Comme Singh en informa Bill Butler, il n'était entré en contact avec personne.

Au même moment, dans la zone de contrôle des passeports, un des fonctionnaires qui s'occupaient des voyageurs étrangers hocha la tête au passage d'un hippie dépenaillé, levant les yeux vers la paroi vitrée. À ce signal, Butler envoya un message. Dans le couloir menant à la douane, une jeune femme qui s'était mêlée aux passagers et feignait de rattacher sa chaussure se redressa brusquement et, avisant le jean et la chemise en denim, prit l'individu en filature.

Arrivé lui aussi dans le couloir, Hugo Seymour s'était fondu dans la foule des voyageurs de la classe touriste. Il essaie de gagner du temps en se noyant dans la masse, se dit Butler. Mais pourquoi avoir mis un costume aussi voyant ? C'est à ce moment-là que leur parvint l'appel anonyme. Le standard le transmit à Butler sur son émetteur-récepteur.

— Un accent américain, expliqua l'opératrice. Il a dénoncé un hippie en jean et chemise en denim, longs cheveux hirsutes, petite barbe. Soi-disant qu'il transporte de la drogue dans son sac à dos. Il a raccroché aussitôt.

— On l'a déjà pris en chasse, répondit Butler.

— Ça n'a pas traîné, patron, fit l'opératrice d'un air admiratif.

Butler arpentait maintenant des couloirs inaccessibles au public pour aller se mettre en embuscade derrière un second miroir sans tain, situé dans la zone des douanes. Plus précisément, près de la file « Rien à déclarer », signalée par un panneau vert. Peu probable que l'un des suspects choisisse l'autre file. Butler était satisfait d'avoir reçu l'appel. Ça concordait bien avec le scénario habituel. Le hippie servait de compère, il avait tout à fait le physique de l'emploi. Pendant ce temps, le respectable homme d'affaires transportait la marchandise. Plutôt malin, comme idée, sauf que cette fois, grâce à un bon citoyen insomniaque et fouineur qui n'avait pas les yeux dans sa poche, la ruse allait être déjouée.

Deux cents personnes étaient déjà rassemblées devant le tapis roulant numéro 6, où l'on attendait les bagages du vol de Bangkok. La plupart d'entre elles étaient allées chercher un chariot à l'autre bout du hall. Mr Seymour se tenait parmi les voyageurs. Sa valise rigide en cuir véritable était arrivée avant lui, avec les premiers bagages. Les autres passagers de première étaient déjà partis. La valise de cuir avait déjà fait une vingtaine de tours, mais il ne posait pas les yeux sur elle, le regard rivé sur l'orifice par lequel sortaient les bagages. Dix mètres plus loin, le hippie attendait toujours son gros sac à dos noir. Mr Higgins, son épouse et leur fille s'approchèrent du tapis roulant, poussant deux chariots au lieu d'un. Pour son premier voyage à l'étranger, Julie avait voulu un chariot rien qu'à elle pour transporter son unique valise et Pooky.

Un par un, les bagages qui circulaient sur le tapis furent

repérés par leur propriétaire, soulevés et déposés sur les chariots. Une longue colonne de voyageurs se dirigea d'un pas traînant vers la file « Rien à déclarer », encore grossie par les passagers de deux jets – des Américains et quelques Anglais qui rentraient des Caraïbes par Miami. Une douzaine d'hommes en uniforme, l'air faussement désœuvré, faisaient le guet dans la file et près des tapis roulants.

— La voilà, papa !

Plusieurs personnes se retournèrent avec un sourire bienveillant. Pas moyen de manquer la valise de Julie. Une Samsonite de taille moyenne, couverte d'autocollants bariolés à l'effigie de ses héros de dessins animés favoris. Scoubidou, le Coyote et Tom et Jerry. Les deux grosses valises de ses parents apparurent au même moment. Toujours aussi minutieux, John Higgins les superposa avec soin pour qu'elles ne tombent pas du chariot. Repérant son sac à dos, le hippie dédaigna les chariots et le chargea sur ses épaules avant de s'éloigner vers la file verte. Après avoir enfin récupéré sa valise, qu'il posa sur un chariot, Mr Seymour lui emboîta le pas.

Derrière le miroir sans tain des douanes, Bill Butler observait la procession matinale des voyageurs, semblable à un mille-pattes fatigué. Dans le hall de livraison des bagages, un porteur encore libre se pencha vers sa manche en lui glissant quelques mots.

— Le hippie arrive en premier, juste maintenant. Le type au costume en soie suit dix mètres derrière.

Le hippie n'alla pas bien loin. Il s'apprêtait à rejoindre la file verte pour gagner la sortie tant espérée, lorsque deux douaniers en uniforme lui barrèrent la route. En restant polis, bien entendu. D'une politesse irréprochable.

— Pardon, monsieur. Vous voulez bien nous suivre ?

Le Canadien explosa de colère.

— Bon Dieu, qu'est-ce que ça veut dire ?

— Nous vous demandons simplement de nous accompagner.

Le hippie se mit alors à vociférer.

— Une petite minute, bordel de merde ! Je viens de me taper treize heures d'avion et j'ai pas envie d'être emmerdé, c'est compris ?

Comme pétrifiés, les gens qui attendaient derrière lui s'immobilisèrent. Ils s'empressèrent de détourner la tête en feignant de n'avoir rien vu, comme le font toujours les Anglais en cas d'esclandre, et poursuivirent leur laborieuse progression. Hugo Seymour se trouvait parmi eux.

Toujours hurlant et protestant, le Canadien, qu'on avait délesté de ses deux sacs, fut poussé dans un bureau pour subir une fouille. La file d'attente recommença à avancer. L'homme d'affaires en costume crème était presque au niveau du portique de sortie lorsqu'il fut abordé à son tour. Deux douaniers se mirent en travers de son chemin tandis que deux autres se plaçaient derrière lui. Il n'eut pas l'air de comprendre immédiatement de quoi il retournait. Sous le bronzage, son visage ne tarda pas à perdre ses couleurs.

— Je ne comprends pas. Il y aurait un problème ?

— Voulez-vous avoir l'obligeance de nous suivre ?

Ils l'entraînèrent à son tour vers un des bureaux.

Derrière le miroir sans tain, Bill Butler poussa un soupir. Le plus gros restait à faire. Mettre fin à la chasse en saisissant la valise et son contenu. La fouille dura trois heures, dans deux bureaux séparés. Butler faisait la navette entre les deux, et sa contrariété allait croissant. Quand les douaniers démontent un bagage, ils sont sûrs de découvrir ce qu'il cache. Dans la mesure où il cache quelque chose. Ils firent vider les deux sacs à dos et fouillèrent les armatures et l'intérieur de la doublure. Ils ne livrèrent rien de plus que quelques paquets de Lucky Strike. Bill Butler ne s'en étonna pas. Les compères ne transportent jamais rien sur eux.

Hugo Seymour le surprit davantage. La valise en cuir fut passée aux rayons X une bonne douzaine de fois, et on chercha vainement un double fond. Pas plus de succès avec la serviette en croco. Elle recelait simplement un tube de comprimés contre les maux d'estomac. On en broya deux pour faire analyser la poudre. Les résultats prouvèrent qu'il s'agissait bien de comprimés contre les maux d'estomac. On demanda à Mr Seymour d'ôter ses vêtements pour les soumettre aux rayons X. Entièrement déshabillé, il fut lui-même radiographié, au cas où il aurait ingéré la marchandise. Rien non plus de ce côté-là.

Vers dix heures, il fallut relâcher les deux hommes, à quinze minutes d'intervalle. Mr Seymour les menaça à grands cris de poursuites judiciaires. Butler ne se laissa pas impressionner. Ils réagissaient tous de cette manière, loin qu'ils étaient de soupçonner les pouvoirs dont jouissait le service des douanes.

— Vous voulez qu'on les prenne en filature, patron ? lui demanda son bras droit d'un air sombre.

Après quelques instants de réflexion, Butler secoua la tête.

— C'était sûrement un tuyau foireux. Si ce ne sont que des pigeons inoffensifs, on les suivra en pure perte. Dans le cas contraire, je doute que le chef de la filière thaïlandaise les contacte avant qu'ils s'aperçoivent qu'on les suit. Laissez tomber. Ce sera pour la prochaine fois.

Libéré le premier, le Canadien se rendit en ville avec la navette de l'aéroport et descendit dans un hôtel miteux près de la gare de Paddington. Quant à Mr Seymour, il prit un taxi et se fit conduire à un endroit beaucoup moins modeste.

Quelque part dans Londres, deux hommes reçurent un appel téléphonique peu après deux heures. Comme convenu, ils attendaient dans deux cabines éloignées. On leur demanda à tous les deux de se rendre à une certaine adresse. L'un des deux passa un coup de fil avant de partir à son rendez-vous.

À quatre heures, Bill Butler stationnait seul devant une résidence hôtelière où l'on pouvait louer à la journée ou à la semaine. À quatre heures cinq, le fourgon de police banalisé qu'il attendait se rangea derrière lui et débarqua les dix hommes de l'équipe du Knock. Trop tard pour les consignes. Le gang risquait d'avoir posté un guetteur derrière une fenêtre, même si dans la demi-heure écoulée, Butler n'avait pas vu bouger les rideaux de dentelle. Avec un bref signe de tête, il entraîna ses hommes vers l'entrée de l'immeuble. Le réceptionniste était absent. Butler laissa deux collègues dépités en faction devant les ascenseurs et s'engagea dans l'escalier avec les huit autres. L'appartement était situé au troisième.

L'équipe du Knock n'a pas l'habitude de prendre des gants. Il ne fallut qu'un coup de bélier pour défoncer la serrure, et les policiers se ruèrent à l'intérieur. Tous jeunes, motivés et fouettés par une montée d'adrénaline. Aucun d'eux n'était armé.

Les cinq hommes présents dans le salon n'opposèrent aucune résistance. Ils restèrent cloués à leur siège, abasourdis par la soudaineté de cette irruption inopinée. En tant que responsable de l'intervention, Butler entra le dernier, alors que son équipe fouillait les poches intérieures à la recherche des passeports. Il s'occupa d'abord de l'Américain furibond. Des tests ultérieurs prouvèrent qu'il était l'auteur de l'appel dénonçant le compère canadien sur la ligne permanente du bureau des douanes de l'aéroport. Comme on devait bientôt le découvrir, sa valise contenait six kilos de cocaïne colombienne pure.

— Mr Salvatore Bono, je vous arrête pour association de malfaiteurs visant à introduire dans ce pays des substances illicites.

Une fois réglées les formalités, le trafiquant de Miami fut menotté et emmené par les policiers. Butler appréhenda ensuite le hippie. Comme ses collègues conduisaient le Canadien renfrogné vers la sortie, Butler les interpella :

— Dans ma voiture ! J'ai quelques mots à lui dire.

Mr Hugo Seymour avait troqué son costume en soie contre un complet en tweed bien mieux adapté aux hivers londoniens. Mr Seymour : le second compère. Délesté des dix mille livres en billets de cinquante que lui avait rapportées son rôle dans la mise en scène, il suivit les policiers sans faire d'histoires. Butler se tourna vers les deux derniers.

La marchandise n'était pas sortie de la valise dans laquelle elle avait passé la douane. Une fois le double fond arraché, on découvrit dans le compartiment plusieurs sachets de papier sulfurisé. Un test révéla qu'ils contenaient deux kilos de blanche thaïlandaise. Les autocollants de Scoubidou et du Coyote ne passaient pas inaperçus.

— Mr Higgins, je vous arrête pour association de malfaiteurs...

Il fallut accompagner le bon citoyen à la salle de bains pour qu'il puisse vomir. Lorsqu'il fut parti, Butler s'adressa au dernier homme, le chef de la filière thaïlandaise. L'air maussade, il contemplait par la fenêtre le ciel londonien, dont il serait fort privé à l'avenir.

— Mon vieux, ça fait un bout de temps que je cherche à te coincer.

Pas de réponse.

— Pas mal, ton arnaque. Deux compères au lieu d'un. Et qui c'est qui se ramène derrière, en esquivant les ennuis à la douane ?

L'insoupçonnable Mr Higgins, avec sa boulotte de femme et sa mignonne petite fille.

— Finissons-en ! coupa sèchement son interlocuteur.

— Comme vous voudrez. Mr Harry Palfrey, je vous arrête...

Butler regagna sa voiture, laissant ses deux collègues passer l'appartement au peigne fin. Peut-être les prévenus s'étaient-ils débarrassés de pièces à conviction pendant qu'on enfonçait la porte. Butler avait une longue nuit de travail devant lui, mais la besogne n'était pas pour lui déplaire. Comme son bras droit l'attendait au volant de sa voiture, il monta à l'arrière près du Canadien taciturne. Tandis que la voiture s'éloignait du trottoir, il lui posa une question :

— Soyons clairs, à quel moment as-tu appris que Seymour était ton complice dans cette magouille ?

— En arrivant à l'appartement.

Butler le regarda d'un air interloqué.

— Et votre conversation au milieu de la nuit, devant la porte des toilettes ?

— Quelle conversation ? Et quelles toilettes ? Je ne l'avais jamais vu de ma vie.

Butler éclata de rire, ce qui ne se produisait pas tous les jours.

— Évidemment. Désolé pour ce qu'ils t'ont fait subir à Heathrow, mais tu connais le règlement. Même là-bas, je ne pouvais pas vendre la mèche. Quoi qu'il en soit, merci pour ton coup de fil. Ça nous a bien aidés, Sean. Ce soir c'est ma tournée.

Whispering Wind

Si l'on en croit la légende, aucun Blanc n'a réchappé au massacre des hommes du général Custer pendant la bataille de Little Bighorn, le 25 juin 1876. Ce n'est pas tout à fait vrai. Un seul homme a survécu, un éclaireur de la Frontière âgé de vingt-quatre ans, du nom de Ben Craig.

Cette histoire est la sienne.

Ce fut l'odorat subtil de l'éclaireur de la Frontière qui la remarqua en premier : une légère odeur de bois brûlé portée par le vent de la prairie.

Il avançait en tête, vingt mètres devant les dix cavaliers qui s'étaient détachés de la colonne principale pour partir en reconnaissance sur la rive ouest de la Rosebud.

Sans se retourner, l'éclaireur leva la main droite en mettant son cheval au pas. Derrière lui, le sergent et ses neuf soldats ralentirent à leur tour. L'éclaireur mit pied à terre et, laissant sa monture brouter tranquillement, il courut vers un talus peu élevé, entre le cours d'eau et les cavaliers. Là, il s'allongea à plat ventre et rampa jusqu'au sommet, d'où il put observer les environs à l'abri des hautes herbes.

Ils avaient établi leur campement entre la crête et la berge du ruisseau. C'était un campement modeste, pas plus de cinq tentes : une seule famille au grand complet. D'après les tipis, il s'agissait de Cheyennes du Nord. L'éclaireur les connaissait bien. Alors que les Sioux érigeaient des tipis hauts et étroits, ceux des Cheyennes étaient plus larges à la base et plus ramassés. Ces tentes s'ornaient de pictogrammes représentant des chasses triomphales, qui rappelaient aussi le style cheyenne.

D'après les calculs de l'éclaireur, le campement regroupait entre vingt et vingt-cinq personnes, mais les dix hommes étaient partis chasser. Il le comprenait au nombre de poneys. Ils n'étaient en effet que sept à paître près des tipis. Pour déplacer un campement comme celui-ci – les hommes sur leur monture, les femmes et les enfants sur des *travois* avec les tentes pliées et le reste de leur équipement –, il en aurait fallu presque une vingtaine.

Entendant le sergent qui rampait vers lui sur le talus, il lui fit signe de ne pas monter. La manche d'uniforme bleue à trois chevrons apparut cependant près de lui.

— Qu'est-ce que tu vois ? chuchota-t-il d'une voix rauque.

À neuf heures du matin, il faisait déjà une chaleur suffocante. Ils chevauchaient depuis trois heures. Le général Custer aimait lever le camp à l'aube. L'éclaireur pouvait déjà sentir l'odeur du whiskey dans l'haleine de l'homme qui le suivait. Du mauvais whiskey, celui qu'on trouvait dans l'Ouest. Ses relents désagréables étaient plus puissants que le parfum des prunes sauvages et des cerises. Plus puissants que celui des églantiers qui grimpaient en un rideau luxuriant le long des berges, et auxquels la Rosebud devait son nom.

— Cinq tentes. Des Cheyennes. Rien que des femmes et des enfants. Les braves sont partis chasser sur l'autre rive.

Le sergent Braddock ne demanda pas à l'éclaireur comment il savait tout ça. Il le savait, un point c'est tout. Il se racla la gorge et cracha un jet de salive et de tabac, souriant de toutes ses dents jaunies. L'éclaireur se laissa glisser le long de la pente avant de se redresser.

— Laissons-les tranquilles, ce n'est pas eux que nous cherchons.

Cependant, Braddock venait de passer trois ans dans les plaines avec le 7e régiment de cavalerie, et il déplorait le manque de distractions. Durant l'interminable hiver à Fort Lincoln, il avait eu un fils illégitime avec une lingère qui se prostituait à ses moments perdus. Mais s'il était venu dans les Plaines, c'était avant tout pour tuer des Indiens, et il ne voulait pas en être empêché.

Le massacre ne prit pas plus de cinq minutes. Les dix cavaliers gravirent le talus au grand trot et s'élancèrent brusquement au galop. Perché sur son cheval, l'éclaireur les regardait depuis la crête d'un air dégoûté.

Un des soldats – une nouvelle recrue – était si piètre cavalier qu'il tomba de cheval. Les autres se chargèrent du carnage. Ayant laissé leurs sabres au fort, ils utilisèrent leurs Colts et les tout nouveaux Springfield 73. En entendant le martèlement des sabots, les squaws qui s'occupaient du feu de camp et des chaudrons tentèrent de rassembler leurs enfants pour s'enfuir vers la rivière. Mais elles ne furent pas assez rapides. Les cavaliers les abattirent avant qu'elles aient pu l'atteindre et foncèrent ensuite au milieu des tentes, tirant sur tout ce qui bougeait. Lorsque tout fut terminé et qu'il ne resta plus une femme, un enfant ou un vieillard vivant, ils descendirent de cheval et mirent à sac les tipis, en quête d'un butin de valeur à envoyer chez eux. Ils continuaient à tirer des coups de feu à l'intérieur des tentes quand ils trouvaient des enfants vivants.

L'éclaireur franchit au trot les quatre cents mètres qui séparaient le talus du camp pour se rendre compte de l'hécatombe. Il n'y avait apparemment aucun rescapé au moment où les soldats incendièrent les tipis. L'un d'entre eux, un tout jeune homme qui n'était pas encore rompu à ce genre de choses, rendait son petit déjeuner de haricots et de galettes, penché de côté sur sa selle pour ne pas être souillé par ses propres vomissures. Le sergent Braddock exultait. Il la tenait, sa victoire. Il avait accroché à sa selle une coiffure de guerrier ornée de plumes, près de la gourde qui n'aurait dû contenir que de l'eau de source.

L'éclaireur dénombra quatorze cadavres, gisant comme des pantins désarticulés à l'endroit où ils étaient tombés. Il secoua la tête quand un des hommes lui offrit un trophée et s'éloigna du camp pour faire boire son cheval.

Elle était étendue par terre, à demi cachée par les roseaux, et du sang coulait le long de sa jambe, là où la balle avait touché sa cuisse. S'il avait été un peu plus vif, il aurait pu détourner la tête et repartir vers les tipis en flammes. Mais Braddock qui l'observait avait surpris la direction de son regard et venait de le rejoindre.

— Qu'est-ce que tu as trouvé, mon gars ? Ah, encore une de ces vermines, et vivante en plus.

Il dégaina son Colt et visa. La fille couchée parmi les roseaux se tourna et posa sur eux un regard que le choc rendait inexpressif. L'éclaireur saisit le poignet de l'Irlandais et le força à pointer son arme vers le haut. La face grossière de Braddock, congestionnée par l'alcool, se rembrunit de colère.

— Ne la tuez pas, conseilla l'éclaireur, elle sait peut-être quelque chose.

C'était la seule solution. Braddock s'arrêta et hocha la tête après un instant de réflexion.

— Bien vu, mon garçon. On va l'amener au général comme trophée.

Rengainant son arme, il alla voir ce que faisaient ses hommes. L'éclaireur mit pied à terre et se glissa au milieu des roseaux pour soigner la fille. Par chance, la blessure était nette : la balle tirée à bout portant l'avait fauchée dans sa course, traversant les chairs de la cuisse. Aux endroits où elle était entrée et ressortie, on voyait un petit orifice rond. Avec son mouchoir, l'éclaireur lava la plaie et garrotta la jambe pour arrêter le sang.

Quand il eut fini, il dévisagea la jeune fille, qui lui rendit son regard. Des vagues de cheveux noirs comme corbeau descendaient sur ses épaules. Dans ses grands yeux sombres flottait un voile de douleur et d'effroi. Selon les critères des Blancs, toutes les Indiennes ne sont pas jolies, mais les plus belles d'entre elles se rencontrent parmi les Cheyennes.

La fille étendue au milieu des roseaux, âgée d'environ seize ans, était d'une beauté éthérée tout à fait remarquable. À vingt-quatre ans, l'éclaireur nourri de principes chrétiens n'avait jamais connu de femme dans le sens biblique du terme.

Le cœur battant à se rompre, il fut obligé de détourner les yeux. Il la chargea sur son épaule pour l'emmener jusqu'au camp.

— Porte-la sur un poney, cria le sergent avant d'avaler une nouvelle lampée de whiskey au goulot de sa gourde.

L'éclaireur secoua la tête.

— Sur le *travois*. Sinon elle va mourir.

Il y avait plusieurs *travois* près des cendres encore fumantes des tipis. Fait de deux longs traits en bois flexible de pin *lodge-pine* que l'on croise sur le dos du poney, et d'une litière tendue de peau de buffle pour porter le fardeau, le *travois* constituait un moyen de transport particulièrement confortable, bien mieux adapté à un blessé que le chariot des Blancs qui tressautait sur chaque ornière.

L'éclaireur attrapa un des poneys qui erraient près du camp. Il n'en restait que deux. Les cinq autres s'étaient échappés. La bête nerveuse se cabra lorsqu'il empoigna les rênes. Elle avait déjà flairé l'odeur de l'homme blanc, qui suffisait à rendre un pinto à demi fou. L'inverse était vrai aussi. Les chevaux des cavaliers de l'Union devenaient quasiment incontrôlables quand ils repéraient l'odeur corporelle de l'Indien des Plaines.

L'éclaireur souffla doucement dans les naseaux de l'animal afin de le calmer et de se faire accepter de lui. Dix minutes plus tard, il avait assujetti le *travois* et déposé la jeune blessée sur la peau de buffle, enveloppée dans une couverture. La patrouille commença alors à remonter la piste pour rejoindre le général Custer et le plus gros du 7e régiment. C'était le 24 juin, en l'an de grâce 1876.

Les germes de la campagne qui avait lieu cet été-là dans les plaines du sud du Montana dataient de plusieurs années. On avait fini par découvrir de l'or sur le territoire sacré des Black Hills, dans le Dakota du Sud, ce qui avait provoqué un afflux de chercheurs d'or. Cependant, les Black Hills avaient déjà été cédées à perpétuité aux Indiens Sioux. Furieux de ce qu'ils considéraient comme une trahison, les Indiens des Plaines se vengèrent en attaquant les chercheurs d'or et les convois de chariots.

Les Blancs réagirent très violemment à ces agressions. Des rumeurs de cruautés barbares, inventées pour la plupart ou grossies mille fois, portèrent leur colère à incandescence, et les Blancs se tournèrent vers Washington. La réponse du gouvernement consista à révoquer avec la plus grande désinvolture le traité de Laramie, confinant les Indiens des Plaines sur un ensemble de réserves aux terres ingrates, les miettes de ce qu'ils avaient initialement promis. Ces réserves se trouvaient dans le Dakota du Nord et le Dakota du Sud. Washington consentit également à la création d'un bloc connu sous le nom d'*Unceded Territories*. Il s'agissait du terrain de chasse traditionnel des Indiens, qui foisonnait encore de buffles et de daims. Sa frontière orientale correspondait à la ligne verticale qui marque les limites occidentales des deux Dakotas. À l'ouest, deux cent cinquante kilomètres plus loin, il était borné par une ligne abstraite allant du nord au sud, ligne que les Indiens n'avaient jamais vue et qu'ils ne parvenaient même pas à imaginer. Il était limité au nord par la Yellowstone River qui arrosait le territoire appelé Montana et le Dakota, tandis que la North Platte River constituait sa frontière sud. Dans les premiers temps, les Indiens furent autorisés à y chasser. Mais la progression de l'homme blanc vers l'ouest se poursuivait toujours.

En 1875, les Sioux commencèrent à s'éloigner des réserves du Dakota pour aller à l'ouest, vers les terrains de chasse des *Unceded Territories*. Plus tard cette année-là, le Bureau des affaires indiennes leur présenta une mise en demeure : regagner leurs réserves avant le 1er janvier.

Les Sioux et leurs alliés ne s'opposèrent pas à cet ultimatum. Ils se contentèrent tout simplement de l'ignorer. Bon nombre d'entre eux n'en avaient même pas entendu parler. Ils continuèrent à chasser, et quand arriva le printemps, ils capturèrent leur gibier habituel : le buffle généreux, le daim farouche et la douce antilope d'Amérique. Au début du printemps, le Bureau remit l'affaire entre les mains de l'armée. Sa mission consistait à retrouver les Indiens, les rassembler et les reconduire dans les réserves du Dakota.

Deux informations manquaient cependant aux militaires : le nombre exact d'Indiens ayant quitté les réserves, et le lieu où ils se trouvaient maintenant. Sur la première question, on leur mentit purement et simplement. Les réserves étaient administrées par des agents des Affaires indiennes, tous blancs, et escrocs pour la plupart.

Les autorités de Washington leur allouaient du bétail, du maïs, des couvertures et de l'argent qu'ils devaient répartir entre les Indiens dont ils avaient la charge. Ils étaient nombreux à léser les Indiens sans vergogne, réduisant à la famine les femmes et les enfants, ce qui avait incité les tribus à regagner leur terrain de chasse.

Les agents avaient d'autres raisons de mentir. S'ils déclaraient présents un pour cent des Indiens qui auraient dû se trouver dans la réserve, ils ne percevaient que un pour cent des allocations. Quand le nombre d'Indiens recensés diminuait, leur montant décroissait en proportion, et avec lui les gains personnels des agents. Au printemps 1876, ils informèrent l'armée qu'il ne manquait qu'une poignée de guerriers indiens. C'était faux. Des milliers et des milliers d'entre eux avaient disparu. Ils avaient tous franchi la frontière pour aller chasser à l'ouest, sur les *Unceded Territories.*

Quant à les localiser, il n'y avait qu'un moyen de le faire : expédier des troupes dans le sud du Montana pour retrouver leur trace. Un plan fut mis au point en conséquence. On enverrait trois colonnes mêlant cavaliers et troupes d'infanterie.

De Fort Lincoln dans le Dakota du Nord, le général Alfred Terry marcherait vers l'ouest en suivant le cours de la Yellowstone River, limite nord du terrain de chasse. De Fort Shaw dans le Montana, le général John Gibbon se dirigerait vers Fort Ellis au sud et irait ensuite à l'est le long de la Yellowstone où il rejoindrait la colonne de Terry venant en sens inverse.

Enfin, le général George Crook partirait vers le nord de Fort Fetterman, tout à fait au sud du Wyoming ; il devait traverser les sources du Crazy Woman Creek, franchir la Tongue River et remonter la vallée de la Big Horn jusqu'à ce qu'il rencontre les deux autres colonnes. On supposait que l'une d'entre elles croiserait le chemin du principal groupe de Sioux. Ils se mirent en route au mois de mars.

Début juin, les troupes de Gibbon et Terry se rallièrent à l'endroit où la Tongue River, qui coule vers le nord, se jette dans la Yellowstone. Ils n'avaient pas aperçu la moindre coiffure de guerre. Ils savaient simplement que les Indiens des Plaines se trouvaient quelque part plus au sud. Les deux généraux convinrent que Terry continuerait vers l'ouest tandis que Gibbon, unissant ses troupes aux siennes, retournerait sur ses pas. Ils firent comme prévu.

Le 20 juin, les colonnes amalgamées atteignirent le point où la Rosebud se jette dans la Yellowstone. Au cas où les Indiens se seraient trouvés en amont de la rivière, il fut décidé que le 7e régiment de cavalerie, qui accompagnait Terry depuis Fort Lincoln, se détacherait du reste des troupes pour remonter la Rosebud jusqu'aux sources. Terry tomberait peut-être sur les Indiens ou sur le général Crook.

Personne ne se doutait que le 17 juin, Crook avait rencontré par hasard un grand rassemblement de Sioux et de Cheyennes, et qu'il avait essuyé une défaite. Il avait fait demi-tour vers le sud, où il chassait maintenant en toute insouciance. Il ne dépêcha même pas de cavaliers vers le nord pour prévenir les autres ; ils ignoraient donc que personne ne viendrait du sud pour leur prêter main-forte. Ils ne pouvaient compter que sur eux-mêmes.

C'est au quatrième jour de cette marche forcée dans la vallée de la Rosebud qu'une des patrouilles parties en éclaireurs réapparut en clamant sa victoire sur un petit village cheyenne. Elle ramenait une prisonnière.

Le général Custer, qui marchait fièrement en tête d'une colonne de cavaliers, n'avait pas de temps à perdre. Il ne tenait pas à faire arrêter toute son unité pour une seule prisonnière. Il salua le sergent Braddock d'un signe de tête et lui ordonna de faire un rapport au capitaine de sa compagnie. On attendrait le bivouac du soir pour recueillir les informations de la squaw, si jamais elle en avait.

La jeune Cheyenne resta sur le *travois* pendant le restant de la journée. L'éclaireur emmena le poney en queue de convoi et attacha ses rênes à l'un des chariots qui transportaient le fourniment. Le poney qui tirait le *travois* trotta derrière. Comme on n'avait plus besoin de lui, l'éclaireur demeura dans les parages. Le peu de temps qu'il avait passé avec le 7e régiment l'avait convaincu qu'il n'aimait pas son travail, pas plus que le capitaine de sa compagnie et le sergent. Quant au célèbre général Custer, il le tenait pour un imbécile présomptueux. Il n'avait pas assez de vocabulaire pour formuler la chose en ces termes, et de toute façon il ne dévoilait ses pensées à personne. Ce jeune homme s'appelait Ben Craig.

Son père, John Knox Craig, avait immigré d'Écosse, chassé de sa modeste ferme par la cupidité d'un laird. Cet individu audacieux s'était installé aux États-Unis au début des années 1840. Quelque part dans l'Est, il avait épousé une jeune fille issue comme lui d'une famille écossaise presbytérienne. Trouvant peu d'opportunités en ville, il était parti à l'ouest, vers la Frontière. En 1850 il était arrivé dans le sud du Montana, où il avait essayé de faire fortune en cherchant de l'or dans les régions sauvages près des contreforts de la Pryor Range, une chaîne de montagnes.

À l'époque, il faisait figure de pionnier. Il menait une existence morne et pénible, affrontant de rudes hivers dans une cabane en bois, près d'un cours d'eau en bordure de la forêt. Seuls les étés étaient idylliques : la forêt regorgeait de gibier, les cours d'eau le pourvoyaient généreusement en truites et la prairie ressemblait à un tapis de fleurs sauvages. En 1852 Jennie Craig mit au monde son premier et unique fils. Deux ans plus tard, elle perdit une petite fille en bas âge.

Ben Craig avait dix ans – un enfant de la forêt et de la Frontière – quand ses parents furent tués par un groupe de guerriers crows. Deux jours plus tard, un trappeur des montagnes du nom de Donaldson découvrit le petit garçon affamé pleurant au milieu des cendres de la cabane calcinée. Ils ensevelirent John et Jennie Craig au bord de l'eau et plantèrent deux croix sur leur tombe. On ne saurait jamais si John Craig avait caché quelque part une réserve de paillettes d'or : si les guerriers crows l'avaient trouvée, ils avaient forcément éparpillé la poudre jaune en la prenant pour du sable.

D'un âge déjà avancé, Donaldson était un habitant des montagnes qui chassait le loup et le castor, l'ours et le renard, dont il apportait chaque année les peaux au comptoir le plus proche. Pris de pitié pour l'orphelin, le vieux solitaire le recueillit et l'éleva comme son propre fils.

Sous l'égide de sa mère, Ben Craig n'avait eu accès qu'à un seul livre – la Bible – dont elle lui avait lu de longs extraits. Même s'il n'était pas très doué pour l'écriture et la lecture, il avait retenu par cœur des passages entiers de ce qu'elle appelait les Saintes Écritures. Son père lui avait enseigné à laver le sable aurifère, mais c'est Donaldson qui lui apprit les lois de la vie sauvage. Reconnaître le cri de chaque oiseau, chasser un animal en suivant ses foulées, monter à cheval et se servir d'une arme à feu.

C'est pareillement avec Donaldson qu'il connut les Cheyennes qui posaient aussi des pièges, et avec qui le trappeur échangeait les marchandises venues du comptoir. Les Cheyennes initièrent eux-mêmes Ben à leurs coutumes et à leur langue.

Deux ans avant la campagne de l'été 1876, le vieillard fut victime de la nature sauvage au cœur de laquelle il avait vécu. Il manqua sa cible en voulant abattre un vieil ours brun, et l'animal enragé le déchira mortellement de ses griffes. Après avoir enterré son père adoptif près de sa cabane dans la forêt, Ben mit de côté ce qui lui serait utile et brûla tout le reste. Le vieux Donaldson lui répétait toujours : « Quand je serai plus là, mon garçon, emporte tout ce qu'il te faut. Ce sera tout à toi. » Il prit donc le couteau de chasse affilé dans son fourreau décoré de motifs cheyennes, et le fusil Sharps de 1852, ainsi que les deux chevaux, les selles, les couvertures, du pemmican, et de la galette en guise de viatique. Il n'avait pas besoin d'autre chose. Il quitta les montagnes pour la plaine et chevaucha vers Fort Ellis au nord.

Il y travaillait comme chasseur, trappeur et dresseur de chevaux quand le général Gibbon passa par là, en avril 1876. Le général avait besoin d'éclaireurs qui connaissaient bien le terrain au sud de la Yellowstone. Comme la paye était bonne, Ben Craig décida de s'engager. Il était là lorsqu'ils arrivèrent à l'embouchure de la Tongue River et rencontrèrent le général Terry. Il revint en arrière avec les deux colonnes amalgamées jusqu'à ce qu'elles atteignent à nouveau l'embouchure de la Rosebud. Là, le 7e régiment de cavalerie sous le commandement de Custer reçut l'ordre d'aller vers le sud en suivant le cours d'eau. On demanda alors à la cantonade si quelqu'un parlait la langue des Cheyennes.

Custer disposait déjà de deux éclaireurs qui connaissaient celle des Sioux. L'un d'eux était un soldat noir – le seul du régiment –, un certain Isaiah Dorman qui avait partagé la vie des Sioux. L'autre était l'éclaireur en chef, un métis du nom de Mitch Bouyer, à moitié français et à moitié sioux. Quoique les Cheyennes aient toujours été considérés comme les proches cousins et les alliés traditionnels des Sioux, ils ne parlaient pas la même langue qu'eux. Craig leva la main et le général Gibbon lui ordonna de partir avec le 7e régiment. Gibbon proposa aussi à Custer trois compagnies de cavaliers supplémentaires, mais il déclina cette offre. Terry était prêt à lui céder des mitraillettes Gatling, et il refusa encore. Quand ils se mirent en route le long de la Rosebud, le 7e régiment comprenait douze compagnies ou troupes, six éclaireurs blancs et plus de trente éclaireurs sioux, un convoi de chariots et trois civils, soit un total de six cent soixante-quinze hommes. On trouvait parmi eux des forgerons, des maréchaux-ferrants et des muletiers.

Ayant laissé sa fanfare militaire avec Terry, Custer ne pourrait pas faire sa charge finale au son de sa marche favorite, *Garry-owen*. Cependant, tandis qu'ils descendaient le long de la rivière, dans un tintamarre de bouilloires, de marmites, de chaudrons et de louches qui s'entrechoquaient au fond des chariots garde-manger, Craig se demandait quel genre d'Indiens Custer comptait attraper par surprise. Entre le vacarme des trois mille sabots et la colonne de poussière qu'ils soulevaient, il savait bien qu'on les voyait et qu'on les entendait à plusieurs kilomètres de distance. Durant le trajet entre la Tongue et la Rosebud, Craig avait eu deux semaines pour observer le fameux 7e régiment et son chef idolâtré. Et plus il les connaissait, plus son cœur se serrait. Il espérait qu'ils ne tomberaient pas sur un grand rassemblement de Sioux et de Cheyennes préparés au combat, mais il ne pouvait s'empêcher de le craindre.

Pendant toute la journée, la colonne avança vers le sud en suivant la Rosebud, sans voir un seul Indien. Plusieurs fois néanmoins, quand le vent venu de la prairie soufflait vers l'ouest, les chevaux devinrent ombrageux, montrant des signes de panique. Craig était convaincu qu'ils avaient perçu des odeurs portées par la brise. Les tipis en feu n'avaient pas pu passer longtemps inaperçus. Une grande colonne de fumée s'élevait au-dessus de la prairie, visible à des kilomètres à la ronde. Pour l'effet de surprise, c'était un peu tard.

Peu après quatre heures, le général Custer fit arrêter ses troupes et établit un campement pour la nuit. Au loin, le soleil descendait derrière les Rocheuses invisibles. Les tentes des officiers furent promptement dressées. Custer et ses intimes utilisaient toujours celle de l'infirmerie de campagne, plus haute et plus spacieuse que les autres. On installa des tables et des chaises pliantes, on mena boire les chevaux, on s'occupa aussi d'allumer les feux de camp et de préparer à manger.

La jeune Cheyenne reposait en silence sur le *travois* et regardait le ciel s'assombrir. Elle était prête à mourir. Craig alla remplir une gourde au ruisseau et lui offrit à boire. Elle le fixait de ses immenses yeux noirs.

— Bois, lui dit-il en cheyenne.

Comme elle ne bougeait pas, il lui versa sur la bouche un mince filet d'eau fraîche. Ses lèvres s'écartèrent et elle avala un peu d'eau. Il laissa la gourde à côté d'elle.

À la tombée de la nuit, un cavalier de la compagnie B vint le chercher depuis l'autre bout du campement. Dès qu'il l'eut trouvé, il alla faire son rapport. Dix minutes plus tard arrivait le capitaine Acton, accompagné du sergent Braddock, d'un caporal et de deux soldats. Ils descendirent de cheval pour se regrouper autour du *travois*.

Tous les éclaireurs de la Frontière attachés au 7e régiment, les six Blancs, le petit groupe de Crows et la trentaine d'Arikaras, qu'on appelait des Rees, étaient liés par un point commun : tous connaissaient bien la Frontière et ses lois.

Le soir avant de se coucher, ils avaient l'habitude de discuter entre eux autour d'un feu de camp. Ils parlaient des officiers, à commencer par le général Custer, et des capitaines de compagnie. Craig avait été étonné de l'impopularité de Custer auprès de ses hommes. Son frère cadet Tom Custer, qui commandait la compagnie C, était bien plus apprécié, mais le plus détesté d'entre tous restait quand même le capitaine Acton. Craig partageait cette hostilité. Militaire de carrière, Acton s'était engagé peu après la guerre de Sécession. Descendant d'une riche famille de la côte Est, il s'était placé sous l'aile de Custer pour monter en grade dans le 7e régiment. Il était maigre, avec un visage buriné et une bouche à l'expression cruelle.

— Alors, sergent, c'est ça notre prisonnière ? Voyons un peu ce qu'elle a à raconter.

Il ajouta à l'intention de Craig :

— Vous connaissez le sabir de ces sauvages ?

L'éclaireur fit oui de la tête.

— Je veux savoir qui elle est, avec quel groupe elle se trouvait et où se cachent le plus gros des Sioux.

Craig se pencha vers la fille étendue sur la peau de buffle. Il s'adressa à elle en cheyenne, joignant de nombreux gestes à ses paroles : les dialectes des Indiens des Plaines n'offrant qu'un vocabulaire limité, on doit les accompagner de signes pour se faire clairement comprendre.

— Dis-moi ton nom, il ne te sera fait aucun mal.

— On m'appelle Murmure du Vent, répondit-elle. Whispering Wind.

Les cavaliers écoutaient, rassemblés autour d'elle. Ils ne comprenaient pas un traître mot de ce qu'elle disait, mais sa façon de secouer la tête était assez éloquente. Craig se redressa pour expliquer :

— Capitaine, elle dit que son nom est Whispering Wind. Elle fait partie de la tribu des Cheyennes du Nord et elle appartient à la famille de Tall Elk. C'est son village que le sergent a détruit ce matin. Il y avait dix hommes – dont son père – dans ce village, mais ils étaient tous partis chasser le daim et l'antilope à l'est de la Rosebud.

— Et le grand rassemblement de Sioux ?

— Elle dit qu'elle ne les a pas vus. Sa famille venait du sud, de la Tongue River. D'autres Cheyennes voyageaient avec eux, mais ils se sont séparés la semaine dernière. Tall Elk a préféré chasser de son côté.

Le capitaine Acton regarda la cuisse bandée, puis il se pencha et la pinça violemment. La jeune fille retint son souffle mais ne laissa pas échapper un cri.

— Un petit encouragement, fit Acton.

Le sergent se mit à ricaner. Craig saisit alors la main du capitaine et l'écarta.

— Ça ne marchera pas, capitaine, elle m'a dit tout ce qu'elle savait. Puisque les Sioux ne peuvent pas se trouver au nord, la direction d'où nous venons, et qu'ils ne sont ni au sud ni à l'est, ils se trouvent forcément à l'ouest. Vous pouvez le signaler au général.

Le capitaine Acton repoussa du bout des doigts la main qui retenait son poignet, comme si elle était pestiférée. Il se redressa et jeta un coup d'œil à sa montre half-hunter en argent.

— C'est l'heure de la soupe dans la tente du général, annonça-t-il. Il faut que j'y aille.

Manifestement, la captive avait cessé de l'intéresser.

— Sergent, quand il fera nuit noire, emmenez-la dans la prairie et achevez-la.

— Rien ne nous empêche de nous amuser un peu avant, pas vrai, capitaine ? demanda le sergent Braddock.

Les autres approuvèrent en riant grassement, tandis que le capitaine Acton enfourchait son cheval.

— Franchement, sergent, je me fiche pas mal de ce que vous pouvez faire.

Il éperonna sa monture pour rejoindre la tente du général, à l'autre bout du camp. Les autres aussi se remirent en selle. Le sergent Braddock se pencha vers Craig avec un coup d'œil égrillard.

— Veille bien sur elle, mon gars, on va pas tarder à revenir.

Craig alla jusqu'au chariot garde-manger le plus proche et se servit une assiette de porc salé, de galettes et de haricots. Après s'être procuré une boîte de munitions, il s'assit pour manger. Il revoyait sa mère quinze ans auparavant, en train de lui lire la Bible à la lueur chiche d'une chandelle de suif. Il repensa aussi à son père, tamisant patiemment le sable des ruisseaux qui dévalaient les flancs des Pryor, en quête de l'insaisissable métal jaune. Il évoqua enfin le vieux Donaldson, qui ne l'avait frappé qu'une fois à coups de ceinturon, le jour où il avait traité cruellement l'animal qu'il venait de capturer.

Peu avant huit heures, à la nuit close, il se leva pour aller rapporter sa gamelle et sa cuillère dans le chariot. Il retourna ensuite auprès du *travois*. Il ne dit pas un seul mot à la jeune fille. Il se contenta de détacher les traits sur le dos du poney pinto et de déposer la litière par terre. Soulevant la fille dans ses bras, il la hissa sans effort sur le dos de l'animal et lui tendit les rênes, le doigt pointé vers les grands espaces de la prairie.

— Va-t'en ! lui dit-il.

Elle le dévisagea pendant quelques instants, puis il donna une claque sur la croupe du poney. La seconde d'après il était parti. Une bête vaillante et robuste, sans fers aux sabots, qui saurait retrouver son chemin sur des kilomètres de prairie jusqu'à ce qu'elle flaire l'odeur de ses congénères. Intrigués, plusieurs Indiens Rees l'observaient à une centaine de mètres.

Quand ils vinrent le chercher à neuf heures, leur colère fut violente. Retenu par deux soldats, il se fit rouer de coups par le sergent Braddock. Lorsqu'il s'effondra, ils le traînèrent à travers le camp pour l'amener au général Custer. Ce dernier était attablé devant sa tente à la lumière de quelques lampes à huile, en compagnie d'un groupe d'officiers.

George Armstrong Custer a toujours été un mystère. Mais il est évident que sa personnalité présente deux aspects : un bon et un mauvais, une part de lumière et une part d'ombre. Quand s'exprimait son meilleur côté, il pouvait se conduire en compagnon agréable, plein de rires et d'allégresse, porté sur les farces d'écolier. Doué d'une énergie infatigable et d'une endurance hors du commun, il s'investissait sans cesse dans de nouveaux projets, capturant la faune des Plaines pour l'envoyer aux zoos de la côte Est ou s'initiant à la taxidermie. Malgré les années de séparation, il restait irréprochablement fidèle à son épouse Elizabeth, dont il était fou.

Après quelques beuveries de jeunesse, il s'était mis à observer une abstinence complète, ne s'octroyant même pas un verre de vin aux repas. Il ne jurait jamais et proscrivait le moindre écart de langage en sa présence. Durant la guerre de Sécession, quatorze ans plus tôt, il avait fait preuve d'un courage si éblouissant, d'une si totale impavidité, que le simple lieutenant qu'il était avait bientôt été promu général de division. S'il avait accepté d'être rétrogradé lieutenant-colonel, c'était juste pour pouvoir rester dans l'armée réduite de l'après-guerre. À la tête de ses troupes, il avait foncé dans des rideaux de flammes ardentes, mais jamais encore il n'avait reçu de balle. Alors que des foules de civils le tenaient pour un héros, il s'attirait la méfiance et l'animosité de ses hommes, à l'exception de sa petite cour personnelle. Cela s'expliquait par son attitude cruelle et vindicative envers quiconque lui causait du tort.

Si lui s'en était toujours sorti indemne, il avait perdu plus d'hommes pendant la guerre – morts ou blessés – que tous les autres commandants. On imputait la chose à une témérité proche de la folie. Bien entendu, les soldats n'avaient aucune sympathie pour un supérieur qui n'hésitait pas à les envoyer au massacre.

Pendant les guerres indiennes, il ordonna fréquemment l'usage du fouet, et aucun commandant de l'Ouest ne connut autant de désertions que lui. Le 7e régiment diminuait sans cesse tandis que les déserteurs – qu'on surnommait les oiseaux de nuit – filaient à la faveur de l'obscurité. Les nouvelles recrues devaient constamment regonfler les effectifs de l'unité, mais Custer ne se souciait guère de les former à devenir des cavaliers efficaces et bien entraînés. En juin 1876, malgré les longs mois d'automne et d'hiver passés à Fort Lincoln, le 7e régiment était dans un état lamentable.

En outre, la vanité et l'ambition personnelle de Custer atteignaient des proportions si démesurées qu'il se mettait en quatre pour encourager la presse à chanter ses louanges à la moindre occasion. Bon nombre de ses manies – son costume en peau de daim tannée, ses longues boucles auburn – visaient au même résultat, tout comme la présence du journaliste Mark Kellog, qui accompagnait au combat le 7e régiment.

Cependant, en tant que général, il possédait deux défauts qui devaient bientôt lui coûter la vie et celle de ses hommes. Le premier consistait à toujours sous-estimer l'ennemi. Il avait la réputation d'un grand tueur d'Indiens, et il en était persuadé. Huit ans auparavant, il avait en effet exterminé un village cheyenne endormi, celui du chef Black Kettle au bord de la Washita River, dans le Kansas. Encerclant au cours de la nuit les Indiens assoupis, il les avait massacrés au petit matin, hommes, femmes et enfants. Les Cheyennes, qui venaient de signer un nouveau traité de paix avec les Blancs, se croyaient en sécurité.

Au cours des années suivantes, il s'était trouvé mêlé à quatre escarmouches sans conséquence avec des guerriers indiens. Les pertes cumulées pour les quatre incidents ne se portaient même pas à une douzaine d'hommes. Comparés à l'hécatombe effroyable de la guerre de Sécession, ces quelques accrochages avec les Indiens du cru étaient tout juste dignes d'être mentionnés. Pourtant, les lecteurs de la côte Est avaient grand besoin d'un héros et les sauvages peinturlurés de la Frontière faisaient figure de méchants démoniaques. Custer devait sa renommée et son statut d'icône populaire aux articles à sensation des journaux et au livre qu'il avait publié, *Ma vie dans les Plaines*.

Quant à son second défaut, c'était de ne jamais écouter personne. Bien qu'il eût à ses côtés des éclaireurs expérimentés durant le trajet le long de la Rosebud, il s'obstina à ignorer leurs mises en garde. C'est devant cet homme que Ben Craig fut traîné le soir du 24 juin.

Le sergent Braddock expliqua ce qui s'était passé, et qu'il y avait des témoins. Entouré de six de ses officiers, Custer observa l'individu qui se tenait devant lui. Un jeune homme de douze ans son cadet, un peu moins d'un mètre quatre-vingts, des vêtements en peau, des boucles châtaines et des yeux d'un bleu électrique. Bien qu'il portât des bottes en cuir souple au lieu des bottes rigides des cavaliers, et une plume d'aigle à pointe blanche tressée dans les cheveux, il était manifestement de race blanche – pas même un métis comme certains éclaireurs.

— C'est un délit très grave, déclara Custer quand le sergent eut terminé. Est-ce que c'est la vérité ?

— Oui, mon général.

— Et pourquoi as-tu fait ça ?

Craig résuma l'interrogatoire de la jeune fille et les plans établis pour la fin de la soirée. La désapprobation crispa les traits de Custer.

— Je ne veux pas de ça sous mon autorité, pas même avec les squaws. Est-ce que c'est la vérité, sergent ?

À ce moment-là, le capitaine Acton, assis près de Custer, intervint. Il avait des manières onctueuses et persuasives. Il assura qu'il avait procédé lui-même à l'interrogatoire, et qu'il avait été exclusivement verbal, par l'intermédiaire de l'interprète. Aucun sévice n'avait été infligé à la jeune fille. Selon ses dernières instructions, les hommes devaient la surveiller toute la nuit sans la toucher, pour que le général puisse prendre sa décision le lendemain matin.

— Je suppose que mon sergent pourrait confirmer mes dires, dit-il en conclusion.

— Oui, mon capitaine, renchérit Braddock.

— Les preuves sont suffisantes, décréta Custer. Qu'on le mette aux arrêts de rigueur jusqu'à ce qu'il passe en cour martiale. Allez chercher le prévôt. Craig, en laissant fuir cette prisonnière, vous lui avez permis de rejoindre et de prévenir nos ennemis. Ceci est un cas de trahison, passible de pendaison.

— Elle n'est pas partie vers l'ouest, objecta Craig. Elle a pris en direction de l'est pour rejoindre sa famille, ou du moins ce qu'il en reste.

— Mais elle peut encore indiquer notre emplacement à l'ennemi, aboya Custer.

— Ils le connaissent déjà, mon général.

— Comment le sais-tu ?

— Ils nous ont suivis toute la journée.

Ses paroles furent saluées par dix secondes de silence abasourdi. Le prévôt fit son apparition, un grand gaillard de vétéran aux manières directes.

— Occupez-vous de cet homme, sergent. Arrêts de rigueur. Demain au lever du jour, il passera brièvement devant la cour martiale. La peine sera appliquée sur-le-champ. Voilà, ce sera tout.

— Demain, c'est le Jour du Seigneur, fit remarquer Craig.

Custer réfléchit quelques instants.

— C'est exact. Il ne sera pas dit que j'aurai fait pendre un homme un dimanche. Nous attendrons lundi.

Dans un coin, l'adjudant major William Cooke griffonnait un compte rendu qu'il fourrerait plus tard dans sa sacoche. C'est à ce moment-là que Bob Jackson s'approcha de la tente à cheval. Quatre Rees et un Indien Crow l'accompagnaient. Partis dès le crépuscule en reconnaissance, ils avaient mis longtemps à revenir. Jackson avait du sang blanc et du sang pied-noir. Tout émoustillé, Custer se leva d'un bond en entendant son rapport. Juste avant le coucher du soleil, les éclaireurs indiens de Jackson avaient découvert les traces d'un campement important ; de grandes marques circulaires signalaient l'emplacement des tipis. La piste partait en direction du nord, à l'opposé de la vallée de la Rosebud.

Custer avait deux raisons d'être enthousiaste. Tout d'abord, le général Terry lui avait donné l'ordre de remonter jusqu'aux sources de la Rosebud, et de décider par lui-même de la suite s'il se procurait de nouvelles informations. C'était le cas, et Custer avait désormais tout loisir de mettre au point et d'exposer une stratégie personnelle, une tactique et un plan de bataille, sans se soumettre à de quelconques consignes. De plus, il avait enfin l'impression d'avoir mis la main sur la plus grande partie des introuvables Sioux. À vingt miles de distance se trouvaient une autre vallée et une autre rivière : la Little Bighorn, coulant vers le nord pour se jeter dans la Bighorn, qui à son tour confluait avec la Yellowstone.

D'ici deux ou trois jours, les troupes amalgamées de Terry et de Gibbon atteindraient le confluent et se dirigeraient vers le sud en suivant la Bighorn. Les Sioux seraient pris dans un étau.

— Levez le camp, ordonna Custer. On va faire du chemin pendant la nuit.

Chaque officier alla retrouver son unité et Custer se tourna vers le prévôt.

— Sergent, gardez ce prisonnier près de vous, attaché à son cheval. Restez juste derrière moi. Qu'il voie un peu ce qui va arriver à ses amis.

Ils chevauchèrent toute la nuit. Ils quittèrent la vallée, progressant sur un terrain difficile, au relief accidenté, pour monter vers la ligne de partage des eaux. Les hommes et leurs montures commençaient à donner des signes de fatigue. Ils parvinrent à la ligne de partage – le point culminant entre les deux vallées – dans la nuit du dimanche 25 juin. Il faisait encore nuit noire, mais les étoiles brillaient. Juste après la ligne de partage des eaux, ils trouvèrent un petit ruisseau que Mitch Bouyer identifia comme étant le Dense Ashwood Creek. Il descendait vers l'ouest pour confluer avec la Little Bighorn au creux de la vallée. La colonne suivit le cours d'eau.

Peu avant l'aube, Custer ordonna une halte, mais on n'établit pas de camp. Les hommes épuisés bivouaquèrent et essayèrent de dormir un peu. Craig et le prévôt avaient suivi Custer à seulement cinquante mètres, au milieu de la troupe d'état-major. Craig montait toujours son cheval, mais son fusil Sharps et son couteau de chasse avaient été confisqués par le sergent Lewis. Ses chevilles étaient attachées à sa selle par des lanières de cuir et on lui avait ligoté les mains derrière le dos.

Pendant la halte du petit matin, Lewis, qui, s'il était carré et pointilleux sur les règlements, n'avait pas mauvais fond, lui détacha les chevilles pour qu'il puisse descendre de cheval. Ses poignets restèrent liés, mais Lewis lui fit boire quelques goulées d'eau à sa gourde. Le jour qui se levait promettait d'être chaud.

C'est à ce moment-là que Custer prit la première des décisions insensées qu'il devait prendre ce jour-là. Il appela un de ses subordonnés, le capitaine Frederick Benteen, et lui donna l'ordre de prendre trois compagnies, la H, la D et la K, et de partir au sud vers les *badlands* pour vérifier s'il y avait des Indiens dans les parages. À quelques mètres de là, Craig entendit Benteen, qu'il considérait comme le militaire le plus compétent de toute l'unité, remettre cet ordre en question. Si une masse d'ennemis se trouvait sur les rives de la Little Bighorn quelque part en amont, était-il bien avisé de diviser les troupes ?

— Vous êtes sous mes ordres ! rétorqua Custer avec colère, avant de tourner les talons.

Benteen haussa les épaules et obtempéra. Sur les six cents hommes qui formaient l'ensemble des troupes de Custer, cent cinquante partirent vers cette mission inutile, traversant les *badlands* et leur étendue sans fin de collines et de vallées.

Même si Craig et le sergent Lewis ne devaient jamais le savoir, Benteen revint dans la vallée quelques heures plus tard avec des chevaux et des hommes exténués, trop tard pour apporter son concours, mais trop tard aussi pour se faire tuer.

Après avoir donné ses ordres, Custer leva de nouveau le camp et le 7e régiment reprit sa marche vers la rivière le long du cours d'eau.

À l'aurore, un groupe d'éclaireurs crows et rees qui s'étaient détachés de la colonne revinrent en arrière. Ils avaient découvert un monticule près du confluent de la rivière et du Dense Ashwood Creek. Familiers de cette région, ils le connaissaient bien. Il était planté de sapins, et un observateur posté au sommet pouvait embrasser du regard la vallée entière. Deux Rees étaient montés dans un arbre et avaient vu quelque chose. En apprenant que Custer avait l'intention de continuer, ils s'assirent par terre pour entonner des chants funèbres.

Le jour se leva et la chaleur commença à s'installer. Devant Craig, le général Custer, vêtu de sa tenue de daim crème, enleva sa veste, la roula et l'attacha derrière la selle. Il ne garda que sa chemise en coton bleu, le visage protégé par un chapeau beige à large bord. La colonne atteignit le monticule. Custer le gravit jusqu'à mi-hauteur et observa à la longue-vue ce qui se passait plus loin. Ils étaient installés sur la berge du ruisseau, à trois miles du confluent avec la rivière. Quand il redescendit pour s'entretenir avec ses officiers, une rumeur se propagea le long de la colonne. Il venait d'apercevoir une partie d'un village sioux, et de la fumée s'élevait des feux de camp. On était maintenant en milieu de matinée.

Sur l'autre rive, à l'est de la rivière, s'alignaient des collines qui bouchaient la vue à un observateur placé au niveau du sol. Cependant, Custer avait mis la main sur ses Sioux. Il n'avait pas d'idée précise sur leur nombre et ignora les mises en garde de ses éclaireurs. Il décida donc de donner l'assaut – la seule manœuvre à figurer dans son lexique personnel. Il choisit comme plan de bataille un mouvement de tenaille. Au lieu d'attaquer les Indiens par le sud et d'attendre que Terry et Gibbon les coincent par le nord, il préféra former les deux pinces de la tenaille avec ce qui restait du 7e régiment.

Toujours attaché à son cheval en attendant la sentence de la cour martiale, Ben Craig l'entendit ordonner à son commandant en second, le major Marcus Reno, de mener vers l'ouest trois compagnies, la A, la M et la B. Elles étaient censées gagner la rivière et passer à gué avant de prendre à droite pour charger l'extrémité sud du village.

Il laisserait une compagnie sur place à surveiller les chariots et le fourniment. Avec les cinq compagnies restantes, il galoperait plein nord derrière les collines et ressortirait pour descendre le long de la rivière, qu'il traverserait afin d'attaquer les Indiens par le nord. Entre ses cinq compagnies et les trois de Reno, les Sioux seraient pris au piège et anéantis.

Si Craig ignorait ce que dissimulait l'alignement des collines, il pouvait par contre observer le comportement des éclaireurs crows et rees. Ils savaient ce qui se passait, et ils se préparaient à la mort. Ils venaient en effet de contempler le plus grand rassemblement de Sioux et de Cheyennes qu'il leur serait jamais donné de voir. Six tribus importantes s'étaient réunies pour chasser ensemble, et avaient établi leur campement sur la rive occidentale de la Little Bighorn River. Il regroupait entre dix mille et quinze mille Indiens issus de toutes les tribus des Plaines.

Craig savait que dans la société des Indiens des Plaines, un homme est destiné à faire la guerre entre l'âge de quinze ans et de trente-cinq ou quarante ans. Par conséquent, le sixième d'une tribu se composait de guerriers. Ça signifiait qu'il y en avait deux mille au bord de la rivière, et ils n'avaient pas la moindre intention de se laisser docilement reconduire vers une réserve, alors même qu'ils venaient d'apprendre que les daims et les antilopes pronghorns abondaient dans la région nord-ouest des Plaines. Pis encore – même si personne n'était au courant –, ils avaient affronté et vaincu le général Crook la semaine précédente, et les Tuniques Bleues ne les intimidaient guère. Et ils n'étaient pas non plus partis à la chasse, comme la veille les hommes du village de Tall Elk. En fait, ils avaient passé la nuit du 24 juin à fêter dignement leur victoire sur Crook.

Ce délai d'une semaine s'expliquait facilement. Fidèles à la tradition, les Indiens avaient observé une semaine de deuil pour les morts de la bataille contre Crook, le 17 juin, et la fête n'avait pu avoir lieu qu'au bout de ces sept jours. Au matin du 25, les guerriers se remettaient des danses de la veille. Ils n'étaient pas allés chasser et arboraient encore leurs peintures rituelles. Quoi qu'il en soit, Craig se rendait bien compte qu'il ne s'agissait pas d'un village endormi, comme celui de Black Kettle au bord de la Washita.

Midi était passé lorsque Custer divisa ses troupes pour la dernière fois. Une fois de trop. L'éclaireur regarda partir le major Reno, qui descendait le long du cours d'eau pour pouvoir le traverser. Le capitaine Acton, à la tête de la compagnie B, jeta un regard à l'éclaireur qu'il avait pratiquement condamné à mort et se laissa aller à un petit sourire avant de poursuivre son chemin. Braddock qui venait juste derrière ricana méchamment en passant. Encore quelques heures et ces deux-là seraient morts, tandis que les survivants des trois compagnies de Reno, abandonnés au sommet d'une colline, s'efforceraient de tenir bon jusqu'à ce que Custer vienne à la rescousse. Mais Custer ne devait jamais revenir, et c'est le général Terry qui leur porta secours deux jours plus tard.

Craig regarda les cent cinquante nouveaux soldats d'une armée de plus en plus réduite descendre le long de la rivière. Sans être lui-même un soldat, il n'avait pas confiance en eux. Trente pour cent des hommes de Custer étaient de jeunes recrues qui n'avaient reçu qu'une formation très rudimentaire. Certains maîtrisaient à peine une monture calme, et ne sauraient plus la contrôler pendant le combat. D'autres parvenaient tout juste à manier leur fusil Springfield.

Quarante pour cent de plus, malgré une carrière plus longue, n'avaient jamais abattu un Indien sous l'emprise de la colère et ne les avaient jamais affrontés au cours d'une escarmouche. La plupart n'avaient côtoyé que les Indiens effrayés et soumis parqués dans les réserves. Il se demandait comment ils réagiraient en voyant une horde peinturlurée et hurlante déferler sur eux pour défendre femmes et enfants. Les sombres pressentiments qui l'habitaient devaient se révéler fondés. Mais alors il serait beaucoup trop tard.

Il savait également que Custer avait refusé de prendre en compte un élément décisif. Contrairement à la légende, les Indiens des Plaines, loin de mépriser la vie, la tenaient pour sacrée. Même sur le sentier de la guerre, ils se refusaient à sacrifier beaucoup d'hommes. Quand ils avaient perdu deux ou trois de leurs plus audacieux guerriers, ils se retiraient habituellement du combat. Mais là, Custer s'attaquait à leurs parents, à leurs femmes et à leurs enfants. Le sens de l'honneur dissuaderait les hommes d'arrêter les hostilités avant d'avoir tué les *wasichu* jusqu'au dernier. Cette fois, il n'y aurait pas de quartier.

Comme le nuage de poussière disparaissait à mesure que les trois compagnies de Reno s'éloignaient le long de la rivière, Custer décida de laisser sur place les chariots contenant le fourniment, sous la garde d'une des six compagnies restantes. Il entraîna les autres – la E, la C, la L, la I et la F – en direction du nord. Les collines empêchaient les Indiens de le voir, mais elles les dissimulaient également à sa vue. Il lança alors au prévôt :

— Emmenez le prisonnier. Qu'il voie un peu le sort que le 7e régiment réserve à ses amis.

Sur ce, il partit au trot vers le nord. Les cinq compagnies lui emboîtèrent le pas – un total de deux cent cinquante hommes. Craig se rendait compte qu'il ne percevait toujours pas le danger, car il faisait suivre trois civils pour les faire profiter du spectacle. Parmi eux se trouvait le journaliste Mark Kellog, un homme frêle au nez chaussé de lunettes. Plus grave, il entraînait avec lui deux de ses jeunes parents, dont il aurait dû se sentir responsable : le benjamin de ses frères, Boston Custer, âgé de dix-neuf ans, et un neveu de seize ans, Autie Reed.

Les hommes allaient au trot, deux de front, sur une colonne d'un demi-mile environ. Derrière Custer venaient son adjudant-chef, le capitaine Cooke, et son ordonnance du jour, le soldat John Martin, qui était par ailleurs le clairon du régiment. Il s'appelait en réalité Giuseppe Martino. Immigré italien, cet ancien clairon de Garibaldi ne maîtrisait qu'imparfaitement la langue anglaise. Dix mètres derrière Custer chevauchaient le sergent Lewis et Ben Craig, toujours attaché à son cheval.

Comme ils s'enfonçaient au milieu des collines, prenant soin de ne pas cheminer sur la crête, ils se retournèrent sur leur selle pour voir le major Reno et ses troupes franchir la Little Bighorn afin d'attaquer par le sud. À ce moment-là, Custer, voyant la mine lugubre des éclaireurs crows et rees, les invita à faire demi-tour. Ils ne se le firent pas dire deux fois. Et ceux-là eurent la vie sauve.

Ils progressèrent ainsi pendant trois miles, puis ils montèrent sur la crête à leur gauche pour plonger enfin leur regard dans la vallée. Craig entendit se bloquer la respiration du grand sergent qui tenait la bride de son cheval, et il le surprit à murmurer « Doux Jésus ». La berge opposée de la rivière n'était qu'une marée de tipis. Malgré la distance, Craig distinguait la forme des tentes et la couleur des décorations, qui permettaient d'identifier les tribus. Il y avait là six villages différents.

Quand ils voyageaient, les Indiens des Plaines se déplaçaient en colonne, tribu après tribu. Et lorsqu'ils dressaient un campement, ils formaient des villages séparés. Le campement était donc étroit et tout en longueur : six villages échelonnés sur la rive de l'autre côté du cours d'eau.

Lorsqu'ils s'étaient arrêtés quelques jours auparavant, ils se dirigeaient vers le nord. L'honneur de décider de la halte était revenu aux Cheyennes du Nord, et leur village se trouvait donc le plus au nord. Près d'eux s'étaient installés leurs plus sûrs alliés, les Sioux Oglalas. Ils avaient pour voisins les Sioux Sans-Arcs et les Pieds-Noirs. Le second village en partant du sud était celui des Minneconjous, tandis que les Hunkpapas, attaqués par le major Reno, occupaient l'extrémité sud du village. La tribu avait pour chef et grand sorcier le fameux Sitting Bull. D'autres tribus étaient représentées, les Sioux Santees, Brûlés et Assiniboins qui avaient planté leurs tentes près de leurs plus proches parents. Ce que les collines cachaient à présent au 7e régiment, c'est que l'offensive menée au sud par le major Reno contre les Hunkpapas de Sitting Bull avait tourné à la catastrophe. Une nuée d'Indiens avaient en effet surgi des tentes pour contre-attaquer. La plupart étaient à cheval et portaient des armes.

Il était presque deux heures de l'après-midi. Sur leur gauche, les hommes de Reno avaient été facilement et adroitement débordés par des guerriers à dos de poney, qui les avaient encerclés sur la prairie. Ils avaient été forcés de faire demi-tour et de battre en retraite dans un bosquet de peupliers de Virginie, près de la rivière qu'ils venaient de traverser. Bon nombre d'entre eux avaient mis pied à terre sous les arbres, d'autres avaient perdu le contrôle de leur monture et s'étaient fait désarçonner. Certains avaient même laissé tomber leurs fusils, dont les Hunk-papas s'étaient emparés avec joie. Quelques minutes plus tard, les autres repasseraient la rivière qu'ils venaient de franchir et se réfugieraient au sommet d'une colline, où ils subiraient un siège de trente-six heures.

Le général Custer observait ce qui se trouvait dans son champ de vision. À quelques mètres de distance, Craig étudiait le grand tueur d'Indiens. On apercevait des femmes et des enfants dans le campement, mais pas de guerriers. Pour Custer, c'était une bonne surprise. Craig l'entendit apostropher les capitaines de compagnie qui s'étaient regroupés autour de lui :

— Nous allons descendre, traverser la rivière et prendre le village.

Il appela ensuite le capitaine Cooke à qui il dicta un message. Il s'adressait à ce même capitaine Benteen qu'il avait depuis longtemps expédié vers les terres sauvages. Voici ce que griffonna Cooke : « Venez nous rejoindre. Village important. Faites vite. Apportez du matériel. » Il entendait par là un supplément de munitions. Il confia le message au clairon Martino, qui survécut et relata l'histoire. Par miracle, l'Italien réussit à trouver Benteen : cet officier prudent avait renoncé à sa mission inutile dans les *badlands* pour retourner vers la rivière, avant de rejoindre Reno sur la colline assiégée. Mais à ce moment-là, il n'était plus question de se frayer un chemin vers un Custer en perdition.

Tandis que Martino s'éloignait sur la piste au petit galop, Craig se retourna sur sa selle pour le regarder. Il vit en même temps vingt-quatre hommes de la compagnie F du capitaine Yates rebrousser chemin sans qu'on leur en ait donné l'ordre. Personne ne tenta de les arrêter. Craig tourna de nouveau la tête vers Custer. Cet homme fier comme un paon ne comprenait-il donc rien ?

Dressé sur ses étriers, le général leva son chapeau beige et harangua ses troupes :

— Hourra, les gars, on les a eus !

Ce furent les derniers mots que l'Italien entendit en partant, et il les répéta plus tard devant la commission d'enquête. Craig remarqua qu'à trente-six ans, le général Custer commençait à se dégarnir, comme beaucoup d'hommes dotés d'une belle chevelure auburn. Même si les Indiens le surnommaient Longs-Cheveux, il avait préféré une coupe courte pour la campagne d'été. C'est peut-être pour cela que les squaws oglalas ne le reconnurent pas lorsqu'il fut abattu, et que les guerriers ne daignèrent pas le scalper.

Après sa harangue, Custer éperonna son cheval et bondit en avant, escorté par les deux cent dix soldats qui restaient. Devant eux, le terrain qui s'étendait jusqu'à la rive était moins pentu et se prêtait bien à une charge en descente. Au bout d'un mile, la colonne obliqua sur la droite, une compagnie après l'autre, pour descendre la pente, passer la rivière à gué et donner l'assaut. C'est à cet instant que le village cheyenne explosa.

Les guerriers surgirent comme une nuée de frelons, exhibant leurs peintures de guerre. La plupart étaient nus jusqu'à la taille, et ils galopèrent jusqu'à la rivière en hurlant de stridents *Yip yip*. Ils passèrent sur la rive est et foncèrent vers les cinq compagnies. Les Tuniques Bleues s'arrêtèrent net. Près de Ben Craig, le sergent Lewis serra la bride et marmonna encore une fois « Doux Jésus ». Sitôt la rivière franchie, les Cheyennes se jetèrent à bas de leurs poneys et avancèrent à pied, s'enfonçant à l'abri des hautes herbes, se redressant pour couvrir quelques mètres en courant avant de plonger à nouveau. Les premières flèches commencèrent à pleuvoir sur les cavaliers. L'une d'elles se ficha dans le flanc d'un cheval qui se mit à hennir de douleur et se cabra si violemment qu'il désarçonna son cavalier.

— Mettez pied à terre ! Les chevaux restent à l'arrière !

C'était Custer qui venait de crier et personne n'eut besoin de se l'entendre répéter. Craig vit quelques soldats dégainer leur Colt 45, abattre leur cheval d'une balle en pleine tête et se servir du corps comme d'un rempart. Ceux-là étaient les plus malins.

Il n'y avait aucun couvert défensif sur cette colline, pas le moindre rocher ou tas de cailloux derrière lequel se cacher. Pendant que les hommes mettaient pied à terre, quelques-uns furent détachés de leur compagnie pour conduire une douzaine de chevaux par la bride jusqu'à la crête. Le sergent Lewis fit faire demi-tour à son cheval et à celui de Craig, et les mena au petit trot vers le sommet. Ils rejoignirent la meute grouillante des chevaux de l'armée, retenue par une vingtaine de soldats. Les bêtes ne tardèrent pas à renifler l'odeur des Indiens. Elles se cabraient nerveusement, entraînant avec elles les hommes qui les tenaient. Lewis et Craig observaient la scène, juchés sur leurs montures. Après le premier assaut, la bataille se calma. Mais les Indiens n'étaient pas vaincus pour autant. Ils étaient juste en train d'effectuer une manœuvre d'encerclement.

On a raconté plus tard que ce sont les Sioux qui ont anéanti Custer ce jour-là. Pourtant, ce sont surtout les Cheyennes qui se sont chargés de l'attaque frontale.

Leurs cousins les Sioux Oglalas leur laissèrent l'honneur de défendre leur propre village, que Custer avait prévu d'assaillir en premier. Ils se contentèrent de leur prêter main-forte en débordant le flanc de l'armée ennemie, lui coupant ainsi toute retraite. Placé où il était, Craig voyait les Oglalas se glisser parmi les herbes, vers la droite et vers la gauche. Au bout de dix minutes, tout espoir de retraite avait disparu. Les balles et les flèches sifflantes tombaient maintenant plus près. L'un des soldats qui tenaient les chevaux reçut une flèche dans la gorge et s'écroula, hurlant et suffoquant. Les Indiens disposaient de quelques fusils modernes et de vieux fusils à silex, mais en nombre limité. D'ici la fin de l'après-midi, ils se seraient constitué une belle provision de Colts et de Springfield plus récents. Mais ils se servaient surtout de flèches, qui présentaient deux avantages : arme silencieuse, l'arc ne trahit pas la position du tireur. Au cours de l'après-midi, beaucoup de Tuniques Bleues périrent d'une flèche en pleine poitrine sans voir l'ombre d'une cible. Deuxième avantage, on peut lancer les flèches très haut dans le ciel pour les faire atterrir sur les cavaliers quasiment à la verticale. Cette technique avait un effet particulièrement dévastateur sur les chevaux.

Une heure plus tard, une douzaine de montures avaient été touchées. Arrachant les rênes des mains des soldats, les bêtes détalèrent sur la piste, bientôt imitées par celles qui n'étaient pas blessées. Bien avant que les hommes aient succombé, les chevaux s'étaient échappés, emportant avec eux tout espoir de fuite. La panique se répandit comme une traînée de poudre parmi les soldats tapis sur la colline. Les quelques gradés et les simples soldats perdirent tout simplement le contrôle de la situation.

Le village cheyenne avait pour chef Little Wolf, qui par hasard se trouvait absent. À son retour, une heure trop tard pour prendre part au combat, il se fit abreuver d'injures pour son absence. En fait, il était à la tête des éclaireurs qui avaient suivi Custer le long de la Rosebud et traversé la ligne de partage des eaux pour gagner la Little Bighorn. En son absence, il déléguait son autorité au guerrier le plus âgé après lui : Lame White Man, issu de la tribu des Cheyennes du Sud. Âgé de trente-cinq ans environ, il n'était pas plus blanc que boiteux. Lorsqu'un groupe de trente cavaliers tenta de faire une percée vers la rivière, il les chargea tout seul et mourut en héros tout en leur sapant le moral. Aucun des trente n'essaya de rejoindre le cercle formé sur la pente. Témoins de leur agonie, leurs compagnons perdirent tout espoir de s'en sortir. Plus haut, Lewis et Craig entendaient les prières et les gémissements de ces hommes aux prises avec la mort. L'un des soldats – un gamin qui pleurnichait comme un bébé – rompit le cercle et gravit la colline pour aller chercher un des deux derniers chevaux. Il ne fallut que quelques instants pour que quatre flèches viennent se planter dans son dos. Il s'effondra, pris de convulsions. Les deux hommes à cheval se trouvaient maintenant exposés aux projectiles. Plusieurs les frôlèrent bientôt en sifflant. Sur la pente en contrebas, il restait entre cinquante et cent survivants, mais la moitié d'entre eux avaient dû recevoir une flèche ou une balle. Il arrivait qu'un guerrier en quête de gloire parte tout seul à l'assaut de la colline pour foncer au milieu des soldats accroupis, bravant une volée de balles. Vu les compétences des tireurs, l'Indien s'éloignait indemne mais couvert de prestige. Et toujours avec des hurlements stridents.

Tous les soldats les prenaient pour des cris de guerre. Craig, lui, n'était pas dupe. Loin d'être belliqueux, ces cris étaient en fait des cris de mort, celle des Indiens eux-mêmes. Ils remettaient simplement leur âme entre les mains du Grand Manitou. Mais la chose qui eut raison ce jour-là du 7e régiment fut la peur d'être capturé vivant et soumis à la torture. On avait bourré le crâne des soldats d'histoires atroces sur la fin que les Indiens réservaient à leurs prisonniers. La plupart d'entre elles étaient fausses.

La notion de prisonnier de guerre était étrangère à la culture des Indiens des Plaines qui n'avaient aucun endroit où séquestrer les captifs. Cependant, une armée ennemie pouvait se rendre avec les honneurs si elle avait perdu la moitié de ses effectifs. Au bout de soixante-dix minutes, ce fut certainement le cas pour Custer. Si l'adversaire poursuivait le combat dans ces conditions, il était logique qu'il périsse jusqu'au dernier homme.

Quand un soldat était capturé vivant, il subissait la torture dans deux cas précis : s'il apparaissait qu'il s'était parjuré après s'être solennellement engagé à ne plus jamais attaquer cette tribu, et s'il s'était montré lâche au combat. Dans ce cas, il s'exposait au plus profond mépris. Et dans les deux cas il avait perdu son honneur. Dans la culture des Sioux et des Cheyennes, il est possible de reconquérir son honneur en endurant la souffrance avec courage et stoïcisme. Un menteur ou un poltron pouvait profiter de cette opportunité, par le truchement de la douleur physique. Custer faisait partie de ceux qui avaient juré aux Cheyennes de ne plus jamais les combattre. Le reconnaissant parmi les victimes, deux squaws de cette tribu percèrent les tympans du cadavre avec des poinçons en acier. Afin qu'il entende mieux, la prochaine fois.

Tandis que se refermait le cercle des Cheyennes et des Sioux, la panique se propagea comme un feu de brousse parmi les survivants. À cette époque, la visibilité était toujours réduite au cours d'une bataille. En effet, toutes les munitions disponibles dégageaient de la fumée. Au bout d'une heure, la poudre avait voilé la colline d'un rideau de fumée. C'est à travers ce voile que surgirent les sauvages grimés. Les imaginations s'emballèrent aussitôt. Des années plus tard, un poète britannique écrirait ceci :

Quand sur les plaines afghanes tu gis ensanglanté
Et que viennent les femmes pour profaner ton corps
Rampe vers ton fusil, et donne-toi la mort.
Comme un soldat alors, vers Dieu tu peux monter.

Aucun des survivants de ce coteau ne vivrait assez longtemps pour connaître Kipling, mais ils firent comme il disait. Craig entendit tirer les premiers blessés qui cherchaient à fuir les affres de la torture. Il se tourna vers le sergent Lewis. Près de lui, l'imposant sergent avait le visage livide, tandis que les deux chevaux cédaient à la panique. Impossible de s'échapper en reprenant la piste en sens inverse : elle fourmillait littéralement de Sioux Oglalas.

— Sergent, vous n'allez pas me laisser mourir comme un cochon ficelé ! s'écria l'éclaireur.

Lewis hésita et, après quelques instants de réflexion, son sens du devoir l'abandonna. Il mit pied à terre et sortit son couteau afin de trancher les lanières qui attachaient les chevilles de Craig à la sangle de sa monture.

Trois choses se produisirent alors en l'espace d'une seconde. Deux flèches décochées à moins de cent mètres de distance se fichèrent dans la poitrine du sergent. Le couteau à la main, il les regarda d'un air stupéfait, puis ses jambes fléchirent et il s'effondra à plat ventre.

Encore plus près, un guerrier sioux émergea des herbes et braqua sur Craig un antique fusil à silex avant d'ouvrir le feu. Pour pouvoir tirer de loin, il avait mis une trop grande quantité de poudre noire. Pis, il avait oublié de retirer la baguette. La culasse explosa en grondant dans un jaillissement de flammes, réduisant en charpie la main droite de l'Indien. S'il avait épaulé son fusil, la moitié de sa tête aurait été emportée, mais là, il avait calé l'arme contre sa hanche. La baguette sortit du canon en vibrant comme un harpon. Craig faisant face au tireur, elle pénétra dans le poitrail de son cheval et s'enfonça jusqu'au cœur. Tandis que l'animal s'écroulait, Craig, les poignets toujours ligotés, essaya de se jeter à terre pour se protéger. Lorsqu'il atterrit sur le dos, sa tête heurta un roc et il perdit connaissance.

Dix minutes plus tard, les soldats blancs de Custer présents sur la colline étaient morts jusqu'au dernier. L'éclaireur inconscient ne put rien voir de la scène, mais tout fut consommé en un éclair. Les guerriers sioux racontèrent par la suite que les quelques douzaines de survivants qui poursuivaient le combat avaient disparu d'un instant à l'autre : le Grand Manitou les avait tout simplement emportés. En réalité, bon nombre d'entre eux s'étaient contentés de « ramper vers leur fusil » ou de faire usage de leur Colt. Certains rendirent ce service à un camarade blessé, d'autres retournèrent leur arme contre eux.

Lorsque Ben Craig retrouva ses esprits, la tête lui tournait et ses oreilles bourdonnaient à cause du choc qu'il avait reçu. Il souleva les paupières. Il gisait sur le flanc, les mains liées derrière le dos, une joue appuyée contre la terre. Des brins d'herbe lui effleuraient le visage. Quand ses idées s'éclaircirent un peu, il remarqua des pieds chaussés de daim qui se déplaçaient autour de lui, et il entendit des voix échauffées mêlées de cris triomphants. Sa vision devint également plus nette. Des jambes nues, des pieds chaussés de mocassins sillonnaient le coteau en courant. C'étaient les Indiens Sioux en quête d'un butin et de trophées. L'un d'eux surprit probablement le mouvement de ses yeux. Un rugissement de triomphe éclata et des mains solides redressèrent son buste sans ménagement.

Quatre guerriers avaient fait cercle autour de lui, un rictus sur leur face peinte, le cerveau encore affolé par la fièvre du carnage. Il vit se lever la massue de pierre d'un guerrier, prête à lui démolir le crâne. Attendant la mort, il se demanda vaguement durant quelques instants ce qui se trouvait de l'autre côté. Mais le coup ne s'abattit pas. Au lieu de ça, une voix cria : « Arrêtez ! » Ben Craig leva les yeux. L'homme qui venait de parler était monté sur un poney, à quelques pas de lui. Comme le soleil couchant se trouvait sur la droite par rapport au cavalier, la lumière éblouissante réduisait son apparence à un simple contour.

Ses cheveux n'étaient pas tressés ; ils descendaient dans son dos et sur ses épaules comme une cape noire. Ne portant ni lance ni hachette en fer, il ne pouvait pas être cheyenne. Le poney s'étant légèrement décalé, l'épaule du cavalier masqua le soleil et sa lueur aveuglante. Son ombre tomba sur le visage de Craig et il le distingua plus clairement. Le pinto n'était pas de couleur pie, contrairement aux montures de la plupart des Indiens. C'était un de ces poneys roux clair qu'on appelait « golden buckskin ». Craig en avait déjà entendu parler. L'homme qui le chevauchait portait pour tout vêtement un pagne en tissu et une paire de mocassins. Vêtu comme un simple brave, il n'en avait pas moins l'autorité d'un chef. Son bras gauche ne tenait pas de bouclier, comme s'il ne daignait pas protéger sa vie, mais il était armé d'une massue de pierre. C'était donc un Sioux.

La massue de guerre était une arme redoutable : un manche de cinquante centimètres, terminé par une fourche. Celle-ci retenait une pierre lisse de la taille d'un gros œuf de cane, assujettie par des lanières de cuir que l'on mouillait au moment de les nouer. Elles séchaient alors au soleil et se rétrécissaient assez pour empêcher la pierre de tomber. Un coup porté avec cette massue était capable de briser un bras, une épaule ou des côtes, et de broyer un crâne comme une coquille de noix. Les Indiens étaient obligés de frapper de très près, ce qui les couvrait de gloire.

Lorsque l'homme se remit à parler, il utilisa la langue des Sioux Oglalas, plus proche de celle des Cheyennes, et l'éclaireur comprit ses paroles.

— Pourquoi avoir attaché le *wasichu* de cette manière ?

— Ce n'est pas nous, Grand Chef, nous l'avons trouvé ligoté comme ça, par son propre peuple.

Les yeux noirs se posèrent sur les lanières qui enserraient les chevilles de Craig. Il en prit note, mais s'abstint de tout commentaire. Il était assis, absorbé dans ses pensées. Sa poitrine et ses épaules étaient couvertes de peintures – des cercles figurant des grêlons – et depuis la racine de ses cheveux, un éclair noir zigzaguait jusqu'à son menton marqué par les balles. Il ne portait pas d'autre parure, mais Craig le connaissait de réputation. Il avait devant les yeux le légendaire Crazy Horse, chef incontesté des Sioux Oglalas depuis douze ans – depuis ses trente-six ans –, un homme dont on révérait l'intrépidité, le mysticisme et l'abnégation.

Une brise vespérale soufflait de la rivière en contrebas, ébouriffant les cheveux du chef, les hautes herbes et la plume blanche accrochée derrière la tête de l'éclaireur. Quand elle vint se poser sur l'épaule de sa veste en daim, elle n'échappa pas au regard de Crazy Horse. C'était une distinction décernée par les Cheyennes.

— Laissez-le vivre, ordonna le chef de guerre. Amenez-le devant le chef Sitting Bull afin qu'il soit jugé.

Quoique déçus de voir le butin s'échapper, les Indiens s'exécutèrent. Craig fut brutalement remis debout et poussé vers la rivière. En descendant les huit cents mètres qui l'en séparaient, il put constater le résultat de la boucherie. Sur le versant, les deux cent dix hommes des cinq compagnies – mis à part les éclaireurs et les déserteurs – gisaient dans les étranges postures de la mort. Les Indiens en quête de trophées les dépouillaient de tous leurs effets avant d'accomplir les mutilations rituelles, qui différaient selon la tribu. Les Cheyennes tailladaient les jambes des cadavres afin que le mort ne puisse pas les traquer, alors que les Sioux réduisaient en bouillie les crânes et les visages à l'aide d'une massue de pierre. D'autres tribus tranchaient les bras, les jambes ou la tête. Cinquante mètres plus bas, l'éclaireur vit le corps de George Armstrong Custer. D'une blancheur de marbre sous le soleil, il ne portait plus que ses chaussettes en coton. Il n'avait pas souffert d'autre mutilation que la perforation des tympans, et les hommes de Terry le retrouveraient dans cet état.

Les Indiens raflaient le contenu des poches et des sacoches : les fusils et les pistolets, évidemment, ainsi que la grosse quantité de munitions qui restaient. Ils s'emparèrent aussi des blagues à tabac et des montres en argent, des portefeuilles renfermant les photos de famille, et de tout ce qui pouvait constituer un trophée. Ils finirent par les casquettes, les bottes et les uniformes. Le coteau grouillait de braves et de squaws.

Quelques poneys étaient rassemblés au bord de la rivière. Craig fut hissé sur l'un d'eux et franchit les eaux de la Little Bighorn, escorté de quatre Indiens. Comme ils traversaient le village cheyenne, les femmes sortirent pour crier des injures au seul visage-pâle survivant. Cependant, la plume d'aigle leur imposa le silence. S'agissait-il d'un allié ou d'un traître ?

Le groupe traversa au trot les campements des Sans-Arcs et des Minneconjous pour se rendre dans le village des Hunkpapas. Tout le camp était en émoi. Ses braves n'avaient pas affronté Custer sur la colline ; ils avaient forcé le major Reno à battre en retraite. Le reste de ses troupes se trouvait encore de l'autre côté de la rivière, assiégé au sommet de la colline. Benteen et les chariots les avaient rejoints, se demandant pourquoi Custer n'était pas revenu pour leur prêter main-forte. Des guerriers pieds-noirs, minneconjous et hunkpapas galopaient en tous sens, agitant les trophées arrachés aux morts de Reno. Craig aperçut ici et là un scalp blond ou roux que l'on brandissait en l'air. Entourés de squaws hurlantes, ils atteignirent la tente du grand juge et sorcier, Sitting Bull.

L'escorte oglala lui transmit les instructions de Crazy Horse et remit Craig entre ses mains avant de retourner chercher les trophées sur le coteau. Craig fut rudement poussé dans un tipi, où deux squaws armées de couteaux reçurent l'ordre de le tenir sous bonne garde.

La nuit était tombée depuis longtemps quand on vint le chercher. Une douzaine de braves le traînèrent à l'extérieur. On avait allumé des feux de camp, et à la lueur des flammes, les guerriers au corps couvert de peintures offraient un spectacle effrayant. L'atmosphère était néanmoins plus paisible, même si à un mile de distance, au-delà de la rivière et du bosquet de peupliers, des cris perçaient par moments les ténèbres, indiquant que les Sioux invisibles poursuivaient leur ascension de la colline, vers le cercle défensif de Reno.

Pendant la bataille aux deux extrémités de l'immense campement, les Sioux avaient perdu en tout et pour tout trente guerriers. Bien que mille huit cents aient participé au combat et que les ennemis aient été quasiment exterminés, les Indiens se ressentaient de ces pertes. Un peu partout dans le campement, des mères et des veuves entonnaient des mélopées funèbres devant le corps d'un époux ou d'un fils, et le préparaient pour le Grand Voyage.

Au centre du village hunkpapa flambait un feu plus grand que les autres. Rassemblés autour, se tenaient une douzaine de chefs, dont le plus important était Sitting Bull. Il n'avait que quarante ans mais il paraissait plus âgé. Éclairé par les flammes, son visage couleur acajou, aux traits accusés, semblait encore plus sombre. Comme Crazy Horse, on le vénérait pour la vision capitale qu'il avait eue un jour du destin de son peuple et des buffles des Plaines. C'était une vision macabre : il les avait vus massivement décimés par l'homme blanc, et sa haine des visages-pâles était notoire. On jeta Craig à cinq mètres sur sa gauche pour que le feu de camp ne gêne pas la vue. Ils passèrent un moment à le dévisager avec attention. Sitting Bull donna un ordre que Craig ne réussit pas à comprendre. Dégainant son couteau, un brave alla se placer derrière Ben. Il attendit le coup de grâce.

La lame trancha les cordes qui maintenaient ses poignets. Pour la première fois en vingt-quatre heures, il put ramener ses mains sur le devant. Il se rendit compte qu'il avait perdu toute sensibilité. Le sang recommença à affluer, provoquant de violents picotements et une sensation douloureuse. Son visage ne trahissait rien.

Sitting Bull reprit la parole, et cette fois, c'est à lui qu'il s'adressa. Il ne comprit pas ses propos, mais répondit malgré tout en cheyenne, provoquant une rumeur de surprise. Un des autres chefs, un Cheyenne nommé Two Moon, lui demanda alors :

— Le Grand Chef veut savoir pourquoi les *wasichu* t'ont attaché à ton cheval et t'ont ligoté les mains derrière le dos.

— J'avais enfreint leurs règles.

— Gravement ?

Two Moon fit office d'interprète pendant la suite de l'interrogatoire.

— Le chef des Tuniques Bleues avait l'intention de me pendre, demain matin.

— Qu'est-ce que tu leur avais fait ?

Craig se mit à réfléchir. C'était donc seulement la veille que Braddock avait incendié les tentes du village de Tall Elk ? Il commença son récit par cet épisode et termina sur sa condamnation à mort. Il vit Two Moon hocher la tête en entendant mentionner le campement de Tall Elk. Il était déjà au courant. Craig faisait une pause après chaque phrase pour que Two Moon traduise en sioux. Une fois le récit achevé, les chefs se concertèrent rapidement à voix basse. Two Moon commanda à un de ses hommes :

— Retourne dans notre village, et ramène Tall Elk et sa fille.

Le brave alla détacher son poney, monta sur son dos et s'éloigna. Sitting Bull poursuivit son interrogatoire.

— Pourquoi es-tu venu faire la guerre aux peaux-rouges ?

— Ils m'ont dit qu'ils venaient ici pour que les peaux-rouges retournent dans les réserves du Dakota. Personne ne pensait tuer qui que ce soit jusqu'à ce que Longs-Cheveux perde la tête.

Après un nouvel entretien à voix basse, Two Moon demanda :

— Longs-Cheveux était là ?

Pour la première fois, Craig comprit qu'ils ignoraient contre qui ils s'étaient battus.

— Il est sur le coteau de l'autre rive. Et il est mort.

Le silence retomba au terme d'un nouveau conciliabule. Un conseil était quelque chose de sérieux, et il était inutile de se presser. Au bout d'une demi-heure, Two Moon questionna :

— Pourquoi portes-tu cette plume d'aigle blanche ?

Craig lui fournit l'explication. Dix ans plus tôt, à l'âge de quatorze ans, il s'était joint à une bande de jeunes Cheyennes pour aller chasser dans les montagnes. Tous se servaient d'arcs et de flèches, sauf Craig qui avait pu emprunter le fusil Sharps du vieux Donaldson. Ils s'étaient fait surprendre par un grizzli. Si le vieil ours irascible n'avait plus une seule dent, il lui restait par contre assez de force dans les pattes pour tuer un homme d'un seul coup. Surgissant d'un fourré avec des grognements impressionnants, l'ours avait foncé sur eux. À ce moment-là, un des braves qui se trouvaient derrière Two Moon demanda la permission de l'interrompre.

— Je me souviens de cette histoire. Elle a eu lieu dans le village de mon cousin.

Autour d'un feu de camp, rien ne vaut une bonne histoire. On l'invita donc à terminer le récit, et les Sioux se penchèrent pour mieux entendre la traduction de Two Moon.

— L'ours était aussi grand qu'une montagne et il approchait rapidement. Les jeunes Cheyennes se sont dispersés vers les arbres. Mais le petit *wasichu* a visé avec précaution et a ouvert le feu. La balle est passée sous la gueule de l'ours et l'a frappé au poitrail. Il s'est dressé sur ses pattes arrière, aussi haut qu'un sapin, et même à moitié mort il continuait à avancer.

« Le jeune Blanc a retiré la cartouche vide pour recharger son arme. Il a tiré un nouveau coup de feu. La seconde balle est entrée par la gueule rugissante et a troué le palais avant de faire exploser le cerveau. Un pas de plus et l'ours s'est effondré en avant. Son énorme tête est tombée si près que les genoux du garçon ont été éclaboussés de sang et de salive. Pourtant, il n'a pas bronché.

« Ils ont envoyé un messager au village pour alerter les braves, qui sont venus avec un *travois*. Ils ont dépecé le monstre et ont rapporté la fourrure pour en faire une couverture destinée au père de mon cousin. Ensuite, ils ont célébré l'événement et donné un nouveau nom au garçon : Celui-qui-tue-les-ours-sans-peur. Il a reçu en même temps la plume blanche du chasseur. C'est ce qui s'est raconté dans mon village cent lunes avant que nous soyons envoyés dans les réserves.

Les chefs approuvèrent de la tête. C'était une bien belle histoire. Un groupe partit alors à dos de poney. Deux hommes que Craig n'avait jamais vus s'approchèrent du feu. À en juger par leurs chevelures tressées et ornées, c'étaient des Cheyennes.

L'un d'eux était Little Wolf, qui raconta qu'en chassant à l'est de la rivière il avait vu des panaches de fumée s'élever au-dessus de la Rosebud. À l'issue de ses recherches, il avait découvert des femmes et des enfants massacrés. Là, il avait entendu revenir les Tuniques Bleues, qu'il avait suivies un jour et une nuit, jusqu'à ce qu'ils atteignent le campement dans la vallée. Mais il était arrivé trop tard pour la grande bataille.

Quant au second, il s'agissait de Tall Elk. Rentré de la chasse après le passage de la colonne principale, il pleurait encore les femmes et les enfants assassinés lorsque sa fille était réapparue. Blessée mais toujours en vie. Avec les neuf autres braves il avait chevauché toute la nuit et tout le jour pour trouver le camp des Cheyennes. Arrivés juste avant la bataille, ils y avaient pris part avec la plus grande ardeur. Tall Elk avait cherché la mort sur la colline de Custer, tuant cinq soldats blancs, mais le Grand Manitou n'avait pas voulu de lui.

La fille sur le *travois* fut la dernière à s'exprimer. Pâle, tourmentée par sa blessure, elle parla cependant avec clarté.

Elle raconta le carnage, évoquant le grand homme avec des galons sur la manche. Elle ne connaissait pas sa langue, mais elle avait deviné ce qu'il comptait lui faire avant sa mort. Elle rapporta que l'homme vêtu de peau de daim lui avait donné à boire, et qu'après son repas, il l'avait hissée sur un poney pour la renvoyer vers son peuple.

Les chefs se concertèrent. Ce fut Sitting Bull qui rendit le jugement, mais le verdict était collectif. Le *wasichu* aurait la vie sauve, mais il ne retournerait pas auprès des siens. Ou bien ces derniers le tueraient, ou bien il leur révélerait la position des Sioux. On le confierait donc à Tall Elk, qui le traiterait en prisonnier ou en hôte. Au printemps, il pourrait recouvrer sa liberté ou rester parmi les Cheyennes.

Autour du feu, les braves marmonnèrent leur approbation. La décision était juste. Craig regagna à cheval le tipi qu'on lui avait attribué, où il passa la nuit sous la garde de deux braves. Au matin, l'immense campement se prépara pour le départ. Comme les éclaireurs rentrés à l'aube annonçaient la présence de nombreuses Tuniques Bleues côté nord, ils résolurent de se diriger vers le sud et les Bighorn Mountains. Ils verraient bien si les visages-pâles les prenaient en chasse.

Une fois qu'il eut accepté Craig dans son clan, Tall Elk se montra généreux. Lorsqu'ils trouvèrent quatre chevaux de l'armée indemnes, il lui laissa choisir le sien. Les Indiens ne leur accordaient pas beaucoup de valeur, préférant leurs courageux poneys. En effet, les chevaux parvenaient rarement à s'adapter aux hivers rigoureux des Plaines. Ils avaient besoin de foin – que les Indiens ne ramassaient pas – et avaient grand mal à passer l'hiver en mangeant du lichen, de la mousse et de l'écorce de saule comme les poneys. Craig s'arrêta sur une jument alezane svelte et robuste, qu'il pensait capable de s'adapter à ces conditions de vie. Il l'appela Rosebud, en hommage à l'endroit où il avait rencontré Whispering Wind. Il n'eut pas de mal à se procurer une bonne selle, vu que les Indiens montaient à cru, et lorsqu'on eut retrouvé et identifié son couteau de chasse et son fusil, on les lui restitua sans réticence. Dans les sacoches de son cheval mort, en haut de la colline, il récupéra ses munitions.

Il ne restait plus rien à rafler sur le coteau. Les Indiens avaient emporté tout ce qui les intéressait. Les paperasses des Blancs ne les tentaient pas du tout, et des feuilles blanches voletaient dans les herbes, là où on les avait jetées. Parmi elles se trouvait le compte rendu du premier interrogatoire de Craig, rédigé par le capitaine William Cooke.

Il fallut toute la matinée pour lever le camp. On démonta les tipis, on empaqueta les divers ustensiles. Quand les femmes, les enfants et le bagage eurent été chargés sur les nombreux *travois*, le convoi se mit en route.

On laissait les morts sur place, étendus dans leurs tipis. Parés de peintures funéraires, ils arboraient leurs plus beaux atours et la coiffure emplumée correspondant à leur rang. En accord avec la tradition, on avait en revanche éparpillé au sol leurs objets domestiques.

Quand les hommes de Terry, arrivant du nord par la vallée, découvriraient le spectacle le jour suivant, ils en concluraient que les Cheyennes et les Sioux étaient partis précipitamment. Il n'en était rien. Chez eux, la coutume voulait qu'on disperse le bien des défunts. De toute façon, ils auraient été pillés.

Les Indiens des Plaines auraient beau répéter qu'ils ne voulaient pas se battre, mais simplement chasser, Craig savait bien que l'armée se remettrait de ses pertes et viendrait chercher sa revanche. Ce ne serait pas pour l'immédiat, mais elle finirait par venir. Le grand conseil de Sitting Bull le comprenait aussi, et au bout de quelques jours, les tribus convinrent de se séparer en petits groupes et de se disperser. Cela compliquerait un peu plus la tâche des Tuniques Bleues tout en augmentant leurs chances de passer l'hiver en pleine nature, au lieu d'être reconduits dans les réserves du Dakota où ils mourraient quasiment de faim.

Craig se joignit à ce qui subsistait du clan de Tall Elk. Des dix chasseurs qui avaient perdu leurs femmes au bord de la Rosebud, deux avaient péri pendant la bataille de Little Bighorn et deux autres étaient blessés. L'un des deux, qui portait au côté une estafilade superficielle, décida de voyager à cheval. L'autre, touché à bout portant par une balle de Springfield, serait transporté sur un *travois*. Tall Elk et ses cinq compagnons devaient trouver de nouvelles femmes. Dans ce but, ils s'étaient joints à deux autres grandes familles, et ils formaient à eux tous un clan d'une soixantaine d'hommes, de femmes et d'enfants.

Dès que fut prise la décision collective de se séparer, le groupe se réunit en conseil pour déterminer sa destination. La plupart étaient d'avis de partir au sud vers le Wyoming, et de se cacher dans les Bighorn Mountains. On sollicita l'opinion de Craig.

— Les Tuniques Bleues viendront par là, expliqua-t-il.

À l'aide d'un bâton, il traça le cours de la Bighorn River.

— Ils vont vous chercher ici au sud et là à l'est. Mais je connais un endroit à l'ouest qu'on appelle la Pryor Range. C'est là que j'ai grandi. En bas, les versants regorgent de gibier. Les forêts sont épaisses et les branches masquent la fumée qui monte des feux de camp. Les cours d'eau sont remplis de poissons, comme les lacs qui se trouvent un peu plus haut. Les *wasichu* ne s'aventurent jamais par là.

Le clan donna son accord. Le 1er juillet, il se détacha du principal groupe de Cheyennes et, guidé par Craig, partit au nord-ouest vers le sud du Wyoming, évitant les patrouilles du général Terry, qui, si elles se déployaient depuis la Bighorn, ne poussaient jamais jusque-là. À la mi-juillet, ils atteignirent les Pryor, et tout se passa comme Craig l'avait annoncé.

Dissimulés par un écran d'arbres, les tipis demeuraient invisibles à huit cents mètres à la ronde. Perché sur un monticule rocheux qu'on appelle aujourd'hui Crown Butte, une sentinelle pouvait embrasser plusieurs miles du regard, mais personne ne se montra. Les chasseurs rapportaient de la forêt des daims et des antilopes, les enfants pêchaient des truites bien grasses dans les cours d'eau.

Whispering Wind était jeune et pleine de santé. Sa blessure nette s'était vite cicatrisée et elle courait de nouveau avec l'agilité d'un faon. Quand elle venait servir à manger aux hommes, Craig croisait parfois son regard, et son cœur se mettait alors à cogner dans sa poitrine. De son côté, elle ne laissait rien paraître de ses sentiments, baissant les yeux dès qu'elle surprenait ses regards. Il ne se doutait pas que ses entrailles se tordaient et que sa poitrine menaçait d'éclater quand ses yeux bleu sombre se posaient sur elle. Au début de l'automne, ils tombèrent tout simplement amoureux l'un de l'autre.

Les femmes s'en aperçurent. Elle revenait de servir les hommes le visage empourpré, et sa tunique en peau de daim se soulevait et s'abaissait au rythme de sa respiration. Les femmes d'âge mûr jacassaient allégrement. Il ne lui restait ni mère ni tantes, et les squaws n'étaient pas de sa famille. Cependant, leurs fils faisaient partie des douze braves en âge de se marier. Elles se demandaient lequel d'entre eux avait pu embraser cette beauté. Elles la taquinaient pour qu'elle révèle son nom, avant qu'une autre ne le lui enlève. Mais elle leur répondait chaque fois qu'elles disaient des bêtises.

En septembre, les arbres perdirent leurs feuilles, et le campement s'établit un peu plus haut pour profiter de la protection des conifères. Avec la venue du mois d'octobre, les nuits commencèrent à fraîchir. La chasse était toujours bonne et les poneys broutaient les dernières herbes avant de se rabattre sur la mousse, les écorces et le lichen. Rosebud s'adapta comme les poneys, mais Craig descendait régulièrement dans la prairie et lui rapportait les touffes d'herbes fraîches qu'il avait coupées avec son couteau de chasse.

Si Whispering Wind avait eu une mère, elle aurait pu intercéder auprès de Tall Elk ; mais faute d'en avoir une, elle dut se résoudre à parler elle-même à son père. Sa colère fut terrible.

Comment pouvait-elle imaginer une chose pareille ? Les Blancs avaient détruit sa famille. Cet homme retournerait vers son peuple et il n'y aurait pas de place pour elle. De surcroît, le guerrier blessé à l'épaule à Little Bighorn était pratiquement rétabli. Les os fracturés avaient fini par se ressouder. Le membre resterait tors, mais il était guéri. Cet homme était un grand et valeureux guerrier du nom de Walking Owl. Il avait l'intention de la fiancer avec lui, et d'annoncer son projet dès le lendemain. Sa décision était sans appel.

Tall Elk était troublé. Peut-être le Blanc partageait-il les sentiments de sa fille. Désormais, il faudrait le surveiller jour et nuit. Il était exclu qu'il rejoigne son peuple, car il savait où campaient les Indiens. Il resterait donc tout l'hiver, mais sous étroite surveillance. Il fut fait en conséquence.

Du jour au lendemain, Craig fut déplacé dans un autre tipi, où vivait déjà une famille. Trois des braves non mariés occupaient la même tente, et on pouvait compter sur leur vigilance s'il essayait de filer pendant la nuit.

Octobre touchait à sa fin quand elle vint le trouver. Il était couché à penser à elle lorsqu'un couteau silencieux déchira lentement un des pans du tipi. Il se leva furtivement et passa à travers l'ouverture. Elle leva les yeux vers lui, debout dans le clair de lune. Ils s'étreignirent pour la première fois, mêlant l'ardeur intense de leurs corps. Elle se dégagea et recula d'un pas en lui faisant signe. Il la suivit à travers les arbres, vers un endroit invisible depuis le camp. Rosebud était sellée, et une peau de buffle roulée derrière la selle. Son fusil dans son long étui ballottait sur l'épaule du cheval, dont les sacoches étaient pleines à craquer de nourriture et de munitions. Un poney pinto était attaché près de lui. Il se retourna pour l'embrasser, et il lui sembla alors que la nuit froide tournoyait autour de lui. Elle lui chuchota à l'oreille :

— Emmène-moi dans les montagnes, Ben Craig, et fais de moi ta femme.

— Maintenant et pour toujours, Whispering Wind.

Ils montèrent en selle et allèrent discrètement au pas sous les arbres, jusqu'à ce qu'ils ne risquent plus rien. Ils dépassèrent la butte, en direction de la plaine. Au lever du jour, ils avaient atteint les contreforts des montagnes. À l'aube, un groupe de Crows les aperçut au loin et partit au nord vers Fort Ellis, sur la piste de Bozeman.

Les Cheyennes se lancèrent à la poursuite du couple ; six hommes qui voyageaient léger et se déplaçaient rapidement, le fusil sur l'épaule, une hachette à la ceinture, une couverture sur le dos de leur poney. Ils avaient reçu des instructions précises : ramener vivante la fiancée de Walking Owl. Le Blanc, lui, devait mourir.

Les Crows galopèrent vers le nord sans ménager leurs montures. L'un d'eux avait passé l'été dans l'armée et savait que les Tuniques Bleues offraient une récompense importante en échange du Blanc renégat, assez grosse pour permettre d'acheter des chevaux et des marchandises au comptoir. Ils ne rejoignirent jamais la piste de Bozeman. À vingt miles de la Yellowstone, ils tombèrent sur une patrouille de dix cavaliers, commandée par un lieutenant. L'ancien éclaireur expliqua ce qu'il savait en se servant surtout de signes, mais le lieutenant comprit ce qu'il voulait dire. Il mena la patrouille vers le sud, guidé par les Crows, essayant de rattraper la piste de Bozeman.

Pendant l'été, la nouvelle du massacre de Custer et de ses hommes avait balayé l'Amérique comme une rafale d'air glacé. À l'est du pays, les puissants de la nation s'étaient réunis à Philadelphie, cité philanthropique entre toutes, pour célébrer le centenaire de l'Indépendance, le 4 juillet 1876. Les nouvelles venues de l'Ouest dépassaient l'entendement. Une enquête fut immédiatement ouverte.

Après la bataille, les soldats de Terry avaient écumé le coteau fatal pour tenter de comprendre le pourquoi du désastre. Les

Sioux et les Cheyennes étaient partis depuis vingt-quatre heures et Terry n'avait pas la moindre envie de les poursuivre. Les survivants de Reno avaient été secourus, mais ils avaient juste vu Custer et ses hommes disparaître derrière les collines, et rien de plus.

Sur le coteau, on récupéra autant d'indices que possible, tandis que les corps en décomposition étaient ensevelis à la hâte. Parmi les éléments rassemblés se trouvaient les feuilles blanches abandonnées dans les hautes herbes. Il y avait là les notes du capitaine Cooke. Aucun des hommes présents derrière Custer lors de l'interrogatoire de Ben Craig n'avait survécu, mais les paperasses de l'adjudant-chef en disaient assez long. L'armée avait besoin d'une raison pour expliquer la catastrophe. Et à présent elle en tenait une : les sauvages avaient été prévenus et avaient donc pu se préparer au combat. Sans le savoir, Custer s'était jeté dans une énorme embuscade. En plus, l'armée avait trouvé un bouc émissaire. Contrairement à celle d'incompétence, la notion de trahison était tout à fait recevable. On promit alors mille dollars de récompense à quiconque capturerait l'éclaireur mort ou vif.

On perdit la trace de Ben Craig jusqu'à ce qu'une bande de Crows aperçoive le fugitif débouchant des montagnes à la fin du mois d'octobre, accompagné d'une jeune Indienne.

La nuit avait permis aux chevaux du lieutenant de se reposer, de manger et de se désaltérer. Il partit vers le sud, forçant les montures revigorées. Sa carrière était en jeu.

Juste après le lever du jour, Craig et Whispering Wind atteignirent le Pryor Gap, un défilé qui passait entre la chaîne principale et le pic isolé du West Pryor. Une fois le défilé franchi, ils traversèrent au petit trot les contreforts du West Pryor et se retrouvèrent dans les *badlands*, une rude contrée de collines et de ravines herbeuses qui s'étendait vers l'ouest pendant cinquante miles.

Craig n'avait pas besoin du soleil pour s'orienter. Il apercevait son but dans les lointains, étincelant au soleil matinal sous un ciel d'un bleu glacé. Il avait mis le cap sur l'Absaroka Wilderness, où il avait chassé adolescent avec le vieux Donaldson. C'était une région redoutable, une étendue sauvage de forêts et de plateaux rocailleux où peu de gens parvenaient à se frayer un chemin. Elle montait vers la Beartooth Range. Même à distance, il voyait les pics, semblables à des sentinelles de glace : la Montagne Sacrée, les monts Thunder, Medecine et Beartooth. Là, un homme armé d'un bon fusil pouvait repousser une armée. Il profita d'un cours d'eau pour laisser s'abreuver les chevaux trempés de sueur, avant de continuer vers ces pics qui semblaient clouer la terre au ciel. Vingt miles derrière eux, les six guerriers, observant le sol à la recherche des marques révélatrices de sabots ferrés, se maintenaient à un trot rapide qui pouvait durer des miles et des miles sans épuiser les forces des poneys.

Trente miles plus au nord, la patrouille de cavalerie prit au sud pour rattraper la piste. Ils la trouvèrent à midi, à l'ouest des Pryor. Les éclaireurs crows serrèrent brusquement la bride et formèrent un cercle pour observer un morceau de terre durci par la chaleur. Ils montrèrent du doigt des empreintes de sabots ferrés, juste devant les traces d'un poney non ferré. Les foulées d'autres poneys apparaissaient dans leur sillage – cinq ou six en tout.

— Ainsi, murmura le lieutenant, nous avons de la concurrence. Enfin, peu importe.

Il donna l'ordre de continuer vers l'ouest, même si les chevaux donnaient des signes de fatigue. Une demi-heure plus tard, juché sur une éminence au milieu de la plaine, il scruta l'horizon avec sa longue-vue. Il ne vit aucune trace des fugitifs, mais il distingua en revanche un nuage de poussière. Au-dessous, six silhouettes minuscules trottaient vers les montagnes sur des poneys pintos.

Les poneys commençaient à être épuisés, les Cheyennes le savaient bien, mais il en allait de même pour les montures des fuyards qui avançaient devant eux. Les guerriers firent boire leurs chevaux dans le Bridger Creek, en contrebas du village qui s'appelle aujourd'hui Bridger, et leur accordèrent une demi-heure de repos. Une oreille collée au sol, ils perçurent un martèlement de sabots et se remirent en selle. Un mile plus loin, leur chef obliqua, les invita à se cacher derrière un tertre et monta au sommet pour observer.

À trois miles de là, il vit arriver les cavaliers. Les Cheyennes ignoraient tout des papiers retrouvés sur la colline, et de la récompense offerte pour la capture du fugitif blanc. Ils supposèrent que les Tuniques Bleues les traquaient parce qu'ils s'étaient échappés de leur réserve. Ils attendirent donc un moment, toujours aux aguets.

Lorsque la patrouille de cavalerie parvint à l'endroit où les empreintes se séparaient, les soldats s'arrêtèrent tandis que les éclaireurs crows inspectaient le sol. Les Cheyennes les virent désigner l'ouest, et la patrouille prit cette direction. Les Cheyennes restèrent à leur hauteur sur un chemin parallèle, filant les Tuniques Bleues comme Little Wolf avait suivi Custer le long de la Rosebud. Mais en milieu d'après-midi ils furent repérés par les Crows.

— Des Cheyennes, fit l'éclaireur.

Le lieutenant haussa les épaules.

— Tant pis, laissons-les chasser, nous avons notre propre cible.

Les deux bandes de poursuivants progressèrent jusqu'au crépuscule ; les Crows suivaient la piste et les Cheyennes ne lâchaient pas la patrouille. Comme les rayons du soleil caressaient le faîte des montagnes, les deux groupes comprirent qu'ils devaient laisser un peu de repos aux chevaux. S'ils s'obstinaient à avancer, les montures finiraient par s'effondrer. En outre le terrain se faisait toujours plus impraticable, et la piste de plus en plus difficile à suivre. Dans l'obscurité, et sans lanternes pour se diriger, ils ne pourraient plus rien faire.

Dix miles devant eux, Ben Craig pensait la même chose. Rosebud avait beau être une grande et forte jument, elle venait de couvrir cinquante miles de terrain accidenté, chargée d'un homme et de son paquetage. Cavalière peu expérimentée, Whispering Wind était elle aussi à bout de forces. Ils campèrent près de Bear Creek, à l'est de la ville actuelle de Red Lodge, mais ils renoncèrent à allumer un feu de peur de se faire repérer.

À la tombée de la nuit, la température descendit en flèche. Ils s'enroulèrent dans la peau de buffle, et la seconde d'après, la jeune fille avait sombré dans un profond sommeil. Craig, lui, ne s'endormit pas. Il aurait tout le temps plus tard. Il s'extirpa de la peau de buffle et veilla sur la femme qu'il aimait, enveloppé dans sa couverture rouge. Personne ne vint, mais l'aube le trouva debout. Ils se restaurèrent rapidement : un morceau d'antilope séchée, la ration de galette de maïs qu'elle avait prise dans son tipi, et de l'eau puisée au ruisseau.

Ensuite ils reprirent leur route. Les poursuivants se levèrent également, dès qu'à les premières lueurs du jour éclairèrent la piste. Ils n'étaient qu'à neuf miles derrière eux et ne cessaient de gagner du terrain. Craig savait que les Cheyennes seraient là ; ce qu'il avait fait était impardonnable. Mais pour la cavalerie, il n'était pas au courant.

Le terrain était plus malcommode, on progressait plus lentement. Il savait que ses poursuivants allaient le rattraper, et qu'il lui fallait gagner du temps en dissimulant ses traces. Après deux heures de voyage, les fugitifs arrivèrent au confluent de deux cours d'eau. Sur la gauche, le Rock Creek dévalait les montagnes, mais Craig ne pensait pas pouvoir le traverser pour gagner les régions les plus sauvages. Devant lui coulait le West Creek, moins profond et moins caillouteux. Il descendit de cheval, attacha les rênes du poney à la selle de sa jument et mena Rosebud par la bride. Il entraîna le petit convoi vers les bords du Rock Creek et le fit entrer dans l'eau. Il lui fit ensuite rebrousser chemin et entra dans le second cours d'eau. Les eaux glacées lui engourdirent les pieds, mais il chemina malgré tout pendant deux miles sur les galets et les graviers. Il obliqua enfin vers les montagnes sur sa gauche et fit sortir les montures de l'eau avant de pénétrer dans l'épaisse forêt.

Le terrain montait désormais en pente raide, et sous les arbres où le soleil ne brillait pas, l'atmosphère était glaciale. Drapée dans sa couverture, Whispering Wind allait au pas, montant son poney à cru.

À trois miles de distance, les cavaliers s'étaient arrêtés au confluent des cours d'eau. Les Crows montrèrent du doigt les empreintes qui semblaient se diriger vers l'amont du Rock Creek, et après avoir consulté son sergent, le lieutenant ordonna à la patrouille de suivre cette fausse piste. Comme ils s'éloignaient, les Cheyennes atteignirent les deux ruisseaux. Eux n'avaient pas besoin d'avancer dans l'eau pour effacer leurs traces. Choisissant le bon ruisseau, ils remontèrent les berges au trot, surveillant la rive opposée pour voir les chevaux sortir de l'eau et grimper vers les hauteurs. Au bout de deux miles, ils découvrirent ce qu'ils cherchaient sur une bande de terre meuble de l'autre côté du ruisseau. Ils traversèrent les eaux et s'enfoncèrent dans la forêt.

À midi, Craig parvint à un endroit dont il lui semblait se souvenir depuis les chasses de sa jeunesse : un vaste plateau rocheux à découvert, le Silver Run Plateau, qui menait tout droit vers les montagnes. Sans le savoir, ils étaient déjà à trois mille mètres d'altitude. Depuis l'extrémité du plateau, il pouvait plonger son regard vers le ruisseau qu'il venait de quitter. Il aperçut des silhouettes sur sa droite, là où les cours d'eau se séparaient. Il n'avait pas de longue-vue, mais l'atmosphère raréfiée des hauteurs procure une visibilité extraordinaire. Quand elles furent à un demi-mile, il constata que ce n'étaient pas des Cheyennes. Il s'agissait d'une dizaine de soldats accompagnés de quatre éclaireurs crows ; une patrouille militaire qui redescendait le long du Rock Creek après avoir réalisé son erreur. C'est à ce moment-là que Ben Craig comprit que l'armée le recherchait toujours pour avoir délivré la jeune fille.

Dégainant son fusil Sharps, il chargea une seule cartouche et appuya l'arme contre un rocher. Une fois calculé l'angle de hausse, il plissa les yeux pour observer la vallée. « Tue le cheval, lui avait conseillé le vieux Donaldson. Dans ce pays, un homme sans monture doit faire demi-tour. » Il visa la tête du cheval de l'officier. Lorsque la détonation retentit, son écho se répercuta dans les montagnes comme un roulement de tonnerre. La balle toucha l'animal à la ganache, tout en haut de l'encolure. Il s'effondra comme un sac de chiffon, entraînant l'officier qui se tordit la cheville dans sa chute. Les soldats s'éparpillèrent dans la forêt, à l'exception du sergent qui plongea derrière le cheval abattu pour tenter de secourir le lieutenant. L'animal était perdu mais il vivait encore. Le sergent abrégea ses souffrances d'un coup de pistolet, puis il traîna son supérieur à l'abri des arbres. On n'entendit plus un coup de feu.

Dans la forêt, les Cheyennes mirent pied à terre sur une pente et s'arrêtèrent sur le tapis d'aiguilles de pin qui recouvrait le sol. Quatre d'entre eux avaient volé des fusils Springfield au 7e régiment, mais ils étaient aussi piètres tireurs que tous les Indiens des Plaines. Ils savaient ce que l'homme blanc pouvait faire avec un Sharps, et à quelle distance. Ils se mirent donc à grimper en rampant, ce qui les ralentit considérablement. L'un des six suivit avec les poneys.

Craig découpa sa couverture en quatre morceaux pour en envelopper les sabots de Rosebud. Le frottement contre les fers et les rochers aurait vite fait d'user l'étoffe, mais elle cacherait au moins les empreintes pendant cinq cents mètres. Il traversa le plateau vers le sud-ouest, en direction des pics. Le plateau couvre cinq miles et n'offre aucun couvert. Au bout de deux miles, l'éclaireur distingua de minuscules silhouettes qui venaient de se hisser sur le plateau. Il continua au trot. Ils ne pouvaient ni l'abattre ni l'attraper. Quelques minutes plus tard, d'autres silhouettes apparurent. Les cavaliers et leurs montures avaient à leur tour rejoint le plateau après avoir gravi les pentes de la forêt. Ils se trouvaient à un mile à l'est des Cheyennes. Ben Craig atteignit alors la ravine. Jamais auparavant il n'était monté à cette altitude, et il ignorait qu'elle se trouvait là. Lake Fork est étroite et abrupte, avec des pentes couvertes de pins. Au fond coule un cours d'eau glacé. Craig longea le bord, cherchant une pente assez douce pour qu'il puisse traverser. Il la trouva à l'ombre du mont Thunder, mais il avait perdu une demi-heure.

Épuisant ses forces et celles des chevaux, il descendit la ravine et remonta de l'autre côté, sur un dernier plateau rocheux, le Hellroaring Plateau. Comme il sortait du couloir, un coup de feu siffla au-dessus de sa tête. Depuis le côté opposé de la ravine, un des soldats avait surpris un mouvement au milieu des pins. Le contretemps n'avait pas seulement permis à ses poursuivants de gagner du terrain, il leur avait aussi montré comment traverser. Devant lui, trois miles de terrain plat s'étendaient jusqu'aux remparts imposants du mont Rearguard. Là, au milieu des éboulis et des grottes, personne au monde ne pourrait le capturer.

Dans cette atmosphère raréfiée, deux bêtes et deux êtres humains suffoquaient, mais n'en continuaient pas moins leur progression. La nuit n'allait pas tarder à tomber, et ils pourraient se fondre dans les pics et les ravines entre la Montagne Sacrée et les monts Rearguard et Beartooth. Là-haut, nul ne serait capable de suivre leur piste. Au-delà de la Montagne Sacrée se trouvait la ligne de partage des eaux, et le terrain descendait ensuite vers le Wyoming. Séparés d'un monde hostile, ils se marieraient et vivraient en pleine nature pour l'éternité. Aux approches du crépuscule, Ben Craig et Whispering Wind laissèrent leurs poursuivants derrière eux et se dirigèrent vers le versant du mont Rearguard. À la nuit tombante ils rencontrèrent les cimes enneigées, là où la blancheur des pics persiste toute l'année. Ils y trouvèrent une corniche plane de cinquante mètres sur vingt. Au bout s'ouvrait une grotte profonde, dont l'entrée était masquée par les pins.

Dans l'obscurité croissante, Craig entrava les chevaux, qui broutèrent des aiguilles de pin sous les arbres. Il faisait grand froid, mais ils avaient leur couverture en peau de buffle. Après avoir tiré dans la grotte sa sacoche et la couverture qui lui restait, l'éclaireur chargea son fusil, le posa près de lui et étendit la peau de buffle non loin de l'entrée. Il s'allongea dessus avec Whispering Wind et rabattit un pan pour couvrir leurs corps. À l'intérieur de ce cocon, la chaleur humaine se diffusa rapidement. La jeune fille couchée contre lui se mit à bouger.

— Ben, murmura-t-elle, fais de moi ta femme. Tout de suite.

Il commença à remonter sa tunique sur son corps impatient.

— Ce que tu fais est mal.

Dans le silence complet des hauteurs, la voix usée et tremblante, qui parlait en cheyenne, était très intelligible. Craig, qui avait ôté sa chemise en peau, affronta torse nu l'air glacial. D'un bond il fut à l'entrée de la grotte, son fusil à la main. Il se demanda comment il n'avait pas remarqué cet homme plus tôt. Il était assis sous les pins, les jambes croisées, à l'extrémité de la corniche rocheuse. Une chevelure gris acier flottait jusqu'à sa taille dénudée, et son visage était aussi plissé et ridé qu'une noisette grillée. Très vieux et d'une immense piété, c'était un chaman, un visionnaire qui s'était réfugié dans ces solitudes pour jeûner, méditer et se laisser guider par l'infini.

— C'est vous qui avez parlé, grand chaman ?

Ben Craig lui donnait le titre honorifique que l'on réserve aux sages chargés d'années. Il ne comprenait pas du tout d'où il venait, ni comment il était monté à cette altitude. Il lui semblait inconcevable qu'il ait pu résister au froid sans vêtements. Craig savait simplement que certains visionnaires défiaient toutes les lois connues.

Il sentit bientôt la présence de Whispering Wind à l'entrée de la grotte.

— C'est une faute aux yeux des hommes, et à ceux de Meh-y-yah, le Grand Manitou, déclara le vieillard.

La lune ne s'était pas levée, mais dans l'air pur et glacé, les étoiles scintillaient d'un éclat si vif qu'elles baignaient la large corniche d'une lumière laiteuse. Craig voyait leur lueur se refléter dans les yeux du vieil homme qui le fixait sous son arbre.

— Pourquoi donc, grand chaman ?

— Elle est promise à un autre. Son fiancé a combattu vaillamment contre les *wasichu*. C'est un homme d'honneur, et il ne mérite pas qu'on le traite ainsi.

— Mais à présent elle est ma femme.

— Elle sera ta femme, homme des montagnes. Mais pas encore. C'est le Grand Manitou qui parle. Elle doit retourner vers son peuple et vers son fiancé. Si elle le fait, vous serez réunis un jour et vous deviendrez mari et femme. Pour l'éternité. Ainsi a parlé Meh-y-yah.

Ramassant un bâton près de lui, il s'appuya dessus pour se lever. Sa peau sombre et ridée était pincée par le froid, protégée seulement par un pagne et des mocassins. Leur tournant le dos, il s'éloigna à pas lents au milieu des pins et disparut progressivement sur le chemin.

Whispering Wind leva son visage vers Craig. Les larmes qui roulaient sur ses joues ne tombaient pas, gelées avant d'avoir touché son menton.

— Je dois retourner vers mon peuple, c'est mon destin.

Craig ne protesta pas. Cela n'aurait servi à rien. Il prépara son poney à partir pendant qu'elle enfilait ses mocassins et s'enroulait dans sa couverture. Après l'avoir serrée dans ses bras une dernière fois, il la hissa sur le dos du poney et lui tendit les rênes. Sans un mot, elle mena sa monture vers la piste pour redescendre.

— Wind-That-Talks-Softly, appela-t-il.

Elle se retourna et le dévisagea au clair de lune.

— Nous serons réunis, un jour. C'est ce qui a été annoncé. Tant que l'herbe poussera et que couleront les rivières, je t'attendrai.

— Moi aussi, Ben Craig.

Elle était partie. Craig contempla le ciel jusqu'à ce que le froid devienne trop mordant. Il mena Rosebud au fond de la grotte et lui prépara une brassée d'aiguilles de pin. Il tira ensuite la peau de buffle un peu plus loin dans les ténèbres et sombra dans le sommeil, enveloppé dans ses plis.

La lune se leva. Les braves virent la jeune fille se rapprocher d'eux à travers le plateau pierreux. Elle distingua deux feux de camp sur une des pentes du ravin, là où poussaient les pins. Entendant un hibou ululer doucement près du feu qui brillait sur la gauche, elle s'avança dans cette direction.

Les hommes ne lui dirent rien. Ce serait à son père Tall Elk de lui parler. Cependant, ils avaient des ordres à exécuter. Le visage-pâle qui avait déshonoré leur village devait périr. Ils attendirent le lever du jour.

À une heure du matin, d'énormes nuages roulèrent au-dessus des monts Beartooth et la température commença à baisser. Autour des deux feux de camp, les hommes grelottants se serrèrent plus étroitement dans leur couverture, mais c'était peine perdue. Bientôt ils étaient tous éveillés et ajoutaient du bois à leur feu. La température n'en continua pas moins à chuter.

Habitués aux grands froids implacables du Dakota, les Cheyennes et les Blancs n'ignoraient pas les rigueurs du plein hiver, mais là, on n'était qu'à la fin du mois d'octobre. Trop tôt. Et pourtant la température descendait toujours. À deux heures, la neige tomba, telle une muraille de blancheur. Dans le camp des cavaliers, les éclaireurs crows se levèrent.

— Il faudrait partir, dirent-ils à l'officier.

Sa cheville avait beau le faire souffrir, il n'oubliait pas que la capture et la prime donneraient un nouveau tour à sa carrière dans l'armée. Il leur répondit alors :

— Il fait froid, mais le jour ne va pas tarder à se lever.

— Ce n'est pas un froid ordinaire, répliquèrent-ils. C'est le Froid du Grand Sommeil. Aucune couverture ne saura nous en protéger. Le *wasichu* que vous cherchez est déjà mort. Ou sinon il mourra avant l'aube.

— Dans ce cas, partez, fit l'officier.

La poursuite était terminée. Sa proie se cachait dans la montagne qu'il avait vue miroiter au clair de lune avant le début de la neige. Les Crows montèrent en selle pour regagner le Silver Run Plateau avant de redescendre dans la vallée. En partant, l'un d'eux lança un cri discordant d'oiseau de nuit.

Les Cheyennes l'entendirent et se concertèrent du regard : c'était un cri d'alarme. Une poignée de neige sur leur feu, et eux aussi se mettaient en selle, en emmenant la jeune fille. La température baissait toujours.

Il était à peu près quatre heures du matin lorsque se produisit l'avalanche. Descendue de la montagne, elle entraîna l'épaisse couche de neige à travers le plateau. La muraille s'abattit en sifflant vers Lake Fork, et quand elle tomba dans la ravine, elle emporta tout sur son passage. Les hommes qui étaient restés furent incapables de bouger ; debout ou allongés, le froid les avait pétrifiés sur place. La neige combla le cours d'eau, ne laissant dépasser que les cimes des pins.

Au matin, les nuages se dissipèrent et le soleil se remit à briller. Une blancheur uniforme enveloppait le paysage. Au fond de leur gîte, les bêtes innombrables de la montagne et de la forêt comprirent que l'hiver était venu, et qu'il fallait hiberner jusqu'au printemps.

Là-haut dans sa grotte, l'éclaireur de la Frontière était endormi, blotti sous sa peau de buffle.

Quand il s'éveilla, il ne savait plus où il se trouvait, comme cela arrive parfois. N'était-il pas dans le village de Tall Elk ? Pourtant il n'entendait pas les squaws préparer le premier repas de la journée. Soulevant les paupières, il regarda par-dessus les plis de sa couverture. En voyant les parois rugueuses de la grotte, il retrouva brusquement la mémoire. Il se dressa sur son séant, s'efforçant de dissiper les dernières brumes du sommeil.

Dehors, il distingua une corniche rocheuse toute blanche, pailletée de neige et scintillant sous le soleil. Il sortit torse nu et aspira l'air matinal, qui lui fit le plus grand bien.

Les pattes antérieures toujours entravées, Rosebud s'était risquée dehors pour brouter les jeunes pousses de pin au bord de la corniche. Le soleil du matin brillait sur sa gauche. Il contempla au nord les plaines lointaines du Montana. S'avançant jusqu'à l'extrémité de la corniche, il s'allongea à plat ventre et plongea son regard vers le Hellroaring Plateau. Aucune fumée ne s'élevait de Lake Fork. Ses poursuivants semblaient avoir renoncé.

Il rentra dans la grotte pour remettre son habit en peau et sa ceinture. Muni de son couteau de chasse, il alla libérer les pattes avant de Rosebud. Hennissant doucement, elle blottit contre son épaule ses naseaux soyeux. C'est alors qu'il remarqua quelque chose d'étrange. Les pousses vert tendre dont elle se nourrissait indiquaient qu'on était au printemps. Il regarda autour de lui. Les quelques pins résistants qui avaient survécu malgré l'altitude pointaient vers le soleil leurs bourgeons vert pâle. Avec un sursaut d'étonnement, il se rendit compte qu'il avait dû hiberner pendant les grands froids, comme un animal sauvage. On lui avait dit que c'était possible. Le vieux Donaldson lui avait parlé d'un trappeur qui avait passé tout l'hiver dans la grotte d'un ours, et qui avait survécu en dormant jusqu'au printemps auprès des oursons.

Dans sa sacoche, il trouva une dernière portion de viande séchée par le vent. Elle était dure à mâcher, mais il réussit à l'avaler. Pour se désaltérer, il écrasa entre ses paumes une poignée de poudreuse et se lécha les mains. Il n'aurait jamais mangé la neige telle quelle. La sacoche contenait aussi sa toque de trappeur, en fourrure de renard bien chaude. Il se la mit sur la tête et alla seller Rosebud. Il vérifia l'état de son fusil Sharps et des vingt cartouches qui lui restaient, rangea l'arme dans son étui et se prépara à partir. Même si elle pesait très lourd, il roula la peau de buffle qui lui avait sauvé la vie et l'attacha derrière la selle. Quand la grotte fut vide, il saisit la bride de Rosebud et conduisit la jument au pas sur la piste qui descendait vers le plateau. Il ne savait pas trop ce qu'il allait faire, mais il était sûr de trouver du gibier à foison dans les forêts un peu plus bas. Rien qu'en posant des pièges, un homme pourrait y vivre sans problème.

Il traversa lentement le premier plateau, à l'affût du moindre mouvement, ou même d'un coup de feu tiré depuis le bord de la ravine. Il n'y eut rien de tout ça. Quand il atteignit la ravine, rien ne lui laissa supposer que ses poursuivants étaient toujours à ses trousses. Il ne se doutait pas que les éclaireurs crows avaient signalé que les Tuniques Bleues avaient péri dans le blizzard et que leur proie avait dû y rester aussi.

Il retrouva le sentier qui descendait vers Lake Fork et remontait de l'autre côté. Tandis qu'il traversait le Silver Run, le soleil s'éleva dans le ciel, trente degrés au-dessus de la ligne d'horizon. Craig commença à se réchauffer.

Il chemina dans la forêt de pins jusqu'à ce qu'il rencontre des arbres à feuilles plates. Là, il établit son campement. Il était midi.

À l'aide de rameaux flexibles et d'une cordelette sortie de sa sacoche, il fabriqua un piège à lapins. Il fallut une heure pour qu'un rongeur innocent surgisse de son terrier. Craig tua et dépeça l'animal, et alluma un feu avec un silex et de l'amadou. Il dégusta avec plaisir la viande rôtie.

Il campa une semaine en lisière de la forêt et recouvra ses forces. La viande fraîche ne manquait jamais et il pouvait taquiner la truite dans les nombreux ruisseaux ; pour se désaltérer, l'eau lui suffisait amplement.

À la fin de la semaine, il résolut de regagner les plaines. En voyageant à la faveur de la nuit et en restant caché pendant la journée, il pourrait aller dans les Pryor, où il construirait une cabane pour s'installer durablement. Il demanderait alors où étaient partis les Cheyennes et attendrait que Whispering Wind soit libre. Il était convaincu que ça finirait par arriver, puisqu'il en avait été décidé ainsi.

La huitième nuit, il sella son cheval et quitta la forêt. Se fiant aux étoiles, il se dirigea vers le nord. La lune était haute dans le ciel et baignait le paysage d'une pâle lumière blanche. Après avoir progressé la nuit entière, il campa tout le jour dans le lit asséché d'un cours d'eau, à l'abri des regards. Il cessa d'allumer des feux et mangea la viande qu'il avait séchée dans la forêt. La nuit suivante, il partit à l'ouest, en direction des Pryor. Il traversa bientôt une longue bande de roche dure et noire, qui s'évasait petit à petit. Juste avant l'aube, il en franchit une deuxième, et puis ce fut terminé. Il entra alors dans les *badlands*, pénibles à traverser mais offrant des cachettes sûres. Il vit au clair de lune un troupeau de bétail silencieux et s'étonna de la sottise du colon qui avait laissé son cheptel sans surveillance. Les Crows s'en régaleraient avec joie s'ils le découvraient.

C'est au quatrième matin de son périple qu'il arriva en vue du fort. Il avait campé sur un tertre, et au lever du soleil, il le vit se dresser sur les contreforts du mont West Pryor. Il passa une heure à l'observer, guettant les signes d'une présence humaine, le chant d'un clairon, une volute de fumée sortant de la cantine des soldats. N'ayant rien vu de tout ça, il se retira pour dormir à l'ombre d'un hallier. Durant le repas du soir, il réfléchit à ce qu'il lui fallait faire. Dans ces régions éloignées de la civilisation, un voyageur solitaire était constamment exposé au danger. Manifestement, le fort venait d'être bâti. Il n'existait pas l'automne précédent. Ainsi, l'armée étendait son contrôle sur les terres tribales des Crows. Un an plus tôt, les forts les plus proches étaient Fort Smith à l'est sur la Bighorn River, et Fort Ellis au nord-ouest sur la piste de Bozeman. Il ne pouvait pas se rendre dans ce dernier sous peine d'être reconnu.

Mais si ce nouveau fort n'était pas occupé par le 7e régiment ou par les hommes de Gibbon, il n'y avait aucune raison pour que quelqu'un l'identifie. Et s'il se présentait sous un faux nom...

Il sella Rosebud, décidé à partir en reconnaissance pendant la nuit, sans toutefois se montrer. Il s'approcha du fort au clair de lune. Aucun drapeau militaire ne claquait sur le mât, aucune lumière ne filtrait de l'intérieur, et il n'entendit pas le moindre bruit humain. Enhardi par le silence, Craig alla à cheval jusqu'à l'entrée principale. Deux mots étaient inscrits au-dessus. Il reconnut le premier comme FORT, parce qu'il l'avait déjà vu et qu'il en connaissait la forme. Par contre, il ne se souvenait pas du second. La première lettre se composait de deux bâtons verticaux reliés par une barre. À l'extérieur, le grand portail à deux battants était fermé par une chaîne et un cadenas. Il fit contourner à Rosebud les murs d'enceinte hauts de trois mètres. Pourquoi l'armée avait-elle construit un fort avant de le laisser à l'abandon ? Avait-il été attaqué et pillé ? Ses occupants avaient-ils été tués ? Mais dans ce cas, comment expliquer le cadenas ?

À minuit, il se mit debout sur la selle de Rosebud, et tendit les bras pour s'agripper à la palissade. Quelques secondes plus tard, il s'était hissé sur le chemin de ronde, un mètre cinquante au-dessous du parapet et deux mètres au-dessus du sol. Il se pencha pour regarder. Il découvrit les quartiers des officiers et des soldats, les écuries et les cuisines, ainsi que l'arsenal et la citerne, le magasin et la forge. Tout était là, bien que laissé à l'abandon.

À l'intérieur, il descendit les marches à pas feutrés, son fusil armé, et entreprit d'explorer les lieux. Le fort était récent, aucun doute là-dessus. Il le constatait aux menuiseries et aux traits de scie tout frais sur les poutres. Le bureau du commandant était fermé à clef, mais tout le reste était à sa disposition. Il y avait un dortoir pour les militaires et un autre réservé aux voyageurs de passage. Il fut cependant surpris de ne pas voir de latrines. Au fond, à l'opposé du grand portail, se trouvait une petite chapelle. À côté, la porte pratiquée dans le mur d'enceinte était fermée de l'intérieur par une barre en bois. Il la retira, et, contournant le bâtiment, il alla chercher Rosebud pour la faire entrer. Il remit ensuite la barre en place. Tout seul, il savait bien qu'il ne pourrait pas défendre le fort. Si une bande de guerriers donnait l'assaut, les braves escaladeraient les murs aussi aisément qu'il l'avait fait. Il lui servirait néanmoins de point de chute pendant un certain temps, jusqu'à ce qu'il localise le clan de Tall Elk.

Dès qu'il fit jour il inspecta l'écurie. Elle contenait une vingtaine de boxes, la sellerie était bien équipée et les vivres ne manquaient pas. Dehors, l'abreuvoir était rempli d'eau fraîche. Il ôta la selle de Rosebud et l'étrilla énergiquement tandis qu'elle se gavait d'avoine. Il trouva dans la forge un récipient plein de graisse, dont il fourbit son fusil jusqu'à faire briller la crosse et le canon. Dans le magasin, il se procura des pièges et des couvertures. Il utilisa ces dernières pour se faire un nid douillet sur une couchette, dans un angle du dortoir des voyageurs. La seule chose qui lui faisait défaut, c'était la nourriture. Il finit quand même par dénicher dans le magasin un bocal de sucreries qui fit office de dîner.

La première semaine défila à toute allure. Le matin il partait à cheval pour chasser et poser des pièges, et l'après-midi, il traitait les peaux de bêtes qu'il voulait vendre. Il disposait de toute la viande fraîche qu'il lui fallait et connaissait des plantes sauvages dont les feuilles faisaient des soupes nourrissantes.

Ayant trouvé un savon dans le magasin, il se baigna nu dans le ruisseau voisin, dont les eaux, quoique glacées, avaient un effet revigorant. Pour sa jument, l'herbe fraîche poussait en abondance. Enfin, il découvrit à la cantine des bols et des gamelles en fer-blanc. Il ramassa du bois mort pour alimenter son feu et fit bouillir de l'eau afin de se raser. Parmi les choses qu'il avait héritées du vieux Donaldson se trouvait un rasoir de barbier dans son fin étui métallique. Il fut surpris de se raser aussi facilement avec le savon et l'eau chaude. En pleine nature ou en se déplaçant avec l'armée, il avait été contraint de recourir à l'eau froide et de se passer de savon.

L'été succéda au printemps et personne ne se montra. Il commençait à se demander qui pourrait le renseigner sur les

Cheyennes et sur l'endroit où ils avaient emmené Whispering Wind. Sans ça, il ne pouvait pas se lancer à leur poursuite. Il craignait malgré tout de s'aventurer vers Fort Smith à l'est ou Fort Ellis au nord-ouest, où on risquait de le reconnaître. S'il apprenait que l'armée cherchait toujours à le pendre, il prendrait le nom de Donaldson en espérant passer inaperçu.

Il séjournait là depuis un mois le jour où les visiteurs se présentèrent. Quand ils arrivèrent, il était parti poser des pièges dans les montagnes. Les huit personnes se déplaçaient dans de longs tubes métalliques montés sur des disques noirs qui roulaient à toute allure, sans chevaux pour les tirer.

L'un des hommes servait de guide et les autres étaient ses invités. Le guide était le professeur John Ingles, président du département d'histoire de l'Ouest de l'Université du Montana à Bozeman. Il avait pour invité d'honneur le suppléant du sénateur de l'État, venu spécialement de Washington. Trois membres du Congrès de Helena l'accompagnaient, ainsi que trois fonctionnaires du ministère de l'Éducation. Le professeur Ingles ouvrit le cadenas et fit entrer les visiteurs, qui regardèrent autour d'eux avec intérêt et curiosité.

— Monsieur le sénateur, messieurs, soyez les bienvenus à Fort Heritage, déclara le professeur, rayonnant de contentement.

Il faisait partie de ces individus chanceux qui non seulement possèdent une bonne humeur à toute épreuve mais font aussi leur métier de leur plus grande passion. Toute sa vie était dévolue à son travail : une étude de l'Ouest traditionnel et une analyse de son histoire. Il était complètement imprégné du Montana d'autrefois, des guerres des Plaines, des tribus indiennes qui avaient vécu et chassé dans la région. Fort Heritage incarnait le rêve qu'il avait nourri pendant une décennie, et il lui avait fallu plaider sa cause une bonne centaine de fois lors des réunions de comité. Cette journée représentait le couronnement de ces dix années.

— Ce fort et ce comptoir sont la reconstitution exacte, au moindre détail près, de ce qui existait à l'époque de l'immortel général Custer. J'ai moi-même veillé à chaque détail, et je m'en porte garant.

Tout en guidant le groupe à travers les bungalows en bois et les autres bâtiments, il expliqua que son projet avait son origine dans ses démarches auprès de la Société d'histoire du Montana et du Cultural Trust ; le financement provenait des fonds que le Trust tirait des taxes sur le charbon, et qu'il avait accepté, après moult discussions, de lui allouer.

Il leur assura que la conception du fort était irréprochable, et qu'il avait utilisé le bois des forêts de la région, comme l'auraient fait leurs ancêtres. Par souci de perfection, il avait même interdit les écrous en acier au profit de clous plus authentiques. Son enthousiasme débordant se communiquait à ses hôtes.

— Fort Heritage va constituer une expérience pédagogique motivante et pleine de sens pour les enfants et les jeunes gens du Montana, et – je l'espère – pour ceux des États voisins. Jusque dans le Wyoming et le Dakota du Sud, des groupes ont déjà réservé pour des voyages organisés. En dehors de nos murs, en bordure de la réserve crow, nous avons trente arpents d'enclos pour les chevaux, et la saison venue, nous ramasserons les foins pour pouvoir les nourrir. Des spécialistes seront chargés de couper le foin comme autrefois. Les visiteurs se familiariseront avec la vie de la Frontière cent ans en arrière. Je vous certifie qu'on ne trouve pas l'équivalent ailleurs en Amérique.

— Ça me plaît, fit le sénateur, ça me plaît énormément. Mais comment allez-vous trouver du personnel ?

— C'est un peu la cerise sur le gâteau, mon cher sénateur. Il ne s'agit pas d'un musée, mais d'un fort en activité, comme en 1870. Notre budget nous permet d'embaucher une soixantaine de jeunes gens durant tout l'été, ainsi que les jours fériés et pendant les vacances scolaires. La plupart des employés seront des jeunes personnes, recrutées dans les cours d'art dramatique des grandes villes du Montana. Les réactions ont été incroyablement positives, de la part d'étudiants qui souhaitent travailler pendant l'été tout en accomplissant une tâche louable. Nous avons déjà soixante volontaires. Moi-même je serai le major Ingles du 2e régiment de cavalerie, commandant de ce poste. Il y aura aussi un sergent, un caporal et huit soldats – des étudiants qui savent monter à cheval. Les montures nous seront prêtées par des fermiers obligeants.

« Des jeunes filles joueront le rôle des cuisinières et des blanchisseuses. Tout le monde portera des costumes d'époque. D'autres étudiants en art dramatique se mettront dans la peau des trappeurs descendus des montagnes, des éclaireurs venus des plaines, ou des pionniers qui traversaient les Rocheuses pour aller vers l'ouest. Un véritable forgeron a accepté de se joindre à nous ; ainsi, les visiteurs pourront regarder comment on ferrait les chevaux. C'est moi qui célébrerai le service religieux, là-bas dans la chapelle du poste, et nous chanterons les cantiques de jadis. Bien entendu, les filles auront un dortoir séparé, et un chaperon en la personne de mon assistante, Charlotte Bevin. Les soldats occuperont un des dortoirs, et l'autre sera destiné aux civils. Je vous en donne ma parole, aucun détail n'a été laissé au hasard.

— Naturellement, il y a des choses dont les jeunes gens d'aujourd'hui ne sauraient se passer, objecta un des membres du Congrès de Helena. Je pensais à l'hygiène, aux fruits et aux légumes frais...

— Vous avez tout à fait raison, répondit le professeur avec un sourire éclatant. En fait, nous avons triché sur trois points : l'arsenal ne contiendra aucune arme chargée ; les pistolets et les fusils seront de simples copies, à part quelques-uns, chargés à blanc et utilisés sous surveillance. En ce qui concerne l'hygiène, vous voyez l'arsenal là-bas ? Il abrite des râteliers entiers de faux fusils Springfield, et un mur factice dissimule une vraie salle de bains, équipée d'eau chaude, de toilettes, de robinets, de lavabos et de cabines de douche. Et cette énorme citerne à eau de pluie, vous la voyez ? Elle cache des conduites d'eau souterraines. Et il y a une entrée secrète à l'arrière, qui ouvre sur une chambre frigorifique fonctionnant au gaz, pour conserver les biftecks, les côtelettes, les fruits et les légumes. C'est du gaz en bouteille, mais c'est quand même du gaz, on se passe d'électricité. Juste des bougies et des lampes à huile.

Ils arrivèrent à la porte du dortoir des voyageurs. Un des représentants du ministère coula un regard à l'intérieur.

— Tiens, fit-il remarquer, on dirait bien que vous avez eu un intrus.

Tous les regards se portèrent sur la couchette de l'angle et sa couverture. Ils trouvèrent encore des traces : du crottin de cheval dans les écuries, les braises d'un feu. Le sénateur partit d'un rire sonore.

— Il faut croire que les visiteurs ne peuvent pas attendre. Peut-être qu'un authentique pionnier a élu domicile ici.

Tout le monde éclata de rire.

— Honnêtement, professeur, reprit le sénateur, c'est un travail remarquable. Je suis persuadé que nous nous accordons tous là-dessus. Vous méritez toutes nos félicitations. Le fort est un atout pour notre État.

Sur ce ils quittèrent les lieux. Le professeur referma derrière lui le grand portail, toujours intrigué par la couchette et le crottin de cheval. Les trois véhicules cahotèrent sur la mauvaise route avant de rattraper la longue bande de roche noire – l'autoroute 310. Ils tournèrent vers Billings au nord pour se rendre à l'aéroport.

Ben Craig revint de la chasse deux heures plus tard. Un premier indice lui révéla qu'on venait de troubler sa solitude : sur la porte qui s'ouvrait près de la chapelle, la barre avait été mise de l'intérieur. Il se souvenait de l'avoir laissée seulement poussée, bloquée par une cale. Celui qui avait fait ça était sorti par le grand portail ou se trouvait encore à l'intérieur. Il alla vérifier l'entrée principale, mais elle était toujours fermée. Il découvrit à proximité de curieuses marques qu'il n'arriva pas à identifier : elles ressemblaient à des roues de chariots, quoique plus larges et couvertes de motifs en zigzag.

Armé de son fusil, Craig passa par-dessus le mur, mais après une heure d'inspection, il acquit la certitude d'être seul sur les lieux. Il enleva la barre pour faire entrer Rosebud, la conduisit à l'écurie et lui donna à manger. Il retourna ensuite sur le terrain de manœuvre pour examiner les marques. Il y avait également des empreintes de souliers et de grosses chaussures de randonnée, mais pas la moindre trace de sabots. En outre, il ne trouva aucune marque de pas au-delà du portail. Voilà qui était fort étrange.

Deux semaines plus tard, le personnel résident fit son apparition. Cette fois encore, Craig était parti poser des pièges sur les contreforts des Pryor.

Ils formaient une belle colonne : trois autocars et quatre voitures, conduits par des chauffeurs qui repartiraient avec, et vingt chevaux dans de grandes caravanes argentées. Quand tout le monde fut descendu, les véhicules s'éloignèrent.

Les employés avaient endossé le costume correspondant à leur rôle avant de quitter Billings. Chacun apportait un sac de voyage contenant des vêtements de rechange et quelques affaires personnelles. Le professeur avait tout vérifié, les incitant à laisser derrière eux tous les objets « modernes ». Les appareils électriques ou à piles étaient interdits. Certains avaient eu beaucoup de chagrin en abandonnant leur poste de radio, mais c'était stipulé dans le contrat. Même les livres publiés au cours des cent dernières années n'étaient pas autorisés. Le professeur Ingles insistait sur la nécessité d'un retour sans compromis au siècle précédent, pour des raisons d'authenticité et de mise en condition psychologique.

— Avec le temps, leur avait-il dit, vous arriverez à croire que vous êtes de véritables pionniers, et que vous vivez une époque cruciale de l'histoire du Montana.

Les étudiants en art dramatique du Montana, candidats à un emploi saisonnier qui, tout en étant moins ennuyeux que celui de serveur, leur offrait une expérience pratique propre à servir leur carrière, consacrèrent plusieurs heures à explorer leur nouvel environnement, gagnés par un enthousiasme croissant.

Les soldats de cavalerie menèrent leurs chevaux à l'écurie avant d'installer leurs quartiers de nuit dans le dortoir des militaires. Deux posters de pin-up punaisés au mur – Raquel Welch et Ursula Andress – furent immédiatement confisqués. Il régnait une ambiance de franche bonne humeur, et l'excitation ne cessait d'augmenter.

Les civils – le maréchal-ferrant, les négociants, les cuisinières, les éclaireurs et les pionniers venus de l'Est – occupaient le second grand dortoir. Quant aux huit jeunes filles, elles gagnèrent le leur sous l'escorte de Miss Bevin. Deux chariots bâchés – les *prairie schooners* –, couverts de toile blanche et tirés par de solides chevaux de trait, vinrent bientôt se ranger près de l'entrée principale. Ils seraient le point de mire des futurs visiteurs.

L'après-midi touchait à sa fin lorsque Ben Craig serra la bride à un demi-mile du fort. Il inspecta les lieux, de plus en plus alarmé. Le portail était grand ouvert. À cette distance, il distingua deux chariots bâchés arrêtés à l'intérieur, et des silhouettes évoluant sur le terrain de manœuvre. Au-dessus du portail, le drapeau de l'Union flottait sur son mât. Il aperçut deux uniformes bleus. Ça faisait des semaines qu'il attendait de questionner quelqu'un sur l'emplacement des Cheyennes, mais à présent, il n'était plus vraiment décidé.

Après une demi-heure d'hésitation, il rentra au fort. Il franchit le portail que deux soldats s'apprêtaient à fermer. Ils lui jetèrent un coup d'œil intrigué, mais ne lui demandèrent rien. Mettant pied à terre, il mena Rosebud vers les écuries. Il se fit arrêter à mi-chemin. Miss Charlotte Bevin était une aimable personne, chaleureuse et avenante à la manière des Américains. Une jeune femme blonde, saine et sérieuse, avec un nez parsemé de taches de son et un large sourire, dont elle gratifia Ben Craig.

— Hé ! Bonjour vous !

Comme il faisait trop chaud pour porter un chapeau, l'éclaireur dut se contenter d'un signe de tête.

— B'jour m'dame.

— Vous faites partie de l'équipe ?

En tant qu'assistante du professeur et étudiante en thèse, Charlotte Bevin était impliquée dans le projet depuis le début. Présente lors des nombreux entretiens qui avaient abouti à la sélection définitive des candidats, elle était certaine de ne pas connaître ce jeune homme.

— Je crois bien que oui, m'dame, répondit l'inconnu.

— Vous voulez dire que vous aimeriez participer ?

— On peut dire ça.

— Bon, ce n'est pas très régulier, vu que vous ne faites pas partie du personnel, mais il est un peu tard pour s'installer sur la prairie. On peut vous offrir un lit pour la nuit. Mettez votre cheval à l'écurie pendant que je vais parler au professeur Ingles. Vous voulez bien vous présenter au poste de commandement d'ici une demi-heure ?

Elle traversa le terrain de manœuvre pour se rendre au poste de commandement, et elle frappa à la porte. Assis à son bureau dans son uniforme du 2e régiment, le professeur était plongé dans des paperasses administratives.

— Asseyez-vous, Charlie. Tous les jeunes gens sont bien installés ?

— Oui, et il y en a un de plus que prévu.

— Pardon ?

— Un jeune homme à cheval. À peu près vingt-cinq ans. Il est arrivé de la prairie. Un candidat retardataire qui habite dans le coin, je suppose. Il aimerait rester avec nous.

— Je ne suis pas sûr que nous puissions prendre une personne supplémentaire. Nos effectifs sont au complet.

— Pour dire la vérité, il a apporté son propre équipement. Un cheval, un costume en daim passablement crasseux, et une selle. Il avait même cinq peaux de bêtes roulées derrière sa selle. C'est évident qu'il a fait des efforts.

— Où est-il en ce moment ?

— Il rentre son cheval à l'écurie. Je lui ai demandé de se présenter ici dans un petit moment. J'ai pensé que vous pourriez au moins lui jeter un coup d'œil.

— Bon, c'est d'accord.

N'ayant pas de montre, Craig devait se fier à la position du soleil. Il fut néanmoins d'une parfaite ponctualité. Il frappa à la porte et on le pria d'entrer. Sa veste boutonnée jusqu'au col, John Ingles se tenait toujours derrière son bureau, Charlotte Bevin à ses côtés.

— Vous vouliez me voir, major ?

Le professeur fut immédiatement frappé par l'authenticité de ce jeune homme, qui serrait entre ses doigts une toque de trappeur. Un visage hâlé, à l'expression honnête et ouverte, éclairé par des yeux bleus au regard franc, des cheveux châtains qu'il n'avait pas coupés depuis des mois, attachés par une lanière de cuir. Une plume d'aigle pendait sur le côté. Son habit en peau était même cousu à points irréguliers, comme les originaux qu'avait pu observer le professeur.

— Alors comme ça, jeune homme, Charlie me dit que vous aimeriez vous joindre à nous, rester ici ?

— Oui, major, sûr que j'aimerais bien.

Le professeur prit sa décision. Il y avait une petite marge dans son budget pour gérer les imprévus, et il classa le jeune dans cette catégorie. Il prit un grand formulaire et trempa une plume dans un encrier.

— C'est d'accord. Je vais noter quelques petits renseignements. Votre nom ?

Craig marqua une hésitation. Jusque-là, personne n'avait eu l'air de le reconnaître, mais son nom risquait de réveiller des souvenirs. Cependant, le major avait une silhouette enrobée et un teint pâle : apparemment, il venait juste d'arriver dans la région de la Frontière. À l'est, les gens n'étaient pas forcément informés des événements de l'été précédent.

— Craig, major, Ben Craig.

Il attendit quelques instants. Rien ne lui laissa présumer que ce nom éveillait un quelconque écho. La main dodue inscrivit en lettres d'imprimerie : BENJAMIN CRAIG.

— Votre adresse ?

— Pardon ?

— Où habitez-vous, mon garçon ?

— Là-dehors, major.

— Dehors, il n'y a que la prairie et la nature sauvage.

— Oui, major. Je suis né et j'ai grandi dans les montagnes.

— Mon Dieu...

Le professeur avait entendu parler de familles qui vivaient dans des cabanes en toile goudronnée, perdues en pleine nature. Mais on les trouvait plutôt dans les forêts des Rocheuses, du côté de l'Utah, du Wyoming et de l'Idaho. Il écrivit soigneusement : « Sans domicile fixe. »

— Le nom de vos parents ?

— Morts tous les deux, major.

— Oh, j'en suis vraiment navré.

— Ça fait quinze ans qu'ils ont passé.

— Alors qui vous a élevé ?

— Mr Donaldson, major.

— Ah, et son adresse...

— Il est mort lui aussi. C'est un ours qui l'a eu.

Le professeur posa sa plume. À sa connaissance, personne ne s'était fait tuer récemment par un ours, même si certains touristes se montraient spécialement imprudents avec les déchets de leur pique-nique. Il était fondamental de bien connaître la nature. Quoi qu'il en soit, ce jeune n'avait visiblement pas de famille.

— Et votre plus proche parent ?

— Pardon ?

— Qui devons-nous contacter au cas où... il vous arriverait quelque chose ?

— Personne, major. Il y a personne à prévenir.

— Je vois. Et votre date de naissance ?

— 52. Fin décembre, je crois bien.

— Vous auriez donc vingt-cinq ans ?

— Oui, major.

— Bon. Et votre numéro de Sécurité sociale ?

Craig ouvrit des yeux ronds et le professeur poussa un soupir.

— On dirait bien que vous êtes passé à travers les mailles du filet. Peu importe, signez ici.

Tournant le formulaire vers lui, il lui donna la plume. Il ne sut pas lire les mots « Signature du candidat », mais il identifia facilement l'espace prévu à cet effet. Il se pencha pour apposer sa signature. En reprenant le papier, le professeur le regarda d'un air incrédule.

— Mon pauvre garçon, ah, mon pauvre garçon...

Il tourna le document vers Charlie, qui put voir la croix tracée à l'encre.

— Charlie, en tant que pédagogue, je pense que vous allez avoir un surcroît de travail cet été.

Elle lui fit un de ses grands sourires.

— Vous avez raison, major.

À trente-cinq ans, Charlotte avait derrière elle un mariage malheureux, et elle n'avait jamais eu d'enfant. Elle voyait le garçon de la forêt comme un homme-enfant naïf, innocent et vulnérable. Il aurait besoin de sa protection.

— Tout est réglé, fit le professeur Ingles. Ben, vous pouvez aller vous installer, si ce n'est déjà fait, et nous rejoindre autour des tables à tréteaux pour le dîner.

L'éclaireur trouva la nourriture à la fois bonne et copieuse. À table, il se servit de son couteau de chasse, d'une cuillère et d'un morceau de pain. Plusieurs convives riaient sous cape, mais il n'y prêta pas attention.

Les garçons avec qui il partageait le dortoir se montrèrent amicaux envers lui. Manifestement, ils venaient tous de villes et de bourgades dont il ignorait jusqu'au nom. Il pensa qu'elles se trouvaient dans l'Est. Comme la journée avait été épuisante et qu'on ne pouvait lire qu'à la chandelle, les jeunes gens ne tardèrent pas à souffler les bougies et à s'endormir.

Même si Ben Craig n'avait jamais appris à s'interroger sur ses semblables, il remarqua de nombreuses bizarreries chez les jeunes gens qui l'entouraient. Ainsi, ils avaient beau se déclarer éclaireurs, dresseurs de chevaux ou trappeurs, ils n'avaient pas l'air très renseignés sur leur métier. Mais en même temps, il se rappelait les nouvelles recrues de Custer, et leur connaissance limitée des chevaux, des armes à feu et des Indiens des Plaines. Il supposait que rien n'avait vraiment changé pendant la période qu'il avait passée tout seul ou avec les Cheyennes.

L'installation et les répétitions avant l'arrivée des visiteurs occupèrent les deux semaines suivantes. Au programme : les dernières mises au point, l'entraînement aux activités journalières et les conférences du professeur Ingles, qui se tenaient généralement en plein air.

Craig, qui n'était au courant de rien, se préparait à repartir chasser. Il traversait le terrain de manœuvre en direction du grand portail qu'on ouvrait chaque jour, lorsqu'il fut hélé par un jeune cow-boy prénommé Brad.

— Hé, Ben ! Qu'est-ce que tu as là ? demanda-t-il en désignant l'étui en peau de mouton qui pendait à la selle devant le genou droit de l'éclaireur.

— Mon fusil.

— Tu me montres ? Je suis branché armes à feu.

Dégainant son Sharps, Ben le tendit au jeune homme. Brad le contempla d'un air extasié.

— Ouah ! Il est superbe ! Une vraie pièce de collection. C'est un quoi ?

— Un Sharps 52.

— Incroyable ! Je ne savais pas qu'il existait des copies.

Brad braqua le fusil vers la cloche qui surmontait le portail. Si on repérait des ennemis ou si leur présence était signalée dans les parages, on la ferait sonner à toute volée afin de rappeler au plus vite les gens qui travaillaient dehors. Brad appuya sur la détente. Il était sur le point de crier « Bang ! », mais le Sharps s'en chargea à sa place et le recul de l'arme le projeta en arrière. Si la lourde balle avait frappé la cloche de plein fouet, elle l'aurait fait voler en éclats. Mais elle la toucha seulement de biais et ricocha à grand bruit. Le choc produisit malgré tout un tel fracas que toute activité s'interrompit sur-le-champ. Le professeur se rua hors de son bureau :

— Bon sang, mais qu'est-ce qui se passe ?

Et, voyant Brad assis par terre avec le lourd fusil entre ses mains :

— Mais enfin, Brad, qu'est-ce qui vous prend ?

Le jeune homme se remit péniblement debout et expliqua ce qui était arrivé. Ingles regarda Craig d'un air contrarié.

— Ben, j'ai peut-être oublié de vous prévenir, mais les armes à feu sont formellement interdites dans le fort. Je vais être obligé d'enfermer celle-ci dans l'arsenal.

— Pas d'armes à feu, major ?

— Non, du moins pas des vraies.

— Et les Sioux, alors ?

— Les Sioux ? Pour autant que je sache, ils sont dans les réserves du Dakota.

— Mais ils risquent de revenir, major.

Croyant voir là une plaisanterie, le major sourit avec indulgence.

— Bien sûr, ils risquent de revenir. Mais à mon avis, ce ne sera pas pour cet été. Et dans l'intervalle, je vais accrocher ceci dans l'arsenal.

Le quatrième jour étant un dimanche, tout le personnel assista au service religieux du matin, dans la chapelle du fort. En l'absence d'un aumônier, ce fut le major Ingles qui officia. Au milieu du service, il alla se placer devant le lutrin pour lire le sermon du jour. Dans l'épaisse bible, un signet marquait la page choisie.

— Le sermon d'aujourd'hui se trouve dans le livre d'Isaïe, chapitre 11, versets 6 et suivants. Le prophète y évoque le jour où la paix du Seigneur descendra sur la terre.

Le loup habitera avec l'agneau,
La panthère se couchera avec le chevreau.
Le veau, le lionceau et la bête grasse iront ensemble,
Conduits par un petit garçon.
La vache et l'ourse paîtront,

Ensemble se coucheront leurs petits.
Le lion...

Il tourna la page après ces mots, mais comme deux feuillets de papier de riz s'étaient collés ensemble, le texte n'avait plus aucun sens. Il interrompit sa lecture, essayant de dissimuler son embarras. Une voix juvénile s'éleva alors devant lui, depuis le milieu de la troisième rangée :

Le lion comme le bœuf mangera de la paille.
Le nourrisson jouera sur le repaire de l'aspic,
Sur le trou de la vipère le jeune enfant mettra la main.
On ne fera plus de mal ni de violence sur toute ma montagne sainte
Car le pays sera rempli de la connaissance de Yahvé,
Comme les eaux couvrent le fond de la mer.

Dans le plus grand silence, la congrégation contempla d'un air ahuri le personnage aux vêtements malpropres et aux cheveux ornés d'une plume d'aigle. John Ingles finit par trouver la suite du passage.

— C'est tout à fait ça. Voilà la fin du premier sermon.

Après le repas, il dit à Charlie dans son bureau :

— Je ne comprends rien à ce jeune homme. Il ne sait ni lire ni écrire, et pourtant il récite des passages de la Bible qu'il a appris dans son enfance. C'est lui qui est bizarre ou c'est moi ?

— Ne vous tracassez pas. Je crois que j'ai cerné le personnage. Il a vraiment été élevé par un couple qui avait choisi de vivre isolé en pleine nature. C'est vrai aussi qu'il a été recueilli après leur mort, de manière non officielle et probablement illégale, par un vieux célibataire qui l'a traité comme son propre fils. Il n'a donc effectivement reçu aucune éducation scolaire. En revanche, il y a trois choses qu'il maîtrise à fond : la Bible que sa mère lui lisait, la vie des dernières régions sauvages, et l'histoire de l'Ouest au XIXe siècle.

— Comment il connaît tout ça ?

— Sans doute par le vieil homme. Supposons qu'il soit mort il y a trois ans, à l'âge de quatre-vingts ans. Dans ce cas, il était déjà né à la fin du siècle dernier. À l'époque, les conditions de vie étaient plutôt rudimentaires, dans la région. Il a dû raconter au garçon ce qu'il se rappelait, ou ce que des survivants lui avaient dit de la Frontière.

— Mais pourquoi joue-t-il si bien son rôle ? Croyez-vous qu'il soit dangereux ?

— Non, pas le moins du monde. Il vit seulement dans l'illusion. Il s'imagine qu'il a le droit de chasser et de capturer des animaux à sa guise, comme les gens d'autrefois.

— Il joue un rôle ?

— Oui, mais si on va par là, c'est notre cas à tous.

Le professeur éclata de rire en se tapant sur les cuisses.

— Évidemment, c'est ce que nous faisons tous. Mais lui, il s'y prend spécialement bien.

Charlotte se leva en disant :

— C'est parce qu'il croit en ce qu'il fait. Laissez-moi m'occuper de lui. Je veillerai à ce qu'il ne crée pas d'ennuis. Soit dit en passant, deux des filles lui font déjà les yeux doux.

Au dortoir, Ben Craig trouvait toujours curieux que ses compagnons, quand ils se déshabillaient pour la nuit, ne gardent qu'un caleçon court en coton, tandis que lui préférait dormir dans ses sous-vêtements blancs qui descendaient jusqu'aux mollets. Au bout d'une semaine, cette habitude posa un problème, que les jeunes gens confièrent à Charlie.

Quand elle alla voir Craig, il venait de couper du bois. Abattant sa hache à long manche, il débitait des branches de sapin pour alimenter le fourneau des cuisines.

— Ben, je peux vous demander quelque chose ?

— Bien sûr, m'dame.

— Appelez-moi Charlie.

— D'accord, m'dame Charlie.

— Ben, est-ce que ça vous arrive de prendre un bain ?

— Un bain ?

— Euh... oui, de vous déshabiller complètement et de vous laver ? En entier je veux dire, pas juste les mains et le visage.

— Oui, m'dame, je fais ça régulièrement.

— Je suis ravie de l'apprendre. La dernière fois, c'était quand ?

Il réfléchit quelques instants. Le vieux Donaldson lui avait dit qu'il était indispensable de se laver régulièrement, mais l'eau glacée des ruisseaux n'incitait pas à un usage trop fréquent.

— C'était le mois dernier.

— Je m'en doutais un peu. Ça vous ennuierait de prendre un autre bain ? Tout de suite ?

Dix minutes plus tard, elle le vit faire sortir de l'écurie sa jument sellée.

— Où allez-vous, Ben ?

— Prendre un bain, m'dame Charlie. Comme vous m'avez dit.

— Mais à quel endroit ?

— Au ruisseau. Où vous voulez que j'aille ?

Depuis le début, il faisait ses besoins naturels parmi les hautes herbes de la prairie, et il se lavait le visage, les bras et les mains dans l'abreuvoir des chevaux. Pour garder des dents propres, il passait une heure à les curer avec une brindille de saule fourchue, mais ça, il pouvait le faire à cheval.

— Attachez la jument et venez avec moi.

Elle l'entraîna vers l'arsenal, ouvrit la porte avec une clé qu'elle portait à la ceinture et le fit entrer. Dans le mur du fond, derrière les râteliers où les Springfield étaient attachés par des chaînes, elle appuya sur un bouton caché dans un nœud du bois et ouvrit une porte dérobée. Elle donnait accès à une pièce équipée de lavabos et de baignoires.

Craig avait déjà vu des baignoires d'eau chaude au cours des deux ans passés à Fort Ellis, mais elles étaient fabriquées avec des douves. Celles-ci étaient en fer émaillé. D'après ce qu'il savait, on remplissait une baignoire en faisant la chaîne avec des seaux d'eau qu'on avait fait chauffer sur la cuisinière. Pourtant, Charlie tourna un drôle de bouton, et une eau brûlante commença à jaillir.

— Ben, je repasse dans deux minutes, et je veux trouver tous vos habits devant la porte, sauf les vêtements en daim qui ont besoin d'un nettoyage à sec. Ensuite, vous vous mettrez dans la baignoire avec une brosse et un savon, et vous vous frotterez partout. Prenez aussi ça pour vous laver les cheveux.

Elle lui tendit un flacon rempli d'un liquide vert qui sentait les bourgeons de pin.

— Et pour finir, je veux que vous preniez des sous-vêtements et une chemise parmi ceux qui sont rangés sur cette étagère. Quand vous aurez terminé, vous pourrez ressortir. C'est bien compris ?

Il fit ce qu'elle lui avait demandé. C'était la première fois qu'il prenait un bain chaud. Il y prit plaisir, même s'il eut quelque difficulté à faire fonctionner les robinets et manqua inonder le sol. Lorsqu'il fut lavé et shampouiné, l'eau avait viré au gris sale. Il trouva la bonde au fond de la baignoire et regarda l'eau s'évacuer.

Sur l'étagère placée dans l'angle de la pièce, il se choisit un caleçon en coton, un maillot de corps blanc et une épaisse chemise à carreaux. Il s'habilla, tressa la plume d'aigle dans ses cheveux et sortit. Elle l'attendait dehors. Une chaise était installée au soleil, et elle tenait un peigne et une paire de ciseaux.

— Je ne suis pas experte en la matière, mais ce sera toujours mieux que rien, lui dit-elle. Asseyez-vous.

Elle tailla la chevelure châtaine, sans toucher toutefois à la longue mèche qui portait la plume.

— Voilà qui est mieux, déclara-t-elle quand elle eut fini. En plus vous sentez très bon.

Elle rapporta le siège dans l'arsenal, dont elle referma la porte à clé. Alors qu'elle s'attendait à de chaleureux remerciements, elle retrouva l'éclaireur la mine solennelle, pour ne pas dire malheureuse.

— M'dame Charlie, vous voulez bien venir faire un tour avec moi ?

— Bien entendu, Ben. Quelque chose vous inquiète ?

Elle se réjouissait secrètement de l'occasion : elle allait comprendre un peu mieux ce produit de la nature aussi surprenant que mystérieux. Ils franchirent le portail et elle le suivit vers le ruisseau à travers la prairie. Il ne disait pas un mot, perdu dans ses pensées. Elle dut réprimer son envie de l'interrompre. Le ruisseau était à un mile de distance et ils marchèrent pendant vingt minutes dans la prairie qu'embaumait l'herbe sur pied. À plusieurs reprises le jeune homme leva les yeux vers les Pryor qui se dressaient au sud.

— C'est agréable d'être dehors à regarder les montagnes, lui dit Charlotte.

— C'est chez moi, répondit Ben avant de retomber dans le silence.

Dès qu'ils atteignirent le ruisseau, il s'assit au bord de l'eau. Rassemblant les plis de sa grande robe en coton, elle s'installa en face de lui.

— Qu'est-ce qu'il y a, Ben ?

— Je peux vous poser une question, m'dame ?

— Charlie. Bien sûr que vous pouvez.

— Vous n'iriez pas me raconter des mensonges ?

— Non, Ben. Seulement la vérité.

— On est en quelle année ?

Charlie accusa le choc. Elle avait escompté une révélation sur ses rapports avec le reste du groupe. Plongeant son regard dans ses grands yeux bleus, elle s'interrogea. Elle avait dix ans de plus que lui, et pourtant...

— Enfin, Ben, on est en 1977 !

Si elle s'était attendue à un signe de tête évasif, elle en fut pour ses frais. Penchant la tête entre ses genoux, le jeune homme enfouit son visage dans ses mains. Sous la peau de daim, ses épaules commencèrent à trembler. Charlotte n'avait vu qu'une fois pleurer un homme adulte. Sur les lieux d'un accident de voiture, sur l'autoroute entre Bozeman et Billings. Elle se laissa tomber à genoux et lui posa les mains sur les épaules.

— Où est le problème, Ben ? En quoi cette année vous dérange ?

Ben Craig avait déjà connu la peur, face au grizzli ou sur le coteau surplombant la Little Bighorn. Mais jamais rien de semblable à la terreur atroce qui l'envahissait. Il finit par lui dire :

— Moi je suis né en 1852.

Elle ne ressentit aucune surprise. Elle savait depuis le début qu'il y avait un problème. Elle le serra entre ses bras et le pressa contre son cœur en lui caressant les cheveux. C'était une jeune femme moderne, une femme de son temps. Elle s'était documentée sur le sujet. La moitié des jeunes Occidentaux se passionnaient pour les mystiques orientales. Elle connaissait à fond la théorie de la réincarnation, ou du moins les croyances qui s'y rattachaient. Elle avait lu des choses sur l'impression de déjà-vu qu'éprouvaient certaines personnes, persuadées d'avoir déjà vécu dans un lointain passé. C'était un vrai problème, ce phénomène d'illusion que la psychiatrie avait déjà abordé, et qu'elle continuait d'explorer. Il existait des aides, des conseils, des thérapies.

— Tout va bien, Ben, murmura-t-elle en le berçant comme un enfant. Tout va bien. Ça va bien se passer. Si vous y croyez, c'est le principal. Restez avec nous au fort pendant l'été et on vivra tous comme au siècle passé. À l'automne, vous pourrez venir avec moi à Bozeman, et je trouverai des gens capables de vous aider. Tout se passera bien pour vous, Ben, faites-moi confiance.

Elle prit dans sa manche un mouchoir en coton dont elle lui tamponna le visage, débordant de compassion pour la détresse de ce garçon descendu des montagnes. Ils regagnèrent le fort ensemble. Dans la mesure où elle portait des sous-vêtements de son époque et pouvait compter sur la médecine moderne en cas de coupures, contusions ou maladies, et où elle savait que l'hôpital de Billings n'était qu'à quelques minutes d'hélicoptère, elle commençait à prendre goût à sa longue robe de coton, à l'existence simple qu'on menait dans le fort et aux activités quotidiennes qui l'occupaient. En plus, elle était sûre désormais de décrocher son doctorat.

Tout le monde était tenu d'assister aux conférences du « major » Ingles. Vu la douceur du mois de juin finissant, il les donnait sur le terrain de manœuvre, son auditoire installé sur des bancs en face de lui, son chevalet et ses documents iconographiques à portée de main. Une fois plongé dans la véritable histoire de l'Ouest, il était dans son élément.

Au bout de dix jours, il évoqua la période des guerres des Plaines. Il avait exposé derrière lui des portraits grand format des chefs sioux les plus connus. Ben Craig se retrouva devant une photo agrandie de Sitting Bull, prise à la fin de sa vie. Après avoir cherché asile au Canada, le sorcier hunkpapa était rentré aux États-Unis, se jetant avec les survivants de son peuple entre les griffes de l'armée américaine. Le cliché en question avait été pris peu de temps avant qu'il soit tué.

— Un des chefs les plus curieux était celui des Oglalas, Crazy Horse, expliqua le professeur. Pour des raisons personnelles, il a toujours refusé de se laisser photographier par les Blancs. Il pensait que l'appareil photo lui déroberait son âme. C'est par conséquent le seul dont nous ne possédions pas de portrait. Nous ne connaîtrons donc jamais son apparence.

Craig ouvrit la bouche et la referma aussitôt.

Au cours d'une autre conférence, le professeur décrivit en détail la campagne qui avait abouti à la bataille de Little Bighorn. C'est de cette façon que Craig apprit ce qu'il était advenu du major Reno et de ses trois compagnies, et comment le capitaine Benteen était revenu des *badlands* pour les rejoindre sur la colline assiégée. Il fut heureux de découvrir que la plupart d'entre eux avaient été sauvés par le général Terry.

Le professeur consacra sa dernière conférence au rassemblement des groupes disséminés de Sioux et de Cheyennes, reconduits dans les réserves en 1877. Lorsque John Ingles demanda s'il y avait des questions, Craig leva la main.

— Oui, Ben ?

Le professeur était ravi d'avoir une question du seul étudiant qui n'avait jamais fréquenté l'école primaire.

— Major, avez-vous déjà entendu parler d'un chef appelé Tall Elk, ou d'un brave du nom de Walking Owl ?

Le professeur fut décontenancé. À l'université, il possédait assez de livres pour remplir un camion, et il avait assimilé le contenu de la plupart. Il s'était attendu à une question toute simple. Il fouilla dans sa mémoire.

— Non, je crois sincèrement que personne n'en a entendu parler, et qu'aucun témoin parmi les Indiens des Plaines ne les a mentionnés plus tard. Pourquoi cette question ?

— J'ai entendu dire que Tall Elk s'était détaché du groupe principal, qu'il avait évité les patrouilles de Terry et passé l'hiver là-bas, dans les Pryor.

— Eh bien, je n'en ai pas connaissance. Si c'était le cas, on les aurait retrouvés au printemps, lui et sa famille. Vous devriez vous adresser à Lame Deer, qui est maintenant au centre de la réserve des Cheyennes du Nord. Au Dull Knife Memorial College, quelqu'un sera peut-être au courant.

Ben Craig enregistra le nom. À l'automne, il se débrouillerait pour trouver Lame Deer, et il prendrait des renseignements.

Les premiers groupes de visiteurs arrivèrent le week-end suivant. Par la suite, il en vint quasiment tous les jours. La plupart venaient en bus, les autres en voiture. Il y avait des classes encadrées par des enseignants, ainsi que des familles seules. Tous se garaient sur un emplacement réservé, invisible depuis le fort et distant d'un demi-mile. Des chariots bâchés les conduisaient devant l'entrée principale. Ça faisait partie de la tactique de « mise dans l'ambiance » du professeur Ingles. Elle était d'ailleurs efficace. Les enfants – qui formaient le plus gros des visiteurs – étaient tout excités par le trajet en chariot, une expérience inédite pour bon nombre d'entre eux. Durant les deux cents derniers mètres, ils pouvaient se prendre pour de bon pour des pionniers de l'Ouest. Les chariots déversaient devant le fort des troupes euphoriques.

Craig était chargé de travailler les peaux, qu'il étendait au soleil sur des cadres pour les saler et les gratter, avant de les bruir et de les tanner. Les soldats exécutaient leurs exercices, le forgeron activait son soufflet, les filles aux longues robes de coton lessivaient le linge dans de grands baquets en bois, tandis que le « major » Ingles guidait les groupes d'un métier à l'autre, explicitant chaque fonction et sa nécessité pour la vie dans les Plaines. Deux jeunes gens d'origine indienne jouaient le rôle de peaux-rouges pacifiés qui vivaient au fort en tant que traqueurs et guides, au cas où l'armée devrait secourir d'urgence un groupe de colons attaqué dans les Plaines par des guerriers indiens échappés des réserves. Ils portaient des pantalons en coton, des chemises en toile bleue, de larges ceintures et de longues perruques brunes sous des chapeaux « tuyaux de poêle ». Aucune attraction n'avait autant de succès que le forgeron et Ben Craig travaillant ses peaux.

— Vous avez attrapé les bêtes vous-même ? lui demanda un étudiant de Helena.

— Ouais.

— Vous avez un permis ?

— Un quoi ?

— Pourquoi portez-vous une plume dans les cheveux si vous n'êtes pas indien ?

— C'est les Cheyennes qui me l'ont donnée.

— Pourquoi ?

— Parce que j'ai abattu un grizzli.

— C'est une merveilleuse histoire, fit le professeur qui les accompagnait.

— Non, objecta le garçon, c'est un acteur au même titre que les autres.

Chaque fois que débarquait une nouvelle cargaison de voyageurs, Craig les observait attentivement, à l'affût d'une cascade de cheveux noirs, des traits d'un certain visage, d'une paire de grands yeux sombres. Mais ce n'était jamais elle. Août succéda à juillet.

Craig demanda un congé de trois jours pour retourner dans la forêt. Il se mit en route avant l'aube. Dans les montagnes, il trouva des cerisiers sauvages ; il se mit alors à l'ouvrage, avec la hache qu'il avait empruntée à la forge. Lorsqu'il eut coupé, écorcé et gratté la tige dont il voulait faire un arc, il tendit une corde qu'il s'était procurée au fort, faute de disposer de tendons d'animaux. Quant aux flèches, il les tailla dans des rameaux de jeunes peupliers rigides et effilés. Les pennes venaient de la queue d'une imprudente dinde sauvage. Près d'un ruisseau, il trouva des silex qu'il tailla et façonna pour en faire les pointes. Les Sioux comme les Cheyennes avaient toujours utilisé des pointes en fer ou en silex, insérées dans une fente à l'extrémité de la flèche et maintenues par des lanières en peau très fines. Des deux, c'est le silex que les habitants des Plaines redoutaient le plus. Si l'on pouvait retirer les pointes en fer en même temps que la flèche en faisant attention aux barbelures, celles en silex se brisaient fréquemment, nécessitant des opérations à vif qui s'avéraient souvent fatales. Craig fabriqua quatre de ces flèches. Le matin du troisième jour, il attrapa un chevreuil.

Quand il rentra au fort, il rapportait la bête en travers de sa selle, la flèche toujours plantée dans le cœur. Il amena sa prise à la cuisine. Là, il suspendit l'animal, le vida, le dépeça et le découpa, avant d'offrir à la cuisinière trente kilos de gibier tout frais devant un public de citadins éberlués.

— Elle vous plaisait pas, ma cuisine ? demanda le chef.

— Si, si, pas de problème. J'aime bien la tarte au fromage avec des petits morceaux en couleurs.

— Ça s'appelle une pizza.

— Je me suis juste dit qu'un peu de viande fraîche nous ferait pas de mal.

Pendant que l'éclaireur se rinçait les mains et les avant-bras dans l'abreuvoir, la cuisinière se dépêcha d'apporter la flèche sanglante au poste de commandement.

— C'est un remarquable objet artisanal, dit le professeur Ingles en la retournant entre ses doigts. Bien sûr j'en ai vu dans des musées. Même les pennes de dinde bicolores la désignent comme l'œuvre des Cheyennes. D'où les a-t-il sorties ?

— Il dit qu'il les a fabriquées lui-même, répondit la cuisinière.

— Impossible. Plus personne ne sait façonner le silex de cette façon.

— Pourtant il en a quatre, et celle-ci était enfoncée dans le cœur de l'animal. Ce soir, je sers du gibier frais.

Réuni autour d'un barbecue devant le mur d'enceinte, le personnel mangea la viande avec plaisir. À travers les flammes, le professeur regardait Craig découper dans la cuisse des lanières de viande grillée avec son couteau de chasse, et il se souvint de ce que Charlie lui avait assuré. Elle disait peut-être vrai, mais il restait sceptique. Est-ce que cet étrange jeune homme pouvait devenir dangereux ? Il remarqua qu'il y avait maintenant quatre étudiantes qui essayaient d'attirer l'attention du jeune sauvageon, mais ses pensées étaient toujours ailleurs.

Vers le milieu du mois, le chien noir du désespoir rattrapa Ben Craig. Une partie de lui-même essayait de se convaincre que le Grand Manitou ne l'avait ni abusé ni trahi. La malédiction de la vie éternelle touchait-elle aussi la jeune fille qu'il aimait ? Aucun des joyeux jeunes gens qui l'entouraient ne savait qu'il avait déjà pris sa décision. Si à la fin de l'été il n'avait toujours pas retrouvé la bien-aimée pour qui il avait obéi à la requête du chaman, il repartirait dans les montagnes et la rejoindrait de son propre mouvement dans le monde des esprits.

Une semaine plus tard, les deux chariots franchirent le portail du fort et les conducteurs arrêtèrent les chevaux trempés de sueur. Le premier chariot déchargea un essaim de bambins tout excités. Il rangea dans son fourreau le couteau qu'il avait affûté sur une pierre et se dirigea vers les visiteurs. Une des institutrices lui tournait le dos. Dans son dos flottait une chevelure d'un noir de jais. La jeune femme qui se tourna vers lui était une Américaine d'origine japonaise, au visage rond et poupin. L'éclaireur s'éloigna à grands pas, bouillant de colère. Il s'arrêta soudain, et, les poings levés vers le ciel, il se mit à crier :

— Tu m'as menti, Mey-y-yah. Et toi aussi, vieil homme. Vous m'avez demandé d'attendre, mais vous m'avez égaré dans ce désert, rejeté de Dieu et des hommes.

Tous les gens qui se trouvaient sur le terrain de manœuvre entre les bâtiments s'arrêtèrent pour le dévisager. Devant lui marchait un des « Indiens pacifiés », qui se retourna comme les autres. Le visage du vieillard, bruni et plissé comme une noisette grillée, aussi vieux que les rochers de la Beartooth Range, et encadré de longs cheveux blancs comme neige, l'observait sous le chapeau « tuyau de poêle ». Le regard du visionnaire exprimait une infinie tristesse. Il secoua lentement la tête, puis il la hocha en silence, les yeux levés vers le ciel derrière le jeune éclaireur.

Craig regarda à son tour et, ne voyant rien, se retourna aussitôt. Sous son chapeau, Brian Heavyshield, un de ses camarades qui jouaient les Indiens, le regardait avec de grands yeux, comme s'il avait perdu l'esprit. Il retourna près de l'entrée.

Le second chariot débarqua ses passagers, une ribambelle d'élèves de maternelle agglutinés autour de l'institutrice, Jean, vêtue d'une chemise à carreaux et d'une casquette de base-ball. En se penchant pour mettre fin à une bagarre entre marmots, elle s'essuya le front avec la manche de sa chemise. Gênée par la visière, elle enleva sa casquette, libérant un flot de cheveux noirs qui se déroula jusqu'à sa taille. Troublée de se sentir observée, elle se tourna vers lui. Un visage ovale, d'immenses yeux bruns : c'était Whispering Wind.

Cloué sur place, il était incapable de proférer un seul mot. Il savait qu'il lui fallait dire quelque chose, aller vers elle, n'importe quoi. Mais il n'y arrivait pas, se bornant à la contempler. Rougissant d'embarras, elle détourna les yeux et rassembla ses élèves pour commencer la visite. Une heure plus tard ils arrivèrent aux écuries, guidés par Charlie. Ben Craig était en train de panser Rosebud. Il savait bien qu'ils allaient venir : il se trouvait sur leur itinéraire.

— Voici l'endroit où nous mettons les chevaux, annonça Charlie. Certains appartiennent au régiment de cavalerie, d'autres aux pionniers qui ne font que passer. Ben que vous voyez ici s'occupe de sa jument Rosebud. Il est à la fois chasseur, trappeur et éclaireur, et il a vécu dans les montagnes.

— Je veux les voir tous, les chevaux ! brailla un des bambins.

— Mais oui, mon cœur, répondit Charlie, on va les voir. Simplement ne t'approche pas trop, au cas où ils se mettraient à ruer.

Charlie fit passer les petits devant les boxes. Craig se retrouva tout seul en face de la jeune fille.

— Désolé de vous avoir regardée comme ça, m'dame, lui dit-il. Je m'appelle Ben Craig.

— Bonjour, moi c'est Linda Pickett, fit-elle en lui tendant la main.

Lorsqu'il la prit dans la sienne, il la trouva tiède et menue, comme dans son souvenir.

— Je peux vous poser une question, m'dame ?

— Vous appelez toutes les femmes « m'dame » ?

— Sûr, c'est ce qu'on m'a appris. Ça se fait pas ?

— Disons que c'est un peu protocolaire. Dans le genre démodé. Qu'est-ce que vous vouliez me demander ?

— Si vous vous souveniez de moi.

Son front se plissa.

— Je n'en ai pas l'impression. On s'est déjà rencontrés ?

— Oui, il y a très longtemps.

Elle se mit à rire. C'était bien le son qu'il se rappelait, autour des feux de camp du village de Tall Elk.

— Dans ce cas, je devais être très jeune. Où est-ce que c'était ?

— Venez, je vais vous montrer.

Il entraîna dehors la jeune fille perplexe. Au-delà des palissades en bois, les pics de la Pryor Range s'élevaient au sud.

— Vous savez ce que c'est ?

— Les monts Beartooth ?

— Non, ils sont plus à l'ouest. Ça, ce sont les Pryor. C'est là que nous nous sommes rencontrés.

— Mais je n'y suis jamais allée. Mes frères m'emmenaient camper quand j'étais petite, mais jamais là-bas.

Il se tourna pour contempler le visage aimé.

— Vous êtes devenue institutrice ?

— Oui, à l'école maternelle de Billings. Pourquoi ?

— Vous pensez revenir ici bientôt ?

— Je n'en sais rien. D'autres groupes ont réservé pour venir. Je serai peut-être de service. Pourquoi cette question ?

— Je voudrais que vous reveniez. Je vous en prie. Il faut que je vous revoie. Promettez que vous viendrez.

Le visage de Miss Pickett s'empourpra de nouveau. Jolie comme elle l'était, les garçons lui avaient souvent fait des avances. En général, elle les balayait d'un geste de la main, avec un rire qui rendait le message clair sans blesser l'interlocuteur. Mais ce jeune homme était curieux. Il n'usait pas de flatteries, ne faisait pas de sourires aguicheurs. Il avait un air grave, sérieux et candide. Quand elle plongea les yeux dans son regard bleu cobalt à l'expression si franche, elle sentit quelque chose frémir en elle. Charlie ressortit alors des écuries avec les enfants.

— Je ne sais pas, dit la jeune fille, je vais y réfléchir.

Une heure plus tard elle avait quitté le fort avec son groupe.

Une semaine s'écoula, mais elle finit par revenir. Comme une de ses collègues avait été appelée auprès d'un parent malade, il manquait un accompagnateur et elle s'était proposée. Par cette journée de grosse chaleur, la jeune fille ne portait qu'une robe toute simple en coton imprimé.

Craig avait prié Charlie de consulter la liste des groupes inscrits, pour voir si la maternelle de Billings n'avait pas réservé.

— Il y a quelqu'un qui vous intéresse, Ben ? demanda-elle d'un air malicieux.

Elle n'était pas déçue, sachant qu'une relation avec une fille sensée l'aiderait énormément à réintégrer le monde réel. La vitesse à laquelle il apprenait à lire et à écrire lui faisait grand plaisir. Elle s'était procuré des livres faciles, pour qu'il puisse les déchiffrer mot à mot. Elle pensait qu'à l'automne elle pourrait lui trouver un logement en ville et un travail de serveur ou de vendeur, tandis qu'elle noterait pour sa thèse les progrès qu'il accomplirait.

Ben faisait le guet au moment où les chariots déposèrent leur cargaison de gamins et d'enseignants.

— Miss Linda, vous voulez bien faire un tour avec moi ?

— Un tour ? Où ça ?

— Dans la prairie, pour qu'on puisse parler.

Elle objecta qu'elle devait surveiller ses élèves, mais une collègue plus âgée lui chuchota avec un clin d'œil appuyé qu'elle pouvait la laisser profiter de son nouvel admirateur si elle en avait envie. C'était effectivement le cas.

Ils s'éloignèrent du fort et trouvèrent un éboulis à l'ombre d'un arbre. Il semblait avoir perdu l'usage de la parole.

— D'où êtes-vous, Ben ? lui demanda-t-elle.

Elle se rendait compte de sa timidité et l'appréciait beaucoup. Il désigna de la tête les lointaines montagnes.

— Vous avez été élevé là-bas, dans les montagnes ?

Nouveau signe de tête.

— Dans quelle école êtes-vous allé ?

— Aucune.

Elle eut du mal à assimiler cette information. Passer toute sa jeunesse à chasser et à poser des pièges, sans jamais mettre les pieds à l'école, ça dépassait l'imagination.

— Ce doit être tellement calme dans les montagnes. Pas de circulation, pas de radios ni de télés.

Il ne comprenait pas de quoi elle parlait, mais il supposa qu'elle faisait allusion à des choses bruyantes, autres que le bruissement des arbres et le chant des oiseaux.

— C'est le bruit de la liberté, répondit-il. Dites-moi, Miss Linda, vous avez déjà entendu parler des Cheyennes du Nord ?

Le changement de sujet la surprit et la soulagea en même temps.

— Bien entendu. En fait, mon arrière-grand-mère maternelle était une Cheyenne.

Penchant la tête vers elle, la plume d'aigle voletant dans la brise tiède, il la fixa de ses yeux bleu sombre au regard implorant.

— S'il vous plaît, parlez-moi d'elle.

Linda Pickett se souvenait que dans son enfance sa grand-mère lui avait montré une antique photographie de sa propre mère, une vieille femme toute ridée. Malgré le passage du temps, les grands yeux, le nez fin et les pommettes hautes laissaient supposer que la vieille dame sur ce sépia jauni avait été très belle. Elle raconta à Ben tout ce qu'elle savait, ce que sa grand-mère lui avait dit quand elle était enfant.

La jeune Cheyenne s'était mariée avec un brave, dont elle avait eu un petit garçon. En 1880 une épidémie de choléra s'était déclarée dans la réserve, les emportant tous les deux. Deux ans plus tard, un prédicateur de la Frontière épousa la jeune veuve, au mépris de la réprobation des autres Blancs. C'était un grand blond, d'origine suédoise. Ils eurent trois filles ensemble, dont la grand-mère de Miss Pickett, qui était la benjamine.

Cette dernière se maria à son tour – avec un Blanc, bien entendu – et mit au monde un garçon et deux filles, dont la plus jeune était née en 1925. Vers l'âge de vingt ans, cette seconde fille, prénommée Mary, vint chercher du travail à Billings. Elle se fit embaucher à la Farmers' Bank, fondée depuis peu.

Un caissier sérieux et travailleur du nom de Michael Pickett occupait le guichet voisin du sien. Ils se marièrent en 1945. En raison de sa myopie, le père de Linda ne fut pas envoyé à la guerre. Le couple eut quatre garçons – tous grands et blonds – avant la naissance de Linda en 1959. Elle venait d'avoir dix-huit ans.

— Je ne sais pas trop pourquoi, je suis née avec des cheveux noirs et des yeux bruns. Rien de commun avec papa et maman. Voilà, vous savez tout. Maintenant, c'est à vous.

Il ignora son invitation.

— Est-ce que vous avez une marque à la jambe droite ?

— Ma tache de naissance ? Comment diable êtes-vous au courant ?

— S'il vous plaît, laissez-moi la voir.

— Mais enfin, c'est personnel.

— Je vous en prie.

Après quelque hésitation, elle releva sa robe en coton sur une cuisse mince et ambrée. Elles étaient toujours là. Les deux fossettes qui marquaient d'un pli l'endroit où la balle du soldat était entrée et ressortie, près de la Rosebud. Agacée, elle rabattit sa robe sur sa jambe.

— Je peux faire autre chose pour vous ? demanda-t-elle sur un ton sarcastique.

— Une seule. Savez-vous ce que signifie *Emos-est-se-haa'e* en langage cheyenne ?

— Je n'en ai pas la moindre idée.

— Ça veut dire « Wind-That-Talks-Softly ». Whispering Wind. Je peux vous appeler comme ça ?

— Je ne sais pas trop. Sûrement que oui, si ça vous fait plaisir. Mais pour quelle raison ?

— Parce que autrefois c'était votre nom. Parce que j'ai rêvé de vous, que je vous ai attendue. Et que je vous aime.

Elle se leva en rougissant violemment.

— Ça ne tient pas debout. Vous ne me connaissez pas, et moi non plus. De toute façon, je suis déjà fiancée.

Elle s'éloigna avec raideur, refusant de lui parler davantage.

Pourtant, elle revint au fort encore une fois. Elle lutta contre sa conscience, se répétant qu'elle se conduisait comme une folle, comme une imbécile qui n'a plus toute sa tête. Mais dans sa tête elle voyait le regard bleu qui la fixait droit dans les yeux, et elle finit par se convaincre qu'elle devait aller dire à cet amoureux transi qu'une nouvelle rencontre ne mènerait à rien. Du moins, c'est ce qu'elle pensait faire.

Un dimanche, une semaine avant la rentrée des classes, elle monta dans un bus de touristes au centre-ville et descendit sur le parking du fort. On aurait cru qu'il sentait qu'elle allait venir. Comme chaque jour il attendait sur le terrain de manœuvre, et il avait sellé Rosebud. Il aida la jeune fille à monter en croupe et se dirigea vers la prairie. Rosebud connaissait le chemin jusqu'au ruisseau. Ils mirent pied à terre au bord de ses eaux scintillantes, et il lui raconta qu'il avait perdu ses parents quand il était petit, et qu'un montagnard l'avait recueilli et élevé comme son propre fils. Il expliqua aussi qu'au lieu d'étudier des cartes et des livres, il avait appris à reconnaître la foulée de chaque animal sauvage, le cri de tous les oiseaux, la forme et les caractéristiques des arbres.

Elle lui confia qu'elle menait une existence très différente de la sienne, rangée et conventionnelle, réglée comme du papier à musique. Elle lui révéla enfin que son fiancé appartenait à une grande famille immensément riche, qui lui offrirait tout ce qu'une femme pouvait désirer au monde, comme le lui avait dit sa mère. Il n'avait donc rien à attendre d'elle.

C'est à ce moment-là qu'il l'embrassa. Elle essaya de le repousser, mais au contact de ses lèvres, elle sentit ses forces l'abandonner et elle ne put s'empêcher de nouer ses bras derrière sa nuque. Son haleine ne sentait pas l'alcool et le tabac froid comme celle de son fiancé. En plus il ne tripotait pas son corps. Elle respira son odeur : un mélange de peau de daim, de feu de bois et de sapin. Bouleversée, elle s'écarta de lui pour retourner vers le fort.

Il lui emboîta le pas mais ne la toucha plus. Rosebud cessa de brouter pour les suivre.

— Restez avec moi, Whispering Wind.

— Je ne peux pas.

— Nous sommes destinés l'un à l'autre. C'est ce qui a été annoncé il y a très longtemps.

— Je ne peux pas vous répondre. Il me faut y réfléchir. C'est de la folie. Je suis fiancée.

— Dites-lui qu'il devra patienter.

— C'est impossible.

À ce moment-là, un chariot bâché franchissait le portail, en route vers le parking invisible. Elle obliqua pour pouvoir monter à bord. Ben Craig enfourcha sa jument et suivit le chariot au pas. Arrivés sur l'aire de stationnement, les passagers descendirent du chariot afin de monter dans le bus.

— Whispering Wind, s'écria-t-il, est-ce que vous reviendrez ?

— Je ne peux pas, je dois épouser quelqu'un d'autre.

Quelques mères de famille regardaient d'un œil critique ce farouche jeune homme qui importunait visiblement une charmante jeune fille. Les portes automatiques se fermèrent en grinçant et le chauffeur démarra. Avec un hennissement effrayé, Rosebud se cabra bien haut sur ses pattes arrière tandis que le bus se mettait en route, accélérant sur le chemin de terre battue qui menait à l'autoroute bitumée. Craig pressa les flancs de Rosebud et se lança à sa poursuite, mettant la jument au galop quand le véhicule gagna de la vitesse. L'animal était terrifié par le monstre qui ronflait et rugissait à ses côtés. Le vent soufflait maintenant avec une violence accrue. À l'intérieur de l'autocar, les passagers entendirent crier :

— Whispering Wind, suis-moi dans mes montagnes et deviens ma femme !

Apercevant dans son rétroviseur les naseaux dilatés du cheval et ses yeux éperdus roulant dans leurs orbites, le chauffeur appuya sur l'accélérateur. Le bus sauta et cahota sur le chemin accidenté. Plusieurs mères de famille poussaient des hurlements en étreignant leurs marmots potelés. Linda Pickett se leva de son siège pour tirer la vitre coulissante. Petit à petit, l'autocar distanciait le cheval au galop. Rosebud était envahie par la panique, mais elle continuait de faire confiance aux genoux qui serraient fermement ses flancs et aux mains qui tenaient ses rênes. Une tête brune se montra à la fenêtre et la réponse parvint à Ben dans le sillage du bus.

— Oui, Ben Craig, je le ferai !

Le jeune homme serra la bride et disparut peu à peu dans la poussière.

Elle mit beaucoup de soin à rédiger sa lettre, craignant de provoquer une de ces crises de colère qui lui étaient familières. Elle voulait simplement lui signifier qu'elle regrettait beaucoup, mais que sa décision était prise. Quand elle eut achevé la quatrième version, elle la signa et la posta. Pas la moindre réaction pendant une semaine. Mais lorsqu'elle eut lieu, la confrontation fut aussi brève que violente.

Michael Pickett était l'un des piliers de sa communauté, président-directeur général de la Farmers' Bank de Billings. Engagé comme simple caissier peu avant Pearl Harbor, il avait pris du galon et était devenu directeur adjoint. Son assiduité au travail, sa droiture et sa conscience professionnelle avaient attiré l'attention du fondateur et propriétaire de la banque, un célibataire endurci sans famille proche.

En partant à la retraite, ce monsieur proposa à Michael Pickett de lui vendre sa banque. Il voulait quelqu'un pour prendre la relève. La vente eut lieu dès que Pickett eut obtenu un prêt. Petit à petit, il réussit à rembourser la quasi-totalité de l'emprunt. Cependant, il dut affronter un certain nombre de problèmes à la fin des années soixante : une diversification excessive des activités, des saisies, un endettement trop lourd. Pickett fut contraint de s'introduire en Bourse et de vendre des actions pour se constituer un capital de survie. La crise fut surmontée et les liquidités recommencèrent à rentrer.

Une semaine après l'arrivée du courrier de sa fille, Mr Pickett fut invité – ou plutôt convoqué – à une entrevue avec le père du fiancé, dans sa résidence sur les rives de la Yellowstone au sud-ouest de Billings, l'impressionnant Bar-T Ranch. Ils s'étaient déjà rencontrés à l'occasion des fiançailles, dans la salle de banquet du club des éleveurs.

On introduisit le banquier dans un immense bureau aux parquets bien cirés et aux somptueux lambris, orné de trophées, de diplômes encadrés et de têtes de taureaux primés. L'individu installé derrière le large bureau ne se leva pas à son entrée et ne daigna même pas le saluer. Il se contenta de désigner un siège libre en face de lui. Lorsque son visiteur fut installé, il le dévisagea sans un mot. Mr Pickett était fort embarrassé. Il devinait ce que l'autre lui voulait.

Le magnat de l'élevage prit tout son temps. Il sortit de son papier un énorme cigare Cohiba et l'alluma. Lorsqu'il tira assez bien, il fit passer une feuille à travers le bureau. Michael Pickett en prit connaissance : c'était la lettre de sa fille.

— Je suis navré, répondit-il, elle m'a tout raconté, j'étais au courant pour la lettre. Mais je ne l'avais pas lue.

Levant un doigt menaçant, l'éleveur pencha vers lui un visage furibond, assez semblable à un quartier de bœuf sous l'éternel Stetson qu'il portait même au bureau.

— Pas question, c'est compris ? Pas question qu'une fille traite mon garçon de cette manière.

Le banquier haussa les épaules.

— Je suis aussi déçu que vous. Mais vous savez, les jeunes... il leur arrive de changer d'avis. Ils manquent d'expérience tous les deux, ils ont peut-être précipité les choses...

— Parlez-lui. Laissez-lui entendre qu'elle commet une grosse bêtise.

— C'est déjà fait. Et sa mère aussi a discuté avec elle. Elle est décidée à rompre ses fiançailles.

Carré dans son fauteuil, l'éleveur regarda autour de lui, considérant le chemin parcouru depuis ses modestes débuts de cowboy.

— Certainement pas avec mon fils, rétorqua-t-il.

Récupérant la lettre, il poussa vers le banquier une liasse de documents.

— Je vous conseille de lire ceci.

Effectivement, William « Big Bill » Braddock avait fait son chemin. Son grand-père avait émigré dans l'Ouest depuis Bismarck dans le Dakota du Nord, sa ville natale. Il était le fils illégitime d'un cavalier mort au combat pendant les guerres indiennes. Il s'était fait embaucher dans un magasin où il avait passé toute sa vie, sans se faire renvoyer mais sans monter en grade. Son fils avait suivi son humble exemple, mais le petit-fils avait préféré travailler dans un ranch. C'était un costaud et un dur à cuire, une brute épaisse qui n'hésitait jamais à régler les différends par des bagarres, dont il sortait presque toujours vainqueur. Tout ça ne l'empêchait pas d'être malin. Après la guerre, il avait repéré les premiers signes d'une opportunité pleine d'avenir : le camion réfrigéré, capable de transporter la meilleure viande de bœuf du Montana à des centaines de miles du lieu d'élevage.

Il monta sa propre entreprise, commença par les camions et passa ensuite à l'abattage et à la vente en gros, jusqu'à ce qu'il contrôle toute la filière, de la sortie du ranch au barbecue. Il créa aussi sa propre marque, Big Bill's Beef, du bœuf bien juteux, élevé en plein air, tout frais et disponible dans votre supermarché habituel. Quand il retourna à l'élevage, seul chaînon manquant de la filière bovine, ce fut en tant que patron. Le Bar-T Ranch, qu'il avait acheté dix ans auparavant, était une splendide maison restaurée, la demeure la plus imposante des bords de la Yellowstone. L'épouse de Braddock, une femme frêle et effacée qui passait facilement inaperçue, lui avait donné un seul fils, qui n'avait pas grand-chose en commun avec son père. Âgé de vingt-cinq ans, Kevin était un jeune homme choyé et gâté, qui avait une peur bleue de son père. Pourtant Big Bill était fou de son rejeton. Rien n'était trop beau pour son fils unique.

Michael Pickett termina sa lecture livide et bouleversé.

— Je ne comprends pas.

— C'est pourtant très clair, Pickett. J'ai passé une semaine à racheter toutes les actions que j'ai pu. Ce qui signifie que je suis maintenant actionnaire majoritaire, et que je suis à la tête de votre banque. Ça m'a coûté un sacré paquet d'argent. Et tout ça à cause de votre fille. Jolie, je l'admets, mais rien dans la tête. Je ne sais pas qui est le type qu'elle a rencontré, et en plus je m'en fiche : dites-lui seulement de le laisser tomber. Elle n'a qu'à écrire à mon fils et reconnaître qu'elle s'est trompée. Ils renoueront leurs fiançailles.

— Et si je n'arrive pas à la convaincre ?

— Dans ce cas, prévenez-la qu'elle sera responsable de votre faillite totale. Je vous prendrai votre banque, votre maison, et tout ce que vous avez. Dites-lui bien qu'on ne vous fera même plus crédit pour un café dans tout le comté. C'est bien compris ?

C'est un Michael Pickett complètement brisé qui descendit l'allée du ranch pour rejoindre l'autoroute. Il savait que Braddock ne disait pas ça pour plaisanter. Il s'était déjà comporté de cette manière envers des gens qui lui causaient du tort. Il avait aussi annoncé à Pickett qu'il faudrait avancer le mariage à la mi-octobre, dans un mois.

Le conseil de famille fut particulièrement désagréable. La mère de Linda alterna les accusations et les cajoleries. Qu'est-ce qui lui passait par la tête ? Elle se rendait bien compte de ce qu'elle avait fait ? Le mariage avec Kevin Braddock lui apporterait instantanément ce que les autres mettaient toute une vie de labeur à obtenir. Une belle maison, un grand parc pour élever ses enfants, les meilleures écoles, un statut social. Comment pouvait-elle envoyer promener tout ça à cause d'une toquade pour un acteur au chômage qui jouait les éclaireurs pendant les vacances pour se faire un peu d'argent ?

On avait aussi convoqué deux de ses frères qui vivaient et travaillaient dans le coin. L'un d'eux proposa de se rendre à Fort Heritage et d'avoir une conversation d'homme à homme avec l'intrus. Les deux frères redoutaient que ce revanchard de Braddock ne s'arrange pour qu'ils perdent eux aussi leur emploi. Celui qui venait de parler travaillait comme fonctionnaire de l'État du Montana, et Braddock avait des amis influents à Helena.

Déboussolé, le père essuyait ses lunettes d'un air accablé. C'est son désarroi qui finit par convaincre Linda Pickett. Elle hocha la tête et se leva pour aller dans sa chambre. Cette fois elle écrivit deux lettres. La première était destinée à Kevin Braddock. Elle reconnaissait avoir eu la sottise de s'amouracher comme une collégienne d'un jeune cow-boy qu'elle avait rencontré, mais tout était fini entre eux. Elle désirait renouer avec lui et il lui tardait de devenir sa femme, avant la fin du mois d'octobre.

Quant à la seconde missive, elle était adressée à Mr Ben Craig, à Fort Heritage, Bighorn County, Montana. Elle posta les deux lettres dès le lendemain.

En dépit de son obsession de l'authenticité, le professeur Ingles avait fait deux concessions à la modernité. Même si le fort n'était pas équipé de lignes téléphoniques, il avait dans son bureau un radiotéléphone alimenté par des piles cadmium-nickel. Un service postal était également prévu. La poste de Billings avait accepté de déposer le courrier destiné au fort dans les bureaux de la principale compagnie d'autobus. Il était convenu que le premier chauffeur à partir pour le fort se chargerait de la sacoche de courrier à distribuer. Ben Craig reçut la lettre quatre jours plus tard. Il voulut la lire tout seul, mais il avait du mal. Les leçons de Charlie l'avaient familiarisé avec les majuscules et même avec les petits caractères, mais il ne put venir à bout de la cursive de la jeune fille. Il apporta donc la lettre à Charlie. Après l'avoir lue, elle le regarda d'un air apitoyé.

— Désolé, Ben, elle vient de la fille dont vous vous êtes entiché. Linda, je crois.

— S'il vous plaît, Charlie, lisez-la-moi.

— « Cher Ben, il y a deux semaines, j'ai fait une bêtise monumentale. Quand vous m'avez interpellée sur votre cheval et que je vous ai répondu depuis le bus, il me semble avoir dit que nous pourrions nous marier. Une fois rentrée chez moi, j'ai réalisé l'étendue de ma sottise. Pour dire la vérité, je suis fiancée à un jeune homme très bien que je connais depuis plusieurs années. Il m'est tout simplement impossible de rompre avec lui. Nous devons nous marier le mois prochain. Je vous en prie, souhaitez-moi autant de chance et de bonheur pour l'avenir que je vous en souhaite. Avec un baiser d'adieu, Linda Pickett. »

Charlie replia la lettre et la lui rendit. Craig contemplait les montagnes, perdu dans ses pensées. Charlie tendit la main et la posa sur la sienne.

— Je suis désolée, Ben, ce sont des choses qui arrivent. C'est comme un navire qui ne fait que passer dans la nuit. Il est clair que cette fille s'est amourachée de vous comme une gamine, et je la comprends. Mais elle a choisi de rester avec son fiancé.

Craig ne savait pas ce qu'était un navire. Les yeux rivés sur ses montagnes, il lui demanda :

— Qui est son fiancé ?

— Je n'en sais rien, elle ne précise pas.

— Vous pourriez vous renseigner ?

— Dites-moi, Ben, vous n'allez pas chercher des ennuis ?

Dans le temps, Charlie avait poussé deux garçons à se battre pour elle et elle avait trouvé ça plutôt flatteur. Mais c'était du passé. Maintenant, elle ne voulait surtout pas que son jeune protégé fougueux se jette la tête la première dans une bagarre pour les beaux yeux d'une espèce de gamine qui était venue trois fois au fort, semant la confusion dans son cœur sensible.

— Non, Charlie, je ne chercherai pas d'ennuis. C'est juste de la curiosité.

— Vous n'allez pas vous rendre à Billings et provoquer une rixe ?

— Charlie, je veux seulement ce qui m'appartient, aux yeux des hommes et du Grand Manitou. Comme il a été dit voilà très longtemps.

Il parlait de nouveau par énigmes, elle se permit d'insister :

— Il ne s'agit pas de Linda Pickett ?

Il demeura songeur quelques instants, mâchonnant un brin d'herbe.

— Non, il ne s'agit pas d'elle.

— Vous me le promettez, Ben ?

— Oui, je vous le promets.

— Je vais voir ce que je peux faire.

Un ancien camarade de Charlotte à l'université était devenu journaliste pour la *Billings Gazette*. Elle lui demanda par téléphone de jeter un coup d'œil aux archives pour voir si on n'annonçait pas les fiançailles d'une certaine Linda Pickett. Il ne tarda pas à lui répondre.

Quatre jours plus tard, elle reçut au courrier une coupure de presse datant du début de l'été. Mr et Mrs Michael Pickett, Mr et Mrs William Braddock avaient la joie d'annoncer les fiançailles de leurs enfants, Linda et Kevin. Charlotte siffla en haussant les sourcils. Pas étonnant que la fille n'ait pas tenu à rompre !

— Ce doit être le fils de Big Bill Braddock, dit-elle à Craig. Vous savez, le roi du bifteck ?

L'éclaireur fit non de la tête.

— Bien sûr, fit Charlie d'un air résigné. Vous, vous attrapez vous-même votre viande. Sans permis de chasse. Ben, le père est vraiment très riche. Il habite une grande propriété un peu plus au nord, pas loin de la Yellowstone. Vous connaissez la rivière ?

Craig hocha la tête. Il avait parcouru toute la rive sud avec le général Gibbon, de Fort Ellis jusqu'au confluent avec la Tongue River, bien loin à l'est de la Rosebud, où ils avaient rebroussé chemin.

— Charlie, vous pourriez savoir la date du mariage ?

— Vous vous rappelez votre promesse ?

— Oui, je laisse tomber Linda Pickett.

— C'est ça. Qu'est-ce que vous avez derrière la tête ? Une petite surprise ?

— Ouais...

Charlie passa un autre coup de fil. Bien qu'on entrât dans le mois d'octobre, le temps restait doux et ensoleillé. Les prévisions météo à long terme annonçaient un véritable été de la Saint-Martin, avec un beau soleil jusqu'à la fin du mois. Le 10, un numéro de la *Billings Gazette* arriva avec le bus des touristes. En raison de la rentrée des classes, le flot de visiteurs se tarissait rapidement. Dans le journal que lui avait envoyé son ami, Charlie découvrit un article d'une colonne signé par le chroniqueur mondain. Elle en fit la lecture à Craig. Dans un style exalté, le journaliste évoquait le prochain mariage de Kevin Braddock et Linda Pickett. La cérémonie aurait lieu le 20 octobre au magnifique Bar-T Ranch, au sud de Laurel Town. En raison du beau temps persistant, le mariage serait célébré sur les vastes pelouses du domaine, à deux heures de l'après-midi, en présence d'un groupe d'invités rassemblant la bonne société et l'élite financière du Montana.

Charlie continua jusqu'à la fin de la page. Ben Craig enregistrait les informations en hochant la tête.

Le lendemain, le commandant du poste leur fit un discours sur le terrain de manœuvre. L'expérience menée pendant l'été à Fort Heritage allait être suspendue pour l'hiver dès le 21 octobre. Elle avait remporté un succès remarquable et des messages de félicitations lui parvenaient de partout, émanant d'enseignants et d'hommes politiques.

— Nous allons avoir fort à faire pendant les quatre derniers jours, dit le professeur à sa jeune équipe. Les salaires seront versés la veille de la fermeture. Avant de partir, il nous faut nettoyer les locaux, tout ranger et tout préparer pour les grands froids de l'hiver.

Charlie prit Ben Craig à part.

— Ben, l'expérience touche à sa fin. Dès qu'elle sera terminée, nous pourrons remettre nos vêtements habituels. Oh, mais je suppose que c'est ça vos vêtements habituels. Mais vous allez recevoir un paquet de dollars. On pourrait aller à Billings et vous acheter des tennis, un jean, un lot de chemisettes et une paire d'anoraks pour l'hiver. Ensuite, je veux que vous veniez à Bozeman avec moi. Je vous trouverai un logement agréable et je vous présenterai à des gens susceptibles de vous aider.

— Très bien, Charlie.

Ce soir-là, Ben frappa à la porte du professeur. John Ingles était assis à son bureau. Un poêle à bois ventru rougeoyait dans un angle de la pièce, s'efforçant de réchauffer l'atmosphère vespérale. Le professeur accueillit chaleureusement son visiteur vêtu de peau de daim. Il avait été impressionné par ce garçon, par sa connaissance de la vie sauvage et de la Frontière, par sa façon de coller parfaitement à son rôle. Avec ses connaissances et un diplôme universitaire, le professeur aurait pu lui trouver une place sur le campus.

— Ben, mon garçon, que puis-je faire pour vous ?

Il sentait le moment venu de lui prodiguer quelques conseils paternels pour le futur.

— Vous auriez une carte, major ?

— Une carte ? Grands dieux, je dois bien avoir ça. De quelle région ?

— Du fort où nous sommes jusqu'au nord de la Yellowstone, s'il vous plaît, major.

— Bonne idée. C'est toujours utile de connaître l'endroit où l'on se trouve et ses environs. Voici.

Il étala la carte sur la table et donna quelques explications. Craig avait déjà vu des cartes d'état-major, mais elles ne présentaient que des blancs, à l'exception des points de repère marqués par les éclaireurs et les trappeurs. Celle-ci était couverte de lignes et de points.

— Voici le fort, au nord du mont West Pryor. Du côté nord, il donne sur la Yellowstone, et au sud sur les Pryor. Et là, voici Billings, et aussi Bozeman, la ville d'où je viens.

Craig passa le doigt sur les cent miles qui séparaient les deux villes.

— La piste de Bozeman ? demanda-t-il.

— Tout à fait. C'est le nom qu'elle portait dans le temps. Bien sûr, de nos jours, c'est une autoroute bitumée.

Craig ignorait ce qu'était une autoroute bitumée, mais il présuma qu'il s'agissait de la longue bande de roche noire qu'il avait vue au clair de lune. Des dizaines de villes plus petites figuraient également sur la carte détaillée, ainsi qu'une propriété du nom de Bar-T Ranch, sur la rive sud de la Yellowstone, au confluent avec le Clark's Creek. Il estima qu'elle était légèrement décalée vers l'ouest par rapport à une ligne partant plein nord de Fort Heritage. À vol d'oiseau, elle se trouvait à vingt miles de distance. Il remercia le major en lui rendant la carte.

Le soir du 19 octobre Ben Craig alla se coucher de bonne heure. Personne ne s'en étonna. Tous les jeunes gens avaient passé la journée à nettoyer, à graisser les structures métalliques pour les prémunir contre les froids de l'hiver, à ranger les outils dans des resserres bien abritées pour pouvoir les réutiliser au printemps suivant. Ses compagnons de chambrée se couchèrent vers dix heures et ne tardèrent pas à s'endormir. Aucun ne remarqua que leur compagnon n'avait pas quitté ses vêtements sous la couverture.

À minuit il se leva, se coiffa de sa toque en renard, plia deux couvertures et sortit sans faire de bruit. Personne ne le vit se diriger vers les écuries et se glisser à l'intérieur pour seller sa jument. Il s'était assuré qu'elle aurait une double ration d'avoine en vue du surcroît d'efforts qu'elle devrait fournir. Quand il eut terminé, il la laissa là et se faufila dans la forge. Il s'empara des instruments qu'il avait notés la veille : une hachette et son fourreau, un pied-de-biche et des pinces à métaux. Avec le pied-de-biche, il fit sauter le moraillon et le cadenas qui fermaient l'arsenal. Une fois dedans, les pinces le débarrassèrent promptement de la chaîne passée dans la sous-garde des fusils. Ils étaient tous factices sauf un. Il récupéra son Sharps 52 avant de repartir. Il mena Rosebud à la petite porte qui s'ouvrait à l'arrière du fort, non loin de la chapelle. Il retira la barre et sortit. Il avait mis ses deux couvertures sous la selle, et roulé la peau de buffle derrière le troussequin. Le fusil dans son étui ballottait devant son genou gauche tandis qu'un carquois en cuir brut et ses quatre flèches étaient accrochés à droite. L'arc se balançait dans son dos. Après avoir conduit silencieusement son cheval par la bride sur un demi-mile, il monta en selle. C'est ainsi que Ben Craig l'éclaireur de la Frontière, unique survivant du massacre de Little Bighorn, quitta l'an de grâce 1877 pour s'engouffrer dans le dernier quart du XXe siècle.

La position de la lune lui apprit qu'il était deux heures du matin. Il avait le temps de franchir au pas les vingt miles qui le séparaient du Bar-T Ranch, afin de ménager les forces de Rosebud. Se repérant sur l'Étoile polaire, il se décala de quelques degrés à l'est par rapport au plein nord qu'elle lui indiquait.

Les terres cultivées succédèrent à la prairie, et il vit ici et là des piquets reliés par du fil de fer. Il les découpa avec ses pinces et poursuivit sa route. Sans le savoir, il traversa la frontière entre le comté de Bighorn et celui de Yellowstone. À l'aube il rencontra les berges du Clark's Creek et suivit vers le nord la courbe du ruisseau. Comme le soleil effleurait les collines à l'est, il aperçut une longue clôture métallique peinte en blanc. Une pancarte annonçait : BAR-T RANCH. PROPRIÉTÉ PRIVÉE. DÉFENSE D'ENTRER. Après avoir déchiffré les mots, il continua à avancer jusqu'à ce qu'il ait trouvé le chemin privé qui conduisait à l'entrée principale. Il voyait à un mile de distance le portail et l'immense demeure flanquée de granges et d'écuries magnifiques. Au niveau de la grille, une barrière rouge et blanche bloquait l'accès, près d'une maison de gardien. Une veilleuse brillait faiblement derrière la vitre. Il s'éloigna d'un demi-mile sous un bouquet d'arbres, ôta la selle de Rosebud et la laissa se reposer en broutant les grandes herbes d'automne. Il prit une matinée de repos mais ne ferma pas l'œil, toujours sur le qui-vive comme un animal sauvage.

En fait, le chroniqueur mondain avait sous-estimé le déploiement de fastes que Big Bill Braddock réservait au mariage de son fils. Il avait insisté pour que la fiancée subisse un examen complet chez son médecin de famille. La jeune fille humiliée n'avait eu d'autre solution que de se soumettre. En lisant le rapport détaillé, il avait haussé les sourcils.

— Elle est quoi ? avait-il demandé au docteur.

Ce dernier avait regardé les mots que désignait le doigt boudiné.

— Ah, oui. Aucun doute là-dessus, elle est absolument vierge.

Braddock avait approuvé d'un air égrillard :

— Sacré Kevin, il a bien de la chance ! Et pour le reste ?

— Rien à reprocher. C'est une belle jeune femme en pleine santé.

Le décorateur le plus coté sur le marché avait transformé le ranch en un palais de conte de fées. L'autel avait été dressé sur la pelouse d'un arpent, à vingt mètres de la clôture qui donnait sur la prairie. On avait installé face à l'autel des rangées de sièges confortables qui accueilleraient le millier d'invités conviés à la cérémonie. Les futurs mariés descendraient l'allée centrale : d'abord Kevin et son témoin, puis Linda au bras de son nigaud de père, rejoignant son fiancé aux accents de la *Marche nuptiale* de Mendelssohn.

Le buffet serait servi sur des tables à tréteaux, derrière les fauteuils. On n'avait pas regardé à la dépense. Pyramides de coupes à champagne en cristal Stuart, flots de champagne grand cru importé de France – que des bouteilles millésimées. Il tenait à ce que le plus raffiné de ses invités ne puisse pas déceler la moindre fausse note. Des langoustes, des crabes et des huîtres de l'Arctique conservés dans la glace étaient arrivés par avion de Portland. Pour ceux qui trouvaient le champagne un peu léger, il y avait des caisses entières de Chivas Regal.

Quand il grimpa dans son lit à baldaquin la veille du mariage, Big Bill ne se faisait de souci que pour son fils. Le garçon s'était encore saoulé et il lui faudrait passer une bonne heure sous la douche avant d'émerger le lendemain matin.

Braddock avait prévu une distraction supplémentaire pour ses hôtes : pendant que les jeunes mariés se changeraient pour partir en voyage de noces dans une île privée des Bahamas, une démonstration de rodéo traditionnel aurait lieu à proximité des jardins. Ces baladins, comme les traiteurs et leurs serveurs, avaient été embauchés pour l'occasion. Le seul personnel à ne pas être engagé seulement pour la journée était le service de sécurité.

Obsédé par sa sécurité personnelle, Braddock entretenait une milice privée. En dehors des trois ou quatre qui ne le quittaient pas d'une semelle, ses hommes travaillaient au ranch comme cow-boys. Cependant, ils avaient l'expérience du combat et des armes à feu, et ils savaient obéir sans sourciller. On les payait d'ailleurs pour ça. Pour le mariage, il avait posté les trente vigiles tout autour de la maison. D'eux d'entre eux surveillaient le portail principal. Son équipe de sécurité rapprochée, sous les ordres d'un ancien Béret Vert, ne le lâcherait pas une seconde. Les autres feraient office d'huissiers et de service d'ordre.

Pendant toute la matinée, les limousines et les voitures luxueuses qui ramenaient les invités de l'aéroport se succédèrent devant la grille, qu'on leur laissa franchir après les vérifications d'usage. Soigneusement dissimulé, Craig les observait. Juste après midi arriva le pasteur, suivi de l'orchestre. Une nouvelle file de camions de traiteurs et les cavaliers du rodéo entrèrent par une autre grille, mais Ben ne pouvait pas les voir. Peu après une heure les musiciens se mirent à accorder leurs instruments. En les entendant, Craig sella sa monture.

Il tourna la tête de Rosebud vers la prairie et longea la clôture jusqu'à ce que la maison du gardien ait disparu. Il fonça ensuite vers le grillage blanc, trottant de plus en plus vite. Voyant la clôture approcher, Rosebud ajusta sa foulée et la franchit d'un bond. L'éclaireur se retrouva dans un vaste enclos, à quatre cents mètres des granges les plus éloignées. Un troupeau de longhorns primés était en train de paître. À l'autre bout du champ, Craig trouva la barrière qui menait aux granges et la laissa ouverte après être passé. Comme il se faufilait entre les bâtiments et traversait une enfilade de cours dallées, il fut interpellé par deux vigiles en patrouille :

— Vous participez sans doute au spectacle ?

Craig les regarda en acquiesçant de la tête.

— Vous vous êtes trompé d'endroit. Allez par là et vous tomberez sur le reste de la troupe, derrière la maison.

Craig descendit l'allée et attendit que les autres soient partis pour rebrousser chemin. Il se dirigea grâce à la musique, même s'il ne connaissait pas la *Marche nuptiale*.

Devant l'autel, Kevin Braddock se tenait près de son garçon d'honneur, vêtu d'un smoking immaculé. Étroit d'épaules et large de hanches, il avait quatre centimètres et vingt-cinq kilos de moins que son père. Plusieurs boutons, auxquels il était sujet, mouchetaient son visage, partiellement camouflés par la poudre cosmétique de sa mère.

Mrs Pickett et les parents Braddock occupaient le premier rang, séparés par l'allée centrale. Tout au bout de l'allée apparut au bras de son père Linda Pickett, d'une beauté éthérée dans la robe de soie blanche qu'elle avait commandée au couturier parisien Balenciaga. Elle avait un visage pâle et fermé. Sans un sourire, elle regardait droit devant elle. Un millier de têtes se tournèrent vers elle quand elle commença à marcher vers l'autel. Derrière les rangées d'invités une troupe compacte de serveurs et de serveuses la contemplaient aussi. Un cavalier solitaire apparut derrière eux.

Michael Pickett conduisit sa fille auprès de Kevin Braddock et alla s'asseoir près de son épouse, qui se tamponnait les yeux avec un mouchoir. Le pasteur leva les yeux et força la voix.

— Mes bien chers frères, nous sommes rassemblés aujourd'hui pour unir cet homme et cette femme par les liens sacrés du mariage, commença-t-il dès que les derniers accents de la *Marche nuptiale* se furent évanouis.

S'il remarqua le cavalier qui lui faisait face cinquante mètres plus loin, il fut peut-être déconcerté mais n'en laissa rien paraître. En avançant, le cheval bouscula une douzaine de serveurs. Mais les douze vigiles postés sur la pelouse avaient eux aussi les yeux braqués sur le couple qui se tenait devant le pasteur. Celui-ci continua :

— Nous allons maintenant consacrer cette union...

Mrs Pickett n'essayait pas de cacher ses sanglots et Braddock la fusillait du regard. Le pasteur fut surpris de voir deux larmes perler aux paupières de la mariée et rouler lentement sur ses joues. Il pensa qu'elle aussi débordait de joie.

— Si quelqu'un parmi vous a de bonnes raisons de s'opposer à cette union, qu'il parle maintenant ou se taise à jamais.

Levant les yeux de son texte, il adressa un grand sourire à l'assistance.

— Moi j'ai quelque chose à dire. Elle est fiancée avec moi.

La voix jeune et ferme porta sur toute la pelouse tandis que le cheval bondissait en avant.

Aussitôt deux serveurs furent projetés en arrière. Les gardes du corps se ruèrent sur le cavalier, mais un grand coup de pied en pleine figure les renversa au milieu des dernières rangées d'invités. Les hommes criaient, les femmes hurlaient, tandis que le pasteur restait bouche bée. Rosebud se lança au trot, accéléra et passa au galop. Son cavalier serra la bride et obliqua sur la gauche. Son bras droit enlaça la taille fine ceinte de soie blanche pour soulever la jeune fille. Suspendue un instant devant lui, elle se glissa derrière, passa une jambe par-dessus la peau de buffle et noua solidement ses bras autour de sa taille. Le cheval fonça devant la première rangée de sièges, franchit la clôture et s'enfuit au galop parmi les herbes de la prairie qui lui montaient jusqu'au ventre. Sur la terrasse régnait le chaos le plus complet. Tous les invités s'étaient levés et criaient à pleins poumons. Les longhorns apparurent au coin de la pelouse et s'aventurèrent en trottinant sur le gazon bien taillé. Un des gardes du corps de Braddock, assis à plusieurs fauteuils de son patron, passa en courant devant le pasteur, sortit son revolver et le pointa prudemment sur le cheval en fuite. Avec un « Non » retentissant, Michael Pickett se jeta sur le tireur pour le forcer à viser en l'air. Trois coups de feu partirent pendant l'empoignade. Il n'en fallut pas davantage aux invités et au bétail pour détaler de concert. Des chaises culbutèrent, des plateaux bousculés répandirent au sol crabes et langoustes. Un maire des environs atterrit au beau milieu d'une pyramide de verres en cristal et s'effondra sous une cascade de coûteux débris. Quant au pasteur, il se réfugia sous l'autel, où il trouva le marié.

Sur l'allée principale stationnaient deux voitures de patrouille du shérif, avec quatre hommes à bord. Ils étaient venus régler la circulation et on leur avait offert une collation. En entendant les détonations, ils échangèrent un regard et laissèrent leurs hamburgers pour se précipiter vers la pelouse. En arrivant, l'un d'entre eux heurta de plein fouet un serveur qui décampait. Il le releva en le tirant par son veston blanc.

— Bon sang, mais qu'est-ce qui s'est passé ? demanda-t-il.

Les trois autres regardaient le capharnaüm avec de grands

yeux. L'adjoint en chef du shérif écouta parler le serveur et ordonna à un de ses collègues :

— Retourne à la voiture et préviens le shérif qu'on a un problème ici.

Normalement, le shérif Paul Lewis n'aurait pas dû se trouver dans son bureau un samedi, mais il voulait s'acquitter de quelques tâches administratives avant de commencer une nouvelle semaine. Il était deux heures vingt lorsque l'adjoint de service passa la tête à la porte de son bureau.

— Il y a un problème au Bar-T Ranch. (Il tenait un téléphone à la main.) Vous savez, le mariage Braddock. Vous avez Ed au bout du fil. D'après lui, la mariée vient d'être kidnappée.

— Quoi ? Renvoie-le sur ma ligne.

Le voyant rouge clignota pour signaler le transfert. Le shérif empoigna le récepteur.

— Ed, c'est Paul. Qu'est-ce que c'est que cette histoire ?

Il écouta le récit que son subordonné lui faisait depuis le ranch. Comme tous les représentants des forces de l'ordre, il avait les enlèvements en horreur. D'abord parce que c'était un crime crapuleux, qui s'attaquait en principe aux femmes et aux enfants des gens riches ; ensuite parce qu'il relevait de la justice fédérale, ce qui signifiait que le FBI allait lui tomber sur le dos. En trente ans de carrière à Carbon County – dont dix en tant que shérif – il avait été confronté à trois prises d'otages, qui s'étaient toutes terminées sans effusion de sang, mais jamais à un enlèvement. Il s'attendait à une bande de malfrats dans des voitures puissantes, ou même en hélicoptère.

— Un seul homme à cheval ? Tu as perdu la tête ? Où est-ce qu'il est allé ?... Dans la prairie en sautant par-dessus la clôture ? Je vois, il devait avoir caché une voiture dans le coin. Je vais appeler des renforts en dehors du comté et faire installer des barrages sur les routes principales. Écoute, Ed, tu vas recueillir les témoignages de tous les gens qui ont vu quelque chose. Comment il est entré, ce qu'il a fait, comment il a soumis la jeune fille, et comment il a pris la fuite. Rappelle-moi.

Il passa une demi-heure à rameuter des renforts et à expédier des voitures de patrouille sur les principales autoroutes sortant de Carbon County, dans toutes les directions possibles. La police de la route reçut l'ordre de fouiller tous les véhicules et leur malle. Ils devaient retrouver une jolie brune vêtue d'une robe en soie blanche. Ed rappela depuis sa voiture, au Bar-T Ranch.

— Les choses se compliquent, patron. On a pratiquement vingt témoignages directs. Si le cavalier a pu entrer, c'est qu'on l'a pris pour un membre du spectacle de rodéo. Il portait des vêtements en daim, et il montait une grande jument alezane. Il avait une toque en fourrure sur la tête, une plume dans les cheveux et un arc.

— Un arc ? Qu'est-ce que vous voulez dire ?

— Un arc et des flèches, patron. De plus en plus louche.

— Difficile de faire pire. Enfin, continuez quand même.

— D'après les témoins, quand il a foncé vers l'autel et qu'il s'est penché pour attraper la fille, elle a tendu les bras vers lui. Ils prétendent qu'elle avait l'air de le connaître et qu'elle s'est cramponnée à sa taille quand ils ont franchi la clôture. Sans ça, elle aurait chuté et elle serait encore ici.

Le shérif sentit un poids immense tomber de ses épaules. Avec un peu de chance, il n'avait pas affaire à un enlèvement mais à une fugue. Il retrouvait le sourire.

— Dis-moi, Ed, ils en sont bien certains ? Il ne l'a ni frappée ni assommée, il ne l'a pas jetée en travers de sa selle, il ne la retenait pas pendant sa fuite ?

— Apparemment pas. Mais je vous rappelle quand même qu'il a causé de sacrés dégâts. Une cérémonie gâchée, un buffet saccagé, un marié passablement éméché et une fiancée volatilisée.

Le sourire du shérif s'élargit.

— En effet, c'est terrible. On sait qui est cet individu ?

— Ça se pourrait. Le père de la mariée a dit que sa fille s'était plus ou moins entichée d'un des jeunes qui travaillaient à Fort Heritage cet été, ceux qui jouaient les pionniers. Vous voyez de quoi je parle ?

Lewis connaissait le fort. Sa fille y avait amené les enfants passer la journée et ils s'étaient beaucoup amusés.

— Quoi qu'il en soit, c'est à cause de lui qu'elle a rompu avec Kevin Braddock. Ses parents l'ont convaincue qu'elle avait perdu la tête et qu'elle devait renouer avec son fiancé. Ils disent qu'il s'appelle Ben Craig.

Lorsque son adjoint fut retourné interroger les témoins, Lewis se prépara à contacter Fort Heritage. C'est alors qu'on lui passa le professeur Ingles.

— Ça n'a peut-être aucune importance, mais un garçon de mon équipe nous a faussé compagnie. Pendant la nuit.

— Il a volé quelque chose, professeur ?

— Pas à proprement parler. Il a ses propres vêtements et le cheval lui appartient. Mais il a aussi un fusil. Je l'avais confisqué pendant son séjour. Il s'est introduit par effraction dans l'arsenal pour le récupérer.

— Il a un permis de port d'arme ?

— Je ne crois pas qu'il connaisse seulement le mot. C'est un gentil garçon, quoiqu'un peu sauvage. Il a grandi dans les Pryor. Apparemment, ses parents étaient des montagnards. Il n'a même pas été scolarisé.

— Écoutez-moi, professeur, ça risque d'être important. Croyez-vous que ce jeune homme puisse être dangereux ?

— J'espère bien que non.

— Qu'est-ce qu'il a d'autre sur lui ?

— Il a son couteau de chasse, et il nous manque une hachette. Il porte aussi un arc cheyenne et quatre flèches en silex.

— Il a emporté vos objets de collection ?

— Non, il les a fabriqués lui-même.

Lentement, le shérif compta jusqu'à cinq.

— Est-ce que par hasard il ne s'appellerait pas Ben Craig ?

— Mais si ! Comment le savez-vous ?

— Continuez plutôt à nous aider, professeur. A-t-il eu une liaison avec une jeune institutrice de Billings qui a visité le fort ?

Il entendit le professeur parler à une dénommée Charlie.

— Effectivement, il semble qu'il se soit profondément attaché à cette personne. Il se figurait qu'elle voulait bien de lui, mais on m'informe qu'elle lui a envoyé une lettre de rupture. Il l'a très mal pris. Il a même demandé la date et le lieu du mariage. J'espère qu'il n'a pas fait des siennes.

— Rien de grave. Il a juste kidnappé la fille devant l'autel.

— Oh, mon Dieu !

— Dites-moi, vous pensez qu'il a pu laisser son cheval pour monter dans une voiture ?

— Grands dieux, non ! Il ne sait pas conduire, et il n'est

jamais monté en voiture. Je parie qu'il va rester sur sa chère jument et camper en pleine nature.

— Il va prendre quelle direction ?

— Le sud, c'est quasiment sûr. C'est là qu'il a chassé et posé des pièges pendant toute sa vie.

— Merci, professeur, vous m'avez apporté une aide précieuse.

Après avoir fait lever les barrages routiers, Lewis appela le pilote d'hélicoptère de la police de Carbon County et lui demanda de décoller et d'entrer en contact avec lui. Il attendit ensuite l'inévitable coup de fil de Big Bill Braddock.

Le shérif Lewis était un bon policier, calme, sévère mais avec un bon fond. Même s'il préférait aider les gens à s'en sortir que les mettre sous les verrous, la loi était la loi et il n'hésitait jamais à la faire respecter.

Son grand-père faisait partie d'un des régiments de cavalerie qui avaient péri dans les Plaines. Il laissait une veuve et un bébé à Fort Lincoln. La veuve de guerre épousa en secondes noces un autre militaire, stationné plus à l'ouest dans le Montana. Son père grandit dans cet État et se maria deux fois. De son premier mariage en 1900 il eut deux filles. Il se remaria après le décès de sa femme et engendra tardivement un fils à l'âge de quarante-cinq ans, en 1920.

À cinquante-huit ans, le shérif Lewis n'était qu'à deux ans de la retraite. Pour ce moment-là, il connaissait certains lacs du Montana et du Wyoming, remplis de truites auxquelles il comptait s'intéresser de très près.

Il n'avait pas été convié à la noce et n'en éprouvait aucune surprise. À quatre reprises au cours des dernières années, lui et ses hommes avaient enquêté sur des rixes entre pochards auxquelles Kevin Braddock était mêlé. Chaque fois, les patrons de bar grassement soudoyés avaient préféré ne pas porter plainte. Si le shérif ne se tracassait pas trop pour les bagarres entre hommes, il avait moins apprécié que le jeune Braddock frappe une entraîneuse de bar qui protestait contre ses goûts particuliers.

Le shérif l'avait mis à l'ombre, bien décidé à entamer des poursuites, mais la fille s'était brusquement rétractée, prétextant une banale chute dans les escaliers.

Le shérif détenait d'autres informations qu'il n'avait jamais divulguées à quiconque. Trois ans auparavant, il avait reçu un appel d'un ami de la police métropolitaine de Helena. Un ancien condisciple de l'école de police. Son collègue lui avait raconté que ses hommes avaient fait une descente dans une boîte de nuit, pour trafic de stupéfiants. Ils avaient relevé le nom et l'adresse de tous les clients. Parmi eux se trouvait Kevin Braddock. Même s'il avait eu de la drogue en sa possession, il s'était débarrassé de la marchandise, et il avait fallu le relâcher. Cependant, la clientèle du club était exclusivement homosexuelle.

Le téléphone sonna. C'était Mr Valentino, l'avoué personnel de Big Bill Braddock.

— Shérif, vous devez être au courant de ce qui s'est passé cet après-midi. Vos hommes se sont présentés au bout de quelques minutes.

— J'ai cru comprendre que tout ne s'était pas déroulé comme prévu.

— Je vous prierais de ne pas me parler de haut, shérif Lewis. Il s'agit d'un cas d'enlèvement avec usage de la force, et le coupable doit être arrêté.

— Je comprends bien, maître. Mais j'ai une série de témoignages d'invités et de serveurs qui tendent à prouver que la jeune fille est montée sur le cheval de son plein gré, et qu'elle a eu une liaison avec le jeune cavalier. Tout ça m'a plutôt l'air d'une fugue.

— Ne jouez pas sur les mots, shérif. Si la fille avait voulu rompre ses fiançailles, rien n'aurait pu l'en empêcher. Elle a été emmenée de force. Pour arriver jusqu'à elle, le ravisseur s'est introduit dans une propriété privée. En plus, deux employés de Mr Braddock ont reçu des coups de pied dans la figure et il a causé d'importantes dégradations sur le bien d'autrui. Mr Braddock a l'intention de le poursuivre en justice. Vous allez attraper ce malfaiteur, ou vous préférez que nous nous en chargions ?

Le shérif Lewis détestait les menaces.

— Dites-moi, maître, vous et votre client ne comptez pas faire justice vous-même ? Ce ne serait vraiment pas judicieux.

L'homme de loi ignora la menace qu'il lui renvoyait.

— Mr Braddock s'inquiète énormément de la sécurité de sa belle-fille. C'est son droit de la rechercher.

— Est-ce qu'on était arrivé au terme de la cérémonie ?

— Pardon ?

— Est-ce que le fils de votre client et Miss Pickett sont légalement mari et femme ?

— Eh bien...

— Dans ce cas, elle n'est pas la belle-fille de votre client. Ils n'ont aucun lien de parenté.

— Jusqu'à preuve du contraire elle est encore la fiancée de son fils. Cette affaire le concerne directement. Je vous le répète, allez-vous attraper ce voyou ? Sinon il nous reste toujours Helena.

Le shérif Lewis poussa un soupir. Il connaissait l'influence que Bill Braddock pouvait avoir sur les membres du Congrès de la capitale de l'État. Pourtant, il n'avait pas peur de ça non plus. Mais ce jeune homme, il était indéniable qu'il avait contrevenu à la loi...

— Dès qu'on l'aura localisé, je serai là, déclara-t-il.

Il se dit en raccrochant qu'il ferait bien de mettre la main sur les deux tourtereaux avant les tueurs de Braddock. Son pilote d'hélicoptère le contacta. Il était presque quatre heures – plus que deux heures avant la tombée de la nuit.

— Jerry, je veux que vous trouviez le Bar-T Ranch. Ensuite vous partirez au sud vers les Pryor. Regardez bien dans toutes les directions.

— Qu'est-ce que je dois chercher, Paul ? lui demanda la voix depuis les hauteurs.

— Un cavalier solitaire qui se dirige vers le sud, probablement vers les montagnes. Il porte quelqu'un en croupe, une fille en robe de mariée blanche.

— Vous me faites marcher ?

— Pas du tout. Un routard à cheval vient d'enlever la fiancée du fils Braddock juste devant l'autel.

— Je crois que j'apprécie déjà le type en question, fit le policier en décollant de l'aérodrome de Billings.

— Trouve-le-moi, Jerry.

— Pas de problème. S'il est dans les parages, je vais le repérer. Terminé.

Quelques minutes plus tard, le pilote survolait le Bar-T Ranch et mettait le cap plein sud. Il maintenait son appareil à trois cents mètres d'altitude : assez bas pour distinguer clairement un cavalier se déplaçant au sol, et assez haut pour embrasser une surface de dix miles à gauche et à droite. À sa droite il voyait l'autoroute 310 et la ligne de chemin de fer qui ralliait au sud le village de Warren et continuait vers le Wyoming en traversant les Plaines. Devant lui se dressaient les pics des Pryor.

Au cas où le cavalier aurait viré à l'ouest en traversant la voie pour se soustraire aux recherches, le shérif Lewis chargea la police de la route de patrouiller sur la 310 en essayant d'apercevoir d'un côté ou de l'autre le torse d'un cavalier émergeant des herbes de la prairie.

De son côté, Big Bill Braddock n'avait pas perdu son temps. Laissant le personnel s'occuper du désordre qui régnait sur ses pelouses, il avait foncé droit dans son bureau, suivi de ses gardes du corps. Tout le monde savait qu'il n'avait pas un caractère facile, mais nul ne l'avait encore vu dans une colère aussi violente. Il resta un moment assis à son bureau sans parler. Une douzaine d'hommes étaient réunis autour de lui, attendant ses ordres.

— Qu'est-ce qu'on fait, patron ? finit par lui demander l'un d'eux.

— On réfléchit, aboya l'éleveur, on réfléchit. On a un homme seul sur un cheval, lourdement chargé. Il n'a pas une grosse marge de manœuvre. Logiquement, où est-ce qu'il va ?

Max, l'ancien Béret Vert, étudiait une carte murale du comté.

— Pas au nord. Ça l'obligerait à traverser la Yellowstone, et elle est trop profonde. Peut-être qu'il retournera vers ce fort reconstitué, dans les collines ?

— Bien. Je veux dix hommes à cheval et armés. Allez au sud, et déployez-vous sur un demi-mile. Et ne lambinez pas. Je veux que vous le rattrapiez !

Lorsque les dix cow-boys furent en selle, il les harangua dans la cour.

— Vous avez une radio chacun. Gardez le contact. Si vous le repérez, appelez du renfort. Quand vous l'aurez coincé, ramenez la fille. Et s'il lance des menaces, à vous ou à elle, vous savez ce qu'il vous reste à faire. Je veux récupérer la fille, et seulement elle. Maintenant, allez-y.

Les dix cavaliers franchirent au petit trot la grande grille.

Après s'être déployés, ils partirent au galop. Le fugitif avait beau avoir quarante minutes d'avance, son cheval transportait deux personnes, plus des sacoches et une encombrante peau de buffle.

Au ranch, l'avoué Valentino fit son rapport.

— Le shérif semble prendre les choses à la légère. Mais il va bel et bien organiser des recherches. Des patrouilles sur les routes, et sans doute aussi un hélicoptère.

— Hors de question qu'il arrive en premier ! rétorqua hargneusement Braddock. Et je tiens à connaître toutes les informations qui vont lui parvenir. Max, va dans le local radio. Repère la fréquence radio de tous les policiers du comté et mets-les sur écoute permanente. Qu'on fasse décoller mon hélico personnel pour devancer les hommes à cheval. Débrouillez-vous pour retrouver le routard et pour guider les cavaliers jusqu'à lui. Un seul hélico ne va pas suffire. Louez-en deux de plus à l'aérodrome. Et que ça saute !

Cependant, ils s'étaient tous trompés. Le professeur, le shérif, et Braddock. L'éclaireur n'avait pas du tout pris la direction des Pryor. Il savait que c'était trop facile.

Cinq miles au sud du ranch il s'était arrêté et avait pris une couverture dans sa sacoche pour en envelopper Whispering Wind. Elle était de couleur rouge, mais elle cachait malgré tout la blancheur éclatante de la robe. Quant aux hélicoptères, il n'en soupçonnait pas l'existence. Après cette halte il obliqua vers le sud-ouest, vers le long ruban de roche noire qu'il se rappelait avoir vu au printemps. Au bout d'un kilomètre, il croisa une rangée de poteaux verticaux reliés par des fils métalliques, qui s'étendaient devant lui à perte de vue. C'étaient les lignes téléphoniques qui surplombaient la voie ferrée de Burlington, parallèle à l'autoroute.

À trois heures et demie, Jerry appela depuis le Sikorski qui planait dans les airs.

— Paul, je croyais qu'il n'y avait qu'un seul cavalier ! Bon sang, il y a une armée complète là en bas !

Les poursuivants envoyés par Braddock, conclut le shérif.

— Combien en avez-vous exactement, Jerry ?

La réponse lui parvint au milieu des grésillements :

— Je compte aux moins huit cavaliers qui avancent de front. Ils galopent vers le sud. Selon toute apparence, ce sont des cow-boys. Et ils voyagent léger. Et puis il y a un autre hélico, au-dessus du mien. Il plane au-dessus des collines, pas loin du fort reconstitué.

Lewis jura entre ses dents. Il regrettait bien de ne pas se trouver à bord de l'hélico, au lieu d'être coincé dans son bureau.

— Jerry, si les fugitifs ont pris de l'avance, tâchez de les rattraper en premier. Si jamais les gorilles de Braddock mettent la main sur ce garçon, je ne donne pas cher de sa peau.

— C'est compris, Paul. J'ouvre l'œil.

À l'intérieur de la maison, la tête de l'opérateur radio parut à la porte.

— Mr Braddock, l'hélico du shérif est en train de survoler notre équipe.

— Ça fait des témoins, observa Max.

— Dis à mes hommes de continuer les recherches, ordonna sèchement Braddock. On se dépatouillera plus tard des problèmes avec la justice.

Le shérif Lewis put se féliciter d'être resté dans son bureau pour diriger les opérations : un appel lui parvint à cinq heures moins dix et une voix surexcitée lui cria :

— On les tient !

— Correspondant, identifiez-vous !

— Voiture Tango One. Sur la 310. Il vient de traverser l'autoroute en direction du sud-ouest. Je l'ai aperçu avant qu'il s'enfonce dans les arbres.

— À quel niveau sur la 310 ?

— À quatre miles au nord de Bridger.

— Confirmez que la cible se trouve maintenant à l'ouest de l'autoroute.

— Confirmé, shérif.

— Restez sur l'autoroute au cas où il ferait demi-tour.

— Reçu cinq sur cinq.

Le shérif inspecta sa carte murale. Si le cavalier continuait dans cette direction, il allait rencontrer une autre voie ferrée et une autoroute bien plus importante : l'autoroute inter-États 212 qui traverse les montagnes pour aboutir à Park City, dans le Wyoming. Deux voitures de la police de la route patrouillaient déjà sur la 212. Il leur commanda de descendre légèrement vers le sud et de vérifier si quelqu'un n'essayait pas de traverser la voie de l'est vers l'ouest. Il contacta ensuite son pilote d'hélicoptère :

— Jerry, il a été repéré. Bien à l'ouest par rapport à vous. Il vient de traverser la 310 en direction du sud-ouest. Vous pourriez aller par là ? Environ quatre miles au nord de Bridger. Il avance de nouveau en terrain découvert.

— Entendu, Paul. Mais je ne vais pas tarder à être à court de carburant et la lumière baisse rapidement.

Sur la carte, le shérif observa de nouveau le minuscule village de Bridger.

— Il y a un aérodrome à Bridger. Utilisez le reste du carburant et posez-vous là-bas. Il vous faudra peut-être y passer la nuit. Je me charge de prévenir Janey.

Au ranch, la conversation avait été interceptée. Max examina la carte.

— Il ne va pas vers les Pryor. Ce serait trop évident. Non, il est en chemin vers les forêts de la Beartooth Range. Il compte traverser la chaîne pour rejoindre le Wyoming et se fondre dans le décor. Malin de sa part. C'est ce que je ferais à sa place.

L'opérateur radio de Braddock commanda aux dix cavaliers d'aller à l'ouest, de traverser l'autoroute et de reprendre les recherches. Ils acceptèrent, se gardant de préciser qu'ils avaient tellement forcé leurs montures qu'elles menaçaient de s'effondrer. Et avec ça, la nuit approchait.

— On devrait envoyer deux voitures sur la 212, suggéra Max. Il sera bien obligé de la traverser s'il veut rejoindre la forêt.

On expédia aussitôt deux gros véhicules tout-terrain avec huit personnes à bord.

Aux approches de la 212, Ben Craig descendit de cheval et grimpa dans un arbre au sommet d'un tertre pour observer l'obstacle. Il dominait la plaine, parallèle à une voie ferrée – un autre tronçon de la ligne de Burlington. De temps à autre passait un véhicule, en direction du nord ou du sud. Tout autour de lui s'étendaient les *badlands*, rude pays de rochers, de ruisseaux et de prairie, dont les herbes étaient assez hautes pour effleurer le ventre d'un cheval. Il redescendit pour aller chercher des silex dans sa sacoche. Une légère brise soufflait de l'est, et lorsque le feu commença à prendre il se propagea sur un mile et gagna peu à peu la route. De grosses volutes de fumée s'élevaient vers le ciel assombri. Elles se déplacèrent vers l'ouest au gré du vent, précédant le feu qui avançait toujours, et la route ne tarda pas à disparaître.

À cinq miles au nord, les passagers de la voiture de patrouille remarquèrent la fumée et roulèrent vers le sud pour voir ce qui se passait. Comme elle se faisait plus noire et plus épaisse, les policiers s'immobilisèrent, une seconde trop tard. La fumée eut vite fait de les envelopper, les obligeant à rebrousser chemin. Dès qu'il les aperçut, le chauffeur du semi-remorque en route vers le Wyoming fit tout son possible pour éviter les feux de marche arrière. Les freins fonctionnèrent parfaitement et le camion stoppa net. Celui qui le suivait n'eut pas autant de chance. Les semi-remorques sont des véhicules très commodes, jusqu'au jour où ils se mettent en travers de la route. C'est ce qui arriva à ces deux-là ; après un tête-à-queue, ils se retrouvèrent bloqués en travers de l'autoroute, arrêtant la circulation dans les deux sens. Vu l'escarpement des bas-côtés, il n'était pas envisageable de contourner l'embouteillage. Les policiers eurent le temps de lancer un appel radio avant d'abandonner leur véhicule pour rejoindre les chauffeurs de poids lourds un peu plus loin, à l'abri du rideau de fumée.

Le message fut efficace. Des camions de pompiers et des dépanneuses foncèrent immédiatement vers le sud pour parer au plus pressé. Il leur fallut la nuit entière, mais au petit matin la route était rouverte à la circulation. On envoya des messages dans le Wyoming pour interrompre le trafic au sud des montagnes. Seuls les véhicules qui s'étaient déjà engagés sur la voie furent coincés pour la nuit.

Masqué par la fumée, un cavalier solitaire profita de la confusion pour traverser la route au trot et s'éloigner vers les forêts sauvages de l'Ouest. L'homme s'était voilé la face avec un mouchoir et la jeune fille qu'il portait en croupe était protégée par une couverture. Sur le côté ouest de l'autoroute, le cavalier mit pied à terre. L'épuisement faisait trembler les muscles sous la robe luisante de sueur de Rosebud, mais il restait encore dix miles avant d'atteindre le couvert des grands arbres. Whispering Wind s'avança sur la selle ; elle ne pesait pas la moitié de son amant. Elle laissa glisser la couverture de ses épaules, révélant la robe blanche qui miroitait dans la lumière crépusculaire. Ses cheveux dénoués flottaient jusqu'à sa taille.

— Ben, où allons-nous ?

Il montra le sud en guise de réponse. Sous les derniers rayons du soleil, les pics de la Beartooth Range pointaient comme des flammes au-dessus des cimes de la forêt, gardiens d'une vie nouvelle, d'une vie meilleure.

— On va traverser les montagnes pour aller dans le Wyoming. Là-bas, personne ne nous retrouvera. Je te construirai une hutte, j'irai chasser et pêcher pour toi. On sera libres et on vivra éternellement.

Elle fit un sourire, parce qu'elle l'aimait vraiment beaucoup, et elle recouvra sa bonne humeur, prête à croire sa promesse.

Le pilote personnel de Braddock avait été forcé de rentrer. Il avait presque épuisé son carburant et l'obscurité l'empêchait de discerner les détails. Il utilisa ses dernières ressources pour se poser devant le ranch.

Les bêtes harassées des dix cavaliers pénétrèrent en clopinant dans le village de Billings, où les hommes demandèrent un gîte pour la nuit. Après un repas au snack local, ils se couchèrent sur leurs tapis de selle. De son côté, Jerry fit atterrir l'hélicoptère de la police sur l'aérodrome de Bridger, où le directeur proposa de l'héberger pour la nuit.

Au ranch, ce fut l'ancien Béret Vert qui prit la direction des opérations. Dix des hommes de la milice privée étaient en rade à Bridger avec des chevaux fourbus, tandis que huit autres étaient immobilisés avec leurs véhicules par le bouchon de la 212. Les deux équipes ne pourraient pas bouger de la nuit. Max faisait face à Braddock et aux douze hommes restants. Quand il s'agissait d'élaborer une stratégie, comme au Viêt-nam, il était tout à fait dans son élément. Une grande carte du comté était épinglée au mur.

— Plan numéro un : on bloque le défilé. À cet endroit il y a un étroit couloir qui mène tout droit dans le Wyoming à travers les montagnes. Il s'appelle Rock Creek. L'autoroute n'est pas loin, et elle débouche au sud après des tours et des détours. Le fuyard risque d'essayer de passer sur l'accotement herbeux pour éviter le terrain abrupt de chaque côté. Dès que la voie sera dégagée, il faut que nos hommes foncent là-bas avant tout le monde pour surveiller la route au niveau de la frontière entre les deux États. Si jamais il montre son nez, ils savent ce qui leur reste à faire.

— D'accord, grommela Braddock, mais s'il profitait de la nuit pour passer de l'autre côté ?

— Impossible, patron. Son cheval doit être sur les rotules. Je pense qu'il a traversé la route parce qu'il se dirige vers les forêts, et de là vers les montagnes. Comme vous voyez, il est obligé de s'enfoncer dans le parc national Custer, où le terrain n'arrête pas de monter, et de traverser le défilé de West Fork. Ensuite il lui faudra grimper encore avant d'arriver sur ce plateau, le Silver Run. D'où mon plan numéro deux. On loue deux hélicos chargés de le repérer, et qui rattraperont en chemin nos hommes restés à Bridger. Ceux-là se mettront en embuscade sur le plateau, et quand l'autre sortira de la forêt, les hommes cachés derrière les rochers au milieu du plateau n'auront pas de mal à lui tirer dessus.

— Transmettez les ordres, commanda Braddock. Et après ?

— Plan numéro trois, patron. Nous autres, on entre à cheval dans la forêt dès le lever du jour, et on le force jusqu'au plateau. D'une manière ou d'une autre, on va le traquer comme un gibier.

— Et s'il nous attaque dans la forêt ?

Max sourit d'un air satisfait.

— Vous savez, patron, j'ai l'habitude des combats en pleine jungle. Et il y en a trois ou quatre autres parmi nous qui se sont battus chez les Viets. Je les veux tous avec nous. Qu'il essaie de se défendre dans la forêt, et j'en fais mon affaire.

— Et comment on fait pour amener les chevaux là-bas avec la route bloquée ? demanda un des autres.

Du bout du doigt, Max traça une ligne bien nette sur la carte.

— Il y a une petite route secondaire. Elle part de l'autoroute de Billings, quinze miles à l'ouest, elle traverse les *badlands* et elle finit ici à Red Lodge, à l'entrée du défilé de Rock Creek. On n'a qu'à les transporter par camion pendant la nuit, et au petit matin on se met en selle pour le prendre en chasse. Je propose qu'on dorme quatre heures et qu'on se lève à minuit.

Braddock approuva d'un signe de tête.

— Autre chose, major. Je vous accompagne et Kevin aussi. Vivement qu'on voie tomber le type qui m'a humilié aujourd'hui.

Le shérif Lewis avait lui aussi une carte, et il était parvenu aux mêmes conclusions. Il sollicita le concours des habitants de Red Lodge, qui lui promirent une douzaine de chevaux, sellés et parfaitement dispos, pour le lever du soleil. Au même moment, Jerry se tiendrait prêt à décoller après avoir fait le plein de carburant. Il se renseigna auprès de l'équipe d'urgence qui travaillait sur la 212 et apprit que la route serait dégagée à quatre heures du matin. Il demanda à ce que ses deux véhicules soient les premiers à passer. Il pourrait être à Red Lodge dès quatre heures et demie.

Même un dimanche, il n'eut aucune difficulté à trouver des bénévoles. Maintenir l'ordre dans un comté paisible n'a souvent rien de palpitant, mais une chasse à l'homme ne manque jamais de faire monter l'adrénaline. En plus de Jerry dans son hélicoptère, il serait assisté par un pilote privé à bord d'un avion d'observation à voilure haute, tandis que dix hommes l'accompagneraient pour la poursuite au sol. Pour un seul cavalier, ça devait être suffisant. Il passa un long moment à examiner la carte.

— S'il te plaît, mon garçon, murmura-t-il, n'entre pas dans la forêt. On risquerait d'avoir beaucoup de peine à te retrouver.

Alors qu'il prononçait ces mots, Ben Craig et Whispering Wind s'approchèrent de la lisière de la forêt et s'enfoncèrent parmi les arbres. Sous le dais de pins lodgepine et d'épicéas, il faisait noir comme dans un four. Au bout d'un mile de trajet, Craig établit un campement. Il soulagea sa jument épuisée du poids de la selle, de la jeune fille, du fusil et des couvertures. Au milieu des arbres, Rosebud trouva un ruisselet d'eau fraîche et des aiguilles de pin bien juteuses. Le repos lui rendit un peu de ses forces.

L'éclaireur n'alluma pas de feu. De toute façon, Whispering Wind n'en avait pas besoin : pelotonnée sous la peau de buffle, elle s'endormit immédiatement. Muni de sa hache, Craig s'éloigna à cheval et resta six heures absent. À son retour, il fit un somme d'une heure avant de lever le camp. Il savait qu'un peu plus loin coulait le ruisseau qui lui avait permis autrefois de retarder les Cheyennes et les soldats. Il envisageait de le traverser et d'atteindre la rive opposée avant que ses poursuivants soient assez près pour lui tirer dessus.

Si elle n'était pas encore remise de l'équipée de la veille, Rosebud avait cependant repris quelques forces. Ben la menait par la bride. Malgré le repos, ses forces étaient en train de s'épuiser, et il leur restait encore un long chemin à parcourir pour trouver refuge en haut des pics. Il progressa pendant une heure, s'orientant grâce à la lueur des étoiles qui brillaient à travers les cimes. Loin vers l'est au-dessus des Black Hills, les montagnes sacrées du Dakota, le soleil teintait le ciel de rose. Il croisa un premier défilé, la vertigineuse ravine appelée West Fork.

Il se souvenait d'être passé par là. Si seulement il arrivait à le retrouver, il y avait un moyen de traverser. Il lui fallut une heure. Rosebud but de l'eau fraîche en chemin, et elle gravit péniblement la rive qui menait vers les hauteurs, dérapant et grattant le sol pour trouver un appui.

Craig accorda ensuite à la jument une nouvelle pause et trouva un abri d'où il pouvait observer le cours d'eau. Il voulait vérifier le nombre de ses poursuivants. Bien entendu, ils devaient avoir des montures bien reposées, mais il y avait quelque chose en plus. Ces gens-là se servaient de curieuses boîtes métalliques qui volaient dans les cieux sous des ailes d'aigle tournoyantes, en grondant aussi fort qu'un caribou en rut. Ces boîtes, il les avait aperçues la veille au-dessus des *badlands*.

Fidèle à ses promesses, l'équipe de secours dégagea l'autoroute peu après quatre heures du matin. Guidées par un officier de la police de la route, les deux voitures du shérif Lewis remontèrent l'embouteillage jusqu'au début de la file de véhicules et se dirigèrent vers Red Lodge, à quinze miles au sud. Huit minutes plus tard, elles se firent doubler par deux voitures tout-terrain qui roulaient à tombeau ouvert.

— On les prend en chasse ? demanda le policier au volant.

— Non, laissez-les filer, lui répondit le shérif.

Les deux tout-terrain traversèrent en rugissant la petite ville de Red Lodge qui s'éveillait à peine, avant de foncer vers le canyon, là où l'autoroute longe Rock Creek. Le ravin se rétrécissait tandis que ses parois devenaient plus abruptes : un à-pic de cent cinquante mètres sur la droite, et sur la gauche, le versant vertical de la montagne boisée. Les virages en épingle à cheveu se faisaient de plus en plus serrés. Le premier véhicule négocia le cinquième virage trop tard et trop vite pour voir le pin fraîchement abattu qui obstruait la voie. Le châssis du tout-terrain partit côté sud, mais les quatre roues ne décollèrent pas du nord. La voiture transportait cinq personnes, ce qui faisait un total de dix jambes. Il y en eut quatre de cassées, plus trois bras, deux clavicules et un bassin déboîté. Le conducteur du second véhicule n'avait le choix qu'entre deux solutions : virer à droite et tomber dans le ravin ou dévaler le versant de la montagne en virant à gauche. Il choisit la deuxième. La montagne avait gagné.

Dix minutes plus tard, le moins grièvement blessé des passagers revenait en arrière en titubant pour chercher du secours tandis que le premier camion dégagé apparaissait à un tournant. Il pila à temps mais ne put éviter un tête-à-queue. Et le semi-remorque, comme s'il refusait tacitement d'être plus longtemps maltraité, se coucha posément sur le flanc.

Le shérif Lewis et ses sept assistants étaient arrivés à Red Lodge, où le chef de la police locale les avait accueillis avec quelques montures vigoureuses. Deux gardes forestiers se trouvaient également présents. L'un des deux déplia une carte sur le capot de la voiture et désigna plusieurs points dans le parc national Custer.

— La forêt est coupée en deux d'est en ouest par ce cours d'eau, le West Fork, déclara-t-il. De ce côté, il y a des chemins de randonnée et des terrains de camping destinés aux estivants. Mais il suffit de traverser la rivière pour se retrouver en pleine nature. Si c'est ce qu'a fait votre homme, on va être obligés de le suivre. Il n'y a pas de route carrossable, ce qui explique la présence des chevaux.

— La végétation est très dense ?

— Oui, extrêmement, répondit le garde forestier. À cause du beau temps, les arbres n'ont pas perdu leurs feuilles. Viennent ensuite la forêt de pins et le plateau rocheux qui mène vers les sommets. Vous croyez que votre homme peut survivre dans ce milieu ?

— D'après ce que j'ai entendu, il a grandi en pleine nature, soupira le shérif.

— Pas de problème, on a la technologie moderne, répliqua le

second garde forestier. Des hélicoptères, des avions d'observation, des talkies-walkies. On va vous le retrouver.

Le groupe s'apprêtait à abandonner les voitures pour se mettre en route lorsqu'un message leur parvint du bureau du shérif. Il provenait du contrôleur aérien de l'aérodrome de Billings.

— Il y a deux gros hélicos qui attendent pour décoller, annonça-t-il depuis la tour de contrôle.

Il connaissait le shérif Lewis depuis des années. Ils pêchaient la truite ensemble, et il existe peu de liens plus solides.

— Je les aurais bien laissés partir, mais c'est Bill Braddock qui les a engagés. Ils ont remis des plans de vol pour Bridger. Jerry me dit que vous avez un problème. Ça a un rapport avec le Bar-T Ranch ? C'est dans tous les journaux du matin.

— Retiens-les au sol. Donne-moi dix minutes.

— C'est d'accord.

Il dit aux pilotes qui attendaient de décoller :

— Autorisation retardée. Un nouvel appareil veut se poser sur l'aérodrome.

Le shérif Lewis se souvint que Jerry lui avait parlé d'une poignée de cavaliers armés qui avaient quitté le ranch en direction du sud pour rattraper les fuyards. Logiquement, ils avaient dû être arrêtés par l'obscurité et passer la nuit dans la prairie ou à Bridger. Mais si on les avait rappelés au ranch, pourquoi n'y retournaient-ils pas sur leurs montures rafraîchies ? Il demanda à contacter un autre de ses amis, responsable de la Federal Aeronautics Administration de Helena. Il entendit enfin le fonctionnaire au bout du fil, après qu'on l'eut réveillé à son domicile.

— Paul, tu as intérêt à avoir une bonne excuse. Je tiens à mes dimanches, moi.

— J'ai un petit problème avec deux fugitifs qui se sont mis dans la tête d'aller vers l'Absaroka Wilderness. Je vais les chercher là-bas avec quelques-uns de mes hommes et deux gardes forestiers. Il y a dans le coin quelques personnes directement concernées qui veulent transformer cette affaire en chasse à courre. Est-ce que tu pourrais interdire l'accès à l'Absaroka pour la journée ?

— Bien sûr.

— Il y a deux hélicos qui attendent de décoller à Billings.

— Qui se trouve dans la tour de contrôle ?

— Chip Anderson.

— Bon, je m'en charge.

Dix minutes plus tard, les hélicoptères reçurent un message de la tour de contrôle.

— Désolé pour le retard. Le nouvel arrivant est reparti. Vous avez l'autorisation de décoller, pourvu que vous n'entriez pas dans la zone interdite par la FAA.

— La zone interdite ?

— L'Absaroka Wilderness jusqu'à mille cinq cents mètres d'altitude.

En matière de déplacements aériens et de sécurité, les décisions de la FAA ont force de loi. Les pilotes engagés par Braddock n'avaient pas la moindre envie de se voir retirer leur licence. Ils coupèrent les moteurs et les hélices s'immobilisèrent petit à petit.

Big Bill Braddock et les dix hommes qui restaient étaient arrivés peu avant l'aube sur la voie secondaire qui aboutit à Red Lodge par le nord-ouest. À cinq miles de la ville, en bordure de la forêt, ils firent descendre les chevaux des camions, vérifièrent le bon fonctionnement de leurs armes et s'enfoncèrent au milieu des arbres. Braddock avait emporté aussi des émetteurs-récepteurs qui lui permettraient de rester en contact avec le local radio du ranch. Alors que les premières lueurs de l'aube éclairaient le faîte des arbres au-dessus des cavaliers, il apprit qu'on emportait dix de ses hommes en civière sur la 212 au niveau de Rock Creek, et que dix autres étaient cloués au sol à Bridger, sans hélicoptère pour rattraper les fugitifs sur le plateau rocheux. Les plans un et deux du major avaient fait long feu.

— On va attraper ces salauds par nos propres moyens, grommela l'éleveur.

Son fils, mal à l'aise sur sa selle, avala une lampée d'alcool à même sa flasque. La petite troupe se déploya sur un quart de mile pour pénétrer dans la forêt, scrutant la terre à la recherche de foulées récentes. Au bout d'une demi-heure un des hommes releva des marques. Les traces des sabots de Rosebud, et devant elles des empreintes évoquant des mocassins. Avec son émetteur-récepteur, il demanda aux autres de venir le rejoindre. Ils décidèrent alors de rester groupés. Le shérif Lewis et ses hommes suivaient à un mile de distance.

Les yeux perçants des gardes forestiers n'eurent besoin que de dix minutes pour trouver les traces.

— Combien de chevaux a notre homme ? demanda l'un d'eux.

— Le sien et c'est tout, répondit Lewis.

— Il y a plus que les traces d'un seul cheval, déclara le garde. J'en compte au moins quatre.

— Encore un coup de ce sale type ! fit le shérif.

Il appela son bureau sur son émetteur et demanda qu'on le mette en contact avec maître Valentino à son domicile.

— Shérif Lewis, mon client s'inquiète énormément pour la sécurité de cette jeune femme. Il a peut-être formé une équipe de secours. Je vous garantis qu'il est absolument dans son droit.

— Maître, s'il arrive quoi que ce soit à l'un de ces deux jeunes gens, ou si l'un d'eux se fait tuer, je ferai poursuivre votre client pour homicide volontaire. Vous feriez bien de le prévenir.

Il coupa la communication avant que l'avocat ait pu répliquer.

— Paul, ce type a enlevé une jeune fille et en plus il est armé, chuchota l'adjoint en chef du shérif, Tom Barrow. À mon avis, il faut tirer d'abord et poser les questions après.

— On a un tas de témoins qui prétendent que la fille a sauté en selle, rétorqua brusquement Lewis. Pas question de liquider un gosse pour un peu de verre cassé.

— Et pour deux coups de pied dans la figure.

— D'accord, deux coups de pied dans la figure.

— Plus un feu de prairie et une autoroute barrée.

— C'est vrai, la liste s'allonge pas mal. Mais il est tout seul là-haut avec une jolie fille, un cheval épuisé et un vieux fusil de 1852. Ah oui, j'oubliais... un arc et des flèches. On a toute la technologie moderne de notre côté, et lui n'a rien. Ne perdez pas le sens des proportions, et ne perdez pas non plus sa trace !

Allongé dans le sous-bois qui le dissimulait, Ben Craig observa les premiers cavaliers parvenus à hauteur du cours d'eau. À cinq cents mètres de distance, il distingua la silhouette imposante de Bill Braddock, et celle, beaucoup plus frêle, de son fils qui gigotait sur sa selle pour soulager son mal de reins. L'un des hommes qui avançaient aux côtés de Braddock portait une tenue inhabituelle : un uniforme de camouflage, des rangers et un béret.

Ils n'eurent pas besoin de chercher le sentier qui descendait abruptement vers le cours d'eau, ni celui qui remontait de l'autre côté. Comme Ben l'avait deviné, ils se contentèrent de suivre les traces de Rosebud. Avec ses escarpins en satin, Whispering Wind était incapable de marcher, et les empreintes de la jument étaient bien visibles dans la terre meuble. Il les regarda descendre dans les eaux limpides et murmurantes et s'asperger le visage pour se rafraîchir.

Aucun d'eux n'entendit venir les flèches ni ne vit d'où elles arrivaient. Quand ils eurent vidé leurs chargeurs dans les arbres qui surplombaient la rive, l'archer était déjà loin. Sans laisser d'empreintes derrière lui, il se glissa à pas feutrés à travers la forêt pour rejoindre sa monture et sa compagne, et reprit l'ascension vers les sommets.

Les flèches avaient atteint leurs cibles, entrant dans les chairs tendres pour pénétrer jusqu'à l'os, où la pointe de silex s'était brisée. Deux hommes s'étaient effondrés à terre, hurlant de douleur. Max, le vétéran du Viêt-nam, gravit la rive sud à toute allure et se coucha à plat ventre pour observer le sous-bois où avait disparu l'agresseur. Personne en vue. Mais si le bonhomme avait été là, Max aurait pu couvrir avec son fusil ceux qui se trouvaient au bord de l'eau. Les hommes de Braddock aidèrent les blessés à rebrousser chemin. Ils ne cessèrent de hurler pendant tout le trajet.

— Il faut les sortir d'ici, patron, fit l'un des gardes du corps. Ils ont besoin d'être hospitalisés.

— D'accord, répondit Braddock, qu'ils prennent leur cheval et qu'ils s'en aillent.

— Mais, patron, ils ne peuvent ni monter à cheval ni repartir à pied.

La seule solution, c'était de couper des branchages pour fabriquer des civières. Quand ce fut fait, il fallut sacrifier quatre hommes de plus pour porter les brancards improvisés. Après avoir perdu six hommes et une heure entière, la troupe se reforma sur la rive opposée, protégée par le fusil de Max. Les quatre porteurs se mirent péniblement en marche à travers la forêt. Ils ignoraient qu'un *travois* aurait été plus commode et aurait nécessité moins d'effectifs.

Le shérif avait entendu la fusillade et craignait maintenant le pire. Mais vu l'épaisseur de la végétation, il aurait été imprudent de se lancer au galop au risque de s'exposer aux balles de l'ennemi. Ils croisèrent les brancardiers qui redescendaient le sentier ouvert par le passage des chevaux.

— Bon Dieu, qu'est-ce qui leur est arrivé ? demanda le shérif.

Les hommes de main de Braddock fournirent quelques explications.

— Et il s'est échappé ?

— Ouais, le major Max est allé voir sur l'autre rive mais il avait décampé.

Les brancardiers continuèrent leur chemin vers la civilisation tandis que le groupe du shérif se hâtait vers le cours d'eau.

— Et vous, les gars, je vous conseille d'arrêter de sourire, fulmina le shérif, dont la patience était mise à rude épreuve par le jeune éclaireur qui cheminait un peu plus loin. Personne ne peut remporter la partie avec un arc et des flèches. Bon sang, on est en 1977 !

Les deux blessés qu'ils venaient de rencontrer étaient étendus à plat ventre sur leur civière, une flèche cheyenne plantée à la verticale dans leur fesse gauche, avec son empennage en plume de dinde. Le shérif et sa troupe franchirent le ruisseau en dérapant sans cesse, tirant sur la bride des chevaux jusqu'à ce que tout le monde soit réuni sur l'autre rive. Là-haut, finies les aires de pique-nique pour campeurs : ce serait le même paysage qu'à l'origine du monde.

Jerry survolait toujours les parages dans son hélicoptère, trois cents mètres au-dessus des cimes, et il écuma la région jusqu'à ce qu'il voie les groupes de cavaliers traverser le cours d'eau. Voilà qui limitait son champ d'investigation. Les fuyards se trouvaient forcément un peu plus haut que leurs poursuivants, quelque part entre les montagnes et le gué. C'est sur ce point-là que la technique lui posait des problèmes. L'épaisseur des frondaisons l'empêchait de joindre le shérif Lewis sur son talkie-walkie. De son côté, le shérif reçut un appel du pilote sans pour autant distinguer ses paroles. Il y avait trop de parasites et les mots lui parvenaient hachés. Cependant, Jerry essayait de lui dire :

— Ça y est, je l'ai, je viens de le voir !

Il venait en fait d'apercevoir un cheval conduit par la bride, portant sur son dos une fille enveloppée dans une couverture.

Les fugitifs traversaient une petite clairière au milieu de la forêt lorsque le pilote, inclinant l'appareil sur un côté pour une meilleure vision au sol, les avait surpris un instant à découvert. Mais ça n'avait duré qu'une seconde. L'instant d'après, ils s'étaient de nouveau enfoncés parmi les arbres.

À travers le feuillage des cimes, Ben Craig observa le monstre qui vrombissait et cliquetait au-dessus de lui.

— L'homme qui est à bord va dire à nos poursuivants où tu te caches, lui dit Whispering Wind.

— Mais comment ils pourraient entendre avec tout ce vacarme ?

— Laisse tomber, Ben, eux ils savent comment faire.

L'éclaireur aussi savait comment faire. Dégainant son antique Sharps, il chargea une longue et lourde cartouche. Pour plus de visibilité, Jerry était descendu à moins de deux cents mètres d'altitude et il ne se trouvait qu'à deux cents mètres de distance. Il se mit à planer, piquant légèrement du nez, cherchant des yeux une autre clairière qu'ils seraient amenés à traverser. L'homme qui se tenait au-dessous de lui visa avec attention et ouvrit le feu. Le lourd projectile déchira le plancher de la cabine, passa entre les cuisses écartées du pilote et ouvrit une brèche en forme d'étoile dans l'épaisse verrière de l'appareil. L'hélicoptère pris de panique décrivit un cercle rapide et s'éloigna en prenant de l'altitude, incliné sur un côté. Il ne relâcha pas son rythme avant de s'être écarté d'un mile et d'avoir gagné autant en hauteur. Jerry vociféra dans son micro :

— Paul, ce salopard vient de me canarder. À travers la verrière. Je dégage d'ici. Il me faut rentrer à Bridger pour réparer les dégâts. S'il avait touché le rotor principal, j'étais fichu. Quel merdier ! Je jette l'éponge, c'est compris ?

Le shérif ne capta rien de tout ça, mais il avait entendu la lointaine détonation du vieux fusil avant de voir l'hélicoptère exécuter des acrobaties dans le ciel bleu et filer vers l'horizon.

— On a la technologie de notre côté, murmura un des gardes forestiers.

— Fermez-la ! ordonna le shérif. Ce type va en prendre pour un paquet d'années. Continuez à avancer avec vos fusils armés, et ouvrez grands les yeux et les oreilles ! Maintenant, c'est une chasse à l'homme en bonne et due forme.

Un autre poursuivant avait également entendu le coup de feu. Il était beaucoup plus près, à un mile environ. Max avait en effet proposé de partir en éclaireur.

— Il mène son cheval par la bride, patron. Ça veut dire que je peux le prendre de vitesse. Il ne m'entendra même pas approcher. Si je suis bien placé pour viser, je peux le descendre quand il n'est pas trop près de la fille.

Braddock approuva. Max se faufila à travers la forêt, slalomant d'un couvert à l'autre, l'œil aux aguets, à l'affût du moindre mouvement dans la végétation. Le coup de fusil le renseigna sur la direction à suivre : un demi-mile en avant, légèrement sur sa droite. Il commença à gagner du terrain.

Un peu plus loin, Ben Craig avait rangé son arme et s'était remis en route. Il ne lui restait qu'un demi-mile à parcourir avant l'étendue rocheuse qu'on appelait le Silver Run Plateau. Par-dessus les arbres, il voyait les montagnes se rapprocher peu à peu. Il savait qu'il avait ralenti la progression de ses poursuivants, mais qu'ils n'avaient pas renoncé. Ils étaient toujours sur ses traces.

Derrière lui, un oiseau lança un appel depuis le faîte d'un arbre. Il connaissait l'oiseau et son cri, un *toc-toc-toc* répété qui s'évanouit à mesure qu'il s'éloignait. Un autre lui répondit par un cri semblable. C'était leur cri d'alerte. Laissant brouter Rosebud, Ben s'écarta de quelques mètres de la piste dégagée par les sabots de l'animal et revint en arrière à travers les pins.

Max s'élança d'un couvert à l'autre en suivant les marques de sabots jusqu'à ce qu'il ait atteint la clairière. Avec son uniforme de camouflage et son maquillage noir, il se fondait dans la pénombre qui régnait sous les arbres. Il examina le sol de la clairière et un sourire fendit son visage quand il aperçut au beau milieu l'éclat de la cartouche en cuivre. Quel stratagème éventé ! Il ne risquait pas de se précipiter pour l'examiner, et recevoir en même temps une des balles du tireur embusqué. Il savait qu'il se trouvait forcément là. Cet appât grossier en était la preuve. Il étudia longuement les feuillages qui lui faisaient face.

C'est alors qu'il vit s'agiter la brindille. C'était un buisson haut et touffu, de l'autre côté de la clairière. Une légère brise remuait les feuillages, mais toujours dans la même direction. Par contre cette branche avait bougé dans le sens opposé. En observant le buisson il distingua une imperceptible tache fauve à moins de deux mètres au-dessus du sol. Il se rappela avoir vu la veille une toque de trappeur en renard sur la tête du cavalier. Max portait sur lui son arme de prédilection ; une carabine M16 à canon scié, légère et fiable à cent pour cent. Son pouce droit mit discrètement l'arme en mode automatique, puis il ouvrit le feu. La moitié d'une cartouche troua le buisson. La tache fauve s'évanouit pour réapparaître sur le sol, là où elle était tombée. Ce n'est qu'à ce moment-là qu'il sortit à découvert.

Les Cheyennes n'utilisaient jamais de massue de guerre. Ils préféraient les hachettes qu'ils pouvaient brandir en tous sens sans descendre de cheval, ou lancer avec vitesse et précision. La hachette tournoya pour venir se planter dans le biceps droit du major, traversa le muscle et broya l'os du bras. La main insensible laissa échapper la carabine. Livide, il baissa les yeux et retira la hachette de la plaie. Lorsque le sang écarlate se mit à jaillir, il referma sa main gauche sur la blessure pour arrêter l'hémorragie. Puis il s'enfuit en courant sur le chemin qu'il avait pris pour venir.

La main gauche de l'éclaireur lâcha la lanière longue de quinze mètres dont il s'était servi pour secouer la brindille. Ben récupéra sa hachette et sa toque avant de partir en courant pour rejoindre sa jument. Quand ils rattrapèrent le major, Braddock, son fils et les trois hommes restants le retrouvèrent appuyé contre un arbre, respirant profondément.

Le shérif Lewis et sa troupe venaient d'entendre la fusillade – la seconde de la journée –, mais le bruit était très différent du fusil à un coup du fugitif. Le groupe pressa l'allure. Le chef des gardes forestiers examina le bras disloqué, et prononça le mot « garrot » en ouvrant sa trousse de secours. Pendant qu'il soignait l'os et les chairs abîmés, le shérif écouta le récit de Braddock, considérant l'éleveur d'un œil méprisant.

— Je devrais vous arrêter, tous autant que vous êtes, dit-il sèchement. Et si on n'était pas à une sacrée trotte du monde civilisé, je ne me gênerais pas. À partir de maintenant, Mr Braddock, vous ne vous mêlez plus de cette affaire et vous restez à votre place !

— Je tiens à aller jusqu'au bout ! vociféra Braddock. Ce sauvage a enlevé la petite amie de mon fils, et il a grièvement blessé trois de mes hommes.

— Qui n'avaient rien à faire ici. Je vais livrer ce garçon à la justice, mais je refuse qu'il y ait des morts. Remettez-moi vos armes, et tout de suite !

Plusieurs armes se braquèrent vers Braddock et ses sbires tandis que d'autres policiers confisquaient les fusils et les revolvers. Le shérif se tourna vers le garde qui avait soigné de son mieux le bras du major.

— Qu'est-ce que vous en pensez ?

— Il faut l'évacuer au plus vite. Il pourrait retourner à cheval à Red Lodge avec une escorte, mais il y a vingt miles de terrain difficile, avec West Fork en plein milieu. Ce sera dur, et je ne suis pas sûr qu'il soit en état.

— Il y a le Silver Run Plateau un peu plus haut. Les radios devraient fonctionner, on pourrait appeler un hélico.

— Qu'est-ce que vous préconisez ?

— L'hélico. Il faut l'opérer d'urgence s'il ne veut pas perdre son bras.

Ils poursuivirent leur chemin. En passant par la clairière, ils trouvèrent la carabine et la cartouche. Le garde l'observa de près.

— Des flèches en silex, une hachette, un fusil pour gros gibier. Bon sang, shérif, à quel genre de type on a affaire ?

— Je croyais le savoir, mais maintenant j'ai l'impression de ne plus rien comprendre.

— Une chose est certaine : ce n'est pas un acteur au chômage.

À la lisière de la forêt, Ben Craig regardait l'étendue étale de roches miroitantes. Plus que cinq miles et il atteindrait le cours d'eau invisible, le dernier sur son chemin ; deux miles à travers le Hellroaring Plateau, et un autre à flanc de montagne. Il caressa la tête de Rosebud et ses naseaux doux comme le velours.

— Un dernier effort avant le coucher du soleil, lui demanda-t-il. Encore un peu et nous serons libres.

Il monta en selle et mit la jument au petit galop. Dix minutes plus tard, ses poursuivants parvinrent à leur tour sur le plateau. Ils l'aperçurent à un mile de distance, un point se détachant sur les rochers.

En l'absence de végétation, les radios se remirent à fonction ner. Le shérif entra en contact avec Jerry, qui l'informa du sort du petit Sikorski. Jerry était revenu à Billings, où il avait emprunté un hélico plus gros, un Bell Jetranger.

— Venez par ici, Jerry, et ne vous inquiétez pas pour le tireur embusqué. Il est à un mile devant nous, il ne peut pas vous toucher. Il nous faut évacuer quelqu'un d'urgence. Quant au volontaire civil avec son Piper Club, dites-lui que j'ai besoin de lui immédiatement. Je veux qu'il survole le Silver Run Plateau. Pas à moins de mille cinq cents mètres d'altitude. Dites-lui de rechercher un cavalier solitaire qui se dirige vers les montagnes.

Il était un peu plus de trois heures et le soleil se déplaçait vers l'ouest, vers les sommets des montagnes. Quand il disparaîtrait derrière les monts Spirit et Beartooth, la lumière déclinerait rapidement.

Jerry arriva le premier sur les lieux avec son Bell Jetranger et descendit du ciel en vrombissant pour se poser sur le plateau rocheux. On hissa le major à bord et un des policiers partit avec lui. Le pilote décolla et annonça son arrivée par radio à l'hôpital de Billings. Il sollicitait un atterrissage sur le parking et une équipe prête à intervenir d'urgence.

Les cavaliers restants entreprirent la traversée du plateau.

— Il existe un cours d'eau invisible qu'il ne connaît sans doute pas, fit le chef des gardes forestiers en s'approchant du shérif. Il s'appelle Lake Fork. Profond, étroit et très encaissé. Il n'y a qu'un seul chemin praticable pour descendre à cheval et remonter de l'autre côté. Il va lui falloir des siècles pour le trouver. On pourrait se rapprocher et le coincer là-bas.

— Et s'il nous attend à l'abri des arbres avec son fusil braqué sur nous ? Je ne veux pas perdre un ou deux gars pour vérifier une hypothèse.

— Dans ce cas qu'est-ce qu'on va faire ?

— On va rester à distance. Si on le fait surveiller par un avion, il n'a aucun moyen de sortir des montagnes, même en passant dans le Wyoming.

— Sauf s'il avance pendant la nuit.

— Son cheval n'en peut plus et il voyage avec une fille en escarpins de soie. Le temps presse, et je suppose qu'il en est conscient. Gardez l'œil sur lui à un mile de distance et attendez l'avion d'observation.

Ils continuèrent leur chemin sans perdre de vue la minuscule silhouette qui les précédait. L'avion arriva peu avant quatre heures. On avait dû appeler le jeune pilote sur son lieu de travail à Billings, un magasin de matériel de camping. Les cimes des arbres qui tapissaient les rives de Lake Fork apparurent dans son champ de vision. La voix du pilote parvint au shérif au milieu des interférences :

— Qu'est-ce que vous voulez savoir ?

— Il y a un cavalier solitaire devant nous, qui porte en croupe une fille enveloppée dans une couverture. Vous le voyez ?

Très haut dans le ciel, le Piper Club vira vers le cours d'eau.

— Bien sûr que je le vois. Il y a un étroit cours d'eau par ici. Ils sont en train de s'enfoncer dans les arbres.

— Ne vous approchez pas trop. Il a un fusil et c'est un tireur hors pair.

Ils virent le Piper s'élever dans le ciel et faire un virage incliné sur l'aile au-dessus de Lake Fork, à deux miles de distance.

— Je suis trop sur la droite, mais je le vois encore. Il a mis pied à terre et il fait descendre son cheval dans la rivière.

— Il ne pourra jamais remonter de l'autre côté, souffla le garde forestier. On peut le serrer davantage.

Ils repartirent au petit galop, suivis de Braddock et de ses trois hommes de main désarmés. Le shérif avertit de nouveau le pilote :

— Ne vous mettez pas à portée de tir. Si vous vous approchez trop, il peut toujours vous tirer dessus à travers les arbres. Il l'a fait à Jerry.

— Jerry planait à deux cents mètres. Moi je fais du deux cent vingt kilomètres-heure à neuf cents mètres d'altitude, répliqua la voix entrecoupée de grésillements. Soit dit en passant, il semblerait avoir trouvé un chemin pour monter. Il est en train de ressortir sur le Hellroaring Plateau.

Le shérif regarda le garde forestier en grommelant.

— On croirait presque qu'il connaissait déjà l'endroit, fit le garde d'un air perplexe.

— C'est peut-être le cas, répondit Lewis d'un ton cassant.

— Impossible. On connaît tous les gens qui vont traîner là-haut.

Le petit groupe parvint au bord du canyon, mais le rideau de pins leur dissimulait l'homme éreinté qui tirait le cheval et son fardeau sur la rive opposée. Si le garde connaissait le seul sentier descendant vers la rivière, les traces des sabots de Rosebud suggéraient que leur proie en avait aussi connaissance. Quand ils arrivèrent sur le second plateau, leurs cibles se réduisaient de nouveau à de minuscules silhouettes dans les lointains.

— La nuit tombe et je n'ai presque plus de carburant, annonça le pilote. Il me faut rentrer.

— Encore un dernier tour, le pressa Lewis. Où se trouve-t-il en ce moment ?

— Il a gagné la montagne. Il a remis pied à terre et il conduit le cheval par la bride. Il est en train de gravir le versant nord. Mais on dirait bien que le cheval est près de s'écrouler. Il n'arrête pas de trébucher. Je parie que vous l'attraperez au lever du soleil. Bonne chasse, shérif.

Le Piper fit demi-tour dans le ciel obscurci et repartit en ronronnant vers Billings.

— On continue, patron ? demanda un des adjoints du shérif.

Lewis secoua la tête. L'atmosphère était raréfiée, ils manquaient tous d'oxygène et la nuit tombait rapidement.

— Non, pas dans l'obscurité. On va camper ici jusqu'à demain matin.

Ils établirent un camp parmi les derniers arbres qui poussaient au-dessus de la rivière, face au versant sud de la montagne. La chaîne était si proche qu'elle semblait écraser de sa hauteur les hommes et leurs montures, infimes taches noires semées sur les rochers.

Ils passèrent de grosses vestes bien chaudes en de peau de mouton. Ils récoltèrent ensuite du bois mort sous les arbres et allumèrent un bon feu. Sur proposition du shérif, Braddock, son fils et leurs trois hommes s'installèrent cent mètres plus loin. Personne n'avait compté passer la nuit aussi haut sur le plateau, et ils n'avaient emporté ni vivres ni sacs de couchage. Assis autour du feu sur les tapis de selle, ils mangèrent des barres chocolatées, le dos calé contre leur selle. Le shérif Lewis contemplait les flammes.

— Qu'est-ce que tu penses faire demain matin, Paul ? s'enquit Tom Barrow.

— M'avancer tout seul dans la montagne. Sans armes. Je vais agiter le drapeau blanc et me servir d'un porte-voix. J'essaierai de le convaincre de redescendre avec la fille.

— C'est peut-être risqué, intervint le garde. Ce gamin est incontrôlable et dangereux.

— Il aurait pu tuer trois hommes aujourd'hui, répondit pensivement le shérif. Il aurait pu, mais il ne l'a pas fait. Il doit être bien conscient qu'en cas de siège, il n'est pas en mesure de protéger la jeune fille. J'imagine qu'il n'ira pas abattre un policier qui s'avance avec un drapeau blanc. Il m'écoutera d'abord. Ça vaut la peine d'essayer.

Des ténèbres glacées enveloppaient les montagnes. Tirant, entraînant et remorquant sa jument à grand renfort d'exhortations et de prières, Ben Craig fit parcourir à Rosebud le restant du chemin et atteignit la corniche rocheuse où s'ouvrait la grotte. L'œil vitreux, le cheval tremblait sur ses pattes tandis que son maître aidait la jeune fille à descendre. Craig fit signe à Whispering Wind d'avancer vers la grotte aux ours, détacha la peau de buffle et la déroula pour qu'elle puisse s'étendre. Il déchargea également le carquois et les deux flèches restantes, décrocha l'arc de son dos et les posa côte à côte. Il prit ensuite le fusil dans son étui et coucha l'arme près de son arc. Enfin, il desserra la sangle et ôta la selle et les deux sacoches. Soulagée de tout ce poids, la jument esquissa quelques pas vers les arbustes rabougris et les feuillages desséchés. Ses pattes antérieures cédèrent et elle s'affaissa sur la croupe. Les pattes de devant fléchirent à leur tour et elle roula sur le flanc.

Craig s'agenouilla et lui prit la tête pour lui caresser les naseaux. Elle hennit doucement en sentant le contact de ses doigts, puis son cœur valeureux cessa de battre. Le jeune homme aussi était recru de fatigue. Il n'avait pas dormi depuis deux jours et deux nuits, et il venait de couvrir cent miles à pied et à cheval sans presque rien manger. Pourtant, il lui restait encore des choses à faire et il s'éloigna de quelques pas.

Depuis l'extrémité de la corniche, il distingua au nord les feux de camp jumeaux de ses poursuivants. Là où le vieillard lui était apparu autrefois, il coupa des branches et des arbrisseaux pour faire un feu. Les flammes illuminèrent la corniche, la grotte et la silhouette vêtue de soie blanche de son seul et unique amour.

Il ouvrit ses sacoches et prépara la nourriture qu'il avait prise au fort. Assis côte à côte sur le tapis de selle, ils partagèrent le seul repas qu'ils devaient jamais prendre ensemble. Maintenant que le cheval était mort, il savait qu'il ne pourrait presque plus chasser. Mais le vieillard visionnaire lui avait juré que cette femme serait son épouse, et qu'il en avait été décidé ainsi par le Grand Manitou.

En bas dans la plaine, les hommes épuisés avaient peu à peu interrompu leurs conversations. Assis en silence, ils contemplaient le feu, le visage éclairé par les flammes dansantes. Dans l'atmosphère raréfiée des hauteurs, le silence était total. Le léger zéphyr descendu des sommets ne le troublait même pas. Tout à coup un bruit se fit entendre.

Il traversa l'obscurité, porté jusqu'à eux par le vent léger venu des montagnes. C'était un cri net et prolongé, un cri de femme. Il ne contenait ni douleur ni désarroi : c'était un cri vibrant qui allait decrescendo, exprimant une extase si parfaite qu'elle ne saurait être nommée ni reproduite.

Les adjoints du shérif baissèrent la tête, et Lewis vit leurs épaules s'agiter de soubresauts. Cent mètres plus loin, Braddock se dressa près du feu de camp et ses hommes évitèrent de croiser son regard. Il fixait les montagnes, un masque de haine et de fureur sur le visage.

À minuit, la température commença à baisser. Au début, tout le monde pensa que c'était le froid de la nuit qui s'intensifiait, en raison de l'altitude et de l'atmosphère raréfiée. Tout frissonnants, les hommes se serrèrent plus étroitement dans leur veste en peau de mouton. Mais le froid traversait leur jean et ils durent se regrouper plus près du feu.

La température tomba à zéro et continua à baisser. Dans le ciel, les adjoints du shérif virent de gros nuages estomper les pics des montagnes. Très haut sur un versant du mont Rearguard, ils aperçurent la brève étincelle d'un feu, qui ne tarda pas à disparaître. Ces hommes avaient beau être natifs du Montana, habitués aux hivers rigoureux, on n'était jamais que fin octobre, trop tôt pour un temps pareil. À une heure les gardes forestiers estimèrent la température à moins vingt, et elle descendait toujours en flèche. À deux heures tout le monde était debout. Il n'était plus question de dormir, et les hommes battaient la semelle pour faire circuler le sang, alimentant en vain leur feu d'énormes fagots de branchages. La neige commença à tomber en flocons plats, affaiblissant le feu où ils se posaient en sifflant. Le chef des gardes forestiers s'approcha du shérif en claquant des dents.

— Cal et moi, on est d'avis d'aller se mettre à l'abri dans le parc national.

— Vous croyez qu'il y fera meilleur ?

— C'est possible.

— Bon Dieu, mais qu'est-ce qui se passe par ici ?

— Si je vous le dis, vous me prendrez pour un dingo, shérif.

— Faites-moi ce plaisir.

La neige tombait plus dru et les étoiles s'étaient éteintes. Un désert blanc et glacé les encerclait peu à peu.

— Nous nous trouvons à l'endroit où les terres des Indiens Crows rencontrent le territoire de la nation shoshone. Il y a très longtemps, des guerriers ont combattu et ont péri ici, avant l'arrivée de l'homme blanc. Les Indiens croient que leurs esprits continuent à hanter les montagnes. Ils pensent que c'est un lieu enchanté.

— Charmante tradition ! Mais quel rapport avec ce fichu temps ?

— Je vous ai prévenu que c'était une histoire dingue. Ils prétendent que le Grand Manitou vient quelquefois par ici, et qu'il apporte le Froid du Grand Sommeil, un froid auquel personne ne peut survivre. Bien entendu, il s'agit simplement d'une anomalie climatique, mais je crois quand même qu'on devrait s'en aller. Si on reste ici, on sera gelés d'ici demain matin.

Après quelques instants de réflexion, le shérif hocha la tête.

— Sellez les chevaux, on s'en va d'ici. Prévenez Braddock et ses hommes.

Au bout de quelques minutes, les gardes forestiers reparurent dans le blizzard.

— Il dit qu'il va se mettre à l'abri au bord de la rivière mais qu'il n'ira pas plus loin.

Grelottant de froid, les gardes, le shérif et ses adjoints retraversèrent à cheval le Silver Run Plateau pour regagner les épaisses pinèdes de la forêt. Là, la température ne tombait pas en dessous de zéro. Ils allumèrent de nouveaux feux de camp et eurent la vie sauve.

À quatre heures et demie, le manteau blanc qui couvrait les montagnes se détacha pour dégringoler vers la plaine, tel un raz de marée puissant et silencieux qui se déplaça comme une muraille sur la roche, avant de s'abîmer dans le cours d'eau qu'il combla entièrement. Il roula sur un demi-mile à travers le Silver Run et finit par s'immobiliser. Le ciel commença alors à se dégager.

Deux heures plus tard, le shérif se posta en lisière de la forêt et regarda vers le sud. Les teintes rosées de l'orient annonçaient une journée lumineuse et le ciel indigo virait au bleu canard. Toute la nuit, Lewis avait gardé sa radio sur lui pour la réchauffer, et ç'avait été efficace.

— Jerry, appela-t-il, on a besoin de vous et du Jetranger dans les plus brefs délais. Il y a eu du blizzard et ça ne va pas fort... Non, on est revenus en bordure de la forêt, là où vous avez évacué l'homme de main de Braddock hier. Vous nous trouverez là.

L'appareil à quatre places approcha en tournoyant dans le ciel matinal et se posa sur les rochers glacés, que la neige n'avait pas recouverts. Lewis casa deux de ses hommes à l'arrière et s'installa à côté du pilote.

— Revenez dans les montagnes.

— Et notre tireur d'élite ?

— À mon avis, personne ne risque de nous tirer dessus en ce moment. Bien beau s'ils sont toujours en vie.

L'hélicoptère refit le trajet que le petit groupe avait accompli la veille. Lake Fork ne se signalait que par les cimes des pins et des mélèzes. Aucune trace par contre des cinq hommes qui s'y trouvaient. L'appareil continua à voler vers la montagne. Le shérif cherchait l'endroit où il avait aperçu l'étincelle d'un feu de camp dans le ciel. Nerveux, le pilote n'osait pas s'approcher ni descendre trop bas. Pas question de planer à deux cents mètres d'altitude. Le shérif fut le premier à remarquer l'entrée d'une grotte qui s'ouvrait dans la montagne, pareille à une tache d'encre noire. Devant elle s'étendait une corniche pailletée de neige, assez large pour permettre au Jetranger d'atterrir.

— Posez-vous là, Jerry.

Le pilote atterrit prudemment, à l'affût du moindre mouvement dans les rochers, d'un homme en train de viser, de l'éclat d'un antique fusil chargé de poudre noire. Il ne vit rien de tout ça. L'hélico se posa sur la corniche, ses hélices tournant à toute vitesse, prêt à décoller en catastrophe. Le shérif sauta à terre, son revolver armé. Ses adjoints s'extirpèrent de l'appareil avec leurs fusils et se jetèrent au sol pour couvrir l'entrée de la grotte. Aucun signe de vie de ce côté. La voix du shérif s'éleva :

— Sortez d'ici les mains en l'air. Il ne vous sera fait aucun mal.

Il ne reçut pas de réponse. Personne ne bougea à l'intérieur. Le shérif zigzagua jusqu'à l'entrée de la grotte et observa les alentours. Il n'y avait rien d'autre qu'un ballot posé par terre. Sans se départir de sa prudence, Lewis s'avança un peu plus pour se rendre compte. La chose qui avait été sans doute une peau de bête était désormais pourrie et décomposée par le temps. La fourrure avait disparu et quelques lambeaux de cuir l'empêchaient de se désagréger complètement. Le shérif écarta de son chemin la dépouille corrompue.

Elle gisait en dessous dans sa robe de mariée en soie blanche, ses cheveux noirs épars sur ses épaules, pétrifiés par le gel. On l'aurait crue endormie sur sa couche nuptiale. Mais quand il tendit la main pour la toucher, elle était froide comme le marbre. Sans plus se soucier d'un éventuel tireur embusqué, le policier rangea son arme et sortit en courant, la jeune fille dans les bras.

— Enlevez vos peaux de mouton et enveloppez-la dedans, cria-t-il à ses hommes. Mettez-la à l'arrière de l'hélico et restez près d'elle pour lui tenir chaud.

Les adjoints du shérif ôtèrent immédiatement leurs grosses vestes afin d'en couvrir le corps de la jeune fille. L'un d'eux se glissa sur le siège arrière en la tenant dans ses bras et se mit à lui frictionner les mains et les pieds. Poussant l'autre homme sur le siège libre, le shérif cria à Jerry :

— Transportez-la à la clinique de Red Lodge, le plus vite possible ! Prévenez-les que vous leur amenez un cas d'hypothermie extrêmement grave. Et laissez le chauffage au maximum pendant le trajet. Il y a peut-être un tout petit espoir. Vous reviendrez me chercher après.

Il regarda le Jetranger foncer à travers les plateaux rocheux et l'immense étendue de forêts qui le menaient vers la civilisation. Il explora ensuite la grotte et la corniche. Dès qu'il eut terminé, il s'assit sur un rocher pour admirer au nord la vue éblouissante qui s'offrait à son regard.

À la clinique de Red Lodge, un médecin et une infirmière prirent en charge la jeune fille. Ils lui enlevèrent sa robe de mariée raidie par le gel, lui frictionnèrent les mains et les pieds, ainsi que les bras, les jambes et la cage thoracique. Sa température externe indiquait que le corps avait commencé à geler, tandis que la température interne avait atteint un seuil alarmant. Au bout d'une vingtaine de minutes, le médecin perçut les faibles battements du jeune cœur qui luttait pour survivre. Par deux fois ils s'arrêtèrent. Il fit alors un massage cardiaque qui relança les pulsations. La température interne s'éleva peu à peu. À un moment le souffle s'éteignit et le docteur lui fit du bouche-à-bouche pour regonfler les poumons. Il faisait si chaud dans la salle qu'on se serait cru dans un sauna, et la couverture chauffante qui protégeait ses membres inférieurs était branchée au maximum. Une heure plus tard, une de ses paupières palpita et ses lèvres perdirent leur couleur violacée. L'infirmière vérifia la température interne. Tout danger était écarté et elle continuait à monter. Son pouls était maintenant plus ferme et plus régulier. Au bout d'une demi-heure, Whispering Wind ouvrit ses grands yeux noirs et appela Ben dans un murmure.

Le médecin prononça une brève prière pour remercier ce bon vieil Hippocrate et tous ceux qui l'avaient précédé.

— C'est un coup de chance, mais peu importe. On a bien cru vous perdre, ma petite.

Assis sur son rocher, le shérif regardait l'hélicoptère qui revenait le chercher. Dans l'air immobile, il le vit approcher à plusieurs miles et entendit le grondement furieux des hélices qui lacéraient l'atmosphère. Quand Jerry se posa, Lewis fit signe à son adjoint qui occupait le siège avant.

— Prends deux couvertures et suis-moi là-bas ! cria-t-il lorsque les hélices se furent ralenties. Qu'il vienne lui aussi !

Le jeune homme tordit le nez.

— Vous savez, shérif...

— Ne discutez pas ! Il a été un homme et il mérite une sépulture chrétienne.

Le squelette du cheval gisait sur le flanc. Le moindre fragment de peau, de chair, de muscle ou de tendon avait été arraché depuis longtemps. Il ne restait plus un crin de sa queue ni de sa crinière : les oiseaux avaient dû en faire leur nid. Mais les dents, limées par le fourrage dru des plaines, étaient toujours plantées dans les mâchoires. Si la bride pourrie tombait quasiment en poussière, le mors d'acier brillait encore entre les dents. Les quatre sabots étaient demeurés intacts, tout comme les fers placés autrefois par un maréchal-ferrant de l'armée.

Le squelette de l'homme se trouvait à quelques mètres, étendu sur le dos comme s'il était mort en plein sommeil. Rien n'avait subsisté de ses vêtements, sinon quelques lambeaux de daim moisi qui restaient collés à ses côtes. Dépliant une couverture, l'adjoint du shérif y déposa les ossements sans en oublier un seul. Le shérif retourna près des objets qui avaient jadis appartenu au cavalier. Le vent et les intempéries d'innombrables saisons avaient réduit à un tas de cuir pourri la selle, les sangles et les sacoches. Parmi ces restes se cachaient les étuis d'une poignée de cartouches en cuivre. Le shérif Lewis les emporta avec lui. Il découvrit aussi un couteau de chasse mangé par la rouille et les vestiges d'un fourreau orné de perles qui s'effritèrent sous ses doigts. L'étui en peau de mouton qui abritait naguère un fusil de pionnier avait été déchiqueté par le bec des oiseaux, mais l'arme reposait sur le sol gelé, enrayée par une rouille ancienne mais reconnaissable quand même. Ce qui l'étonna le plus, ce fut la hachette, ainsi que le carquois, ses deux flèches et l'arc en bois de cerisier, effilé aux deux bouts et muni d'encoches pour tenir la corde. Tous avaient l'air extrêmement récents. Attachées à la hache, se trouvaient une boucle de ceinture et une vieille lanière en cuir résistant qui avaient bravé les éléments.

Le shérif emporta l'ensemble, enveloppé dans la deuxième

couverture, et s'assura qu'il n'avait rien oublié avant de monter dans l'hélicoptère. Son adjoint s'était installé à l'arrière avec le second ballot. Pour la dernière fois, le Jetranger prit son essor, survola les deux plateaux et l'épaisse forêt du parc national sous le soleil matinal. Le shérif plongea son regard vers Lake Fork englouti sous la neige. Il faudrait organiser une expédition pour aller chercher les disparus, mais il savait bien que personne n'avait survécu. Contemplant les rochers et les arbres, il s'interrogeait sur le jeune homme qu'il avait traqué sur ces terres implacables. À mille cinq cents mètres d'altitude, il pouvait voir Rock Creek et les voitures qui circulaient de nouveau sur la 212, après qu'on eut déblayé le pin abattu et les débris. Quand ils passèrent au-dessus de Red Lodge, Jerry contacta le policier qui était resté là. Il l'informa que la jeune fille était aux soins intensifs, mais que son cœur battait toujours.

À quatre miles au nord de Bridger, comme ils suivaient l'autoroute qui allait vers Billings, Lewis distingua cent arpents de prairie calcinée. Vingt miles plus loin, il put regarder les pelouses bien tondues et les longhorns primés du Bar-T Ranch. Après avoir franchi la Yellowstone et l'autoroute qui menait vers Bozeman à l'ouest, l'hélicoptère descendit en piqué et se rapprocha du sol. Il se posa enfin sur l'aérodrome de Billings.

— Celui qui est né de la femme ne fait que passer sur cette terre.

En cette fin février, il faisait un froid mordant dans le petit cimetière de Red Lodge. On venait de creuser une tombe tout au fond, et un cercueil en bois de pin sans prétention reposait sur des planches. Le pasteur s'était emmitouflé contre le froid et les deux fossoyeurs qui patientaient à ses côtés frottaient énergiquement leurs mains gantées. Chaussée d'après-skis, couverte d'un manteau matelassé mais tête nue, une seule personne assistait aux funérailles. Une chevelure d'un noir de jais flottait dans son dos comme une étole. De l'autre côté de la tombe, un homme corpulent se tenait sous un if. Il observait la scène mais restait à l'écart. Il portait une veste en peau de mouton pour se protéger du froid, à laquelle était épinglé l'insigne de sa profession. Ç'avait été un drôle d'hiver, se disait l'homme debout sous son arbre. La veuve de Braddock, qui semblait moins peinée que soulagée, était sortie de son isolement pour prendre les rênes de l'entreprise familiale. Elle avait changé de coiffure et s'était fait faire un lifting, s'habillait à la dernière mode et fréquentait les soirées mondaines. Elle avait rendu visite à l'hôpital à la jeune fille que son fils avait failli épouser. Comme elle lui avait plu, elle lui avait proposé la jouissance d'une petite maison dans l'enceinte du ranch et une place de secrétaire particulière. Linda avait accepté les deux. Enfin, elle avait gracieusement restitué ses parts à Mr Pickett.

— Nous sommes poussière et nous redeviendrons poussière, psalmodia le pasteur.

Deux flocons de neige portés par le vent vinrent se poser sur la crinière brune, semblables à des églantines sauvages. Les fossoyeurs prirent les cordes, repoussèrent les planches et descendirent le cercueil en terre. Puis ils reculèrent de quelques pas et attendirent près de la fosse, les yeux rivés sur leurs pelles fichées dans le monticule de terre.

Les médecins légistes de Bozeman avaient pris leur temps et avaient fait tout leur possible. D'après leurs conclusions, les ossements appartenaient à un homme d'un peu moins d'un mètre quatre-vingts, probablement doté d'une exceptionnelle force physique. Les os ne présentaient aucune trace de fractures ou de blessures ayant entraîné la mort. L'homme avait dû mourir de froid. Sa dentition avait suscité l'étonnement des dentistes : des dents blanches, bien plantées et bien alignées, sans une seule carie. Ils estimaient que l'individu avait entre vingt-cinq et trente ans. Une équipe de scientifiques avait analysé les restes extérieurs au corps. Les tests au carbone 14 avaient révélé que la matière organique – daim, cuir, fourrure – datait sans conteste du milieu des années 1870.

Quant au mystère du carquois, de l'arc et des flèches et de la hachette, il n'était toujours pas résolu. Des tests similaires avaient prouvé qu'ils étaient très récents. Selon la version officielle, un groupe d'Américains d'origine indienne avait visité la grotte et laissé là ces trophées pour rendre hommage à un homme mort depuis longtemps. Une fois poli, réparé et daté grâce à son manche en os, le couteau de chasse fut offert au professeur Ingles, qui l'exposa dans son bureau. Le shérif avait réclamé le vieux fusil. Il le fit remettre en état par des professionnels et le suspendit derrière son bureau. Il l'emporterait avec lui en prenant sa retraite.

— Dans l'attente de la Résurrection et de la Vie Éternelle. Amen.

Soulagés de ne plus avoir à faire le pied de grue, les fossoyeurs activèrent leur circulation en comblant la fosse de terre. Le pasteur dit quelques mots à la seule personne présente et lui tapota le bras avant d'aller retrouver la chaleur du presbytère. La jeune fille ne bougea pas.

Suite à une unique déclaration de celle-ci à l'hôpital – déclaration singulièrement obscure –, la chasse à l'homme avait vite cessé. À en croire les journaux, le fugitif avait dû quitter les montagnes à la faveur de la nuit et se volatiliser dans les régions sauvages du Wyoming, laissant mourir sa compagne dans la grotte.

Les fossoyeurs refermèrent la tombe, formèrent tout autour une bordure de cailloux et déversèrent dessus quatre sacs de gravier jaune. Soulevant leurs toques de fourrure pour saluer la jeune femme, ils s'éloignèrent avec leurs pelles. L'homme corpulent s'approcha alors discrètement et se plaça derrière elle, légèrement de côté. Elle ne broncha pas. Elle savait qu'il se trouvait là et qui il était. Il retira son chapeau, et le garda à la main.

— On n'a jamais retrouvé votre ami, Miss Pickett.

— Non.

Elle tenait une fleur devant elle, une rose rouge à longue tige.

— Je suppose qu'on ne saura jamais.

— Non.

Prenant la rose d'entre ses doigts, il fit quelques pas et se pencha pour la déposer sur le gravier. Une croix se dressait sur la tombe – un don des bonnes âmes de Red Lodge. Un artisan du coin avait marqué quelques mots au fer rouge avant de passer le vernis. Ils disaient ceci : « Ci-gît un pionnier de l'Ouest mort dans les montagnes vers 1877. Dieu seul connaît son nom. Qu'il repose en paix. »

L'homme se redressa.

— Je peux faire quelque chose pour vous ? Vous voulez que je vous reconduise chez vous ?

— Non, merci. J'ai ma voiture.

Il remit son chapeau et y porta la main pour lui dire au revoir.

— Je vous souhaite bonne chance, Miss Pickett.

Il s'éloigna sur ces mots. Sa voiture aux couleurs du bureau du shérif du comté était garée devant le cimetière. Il leva les yeux. Au sud-ouest, les pics de la Beartooth Range étincelaient au soleil.

La jeune fille s'attarda un moment. Puis elle se tourna et marcha vers la grille. Une légère brise venue des sommets s'engouffra alors sous son manteau et laissa voir son ventre bombé : elle était enceinte de quatre mois.

Table

DU MÊME AUTEUR

Aux Éditions Albin Michel

L'ALTERNATIVE DU DIABLE

SANS BAVURES, *Grand Prix de littérature policière 1983*

LE QUATRIÈME PROTOCOLE

LE NÉGOCIATEUR

LE MANIPULATEUR

LE POING DE DIEU

ICÔNE

Cet ouvrage a été réalisé par la
SOCIÉTÉ NOUVELLE FIRMIN-DIDOT
Mesnil-sur-l'Estrée
pour le compte des Éditions Albin Michel
en février 2002

Ouvrage composé
par Nord Compo

Imprimé en France
N° d'édition : 20420 – N° d'impression : 58619
Dépôt légal : mars 2002